NAPOLÉON,

SES EXPLOITS ET SA MORT,

POÈME ÉLÉGIA-HÉROIQUE

EN DOUZE CHANTS.

PARIS, IMPRIMERIE DE GAULTIER-LAGUIONIE,
Rue de Grenelle-Saint-Honoré, n° 55.

NAPOLÉON,

SES EXPLOITS ET SA MORT,

POÈME ÉLÉGIA-HÉROÏQUE

EN DOUZE CHANTS,

Par F. E. BELLY.

Arma virumque cano. Æneid. Lib. I.

PARIS,

LADVOCAT, LIBRAIRE, PALAIS-ROYAL,

GALERIE D'ORLÉANS.

1830.

NAPOLÉON.

Doué de l'imposant et redoutable génie des armes, et secondé par l'entraînement des circonstances, un homme, sorti des rangs subalternes de l'armée, s'était assis sur le trône de Saint-Louis. Un événement aussi étrange dans les vicissitudes des empires de l'Europe actuelle fut le plus grand des résultats d'une révolution qui, en renversant les institutions qui servent de base à l'édifice social et en retrempant l'esprit de la nation la plus belliqueuse du monde, avait fait rétrograder la France vers les siècles à la fois barbares et héroïques. En s'étonnant de l'élévation d'un simple officier, couronné des lauriers de la victoire, au premier trône de la terre, on croit voir ces anciens Francs, si formidables aux légions des Césars, choisir leur souverain sous la tente des camps et élever sur le bouclier des rois un nouveau Pharamond.

La providence, dont le doigt est marqué dans le plus frappant et le plus terrible des drames de notre histoire, sembla le députer au milieu des orages révolutionnaires, afin qu'il rétablît les lois de l'ordre au sein du plus horrible fanatisme politique dont les annales françaises fassent mention. Assis sur un terrain volcanisé par le déchaînement et l'exaltation de toutes les passions humaines, l'état allait s'engloutir dans le cratère de la révolution : teinte du sang de ses rois, la France, qui avait entendu un cri d'anathème s'élever du sein de toutes les cours de l'Europe contre cet affreux régicide, voyait marcher la vengeance de toutes les monarchies qui prétendaient laver l'affront fait à toutes les souverainetés. En proie aux convulsions de la plus terrible anarchie, cette malheureuse nation, qui contemplait avec effroi les factions promenant leurs drapeaux sanglans sur son territoire, voyait s'accélérer avec une effrayante rapidité la dissolution totale des principes constitutifs du gouvernement. Privée de la force des lois et menacée de l'envahissement des armes étrangères, peut-être, malgré l'héroïsme de ses soldats citoyens et l'enthousiasme de la liberté, allait-elle disparaître du rang des empires; mais un grand homme paraît, la nature semble l'avoir enfanté pour sauver la France; il marche, et la victoire le suit; il parle, et la discorde se tait.

Après avoir foulé sous son char triomphal les armes des prétendus vengeurs de Louis XVI, porté sa gloire jusqu'aux mystérieuses solitudes de l'Orient, et réuni, par son suprême ascendant, les élémens épars du corps social sous son empire, cet homme prédestiné a vu la main de la fortune, fixée par le génie, ramenant la France à l'unité du pouvoir exécutif, ceindre son front, couvert de gloire, de la couronne lauréale des empereurs. Le ciel, dont les décrets immuables ne semblent envoyer sur la terre les êtres surnaturels que pour donner des leçons quelquefois terribles aux peuples et aux rois, le ciel paraît attacher les destinées de l'Europe au génie d'un soldat parvenu. Semblable à un de ces phénomènes qui, dans le monde physique, intervertissent pour un instant les lois de la nature, élevé sur le trône français par la puissance des événemens et par l'épée de la victoire, cet homme extraordinaire, maître des élémens d'une révolution qui avait déjà ébranlé le monde, cet homme réformateur de l'esprit des derniers siècles et créateur d'un nouvel ordre de choses, imprime aux masses une nouvelle direction : les temps écoulés reculent au loin à sa voix ; la société prend une nouvelle face, et la civilisation fait un pas de géant. Les droits consacrés par la sanction des temps et le superstitieux respect des hommes ; les institutions revêtues du suffrage imposant des siècles et du sceau souvent indélébile de l'habitude; les trônes assis sur les bases antiques de la société générale et sur la vieille vénération des peuples ; l'ancienne politique, fille de l'expérience de plusieurs générations et des longs malheurs de la terre, tout tombe devant les armes de ce soldat, générateur de la jeune Europe ; tout croule et tout s'élève sous les pas de la victoire. En vain le Nord vomit sur le Midi ses barbares légions ; en vain la Prusse évoque du tombeau les mânes de Frédéric ; en vain le neveu des Césars fait marcher les aigles de l'empire; en vain la Grande-Bretagne, fière de ses nombreux pavillons et de ses richesses, soudoie les soldats de l'Europe et s'arme elle-même, les armes françaises, semblables à l'indomptable torrent qui roule ses digues sous le débordement de ses flots, les armes françaises, guidées par le génie des batailles et marchant de triomphe en triomphe, sont sur le point de refouler dans l'abîme de l'obscurité le génie du dix-huitième siècle. Une révolution générale et rapide s'opère sur toute la surface de l'Europe, et cette terre militaire, en proie à l'admiration et à la stupeur, voit un colosse guerrier s'élever sur les débris de son vieux système politique comme le génie créateur d'un nouveau corps social.

Confondant tous les cultes et toutes les nations, ne considérant l'espèce humaine que comme une masse homogène propre à servir de marche-pied à sa puissance, et d'instrument à l'exécution de ses gigantesques projets, cet homme inconcevable voit marcher dans ses camps les mœurs les plus disparates, les intérêts les plus divers, les indigènes des climats les plus opposés et les religions les plus contraires. Les lances de Sobieski et les cimeterres d'Omar escortent son char de victoire; les phalanges espagnoles et les légions allemandes marchent sous ses drapeaux; l'Helvétie, si fière de son antique liberté, et l'Italie, depuis long-temps accoutumée à l'esclavage, courbent également leur front au pied de son trône; le nord combat dans le midi, le midi combat dans le nord pour soutenir sa gloire; il promet, et la Pologne teint de son sang les remparts de Saragosse; il commande, et la Lusitanie foule sous ses pas les cendres de l'antique capitale des Russies; il ordonne, et l'Europe qui obéit en tremblant, l'Europe que les révolutions bouleversent, voit ses rois, ses peuples, ses croyances, ses opinions, cédant à un ascendant irrésistible, suivre pêle-mêle et en frémissant le char du fier triomphateur ou tomber sous le poids de ses armes victorieuses.

Les hordes russes, refoulées jusqu'au-delà des remparts de Moscou; la Pologne, devenue française par l'espoir de recouvrer son indépendance et par une longue fraternité d'armes; la monarchie de Frédéric, naguère si redoutable et si fière, pour ainsi dire anéantie; la reine des mers, malgré ses flottes et ses intrigues, proscrite des relations continentales; l'Autriche, unie à la France par le sang de l'héroïne de la Hongrie; la Confédération Germanique, vassale sous le nom de protectorat du Rhin; le Danemarck, ami; la Suède, tremblante et gouvernée par un soldat français, assis au pied du trône de Gustave-Adolphe et destiné à l'occuper; la ville des Stathouders, succursale de la capitale universelle; nos aigles plantées sur les débris du Capitole et de la chaire de Saint-Pierre; le divan, toujours fidèle à ses sentimens d'amitié pour la

France ; la Suisse, auxiliaire et timide ; l'Italie , sujette ; les Castilles, forcées de recevoir un roi ; tout enfin semblait réaliser en faveur de la grande nation ce vaste plan qui fut, dit-on, conçu par l'ambitieux Charles-Quint et par le magnifique Louis XIV ; tout semblait présager que le grand homme qui voyait le monde entier à ses pieds allait monter sur le trône de cette monarchie universelle dont le fantôme imposant avait déjà deux fois embrasé l'Europe et coûté des torrens de sang à l'humanité. Mais la colère éternelle gronde, d'invincibles ennemis, les frimas de la Grande-Ourse dévorent la plus puissante armée que la terre ait vue. A cet épouvantable désastre l'alliance dépose le masque imposteur de l'amitié ; l'Europe entière se soulève contre son superbe dominateur ; la victoire, pour la première fois infidèle au génie depuis vingt ans, déserte les enseignes du soldat empereur ; ses aigles, dont la gloire inouïe planait sur onze cent mille hommes d'infanterie et sur cent mille chevaux, ces aigles dont le terrible aspect avait fait pâlir les destins de la Moscovie et frémir les peuples du Tage, tombent comme celles de Rome sous les coups des barbares ; le grand peuple semble retirer son amour au chef qu'il considère comme l'oppresseur de sa liberté ; l'Europe, pour venger cent défaites éclatantes, brise son sceptre impérieux, et ce colosse politique et militaire, dont l'un des pieds reposait sur les colonnes d'Alcide et l'autre sur les rivages de la Mer-Blanche, cet énorme colosse croule en un jour, et l'univers entier retentit de sa chute aussi extraordinaire que son élévation. Il tombe, et son char de puissance, ce char dont la marche rapide et sanglante avait imprimé les vestiges de sa gloire sur les sables de Memphis et sur les neiges de la Bérésina, ce char qui, des tours de Ptolémaïs jusqu'aux créneaux de Smolensk, promena pendant dix-huit ans la terreur des batailles sur la surface du monde, écrasé par la fureur des élémens, la vengeance de dix rois et les armes de deux millions d'hommes, ce char du plus redoutable des conquérans ne laisse pour empreinte de son passage orageux sur la terre, que des traces semblables à ces sillons de la foudre qu'on aperçoit après une longue tempête, lorsque le ciel a repris son consolant azur.

Maintenant qu'il ne laisse plus que de grands souvenirs au monde, ma faible plume a l'audace de crayonner quelques vers sur ses exploits et sur sa mort. Mon insuffisance ne m'a point permis de m'élever au niveau d'un sujet qui, par sa sublimité, est susceptible des plus brillantes et des plus vastes conceptions du génie. Il n'est aucune époque dans les fastes français qui soit plus digne d'occuper la muse de l'Épopée que la révolution, cette période de trente ans si extraordinaire par l'héroïsme de la valeur, le merveilleux des événemens, l'empire de son influence, et, le dirai-je, par l'audace même en quelque sorte du crime; mais l'exploitation de cette mine féconde réclame toute la puissance du génie et d'autres temps Quant à moi, je ne me suis imposé que la tâche de jeter quelques fleurs, arrosées de mes larmes, sur le tombeau du premier personnage de ce drame politique, de ce drame, colosse imposant presque isolé de notre histoire par son extraordinaire et disproportionnée grandeur; encore ai-je manqué de force pour la remplir. Si mon peu de génie poétique ne m'a point permis d'atteindre à la hauteur désespérante de mon sujet, j'ai au moins satisfait à l'admiration que m'a toujours inspirée cet étonnant caractère. Mais tout en rendant hommage à ce qu'il a fait de grand, je sais aussi le blâmer dans ce qu'il a fait de condamnable. Néanmoins si j'accuse quelques actes de son règne, je ne m'érige point pour cela en juge absolu de ses actions; c'est au temps à dérouler les replis de la vie de l'homme extraordinaire à qui la France avait confié ses destinées au milieu de ses dissensions politiques; c'est à lui qu'il appartient d'apprendre à nos arrière-neveux quel fut celui qui réorganisa le corps social dont les principes avaient été dispersés par la tempête révolutionnaire. Nous ne devons donc voir qu'en pitié ces pygmées du monde littéraire qui, s'arrogeant le droit de scruter les plus intimes pensées de cette grande conscience, ont prétendu prévenir la postérité, seul juge compétent des grands hommes, en répandant dans le public une foule de diatribes plus ou moins virulentes contre l'idole aux pieds de laquelle ils avaient, la veille de sa chute, fait fumer leur vénal encens. Quant à moi, si je devance le jugement des siècles, en répandant quelques larmes sur la cendre du monarque qui avait élevé la France au dessus des nations, sans haine comme sans crainte, je ne fais que céder à un enthousiasme assez légitime, je suis l'élan d'une ame profonde admiratrice des grandes œuvres d'un grand génie.

Et qui pourrait m'accuser de principes anti-monarchiques, quand je rappelle à mes concitoyens la plus glorieuse époque de nos annales? En élevant un monument de plus aux campagnes de la révolution, je ne cherche point à remuer les cendres du régime impérial, je ne cherche point à ébranler la fidélité de la France; mu par de grands sentimens d'admiration, en rendant hommage à la bravoure éclatante de ces armées qui furent pendant vingt ans la terreur de l'Europe, en m'inclinant avec respect devant le génie extraordinaire qui les guida tant de fois à la victoire, je n'aspire qu'à nourrir dans l'ame des Français ce sentiment ardent de patriotisme, qui est la première sauve-garde des empires. Après les inconcevables désastres que la France a éprouvés, rien n'est plus propre à remplir ce but que de lui parler de ses plus brillans faits d'armes. Après de grands revers, un grand peuple a toujours besoin des souvenirs de sa gloire, pour maintenir son existence au milieu des nations, par la magique pensée de ce qu'il a fait de grand et de ce qu'il peut encore faire, pensée d'où découle l'orgueil national, grand mobile des masses.

La dynastie actuelle ne saurait donc s'offenser de ce qui peut corroborer l'esprit national de la France, sans altérer l'amour qu'elle lui commande par le sentiment de son antique grandeur et de sa légitimité. Au reste, les Bourbons, en adoptant l'ordre sacré de la Légion-d'Honneur, n'ont-ils pas épousé tout ce que la vieille armée a fait de grand? n'ont-ils pas associé à l'honneur des lis l'immense héritage de gloire que la révolution a légué à la monarchie française? Oui, cette gloire d'un règne soutenu par quinze ans de génie et d'héroïsme est sacrée pour tous ceux qui portent le nom de Français. Et pourquoi chercherait-on à en proscrire les souvenirs? N'importe les drapeaux sous lesquels elle fut acquise, elle n'en est pas moins française, elle n'en est pas moins le plus digne prix du sang que la bravoure a versé au milieu des batailles. Quelque affreux souvenirs que rappelle le nom de Cromwel, les Anglais citent encore avec orgueil l'époque du protectorat; c'est que la gloire de ce temps, quoique liée au nom du chef des parlementaires, est indépendante des crimes du ravisseur du trône du malheureux Stuart, et que la monarchie anglaise la revendique au règne de l'usurpation. Et malgré la jactance bretonne, ne serait-ce pas insulter à la gloire de l'empire, que de la comparer à celle du règne du député de Cambridge? Faisant même abstraction des crimes qui se rattachent à la mémoire du protecteur, sa gloire auprès de celle du héros de la révolution est semblable aux obélisques de nos jours en face des pyramides du désert. Racontons-la donc cette gloire, acquise par vingt ans de travaux et au prix du sang de tant de braves; parlons-en donc aux Français dont l'ame généreuse s'enflamme au récit des grandes actions; parler à un peuple de l'honneur de ses armes, comme je l'ai déjà dit, c'est entretenir dans son cœur l'amour sacré de la patrie, et perpétuer dans son sein la race des héros. Mais pour le faire, pourra-t-on m'objecter : il faudra parler d'un nom qui doit être oublié. Oublié!... Et peut-il l'être, quand les ruines du Kremlin et les échos des pyramides proclament encore son terrible et glorieux souvenir; quand l'obélisque immortel de la place Vendôme, quoique tronqué, le montre encore environné des lauriers de la victoire et des drapeaux de la France; quand le cœur de trente mille braves palpite encore sous l'étoile sacrée de l'honneur sur laquelle il était gravé naguère? Oublié!... quand il s'allie au plus sage recueil de lois dont les fastes de Thémis fassent mention; quand les flancs abaissés du Simplon et du Mont-Cenis l'offrent aux yeux du voyageur qui traverse les Alpes, et quand il est imprimé sur les moles immenses de Cherbourg, et publié par les pavillons qui flottent dans les bassins de la Belgique et de la Zélande? Non, ce nom vivra autant que la France, et quand cet état aura subi le sort réservé à tous les empires du monde, ce nom, je ne crains pas de le dire, ce nom vainqueur des temps ne sera prononcé qu'avec respect par la voix des siècles. D'ailleurs, ce nom, qui n'appartient plus qu'à la postérité, quelque ascendant qu'il exerce sur l'avenir de la France, ce nom ne saurait plus intervertir l'hérédité des rois, enfans de saint Louis. Déjà la masse de la population n'en conserve plus qu'une idée stérile et vague; il n'est aucun pays où l'empire des souvenirs soit aussi prompt à s'affaiblir qu'en France. Il résulte donc de cette mobilité d'esprit que tout ce qui est relatif au grand homme ne saurait de nos jours causer aucune commotion politique. Au reste, les bases de l'état qui repose sur le pacte de Louis-le-Désiré avec son peuple, se consolident de jour en jour. Oui, le cratère des révolutions s'est éteint, les discordes civiles ont disparu du sol de la France, et s'il y règne encore quelques débats politiques, vestiges de nos vieilles dissensions, c'est la lutte des libertés publiques, bienfaits de la révolution, sanctionnés par un grand roi, contre la propension ordinaire des monarchies au pouvoir absolu; c'est l'opposition du régime constitutionnel, c'est la résistance de l'esprit du siècle, en face des réminiscences d'un vieux gouvernement et des gothiques prétentions du règne aboli des priviléges, conséquence inévitable de tout système représentatif, adopté après une longue crise politique, où fut anéanti le monstre de la féodalité.

Déjà l'effervescence des partis s'est apaisée, déjà les opinions plus calmes ne s'agitent plus comme les flots d'une mer orageuse, et la vérité, triomphante de la haine et de l'envie, s'approche de la tombe du grand homme. D'après cette disposition plus sage des esprits, sans cesser d'être partisan de la légitimité, on peut rendre justice en ce jour à une mémoire qui ne peut plus écarter les Français du trône de Henri IV. Ainsi, ardent admirateur des exploits les plus prodigieux et respectant une illustre infortune, j'ai la hardiesse d'attacher une feuille de laurier de plus à la couronne de l'immortalité: puissé-je, dans cette tâche difficile que je m'impose, prouver qu'un ami du gouvernement constitutionnel des Bourbons, jaloux de l'honneur des armes de la France, peut en ce jour embrasser sans crainte la défense d'une gloire dont des plumes anti-françaises ont vainement cherché à rabaisser l'état immortel. Alors, si les vétérans de nos drapeaux, dont j'ambitionne les suffrages, daignent applaudir à mes essais; si la France daigne sourire aux prémices d'une muse de vingt-huit ans, alors j'aurai la satisfaction de dire : Et moi aussi j'ai chanté les braves des braves.

Quant à la partie littéraire de cet ouvrage, je ne me cuirasserai point contre les attaques de la critique; peut être ne daignera-t-elle pas jeter sur lui un seul de ses regards. Cependant s'il se trouvait digne d'exercer l'esprit de quelques aristarques, je me permettrai quelques réponses à ceux dont la hardiesse de mes fictions dans un ouvrage consacré à la gloire d'un grand nombre de contemporains pourrait scandaliser le goût sévère.

C'est un usage reçu au Parnasse de ne faire intervenir le merveilleux dans un poème qu'autant que les siècles ont consacré la mémoire des héros dont il célèbre les exploits. Ce n'est pas à moi, jeune inconnu dans la carrière des lettres, qu'il convient d'examiner si un sujet, choisi dans les annales d'une génération reculée, est plus susceptible des fictions poétiques que l'histoire de la révolution ; ce n'est pas à moi qu'il appartient de juger si la vie d'un héros des siècles antiques est plus propre à produire l'illusion que l'histoire de ce grand météore politique, qui apparut d'abord au milieu de la tempête comme l'arc consolateur, et qui, changeant ensuite de nature, recréa les orages et lança ses foudres sur l'Europe entière qu'il incendia ; ce n'est pas à moi qu'il appartient de renverser les institutions qui régissent les états du Permesse, j'avancerai seulement que le Camoëns dans sa Lusiade, Alonzo d'Ercilla dans l'Araucana et Boileau même dans son épître sur le passage du Rhin, ont embelli des charmes de la fiction des récits destinés à perpétuer la mémoire d'une foule d'événemens héroïques dont ils avaient été les témoins, ou sur lesquels la postérité n'avait pas encore porté de jugement. Mais pourra-t-on m'objecter avec quelque raison les théâtres éloignés des exploits chantés dans la Lusiade et dans l'Araucana, le caractère romanesque des expéditions lointaines qui forment le sujet de ces poèmes permettaient à leurs auteurs de se livrer à tout l'essor de leur imagination, par l'idée de merveilleux qu'on attache toujours à des événemens guerriers qui se passent dans un autre monde que celui que nous habitons ; mais qu'y a-t-il, répondrai-je, de plus merveilleux dans les fastes de la guerre que les campagnes de la révolution ? Qu'y a-t-il de plus susceptible d'enflammer l'imagination du poète et de séduire la raison du lecteur, que la gloire colossale de ce formidable conquérant, dont la caste belliqueuse des Mameloucks de Faïoum et les hordes farouches des cosaques du Jénisa, prononcent encore le nom avec un effroi mêlé de respect et d'admiration ? Les extraordinaires expéditions d'Égypte et de Palestine valent bien la conquête des Indes-Orientales par les Portugais ; et la foudroyante bataille d'artillerie de la Moskowa vaut bien quelques coups de canons tirés contre les sauvages bataillons du Chili ; et ces braves de la grande armée qui inscrivirent les souvenirs de leurs victoires sur les rochers de Saïde et sur les murs de Saint-Iwan ne valaient-ils pas les conquérans obscurs d'un petit coin de l'Amérique du sud et les aventuriers que commandait Vasco de Gama ?

Oui, je le répéterai, il n'est rien de plus épique dans l'histoire de la monarchie française que l'interruption du règne des rois légitimes. Et pourquoi ne souffrirait-on pas l'intervention de ce merveilleux qui donne tant de coloris aux tableaux poétiques dans un poème consacré à cette époque, par la raison qu'elle est si rapprochée de nous que la génération présente lui appartient ? Quand les siècles l'auront couverte de leurs vieilles ailes, en sera-t-elle plus grande ? et la postérité admirera-t-elle plus que nous ces hauts faits qui nous ont frappés d'un étonnement inexprimable ? Je veux bien que le temps, en imprimant le sceau d'une génération reculée sur des faits historiques, leur donne un caractère sacré qui les rende plus susceptibles des ornemens de la poésie ; je veux bien croire encore que les préceptes qui défendent l'emploi des fictions hardies dans un sujet récent soient puisés dans l'exemple de grands modèles et dans l'étude du beau : néanmoins ne saurait-on s'affranchir de ces règles qui souvent entravent l'imagination et tyrannisent le génie pour célébrer la grandeur d'une époque qui n'appartient ni au présent ni au passé, qui, fille d'une révolution politique et sociale sans exemple dans les fastes des peuples, eut son esprit, ses mœurs, ses armes et son gouvernement particulier; qui, sauvage et solitaire au milieu des règnes de la monarchie, ressemblera par son caractère de disproportion et de sublimité, jusqu'alors étranger dans les pages de la chronologie européenne, au cèdre dont la majesté planerait dans nos climats sur une forêt de modestes arbustes, où s'éleveraient de distance en distance quelques chênes qui seraient loin d'atteindre à la superbe hauteur de l'arbre exotique du Liban?

Enfin, quoi qu'il en soit des règles établies par les législateurs du Parnasse, tout en respectant les lois du bon goût qui peuvent servir de guide au génie, je crois qu'on peut, sans mériter le nom de barbare, orner un ouvrage de poésie qui traite des guerriers de la révolution de ce merveilleux qui, adapté à nos mœurs et sans s'élever au dessus des conceptions humaines, offre sous le voile diaphane de l'allégorie ce qui existe dans la nature, le génie des nations, l'influence d'un grand homme sur l'esprit de son siècle, le caractère particulier de l'époque soumise à son empire et la force des souvenirs qu'il laisse après son trépas sur la terre. Et c'est ce que je pense avoir fait, même dans mes plus grands écarts d'imagination; je n'ai point fait parler les divinités déjà bien vieillies du paganisme, ni personnifié les passions, ce qui demande une connaissance profonde de l'ame humaine; je n'ai point fait descendre sur la terre les légions célestes, ni tiré des feux éternels les cohortes infernales; je n'ai point emprunté la baguette de l'enchanteur Ismen, ni évoqué les farfadets du vieux magicien de Carène, pour chanter le grand capitaine et ses braves qui, des camps de la grande armee, sont revenus anoblir nos hameaux de l'aspect des vainqueurs des coalitions. Sans sonder les replis du cœur humain, sans pénétrer dans les antres de la magie ni m'ouvrir l'Olympe ou les enfers, chantre audacieux de la gloire nationale, j'embellis mes vers de l'apparition épisodique de quelques génies qui, sous le masque oriental, offrent à l'ame du lecteur l'esprit du temps, le caractère national des peuples et le poids du génie d'un grand homme dans la balance politique des intérêts sociaux de l'Europe.

Il existe une autre convention moins arbitraire cependant que la première, et d'un goût peut-être plus judicieux : les fictions doivent être puisées dans l'esprit de l'époque, et dans le génie du peuple auxquels appartiennent les héros que célèbre le poète. En effet, en parlant à la nation la plus délicate de ce siècle éclairé des événemens les plus récens de son histoire, rien ne serait plus ridicule que d'introduire sur la scène des dieux qui n'ont jamais été les siens, des sortiléges auxquels elle ne croit plus, ou ces esprits infernaux qui, tout en appartenant à sa théogonie, n'ont cependant fait fortune que dans un sujet qui se rattache aux premiers jours du monde. Que fallait-il donc faire? Fallait-il suivre l'exemple de Lucain, qui, tout grand poète qu'il est, s'est néanmoins attiré le titre de gazetier poétique, en privant sa Pharsale de ce merveilleux qui, sans être absolument essentiel à l'épopée, lui prête cependant de si grands charmes? Fallait-il imiter l'auteur de la Henriade qui, en personnifiant les passions leur a donné un langage si éloquent et si poétique? Quand bien même il aurait laissé quelques fleurs à glaner après lui, ne faudrait-il pas avoir les ailes du génie de Voltaire pour le suivre dans la carrière qu'il a parcourue avec tant de rapidité et de gloire? Mais qu'on ne s'y trompe pas, les êtres métaphysiques une fois mis en scène offrent bien peu à l'imitation ; à quelques modifications près résultant de la différence de temps et de climats, les passions parlent à peu près le même langage à tous les hommes; de sorte que l'amour, la discorde, le fanatisme et la politique, habillés à la Voltaire, étaient peu susceptibles de prendre d'autres formes. Pour y suppléer, ma hardiesse a mis en scène les brillans enfans de l'esprit oriental : les génies. Les génies ? Notre littérature peut-elle les adopter? Et pourquoi les répudierait-elle? Serait-ce parce qu'ils sont coiffés du turban des Arabes, de ce peuple étonnant qui, des arides déserts de l'Yémen jusqu'aux plaines fertiles de la Touraine, couvrit l'univers des monumens de sa gloire; qui, réunissant la police et la délicatesse des peuples de l'occident à l'impétuosité des passions des peuples de l'aurore, sut aussi bien manier la lyre et le compas que le cimeterre et la lance, eut, avec ses califes et ses guerriers, ses poètes et ses sages, et traîna pendant si long-temps les beaux-arts enchaînés à son char de victoire ? A cette antique et auguste origine, puisée chez un peuple comme les Français, aussi grand par les lettres que par les armes, les génies allégoriques, susceptibles de tant de variétés, présentent toutes les qualités propres à offrir la vérité sous les formes étrangères les plus brillantes et les plus neuves. C'est dans ce genre de merveilleux que la poésie, qu'on a surnommée la sœur de la peinture, peut animer les tableaux de l'imagination du plus brillant coloris, et cela avec l'avantage de pouvoir peindre au naturel. En effet, peuples, esprit du siècle, institutions, culte, politique, nature, tout peut prendre un visage qui, quoique fardé, n'en est pas moins reconnaissable dans l'intervention des génies. Ce genre de fictions est très compatible avec le siècle des lumières et du goût, car, quoique les fantômes de l'imagination se soient évanouis devant le flambeau de la philosophie, nous n'en avons pas moins nos génies. Autrefois on les croyait des êtres spirituels auxquels la divinité avait confié la présidence de telle chose, maintenant on ne les envisage plus que comme le caractère, l'esprit particulier de cette chose, et la poésie, dans sa hardiesse, leur rendant leurs formes antiques, ne les offre cependant à l'esprit que dans leur acception actuelle, revêtue, à la vérité, des brillantes chimères de la fable. Puissé-je, dans le choix que j'en ai fait, avoir donné à chacun d'eux les couleurs qui leur étaient propres.

Par le premier acteur de ce poème, l'ange des batailles qui, des rochers de Sainte-Hélène, vient plonger la France dans la tristesse en lui annonçant la mort du héros, j'entends le souvenir des exploits de ce grand capitaine qui, représentant à la France et au moment de son trépas les grandes actions de ce soldat auquel elle devait peut-être la conservation de son existence politique, la couvre des voiles du deuil à la nouvelle de son dernier soupir. Dans mes deux images les plus hardies, l'introduction sur la scène du vieux génie de la Germanie qui, transportant le héros aux sources du Rhin, l'engage par l'organe de ce fleuve à changer les destins de l'Allemagne, et l'apparition du génie des mers qui, le trouvant à rêver sur les côtes de la Manche, l'instruit des moyens qu'il doit mettre en usage pour délivrer l'Océan de la tyrannie d'Albion, je choisis le moment où ce guerrier, plongé dans les bras du sommeil, voit des songes de gloire flatter son altière ambition. De sorte que les ministres fantastiques de l'empire de Morphée qui viennent bercer l'esprit humain des plus bizarres chimères font disparaître la hardiesse de ces deux fictions. D'ailleurs, la confédération du Rhin et le système continental, les deux plus grandes conceptions politiques de Napoléon, et dont il pouvait seul revendiquer la gloire, ne devaient être offerts que comme sortant du cerveau de cet homme si étonnant. Et, malgré les préjugés vulgaires, n'est-il pas permis de croire que l'activité de notre imagination pendant le sommeil, exceptons les cerveaux désorganisés par la folie ou par la fièvre, est le résultat de notre caractère, de nos habitudes, de la situation de notre ame et des projets qui occupent notre esprit?

Enfin, j'offre cet ouvrage avec tous ses défauts à la France ; ma lyre débute par chanter la gloire nationale, je réclame donc en faveur de ces vers l'indulgence de la nation à laquelle je les consacre, en considération du patriotisme qui les a dictés.

Pour la morale répandue dans ces chants, puisée dans l'amour de l'ordre, l'horreur de l'anarchie et la haine du despotisme, elle apprend aux peuples, par le terrible exemple de notre révolution, à respecter le trône et l'autel parce qu'ils sont les colonnes de la société ; elle les instruit des fléaux qui se répandent sur la terre à la suite de ces tempêtes politiques qui bouleversent les nations, compromettent leur existence sociale, et leur tranquillité civile. Mais aussi, s'adressant aux souverains des hommes, elle apprend aux rois à gouverner d'après les lois de la justice et le génie des siècles, et les instruit que leur pouvoir, quelque puissant qu'il soit, n'est rien sans l'amour des peuples soumis à leur empire.

CHANT PREMIER.

SOMMAIRE.

Exposition du sujet. — Invocation. — Naissance du héros en Corse. — Son éducation à Brienne. — Présage de sa grandeur future. — Il entre dans l'artillerie. — Prise de Toulon. Journée du 13 vendémiaire. — Union de Joséphine et du héros. — Immortelle campagne d'Italie. — Génie de cette contrée pendant les guerres de la vieille monarchie. — Convocation du conseil de guerre : ascendant que le héros y prend sur les anciens généraux de l'armée d'Italie. — Sa proclamation à ses guerriers. — Il descend de l'Apennin. — Victoires de Montenotte et de Milésimo. — Appel de la liberté aux peuples de l'Antique Ausonie. — Grands hommes de l'Italie de Léon et des Médicis. — Souvenirs de la gloire française dans l'histoire de cette contrée. — Bataille de Lodi. — Le héros interroge un officier autrichien, prisonnier. — Effets de sa nouvelle tactique sur les généraux ennemis. — Entrée dans Milan. — Défaite de Wurmser. — Victoire de Bassano et de Roveredo. — Insurrection des peuples comprimée. — Valméa et Paméli, ou la révolte de Vérone. — Brillant fait d'armes d'Arcole. — Victoire de Rivoli. — Prise de Mantoue. — Prise de Venise. — Souvenirs de la grandeur romaine. — Traité de Tolentino. — République cisalpine, — Victoire du Tagliamento. — Paix de Léoben. — Hommage au héros. — Son retour en France.

CHANT PREMIER.

Qu'aux funèbres accords de ma lyre plaintive,
L'empire des héros prête une ame attentive ;
Que la Seine, sortant du milieu de ses eaux,
De lugubres cyprès couronne ses drapeaux ;
Qu'assise sur sa rive, elle écoute en silence
La mort de ce soldat dont l'altière vaillance,
Délivrant ses remparts par ses nombreux exploits,
Naguère avait conquis le trône de ses rois.
Puissent mes vers, dictés par un sombre génie,
Puiser dans le cercueil leur lugubre harmonie ;
Aux mânes d'un héros qu'éleva la valeur
Je consacre en ce jour le luth de la douleur.
Déité des tombeaux, quitte ton noir empire,
Viens animer mes chants que la tristesse inspire ;
Que ta harpe, sinistre et touchante à la fois,
Mêle ses tristes sons aux accens de ma voix.
Et toi, des conquérans Muse auguste et guerrière,
Je vais de ce héros parcourir la carrière,
Pour seconder l'ardeur de mes nobles transports,
Prête-moi la fierté de tes mâles accords :
La gloire de son règne électrisant mon ame,
Mon esprit, éclairé d'une céleste flamme,

Détournant ses regards d'un périlleux écueil,
Veut d'un laurier de plus ombrager son cercueil.
Assis sur les débris de la fière Carthage,
Errant, persécuté sur son triste rivage,
Des barbares du nord proscrit triomphateur,
Marius, des destins déplorant la rigueur;
Bajazet, dont la gloire éblouissait le monde,
Vaincu par Tamerlan aux champs de Trébisonde,
Comme une bête fauve, en sa cage de fer,
Courbant dans Samarcande un front jadis si fier,
Ou servant d'étrier au conquérant barbare,
Quand il veut s'élancer sur son coursier tartare,
N'offrent point à mes yeux, dans les fastes du temps,
Des caprices du sort les plus grands monumens;
L'implacable destin aux rives de la Seine
A gravé le néant de la grandeur humaine,
Comme aux murs de Nemrod le doigt de l'Éternel
Traça sur Balthazar son arrêt solennel.
Viens, inflexible Dieu, génie inexorable,
Révéler aux humains ton ame impitoyable;
Apprends aux rois, enflés d'un trop superbe espoir,
De ton sceptre de fer l'invincible pouvoir.
Au rocher Tarpéien du sein du Capitole,
Barbare, de nos jours tu traînas une idole
Que l'Europe abattue adorait à genoux;
Rien n'est donc à l'abri de tes décrets jaloux!
Ses aigles, à sa voix transportant le tonnerre,
D'un vol audacieux dominaient sur la terre;
A son grand nom les rois, à son char enchaînés,
Humiliaient l'orgueil de leurs fronts couronnés;
Ses braves légions, maîtrisant la victoire,
Du Nil au Borystène avaient porté sa gloire;
Par un auguste hymen, ce favori de Mars
Dans sa couche avait mis la fille des Césars
Il paraissait fixer la fortune incertaine,

O revers ! ô néant de la puissance humaine!
Comme on voit au désert les ouragans mutins
Balayer devant eux les sables africains,
Le souffle du malheur, déchaîné sur la France,
Dispersa les débris de sa fière puissance,
Et le grand homme offrit dans ses calamités
Des revers aussi grands que ses prospérités.
Mais, ô vertu ! plus fier que le destin lui-même,
Il descend noblement de son trône suprême;
Son front, découronné du bandeau de nos rois,
Semble aux vainqueurs surpris dicter encor des lois;
Au seul ressouvenir de sa gloire guerrière,
Il épouvante encor la victoire étrangère;
Et les rois, à son nom pâles d'un vain péril,
Ne dictent qu'en tremblant l'arrêt de son exil.
Surpris dans les filets tendus à son courage,
De même un fier lion, encor brûlant de rage,
Fait frémir en tombant, sous mille coups divers,
Le courageux essaim des chasseurs des déserts.
  Mais dépeignons l'éclat de ce grand météore;
De ce génie éclos voyons briller l'aurore;
Disons comme sa tête, aux sublimes desseins,
Long-temps organisa le destin des humains.
  Non loin de l'Italie, au milieu des tempêtes,
De bleuâtres rochers offrent leurs sombres crêtes;
Au pied toujours blanchi de ces rocs sourcilleux
L'Océan vient briser ses flots tumultueux.
La puissance des rois souvent y fit naufrage;
Dans leur sein turbulent souvent gronda l'orage.
Là règne un peuple fier, né pour la liberté;
Rome elle-même a craint son génie indompté.
Fier ennemi des lois et de la dépendance,
L'homme, à demi sauvage, y vit pour la vengeance:
Dix peuples ont voulu le soumettre à leurs lois,
Toujours son grand courage en secoua le poids.

Mais la France a soumis cette indomptable race.
Quel est ce peuple altier qu'inspire tant d'audace?
Les temps aux temps lointains répéteront son nom;
C'est là, s'écrîront-ils, qu'est né Napoléon!
La Corse, encor barbare, a, de son sol sauvage,
Vomi sur l'univers ce superbe courage.
Les traits d'un fier génie imprimés dans ses yeux
Présagent aux humains son esprit belliqueux.
Pour la terreur du monde adoptant son enfance,
Mars aux murs de Brienne élève sa vaillance.
Évoquant des tombeaux et Turenne et Folard,
Des héros le jeune homme apprenait le grand art.
Élevé pour la guerre aux murs du prytanée,
Il révélait son ame, aux trônes destinée.
Déjà son jeune front de lauriers s'ombrageait;
Déjà dans l'art de vaincre en ses jeux se formait
Cet enfant qui devait fatiguer la victoire:
Dans la cour du collége il commença sa gloire;
En bastions de neige un jour il l'établit,
Et l'ombre de Vauban à ces forts applaudit.
Ses sublimes destins planaient sur son jeune âge;
Les prytanes, surpris, l'avaient nommé le sage;
Actif et solitaire au milieu de leurs jeux,
Archimède et Plutarque occupaient seuls ses yeux.
Des Francs, quand il parut, la farouche anarchie
De ses drapeaux sanglans désolait la patrie:
Le sacrilége avait, d'un bras profanateur,
Renversé dans ses murs les autels du seigneur;
Et Louis, dans ces jours de célestes colères,
Avait teint de son sang le trône de ses pères.
Insultant à la terre et menaçant les cieux,
L'impiété levait un front audacieux;
L'affreuse tyrannie, avide de carnage,
Au trône des Bourbons avait assis sa rage;
Thémis, silencieuse, avait perdu ses lois;

L'Europe vengeresse avait armé ses rois,
Et, malgré ses guerriers et leur altière lutte,
Tout semblait de la France accélérer la chute;
Mais, pour venger son culte et sauver nos faisceaux,
L'Éternel à la France envoya le héros.
Sa précoce valeur devançant les années,
Bientôt il commença ses grandes destinées.
Adopté dans ce corps terrible à l'univers
Qui lance au loin la foudre au milieu des éclairs,
Les rochers insoumis des Alpes altières
Virent ses premiers pas sous nos lances guerrières.
Mais les murs de Toulon, conquis par ses exploits,
Au titre de héros furent ses premiers droits;
Hélas! pourquoi faut-il que ces tristes prémices,
Des devoirs d'un soldat pénibles sacrifices,
Teintes du sang français, qu'il baigna de ses pleurs,
N'aient jamais décoré que l'autel des terreurs?
Clio, d'un crêpe épais voile à ma voix plaintive
Le jour qu'il méconnut sa patrie adoptive,
Quand sa foudre, grondant au milieu des palais,
Se baigna dans le sang des malheureux Français.
A nos regards surpris quelle pompe s'apprête?
Déjà de ce héros l'hymen bénit la tête;
Le myrte sur son front se marie au laurier,
La douce Joséphine est unie au guerrier.
O fille des Taschers! femme prédestinée,
Veuve de Beauharnais, remplis ta destinée;
Lorsque du jour, dit-on, tu reçus le flambeau,
Une flamme céleste éclaira ton berceau:
C'était de ta grandeur le glorieux présage.
Grandis, ô jeune fleur! que l'auréole ombrage,
Ton parfum doit un jour enivrer un grand nom;
Le trône aussi t'attend, nouvelle Maintenon.
Le héros, dans les bras de cette femme aimable,
Goûtait des premiers feux l'ivresse inexprimable;

Mais j'ai vu s'effrayer les timides amours:
Des Alpes ont grondé les belliqueux tambours.
Le héros les entend; le casque de Bellone
Des roses sur son front a chassé la couronne.
Ah! digne des doux feux de nos preux chevaliers,
Joséphine lui ceint le glaive des guerriers,
Et d'une écharpe encore humide de ses larmes
Sa main pare en tremblant ses éclatantes armes.
Mais lorsqu'il recevait ce présent à genoux:
« Adieu! » lui disait-elle, « ô mon auguste époux!
« Adieu! mais jure encor, en partant pour la gloire,
« Amour à Joséphine, et vole à la victoire.
« Joséphine, » répond le jeune général,
« Mon cœur, sensible et fier, par mon glaive fatal,
« Promet à tes genoux, dans l'ardeur qui l'enflamme,
« D'être à l'honneur fidèle et constant à sa dame! »
C'est ainsi que d'un chiffre aux amoureux liens
Les belles autrefois ornant nos paladins,
Quand leur palefroi blanc frémissait aux trompettes,
Leur rappelaient la foi donnée aux bachelettes,
Et les preux, attendris, recevant leurs adieux,
Juraient encor constance au soir des doux aveux.

O valeur! ô prodige! ô champs de l'Ausonie 1!
L'Apennin va trembler sous les pas du génie,
Aux campagnes de Rome il va rouler ses chars;
Son vol de l'Alpéen franchira les remparts;
L'Éridan le verra sur le char des batailles
Foudroyer des Lombards les puissantes murailles,
Et, du sang des Germains inondant les sillons,
Disperser des Césars les nombreux bataillons.
Mais déjà la trompette a sonné les alarmes,
Le superbe génie a revêtu ses armes;
J'ai vu sur l'Apennin flotter ses étendards,
Ses yeux ont mesuré l'empire des beaux-arts.
Il s'élance, ô terreur! où vas-tu, téméraire?

Où vas-tu, dans ce jour, arborer ta bannière?
Tu veux de l'Hespérie asservir les destins?
Tremble! le ciel cent fois confondit ces desseins :
Vois, des débris des Francs ces plaines sont couvertes;
Vois, les tombes des preux à tes yeux sont ouvertes.
De huit siècles d'exploits ces remparts spectateurs
Ont toujours de leur sein vu fuir les Francs vainqueurs.
Il est vrai, leur courage envahit l'Hespérie,
Mais son génie impur, fils de la perfidie,
Cachant son front pervers dans ses remparts muets,
D'une affreuse vengeance aiguisait les stylets.
Lâche dans les combats, dans les traités parjure,
Et brûlant d'effacer sans péril son injure,
Il cache ses desseins sous un masque imposteur,
Mais son affront dans l'ombre éveillant sa fureur,
Le beffroi retentit; Dieu! la vengeance sonne!
Ces guerriers que cent fois a respectés Bellone
Sous le lâche génie ont trouvé le trépas;
J'ai vu la Trahison, qui marchait sur ses pas,
Cent fois ensanglantant les palmes de la gloire,
Renverser à ses pieds l'autel de la victoire.
Ravenne, Marignan, La Marsaille, Aignadel,
Jours à jamais brillans d'un éclat immortel,
Vous aviez à nos lois enchaîné sa puissance;
Mais le monstre indompté tramait dans le silence,
Sous un fer parricide abattant nos guerriers,
Du crêpe des tombeaux il voilait nos lauriers;
Il grandissait alors comme une ombre rapide;
La victoire croulait sous son bras homicide;
Le spectre du trépas, sous mille aspects affreux,
Accompagnait partout ce monstre astucieux;
Des Alpes il gagnait la sauvage barrière,
Et là, dans son courroux suspendant sa carrière,
Sur les flancs de ces rocs, de carnage fumans,
Son perfide poignard gravait en traits sanglans :

« Au pied de ces rochers, où planent les tempêtes,
« La France doit borner le cours de ses conquêtes,
« La France loin d'ici doit porter ses exploits,
« L'Éridan n'est point fait pour couler sous ses lois. »
Téméraire guerrier, lis donc cette sentence,
Tremble de réveiller l'hydre de la vengeance,
Au pied de l'Apennin arrête tes drapeaux,
Plus loin sous des lauriers s'ouvriraient des tombeaux.
Mais rien ne peut troubler ta bravoure intrépide,
De la cime des monts tu fonds d'un pas rapide;
L'aigle moins promptement descend de ses déserts,
Quand il fond sur sa proie en déchirant les airs.
La mort n'est rien pour toi, tu t'ouvres nos annales,
Tu marches sans pâlir vers des plaines fatales;
Le perfide génie a beau te menacer,
Sous tes chars tout sanglans tu vas le terrasser.
Les vieux faisceaux de Rome accompagnent tes braves,
Tu vas de l'Italie affranchir les esclaves;
Je vois tes étendards déployés sur Milan,
Et j'entends sous tes lois murmurer l'Éridan.
Les aigles des Césars bravaient notre bannière,
Et j'ai vu s'enflammer ta superbe colère:
« Pour conquérir du Pô les rebelles états,
« Qu'on me donne, » as-tu dit, « du fer et des soldats,
« Qu'on me donne une armée, et l'antique Hespérie
« Aura bientôt subi les lois de la patrie. »
A ces mots, la victoire a brillé dans tes yeux.
A ce divin présage, à ton bras généreux
La France a confié son enseigne héroïque.
Je t'ai vu t'élancer vers l'empire italique;
Je t'ai vu, de la gloire éveillant les enfans,
Des Alpes ranimer les tristes conquérans.
Sur la crête des monts ces troupes délaissées
Voyaient avec douleur leurs armes éclipsées;
Dans leur camp malheureux l'histoire sommeillait,

Dans leur honteux repos l'état les oubliait ;
Le mépris de l'Autriche indignait leur courage,
Elles brûlaient en vain de vengeance et de rage.
Mais un héros paraît, et, sonnant leur réveil,
Sa voix a des guerriers convoqué le conseil.
Là, s'offre Masséna, déjà couvert de gloire,
Ce héros que plus tard on a vu la victoire
Nommer en souriant son enfant favori ;
L'intrépide Augereau, dans les armes nourri,
Mais plus brave soldat qu'habile capitaine ;
Serrurier, le Nestor des guerriers de la Seine,
Qui, sous un front blanchi dans le fracas des camps,
Du premier âge encor offre les sens ardens ;
Et toi, jeune Joubert, qui vas dans cette armée
Acquérir d'un héros la haute renommée,
Et qui, plus tard, hélas ! pleuré de nos guerriers,
Tomberas dans Novi sous tes sanglans lauriers.
Tous ces chefs dont l'histoire, illustrant la vaillance,
A déjà publié les noms chers à la France,
Subjugués par les lois d'un suprême ascendant,
Ces généraux, vieillis dans le commandement,
A ses yeux, où des camps le génie étincelle,
A ses conceptions, que sa voix leur révèle,
De ce jeune inconnu, qui vient les commander,
Avec étonnement semblent se demander
Si les plans sont dictés par le dieu de la guerre ;
Et contre ce héros qu'ignore encor la terre,
Sentant s'évanouir leurs sentimens jaloux,
Ils reçoivent déjà ses ordres à genoux.
Déjà ses premiers pas ont écrasé l'envie.
Tel est ton privilége, ô transcendant génie !
Ainsi l'astre du jour, ce flambeau radieux,
Fait pâlir de la nuit les astres nébuleux,
Lorsqu'inondant les cieux des flots de sa lumière,
Il commence en géant sa brillante carrière.

Mais le jeune guerrier est debout sur les monts;
Sa voix a retenti parmi les bataillons,
Et ces Français, naguère en proie à la détresse,
Sentent se réveiller leur belliqueuse ivresse;
C'est le dieu des combats; enflammant leur valeur:
« Braves soldats, » dit-il, dans sa guerrière ardeur,
« C'est camper trop long-temps au milieu des nuages,
« Portons à l'Éridan la guerre et ses orages;
« Vous aviez tout perdu, l'armée allait périr,
« Les braves par le fer vont tout reconquérir.
« Regardez, voyez-vous du haut de ces montagnes
« S'étendre à vos regards ces riantes campagnes?
« La gloire nous attend sur ces bords plus heureux;
« Oui, là nous goûterons un repos glorieux.
« De la valeur des Francs ces champs sont l'héritage,
« Allons donc conquérir leur antique apanage.
« Et l'Italie aussi vous devra son bonheur;
» Étendons sur ces murs un bras libérateur,
« Chassons de ses états l'aigle de Germanie,
« Écrasons dans ces champs la fière tyrannie;
« Ses destins, à ses lois long-temps abandonnés,
« Vous tendent en ce jour leurs vieux bras enchaînés.
« Allons donc relever les murs du Capitole;
« Des Catons, des Brutus ressuscitons l'idole;
« Qu'on dise: Sous les Francs l'antique liberté,
« Dans les remparts de Rome, a repris sa fierté.
« Soldats restaurateurs des vieux siècles du Tibre,
« Aux tombeaux des Césars plantant leur drapeau libre,
» Ils ont de l'Italie anéanti les fers;
« Volons, nobles guerriers, délivrer l'univers. »
Il dit, comme un torrent il descend des montagnes;
L'Éridan voit ses preux inonder ses campagnes.
Son bras dans Montenotte et dans Milésimo,
A d'un double laurier ceint son jeune drapeau.
Déjà la liberté soulève l'Italie;

Éveille, éveille-toi, terre qu'elle a chérie;
Sous les drapeaux français, pour briser tes liens,
La fille de Brutus descend des Apennins.
Du haut de ces rochers, comme un bruyant tonnerre,
Sa voix a retenti parmi des cris de guerre:
« A de nouveaux Tarquins annonçant mon réveil,
« Terre des Scipions, sors d'un lâche sommeil;
« Je viens dans tes remparts relever mes colonnes;
« Nymphes de l'Ausonie, apprêtez vos couronnes;
« Ceignez-en les drapeaux de ces Français vainqueurs,
« Ils marchent précédés des faisceaux des licteurs:
« Levez-vous, ont-ils dit, fils des vainqueurs du monde. »
  En vain, pour conjurer la tempête qui gronde,
L'aigle de Germanie, en sa sombre terreur,
De ses nombreux guerriers excite la valeur;
En vain un vil tyran, l'ignorant fanatisme,
En vain un monstre altier, le cruel despotisme,
Au pied du sanctuaire, au fond des vieux châteaux,
Acèrent leurs poignards contre un jeune héros,
Comme une lave ardente inondant l'Hespérie,
Il vole renverser les murs de l'Insubrie;
Et, son bras foudroyant de nombreux ennemis,
Déjà les pieds des monts à ses lois sont soumis;
Déjà Turin ému voit sa cour effrayée
Demander au héros d'être son alliée;
Déjà Parme et Plaisance, abaissés devant lui,
Ont vu leurs souverains implorer son appui.
  Du haut de l'Apennin, adolescent Courage,
De tes plus grands exploits as-tu vu l'apanage?
Aux lieux où le soleil, sous un dôme d'azur,
Dore de purs rayons les côteaux de Tibur,
Où l'Anio fumant, sur des rives charmantes,
Précipite ses flots en cascades bruyantes;
Où Properce et Tibulle ont chanté tour à tour
Et Délie et Cinthie, et le vin et l'amour;

Où l'ami de Mécène, au bruit des cascatelles,
Célébra l'art des vers, et César et les belles,
Reposant mollement sous des ombrages frais,
Quelle divinité s'offre aux yeux des Français?
Son front fut couronné par le dieu du Parnasse,
Des lauriers de Virgile et des palmes du Tasse.
Tivoli, respirant le parfum de tes fleurs,
Sur un luth, aux accords à jamais enchanteurs;
Elle chante l'amour de la tendre Herminie,
Dis-nous quel est son nom? c'est la jeune Italie.
De gloire rayonnans dans ce brillant séjour,
Les enfans du génie embellissent sa cour.
Quel est donc ce grand homme à l'œil mélancolique,
Au front où sur les traits d'un esprit héroïque
Calliope et l'Amour unirent un matin
Les myrtes de Ferrare au lauréat romain?
O toi! qui de Bouillon as chanté la victoire,
Amant de Léonore, hommage à ta mémoire.
O chantre de Roland! poëte ingénieux,
Une fée a bercé ton esprit dans les cieux;
Assieds-toi près du Tasse avec ta Bradamante,
Roger et Mandricar, Zerbin et son amante;
Mélisse, Orile, Alcine, Atlant, ses farfadets,
De leur prisme magique embellissent tes traits.
Et toi, dont les cheveux sont humides encore
Des ondes de Vaucluse et des larmes de Laure,
O Pétrarque! auprès d'eux chante encor cet amour
Qui fit de volupté frémir le troubadour.
Quel génie imposant, et terrible et sinistre,
Semble être de l'enfer l'harmonieux ministre?
C'est le Dante, au front sombre, à l'œil mystérieux,
Et son luth, accordé par l'ennemi des cieux,
A l'affreuse clarté des flammes éternelles,
A chanté de Satan les hymnes immortelles.
Mais quel est cet esprit au visage bouffon

Qui rit en feuilletant, quoi? le Décaméron?
C'est Momus qui monta les cordes de sa lyre,
Facétieux conteur, Bocace, fais-nous rire.
En tunique de pourpre, en cothurnes sanglans,
Un poignard à la main, jetant d'affreux accens,
Et pleurant sur l'airain du cinéraire vase,
Alfiéri, Maffei, le Trissin, Métastase
De Melpomène ont ceint les tragiques cyprès.
Mais, quels sont ces enfans qu'ornent d'autres attraits?
Le ciseau que jadis mania Praxitèle,
Et la Palette, honneur de l'immortel Apelle,
Dans leur main héritière en ce jour sont passés
Et les artistes grecs par eux sont éclipsés.
Toi, que vit naître Urbin, prince de la peinture,
Retrace-nous Psyché, mais loin de la nature,
Illustre Raphaël, dans ton sublime essor,
Médite ton chef-d'œuvre au sommet du Thabor;
Va, laisse des humains la palette modeste,
Peins-nous du fils de Dieu la figure céleste [2].
Des trois Graces Albane accepta ses pinceaux,
Et sa reconnaissance en orna ses tableaux.
Toi, qui, de la peinture admirant le génie,
Sentis ton front brûlant rougir de jalousie,
Sur ce front, de sa gloire immortel héritier,
L'ombre de Raphaël imprimant un baiser,
Corrége, on t'entendit crier dans ton délire:
« Moi, je suis peintre aussi! peins, Raphaël t'inspire [3].
Léonard de Vinci, Carrache, Titien,
Guide, Paul Véronèse, et toi, Dominiquin,
De Zeuxis après eux vous partagez la gloire.
Mais de l'art des couleurs abandonnons l'histoire;
Regardons Canova, regardons le Bernin;
Phidias, ton ciseau vit encor dans leur main;
Le héros et les Dieux, art à jamais sublime,
Sortent à mes regards du marbre qui s'anime

Sous les coups inspirés du ciseau créateur.
Vois-je ton favori, génie inspirateur?
Au haut du Panthéon fixant un regard d'aigle,
Il pose dans les cieux son compas et sa règle,
Et d'un front où ton souffle imprima tous tes traits,
Je l'entends s'écrier aux mortels stupéfaits :
« Voyez le Panthéon, sur la terre il s'incline;
« Que dans l'azur du ciel son dôme se dessine,
« Je vais le rapprocher de la divinité[4]. »
Il dit, le Panthéon s'élève avec fierté;
Aux anges il prescrit, dans sa sublime audace,
De soutenir dans l'air cette imposante masse :
Salut, génie altier qui bâtis dans le ciel!
Salut, ô Michel-Ange, architecte immortel!
Paladio, Bramante, honneur de cette terre,
Le grand Vitruve aussi vous prêta son équerre;
Vos temples, vos palais aux fronts audacieux,
D'Athène ont éclipsé les chefs-d'œuvre fameux.
Des chantres de l'Hémus mélodieux délire!
Le Dieu de l'harmonie a fait frémir sa lyre;
Orphée et toi, Linus, entends-je vos accords?
C'est toi, Cimarosa, toi, qu'on vit sur ces bords
D'Euterpe recevoir la flûte harmonieuse.
Dans un temple qu'éclaire une lueur douteuse,
A la nef que tapisse un crêpe des douleurs,
Quels funèbres accens attristent tous les cœurs?
O sombre Pergolèse! esprit mélancolique!
C'est de ton noir *Stabat* la lugubre musique,
De la mère de Dieu, debout près de la croix,
Il semble que j'entends la lamentable voix,
Et que je vois le Christ, au sommet du Calvaire,
Pour l'homme accomplissant son douloureux mystère.

C'est entourée ainsi du cortége des arts
Que chantait à Tibur la mère des Césars.
Médicis et Léon, voilà votre Italie;

Elle dort dans les fers, et sa voix avilie,
Qui jadis a dicté des lois à l'univers,
Du Tasse ne sait plus que célébrer les vers.
Que vois-je ? de Tibur cette femme s'envole ?
Est-ce elle qui parut au haut du Capitole ?
L'aigle des Scipions, les faisceaux des Brutus,
Le glaive de César, le sceptre de Titus,
Et du monde asservi les dépouilles pompeuses
Surchargent à la fois ses mains victorieuses;
Les rois de l'univers, courbés à ses genoux,
Déposant leur couronne, apaisent son courroux.
Quelle est cette guerrière à gloire sans seconde?
Voilà votre Italie, ô conquérans du monde !
Elle semble renaître aux accens des Gaulois
Qui de la liberté lui rapportent les lois;
De dix siècles d'affront secouant la poussière,
Sur tous les Apennins s'agite la bannière
Que jadis sa main libre arborait dans les airs.
Volez, braves Français, volez rompre ses fers :
Partout vous reverrez, sur son saint territoire,
Les témoins imposans de votre antique gloire.
Allez régner encor dans les champs des Lombards,
Le Gaulois Bellovèse en fonda les remparts,
Lorsque sur l'Athésis ses guerriers intrépides
Portèrent Teutatès et le gui des druides.
Allez, allez camper aux bords de l'Allia,
De là, Brennus, vainqueur, au pied du Tarpéia,
A tenu prisonnière, au sein de ses milices,
L'aigle du Capitole, à qui les aruspices
Du monde avaient prédit la domination.
Vole, pleine d'orgueil, ô grande nation !
Aux bords du Trasimène et dans les champs de Cannes
De tes anciens héros interroger les mânes;
Ils te diront comment, vainqueurs des légions,
Des lauriers d'Annibal ils ceignirent leurs fronts.

Dans ces champs pour venger les affronts du Saint-Siége,
D'Astolphe on vit Pepin punir le sacrilége ;
Sur le front de Didier, son fils, encor plus fier,
Brisa d'un bras vainqueur la couronne de fer.
Mais des preux et des pairs la famille héroïque
Inonde les parvis du Capitole antique ;
Charlemagne est sacré ; Léon, reconnaissant,
Relève en sa faveur le trône d'Occident.
Sur le Mont-Pausilippe, où leur audace règne,
Quels guerriers triomphans ont planté leur enseigne ?
Des neveux de Rollon ce sont les étendards ;
De Naples la Neustrie a conquis les remparts.
En cent lieux de la France on voit le moyen âge
Signaler dans ces champs son imprudent courage ;
Heureux ! heureux guerriers ! si leur présomption
N'avait point éveillé la lâche trahison.
Pour la troisième fois Parthénope est conquise ;
Et Charles, aux regards de l'Europe surprise,
A peine en son printemps, vainqueur du Latium,
A l'ombrage odorant des rosiers de Pestum,
Et le front couronné des lauriers de Salerne,
Avec ses chevaliers savoure le Falerne.
Mais, hélas ! dans Capoue il dort comme Annibal !
Du beffroi retentit le sinistre signal,
Et l'Italie entière enveloppe ses armes ;
Quand aux champs de Fornoue insultant aux alarmes,
Écrasant l'Italie avec ses preux vainqueurs,
Il fuit comme un lion triomphant des chasseurs.
Mais Louis reparaît au-delà des montagnes ;
Déjà ses chevaliers ont conquis les campagnes
Que l'Adige et le Tibre arrosent de leurs flots ;
Et là, ces paladins viennent rompre en champ clos,
Sous l'écharpe d'amour exerçant leur vaillance,
Pour l'honneur de leur dame, une courtoise lance.
Mais Cérignole a vu leur bouillante valeur

Grandir comme le sage au milieu du malheur.
Plus tard, dans Aignadel le Lion de Venise,
Sous les lis de nos rois, glorieuse devise,
Abaisse devant eux sa farouche fierté.
Ciel! contre eux l'Espagnol lève un front irrité;
O Français! voyez-vous ces grands champs de Ravenne?
Là, ce Gaston, l'amour des dames de la Seine,
L'appui du souverain, l'honneur des chevaliers,
Tomba victorieux sur de trop chers lauriers.
Mais que de champs encor de votre noble histoire
Dans la belle Italie attesteront la gloire :
Ceux où François-premier conquit ses éperons,
Quand Bayard, au milieu des preux et des barons,
L'embrassa chevalier le soir de la bataille,
Et ceux où, teint de sang, couché sur la mitraille,
Dans les fers espagnols, fier d'un noble malheur,
Il dit : « Tout est perdu, tout, hélas! hors l'honneur! »
Ces plaines de Marsaille, où Catinat-le-Sage,
A l'oubli de la cour exerçait son courage;
Ces champs sanglans de Parme, où vos fiers étendards
Disputaient l'Italie au sceptre des Césars.
Voilà, héros futur de l'antique Hespérie,
Les glorieux témoins que ta grande patrie
A laissés sur ces bords de sa vieille valeur;
Mais des champs plus fameux t'admireront vainqueur.
  O nymphes de l'Adda! parlez, nymphes craintives,
Quel est donc ce héros qui fait trembler vos rives?
Quels terribles guerriers guide-t-il aux combats?
On lit dans leurs regards le destin des états.
Mais un pont menaçant à leur marche s'oppose,
L'aigle de Rome y flotte insultant à leur cause;
De nombreux bataillons, rangés sur l'autre bord,
De l'aspect du trépas protégent son abord;
Dans cent bouches d'airain, veillant à sa défense,
Le salpêtre et la mort reposent en silence.

Français! encore un pas, et de leur sombre sein
La foudre dans vos rangs va s'élancer soudain.
Où marchez-vous? ô ciel! soldats! qu'allez-vous faire?
Et toi, qui les commande, arrête, téméraire!
Tu voudrais affronter un péril si certain?
Va loin de ce rivage éprouver le destin.
Eh quoi! ne vois-tu pas que la mort te menace?
Intrépide guerrier, modère ton audace!
Mais que vois-je? ô terreur! ton œil, trop belliqueux,
A jeté sur la mort un regard dédaigneux:
En pelotons serrés tes grenadiers s'avancent;
Tu donnes le signal, et les braves s'élancent.
« Vive la république! » avaient-ils prononcé;
Le glaive de Bayonne à ce cri s'est baissé;
Les tambours ont battu le pas de la victoire,
A ce son électrique ils volent à la gloire.
La foudre dans leurs rangs vomit ses noirs éclats,
Les échos de Lodi grondent avec fracas;
Les ondes de l'Adda dans leur urne frémissent,
Le pont est ébranlé, les camps germains pâlissent;
Tout tremble, et les Français eux seuls ne tremblent pas.
Ces preux, sans hésiter, marchent sur le trépas;
En vain leurs premiers rangs sont tombés sous la foudre;
En vain ils sont certains d'être réduits en poudre,
Rien ne peut arrêter leur courage effrayant :
« Vive la république! » ont-ils dit en chargeant;
Et ce cri, qui naguère électrisait nos ames,
Les guidait à travers des tourbillons de flammes.
Mais que vois-je? ô merveille! ô Français! ô vertu!
Le pont est traversé, le courage a vaincu;
La victoire a suivi nos guerriers indomptables,
Les Germains sont tombés sous leurs coups redoutables,
Et Lodi les a vus, dans ses murs renversés,
Marcher sur les débris de leurs camps dispersés.

Mais le héros français sur sa gloire première

Interroge d'un chef la valeur prisonnière ;
Sous l'habit inconnu d'un modeste officier :
« Que pense-t-on, » dit-il, « du moderne guerrier ? »
Le captif lui répond : « Sa rapide manœuvre
« Dans l'esprit de nos chefs passe pour un chefs-d'œuvre.
« Un capitaine imberbe, en ses conceptions,
« Trahit des vieux guerriers les évolutions ;
« Leurs projets confondus, leur tactique trompée,
« Rendent vaine en leurs mains leur incertaine épée.
« Entraînant la victoire, éperdue en ses rangs,
« Ce stratége nouveau déconcerte nos plans.
« Ses coups inopinés et ses marches célères
« Répandent l'épouvante au sein de nos bannières ;
« Oui, sans cesse attaqué sur les fronts et les flancs,
« On ne sait que résoudre au milieu de nos camps ;
« On dirait que des cieux les foudres invisibles
« Dans ces camps déroutés frappent leurs coups terribles.
« Montenotte, Céva, Dégo, Milésimo,
« Ont présagé de guerre un prodige nouveau.
« Mais l'histoire à Lodi n'a rien de comparable ;
« Cet exploit aux mortels doit paraître une fable,
« Il semble révéler le maître des humains. »
Ainsi dit le captif au vainqueur des Germains.
Oui, grand homme, à Lodi ton ame se révèle ;
Mais déjà dans Milan la liberté t'appelle ;
Ces murs où Barberousse a gravé sa fureur
Ont reçu de Beaulieu le fier triomphateur.
Son peuple avec transport accueillit tes cohortes,
Et des arcs de triomphe ombragèrent les portes
Que tu franchis couvert des lauriers de Lodi.
L'Adige et l'Éridan de joie ont tressailli ;
Tu réglais leurs destins, quand l'Autriche alarmée
Vomit chez les Lombards une nouvelle armée.
Un héros vétéran, le généreux Vurmser,
Avec ses légions descend du mont Brenner.

Vérone a vu ses camps au pied de ses murailles;
Mais ta main sur son front, blanchi dans les batailles,
A de Castiglione imprimé les affronts.
Vaincus dans Bassano, ses tristes bataillons
Se sauvent avec lui dans les murs de Mantoue.
Et toi, jeune vainqueur, t'endors-tu dans Capoue?
Irais-tu, délaçant le casque des guerriers,
A l'ombrage du myrte effeuiller tes lauriers?
Les beautés de Milan jalousent ta conquête;
Non, vaincre est tes amours, et combattre, ta fête.
De bataille en bataille on te verra courir,
Et comme des guerriers triomphant du plaisir,
Aux bords de la Brenta tu prouves par tes armes
Que le bruit de la foudre a seul pour toi des charmes.
Mais dans Rovérédo, glorieux conquérant,
Couvre encor d'un laurier ton front adolescent,
Et, pleurant de dépit, sur tes armes fumantes
L'Amour voit s'émousser ses flèches impuissantes.
L'astre éclatant qui règle et les nuits et les jours
A peine autour du monde a-t-il fini son cours,
Que déjà vingt lauriers, ô foudre de bataille!
Couronnent tes faisceaux, noircis par la mitraille.
La Renommée a peine à chanter tes exploits,
Ta course de géant épuise ses cent voix;
Tes pas sont aussi prompts que le vol du tonnerre.
Où puisas-tu, dis-moi, ces principes de guerre
Par lesquels ton épée, encor lourde en tes mains,
A, dispersant les camps de cent mille Germains,
Livré tant de combats dans une seule année?
En tes camps éperdus la victoire étonnée
D'une bataille à l'autre à peine respirait;
Et trente mille preux, que ta gloire inspirait,
N'ont jamais secoué, dans leur mâle parure,
La poudre des combats qui couvrait leur armure.
Mais l'Autriche est vaincue et l'Olona dompté

A vu sur son rivage asseoir la Liberté ;
Ses peuples affranchis, qu'inspirait Rome antique,
Bénissaient les guerriers qu'arma la république.
Quand j'entends les clameurs des nobles mécontens,
L'Adige à mes regards roule des flots sanglans;
Elle semblait, paisible, arroser son rivage,
Ce calme était trompeur, déjà grondait l'orage :
Au bruit de tant d'exploits ses flots, lâches sujets,
Sous les boucliers francs coulaient avec regrets.
Le Fanatisme parle : à sa voix sanguinaire,
La Révolte a levé sa rebelle bannière ;
La Féodalité, monstre pétri d'orgueil,
Relève aussi son front du fond de son cercueil.
A leur voix, sur l'Adige, en son sinistre rêve,
La lâche trahison vient aiguiser son glaive.
Quel peuple mécontent de son nouveau bonheur
A demandé la mort dans sa fatale erreur?
La foudre va gronder sur sa tête coupable;
Déjà je vois marcher le héros formidable,
Déjà les traits vengeurs sont partis de ses mains;
Tombe, peuple égaré, tremblez, faibles humains!
Le sceau de sa vengeance et sa foudre qui tonne,
Inscrits en traits sanglans sur le front de Vérone,
Font frémir de terreur l'empire Ausonien.
Tout se prosterne aux pieds de ce vainqueur hautain.
La farouche Révolte, au projet téméraire,
Sous son bras triomphant courbe sa tête altière ;
La Trahison se cache en son sein ténébreux,
La foudre a dévoré leurs drapeaux factieux.
Dans ce jour trop célèbre, où la terrible France
Sur de fiers révoltés fit gronder sa vengeance,
Où les lois de la guerre, en leur fière équité,
Firent taire tes cris, ô sainte humanité!
Traversant des guerriers les inflexibles armes,
Pâle de désespoir et les yeux secs de larmes,

Dans les champs où déjà reposait le trépas,
Une femme touchante accélère ses pas.
Son front révèle à peine un quatrième lustre;
Sa parure en désordre annonce un rang illustre;
Ses longs cheveux d'ébène, agités par les vents,
Viennent d'abandonner le peigne à diamans;
Le satin qui ceignait une taille légère,
En longs plis déroulé, traîne dans la poussière;
La gaze qui couvrait un sein voluptueux
En trahit les contours aux regards amoureux.
Alors un peu terni, le corail de sa bouche
Laisse échapper les cris d'une douleur qui touche,
Et ses grands yeux de jais, alors un peu hagards,
Fixent au sein des morts de farouches regards.
Semblant les repousser avec ses mains tremblantes,
Elle avance au milieu des victimes sanglantes;
Mais bientôt elle tombe en jetant un grand cri:
—« Paméli! » disait-elle, « ô mon cher Paméli!
« La mort a donc éteint tes livides prunelles! »
Et ses bras sur son sein serraient un des rebelles.
Une toque, où flottait un panache éclatant,
Du jeune Italien couvrait le front sanglant,
Et le manteau de soie à riche broderie
Tombait de son épaule en la poudre rougie.
« Ciel! son cœur encor bat, » dit-elle avec transport;
« O Dieu! tu le voudrais? Paméli n'est pas mort! »
Et fixant des Français l'élite redoutable,
« Sauvez-le, ô mes amis, il n'était pas coupable!
« Non, non, il ne l'est point, » s'écrie un officier
Dont l'éperon pressait un écumant coursier,
« Au fer des factieux il déroba ma vie;
« Sauvez, ô compagnons! ce fils de l'Italie.
Il dit, et les guerriers, attendris à sa voix,
Emportent Paméli sur leurs mousquets en croix,
Au quartier-général, où sous son humble tente

Le héros déplorait cette scène sanglante.
Sur un lit déposé, le noble Italien
Sous l'éther aspiré rouvre un œil incertain:
« Valméa, » disait-il, « qu'est-elle devenue?
« Mon père est-il sauvé? mais qui frappe ma vue?...
« Quoi! les soldats français!... Je les aimais, hélas!
« Et leurs ingrats mousquets m'ont donné le trépas! »
Il dit, et, refermant sa pesante paupière,
Ses jours semblent encor ravis à la lumière.
Mais de l'art d'Hippocrate un sage est appelé;
Paméli, par ses soins au monde rappelé,
Sent couler sur sa plaie un baume salutaire.
Tandis qu'à son chevet exhalant sa prière,
Valméa pour sa vie intercède les cieux,
L'officier et son chef, reposant non loin d'eux,
S'entretiennent tout bas de leur touchante histoire.
« Ce pénible épisode afflige ma mémoire, »
Disait au général le guerrier attristé;
« Mais tu le veux, mon chef, qu'il te soit raconté:
« Le comte d'Almadi, d'une illustre famille,
D'un hymen malheureux n'avait eu qu'une fille;
Son épouse mourut en lui donnant le jour,
C'est Valméa, son père en fit tout son amour.
Les plus fameux talens de l'habile Italie
Vinrent former l'esprit de sa fille chérie.
Valméa répondit à toutes leurs leçons;
La nature l'orna de ses plus riches dons.
Quand l'œil sur la sonate et le cœur en délire,
Elle faisait vibrer les cordes d'une lyre,
Cimarosa, je crois, en eût été jaloux;
Albane, de dépit, aurait à ses genoux
Déposé son pinceau, s'il eût vu cette fille
Marier les couleurs sous sa savante aiguille;
A voir ses pas glisser sur le parquet du bal,
Quand Venise à Vérone offrait son carnaval,

De la danse on eût dit la légère Déesse.
Mais sa beauté partout inspirait de l'ivresse,
On ne pouvait la voir qu'avec émotion,
D'Hélène de Vérone elle portait le nom.
Mais son cœur à l'amour paraissait insensible,
De vaincre sa froideur long-temps fut impossible ;
D'une foule d'amans ses regards dédaigneux
Avaient déjà cent fois réprouvé les doux vœux.
Le jeune Lorenzo, détestable hypocrite,
D'Almadi protégé, s'acharnait à sa suite ;
Mais les transports frustrés de son cœur amoureux
Brûlaient à ses genoux un encens malheureux.
Quand le Dieu, dédaigné de cette ame rebelle,
Tira de son carquois une flèche contre elle :
C'est une loi commune, il faut aimer un jour ;
O fière Valméa, tu connaîtras l'amour !
Un jour que, sur l'Adige, au sein d'une nacelle,
Au calme de ses flots se livrait cette belle,
Ivre comme Silène, on vit le gondolier
Heurter de l'éperon le tronc d'un peuplier,
A ce choc imprévu la nacelle chavire ;
Jetant un cri perçant, dans le bleuâtre empire
Valméa tombe et roule abîmée en ses flots.
Accourir à ce bruit, s'élancer dans les eaux,
Saisir par ses cheveux la belle Italienne,
L'arracher à l'Adige, à la mort qui l'entraîne,
Fut pour un cavalier, sur le rivage errant,
Le secours généreux de l'éclair d'un moment.
Valméa sur la rive a repris connaissance ;
Elle cherche son père ; et la chère présence
Du comte, qui lui-même au fleuve s'arracha,
Sur une crainte affreuse alors la rassura ;
Une calèche arrive et chez eux les ramène.
Le jour suivant son père en sa présence amène
Le jeune cavalier dont l'opportun appui

Des flots l'avait sauvée, et c'était Paméli.
—«Valméa, lui dit-il, ame reconnaissante,
« De ton libérateur, que ma main te présente
« Remercie en ce jour la générosité. »
—« Non, » reprend le jeune homme avec vivacité;
« Au contraire, c'est moi qui dois avec justice
« Rendre grace à jamais à l'étoile propice
« Qui m'a fait à l'Adige arracher la beauté. »
Il dit, de Valméa s'attendrit la fierté,
La voix de Paméli la surprend interdite;
Son front s'est coloré d'une rougeur subite,
Et son regard plus doux, ô langage éloquent!
A dit à son sauveur plus qu'un remercîment.
Du jour qu'il vit briller ses grâces plus charmantes
Paméli lui rendit des visites fréquentes;
Il pouvait par son rang aspirer à sa main,
Et son cœur désirait ce fortuné destin;
Mais sa bouche muette, en sa timide ivresse,
D'amour retint long-temps l'aveu plein de tendresse;
Oui, sans se l'avouer ils s'aimèrent long-temps;
Mais, ô jour de bonheur pour ces jeunes amans!
Auprès de sa fenêtre, attentive et soigneuse,
Valméa maniait l'aiguille de brodeuse,
Retenant son haleine et marchant à pas lents,
Paméli s'avança dans ses appartemens;
Bientôt sur le métier de la belle attentive
Sur son épaule il jette une œillade furtive;
Quel tableau vient frapper ses regards attendris?
Un jeune homme, dont l'onde a souillé les habits,
Humide encor des flots de l'Adige écumante,
Dépose sur le sable une femme mourante;
Rappelée à la vie elle rouvre les yeux;
Sur son libérateur son regard langoureux
Se tourne avec amour plus qu'avec gratitude,
Et son sauveur la fixe avec sollicitude.

Mais, d'une sage ardeur, ô délicat aveu!
Valméa sur le ciel en soie, aux traits de feu,
A tracé d'une main sans doute bien tremblante:
L'*aurore de l'amour*. O devise charmante!
De l'heureux Paméli tu fais battre le cœur;
Lorsque sa Valméa, qu'enivre son ardeur,
Déposant sur ses traits une bouche amoureuse,
D'une larme a mouillé la soie ingénieuse.
Qui pourrait à ce trait contenir son transport?
« Valméa! Valméa! que nos cœurs sont d'accord!»
Dit Paméli, tombant aux pieds de son amie.
Valméa jette un cri, de surprise saisie.
Ne pouvant s'échapper des bras de son amant,
Elle cache son front de pudeur rougissant.
Son pied roule loin d'eux la soie accusatrice;
Paméli s'en empare: «O barbare injustice!
« Quoi! fouler sans pitié ce tableau délateur?»
Dit-il à Valméa; « viens, ah! viens sur mon cœur,
« Toi qui m'as révélé l'ame de mon amante.»
Il disait et pressait la soie intéressante.
Cependant Valméa, pleine d'émotion,
Ne pouvait pardonner cette indiscrétion
Qui vint lui dérober le secret de son ame;
Sa fierté s'irritait d'avoir trahi sa flamme.
Le pauvre Paméli, toujours à ses genoux,
Implorait son pardon de ce chaste courroux:
« Serais-je, ô Valméa! l'objet de ta colère?
« Pourrais-tu me haïr, ô beauté trop sévère?
« — Moi te haïr!... oh non, tu n'es que trop aimé!
Elle dit; Paméli, de transport animé,
Se levant, sur son sein avec amour la presse,
Et Valméa, vaincue, excuse son ivresse.
Mais du fier Lorenzo le sentiment trahi
S'aperçut de l'amour du jeune Paméli;
Valméa lui parut dès lors indifférente.

Mais de haine, ô grand Dieu! sa lâche ame brûlante,
Sachant en imposer à ses transports jaloux,
Dans l'ombre médita de bien sinistres coups.
  Cependant nos drapeaux, après plus d'un prodige,
Vainqueurs des Apennins, s'agitaient sur l'Adige.
Vérone vit ton bras, au sein de ses remparts,
Briser l'aigle aux deux fronts des modernes Césars,
Et l'aristocratie en frémit en silence.
Quelques jeunes seigneurs, amis de notre France,
Ne partagèrent point son délire inoui,
Et l'on doit entre eux tous distinguer Paméli.
La liberté plaisait à son ame exaltée,
Et par son noble esprit la France respectée
Fut une autre patrie à son cœur généreux.
Du comte Paméli je devins l'hôte heureux;
Je connus de son fils l'aimable caractère,
Je devins son ami, son confident, son frère,
  Mais, ô douleur! bientôt le comte d'Almadi
Défendit son hôtel au triste Paméli.
Du traître Lorenzo la trop fatale adresse,
Connaissant du vieillard l'orgueilleuse faiblesse,
Lui peignit son rival sous de noires couleurs:
Adoptant des Français les sacriléges mœurs,
Et, sa perversité trahissant la patrie,
Paméli n'était plus un fils de l'Italie.
Le vieillard indigné ne voulut plus le voir.
Paméli, qu'égarait un morne désespoir,
Trouva dans l'amitié qu'il m'avait consacrée
Des consolations à son ame ulcérée.
Quand la nuit sur Vérone arborait son drapeau,
Avec moi, chaque soir, sous un ample manteau,
Dans l'ombre du mystère il voyait son amie.
Lorenzo, qui l'apprit, en brûla de furie:
Un soir que Paméli, dans son émotion,
Avec sa mandoline, au-dessous du balcon

Où palpitait d'amour son amante attentive,
Chantait de sa douleur la romance plaintive,
Par quatre spadazos nous fûmes
Nous faisons volte-face, et sur ces ennemis
Nos glaives ont brillé comme l'éclair rapide.
Paméli les attaque en lion intrépide;
Mon courage seconde un valeureux ami,
Et les lâches tremblans dans leur terreur ont fui.
Cependant sous nos coups succombe une victime;
Pressé par nos accens de révéler son crime,
L'assassin, que la mort entraînait au tombeau,
Murmure en expirant le nom de Lorenzo.
Paméli fut contraint d'ajourner sa vengeance.
Mais déjà s'ourdissait dans un lâche silence
Le sinistre complot d'extermination.
Un soir, de Paméli son père avec frisson
Saisit la main surprise, et sur ses pas l'entraîne;
Dans son regard brillait une farouche haine;
Sa bouche était contrainte, et son souffle pressé,
Court et profond, sortait de son sein oppressé.
«Mon père, où marchons-nous?--Aux tombeaux de la ville.
« —Qu'y faire? —Y préparer les Vêpres de Sicile.
— «Quoi! contre les Français!» Mais dans l'ombre un poignard
A la main de son père éblouit son regard :
« Paix! si le jour t'est cher, » reprend ce fanatique.
« Je vois autour de nous errer la république;
« Paix! te dis-je, ou la mort, et par d'altiers sermens
« Viens jurer avec moi le trépas des tyrans.»
De son fils à ces mots les cheveux se hérissent;
Tramer contre la France!... ah! ses sens en frémissent;
Mais il suit en tremblant un père forcené.
Vers le temple des morts il arrive entraîné;
Dans le fond du sépulcre, aux arches funéraires,
Il foule en frémissant les cendres de ses pères.
Mais, aux tristes lueurs des lampes du trépas,

Paraît un noir conseil qui l'accueille tout bas ;
Les soucis sont empreints sur ses sombres figures ;
On dirait, à les voir sous ces voûtes obscures,
Que les morts des tombeaux ont relevé leurs fronts.
L'arme qui doit venger leurs insignes affronts,
Le stylet brille aux mains des nobles de Vérone,
Et Paméli d'horreur à cet aspect frissonne.
Son père, président de ces conspirateurs,
A travers les tombeaux, témoins de leurs fureurs,
Fait rouler à mi-voix ces oracles sinistres :
« O de nos libertés, vous, généreux ministres!
« Vous dont la main jalouse aiguisa ces poignards
« Qui doivent des tyrans délivrer nos remparts,
« Pour punir des Français les indignes offenses,
« Le beffroi n'attend plus que l'heure des vengeances :
« Son bronze sonnera comme aux temps où Montfort
« Vit l'airain de Palerme, oracle de la mort,
« Armer contre ses Francs l'implacable Sicile.
« Mes amis, tout est prêt, et cette race hostile,
« En succombant demain sous nos coups généreux,
« Mordra le sol rougi du sang de ses aïeux.
« Vous, ombres, qui dormez sous vos linceuls funèbres,
« Ombres de nos aïeux, sortez de vos ténèbres.
« S'il était parmi nous quelques Italiens
« Dont le cœur lâche aimât leurs infames liens,
« Fantômes des vengeurs de l'antique Italie,
« Sortez, et sur leur front soufflant l'ignominie,
« Abjurez pour vos fils ces cœurs dégénérés.
« Mais non il n'en est point, ô fantômes sacrés!
« Demain nous prouverons aux guerriers de la France
« Que toujours l'Italie est leur sépulcre immense.
« Amis, vengeons demain, vengeons la liberté,
« Et qu'un étendart noir sur les Alpes planté,
« Teint du sang des Français, rappelle à leur patrie
« Que nous sommes toujours les fils de l'Italie.»

Il dit, et le sépulcre en murmura long-temps.
Les conjurés tout bas prononcent leurs sermens
Sur l'humide granit des pavés tumulaires
Qui couvraient les tombeaux des cendres séculaires,
Faisant de leur poignard le signe de la croix.
Mais Paméli leur parle une dernière fois :
« A demain », leur dit-il d'une voix sombre et ferme,
« A demain, mes amis, les vêpres de Palerme ! »
Il dit, et lentement la conjuration
S'écoule du sépulcre avec un noir frisson.

Paméli, de retour du conciliabule,
Me guide avec terreur au fond d'une cellule :
« Les Français, me dit-il, les Français sont trahis !
« Je veux sauver tes jours du fer des ennemis.
« Les sermens les plus saints, ma patrie et mon père,
« Défendent à ma voix de trahir ce mystère ;
« Mais dans ce jour de sang sur toi je veillerai ;
« Pour défendre ta vie, ami, je périrai ;
« Va, c'est pour te sauver qu'ici je te renferme. »
Il dit, et sur ses pas ma prison se referme.
Je demeure stupéfait, et le mot *trahison*
Roule dans mon esprit avec le noir soupçon ;
J'ébranle de fureur les parois de la porte.
Mais Paméli revient, au silence il m'exhorte :
« Ami, de te sauver accepte encor ma foi,
« Et, si le jour te plaît, du silence, crois-moi. »
Il dit, et les arceaux des corridors gothiques
Murmurent sourdement au bruit des pas mystiques.
Il fuit, et dans le trouble il me laisse absorbé.
Sur l'humide parvis d'horreur j'étais tombé,
Et, fermant de terreur mes humides paupières,
Je voyais sous le glaive expirer tous mes frères.

Hélas ! l'airain sonore, ébranlé dans les airs,
Vient tirer mes esprits de leurs pensers amers.
Aux coups précipités de la cloche d'alarmes

Se mêlent des cris sourds et le fracas des armes,
Les accens de la rage et ceux du désespoir ;
La lâche trahison exerçait son pouvoir,
Et nos Français tombaient sous les poignards perfides.
Mais le calme succède aux fureurs homicides,
Et mon ame en frémit d'une indicible horreur ;
Ce sinistre silence annonce à ma stupeur
Qu'on vient de consommer le sacrifice horrible,
Et près de ma prison j'entends, ô voix terrible !
« L'Italie est vengée, amis, ils sont tous morts ! »
Cette voix de mon ame arrête les ressorts ;
Je tombe sur le marbre, immobile et sans vie ;
Mais dès que la nuit sombre eut voilé l'Italie,
Ma porte sourdement roula sur ses vieux gonds :
« Qui va là ? » m'écriai-je à ces sinistres sons.
J'avais à ce bruit sourd recouvré l'existence ;
On me fait de la main le signe du silence ;
Un vaste et noir manteau vient sous ses larges plis
Déguiser ma personne aux lâches ennemis.
« Viens, le meurtrier dort, » me dit-on à voix basse,
« Ami, suis Paméli, la trahison est lasse.
« Suis-moi, je viens sauver mon hôte et mon ami. »
Et ma main va saisir la main de Paméli.
De crainte d'éveiller les monstres fanatiques,
Je le suis à pas lents sous les voûtes gothiques.
De Vérone bientôt nous fuyons les remparts,
Les traîtres conjurés et leurs lâches poignards.
Mais l'aube apparaissait vers les mers de Venise,
Quand d'un bivouac français à ma vive surprise
Je vois briller au loin les feux déjà mourans ;
Et Paméli s'arrête à l'aspect de nos camps.
Il me serre la main et de joie il s'écrie :
« Je rends grâces au ciel d'avoir sauvé ta vie ;
« Tes étendarts sont là, garde mon souvenir ;
« Si la lâche Vérone, hélas ! put vous trahir,

« Je n'ai point partagé ses fureurs infamantes,
« Et du sang des Français mes mains sont innocentes.
« Embrassons-nous, adieu, je te quitte à regrets.»
Il dit, et je rejoins le camp de tes sujets.
Mais bientôt ta vengeance éclate dans Vérone,
Ta foudre en ses remparts sur la trahison tonne;
Et sous Mantoue alors je suivais tes drapeaux.
Hier, de ces conjurés je lisais les tableaux;
Du jeune Paméli le nom frappa ma vue;
Il était innocent, ô douleur imprévue!
Il perdrait donc le jour comme un conspirateur?
Je veux sauver la vie à mon libérateur.
Vers Vérone à l'instant sur un coursier je vole.
Ciel! j'entends les mousquets dont la vengeance immole!
L'éperon du coursier presse le flanc poudreux;
J'arrive, quel spectacle est offert à mes yeux?
Valméa dans ses bras tient Paméli sans vie;
« O bonheur! son cœur bat », dit cette triste amie,
Et l'espoir luit encor dans nos cœurs désolés.
Nous tirons Paméli du sein des immolés
Et tu le vois mourant au milieu de ta tente.
Ainsi dit l'officier, quand une voix perçante
Vient tirer le héros de son émotion :
Sur le lit de douleur, ô désolation!
La pâle Valméa vient de tomber mourante;
Paméli n'était plus; sa main froide et sanglante
De la jeune Almadi tenait encor la main;
Morne comme la sienne, elle était sur son sein.
Ils étaient morts tous deux dans ces tristes étreintes,
La lumière avait fui leurs prunelles éteintes;
Les anges avaient vu, près des portes du ciel,
Leurs esprits confondus voler vers l'Éternel;
Et le héros, pleurant sur le seuil de sa tente,
Ordonnait qu'un tombeau vers l'Adige écumante,
Sous deux saules des morts par les vents animés,

Réunît ces deux cœurs qui s'étaient tant aimés.
Mais dès qu'il a puni les nations rebelles,
Il reprend en vainqueur ses armes immortelles.
Alvinzi de Vurmser vient venger les affronts;
Le héros contre lui guide ses légions.
Émule des guerriers, honneur du Capitole,
Il veut comme à Lodi franchir le pont d'Arcole.
Sur ce pont défendu par d'altiers régimens
Il a précipité ses soldats frémissans.
Sa superbe avant-garde, atteinte par la foudre,
A s'élancer encor ne pouvait se résoudre;
Elle allait reculer sous les feux d'Alvinzi,
« Eh quoi! n'êtes-vous plus les soldats de Lodi! »
Arrachant un drapeau des mains d'un porte-enseigr
A crié le héros, indigné qu'elle craigne;
Et seul il reparut sur le pont embrasé.
Le moderne Coclès allait être écrasé;
Sa gloire allait finir sur ce champ de bataille,
Son coursier foudroyé tombe sous la mitraille;
Mais on voit devant lui s'élancer un guerrier,
Et Muiron de son corps lui fait un bouclier;
D'un trait mortel atteint, ce héros perd la vie;
Fier de sauver son chef, il meurt digne d'envie.
Mais à tant d'héroïsme on a vu nos soldats,
Honteux d'avoir pu craindre un instant le trépas,
Quand leur chef exposait son auguste personne,
Franchir l'affreux rivage où la foudre résonne,
Et de la république éprouvant le courroux,
Les défenseurs d'Arcole expirent sous ses coups.
Bientôt une victoire encor plus décisive
Va confondre l'orgueil de l'Autriche craintive,
Dans deux jours de combats les débris d'Alvinzi
Ont fini leurs destins aux champs de Rivoli.
Mais, ô jeune vainqueur de plus de vingt batailles!
En dispersant des camps dompte aussi des murailles,

Et malgré les efforts des guerriers des Césars,
De Mantoue abattant les puissans boulevarts,
On t'admire, chassant Vurmser de son asile,
Couvrir de tes drapeaux le berceau de Virgile.
Malgré les souvenirs de ses faits glorieux
Et des flots d'Adria les remparts orageux,
Le lion de Saint-Marc, éperdu d'épouvante,
Voit la fierté de Tyr à ses genoux rampante.
De la fille des mers le génie imprudent
Avait osé braver le héros imposant,
Et, déplorant le sort de son noble rivage,
Sur son urne captive il frémissait de rage.
Le vainqueur de Venise, insultant à ses cris,
Du palais de son doge occupait les lambris.
Si de lauriers sanglans il couronne sa tête,
Il se distingue encor par une autre conquête;
Semblable aux fils de Rome, il enchaîne à ses chars
Les enfans glorieux des siècles des beaux-arts;
Et ces fils d'Apollon, exilés de Byzance,
Sous les ducs d'Étrurie adoptés dans Florence [5],
Des murs des Médicis passant sous ses drapeaux,
Des lauriers du Parnasse ombragent le héros.
Mais il devait unir, pour couronner sa gloire,
Le tombeau de Camille à son char de victoire.
Terre auguste et sacrée, où jadis l'univers
Vit ses maîtres vaincus traîner de honteux fers,
Réponds-moi, de ta gloire où sont les vieux prestiges?
Les siècles ont roulé sur ces nobles vestiges:
Reine des nations, Rome, où sont tes grandeurs?
Le temps a dévoré tes antiques splendeurs.
Le front du Capitole, enseveli sous l'herbe,
N'étonne plus le monde à son aspect superbe,
Et le Tibre muet entend les nations
Demander à ses bords : « Où sont les Scipions? »
Rome, de tes héros les ombres imposantes

Sont, pour te protéger, désormais impuissantes,
Les neveux de Brennus au sein de tes remparts
Vont fouler sous leurs pas la cendre des Césars.
Et le Tibre verra les étendards d'Arcole
Flotter sur les débris de l'altier Capitole.
Sors de ton vieux cercueil, mère de Régulus,
Adressant leur hommage aux tombeaux des Brutus,
Les Gaulois de ce jour à ta mémoire antique
Vont rendre les faisceaux de ta gloire civique.
Mais dans Tolentino, mémorable traité,
D'un triple diadème abaissant la fierté,
Le pontife du ciel implore leur clémence.
  Cependant du héros la propice puissance
Relève les drapeaux ennemis des Tarquins,
Aux fils du Latium il rend leurs vieux destins.
Liberté des Brutus, à la voix du grand homme
Ton génie évoqué sort du tombeau de Rome,
Et l'ombre de Caton, debout sur ce cercueil,
Aux peuples délivrés te montre avec orgueil.
Dis-nous quel est ton nom, ô déesse nouvelle!
Qu'entoure des faisceaux la pompe solennelle,
Et dis-nous quelle main t'éleva dans Milan:
Cisalpine, c'est toi qu'adore l'Éridan;
Le front ceint des lauriers cueillis au pont d'Arcole,
Tu crias: « Levez-vous, mânes du Capitole! »
« Les généreux neveux des héros d'Allia
« Ont dit: Reparaissez, faisceaux du Tarpéia! »
  Cependant des Germains les phalanges défaites
Dans les monts du Tyrol ont cherché des retraites;
Quand vainqueur de Jourdan et vainqueur de Moreau,
Un neveu des Césars au Tagliamento
Accourt par sa défaite achever la campagne.
C'était toi, prince Charle, honneur de l'Allemagne;
Guerrier, console-toi de ces premiers revers,
Tu cédas, tout devait céder dans l'univers.

Mais des Français vainqueurs Schœnbrunn dans l'épouvante
Contemple avec effroi la marche menaçante ;
Sur la Drave ont paru ces guerriers conquérans ;
Déjà de l'Illyrie ils occupent les champs.
Leurs succès inouis ont étonné le monde ;
Le Danube en mugit dans sa grotte profonde,
Et tremblant à l'aspect des étendarts français,
Son monarque à grands cris a demandé la paix.
Fier d'avoir abattu sa puissance orgueilleuse,
Le conquérant lui tend une main généreuse ;
Sur son auguste front il unit au laurier
Le rameau de la paix, le touchant olivier.
Il a dans Léoben, signalant sa clémence,
Renversé des combats la redoutable lance.

Adolescent vainqueur, honneur à tes faisceaux !
La victoire, fidèle à tes jeunes travaux,
Délivrant à ta voix les nations esclaves,
Suivit tes premiers pas dans l'arène des braves.
Cinq lustres ont à peine apparu sur ton front,
Que déjà, de la France allant venger l'affront,
Aux fiers Autrichiens tu ravis l'Ausonie,
Et des vieux généraux éclipses le génie.
De même que Condé, dans les champs de Rocroi,
Bien jeune à la Castille inspira de l'effroi,
Que le vainqueur d'Arbelle, en son adolescence,
Aux remparts de Cadmus signala sa vaillance,
Météore de guerre, à ta jeune valeur
Les trônes de l'Europe ont chancelé de peur ;
Tu fis, par ton génie et par ton grand courage,
Aux peuples étonnés douter de ton jeune âge.

O voûtes du triomphe, abaissez vos sommets !
Rappelé d'Hespérie après tant de hauts faits,
Le héros, couronné des lauriers italiques,
Vient goûter du repos les charmes pacifiques ;
Du vainqueur de Marsaille imitant les vertus,

Des honneurs il fuyait les insignes tributs;
Le guerrier philosophe, isolé mais tranquille,
Vivait presque ignoré dans un modeste asile;
Mais quittait-il les arts auxquels il se livrait
Dans les murs de Paris la gloire le suivait;
Malgré les sifflemens des serpens de l'envie :
« Voilà, » s'écriait-on, « le héros d'Italie! »

CHANT DEUXIÈME.

SOMMAIRE.

Romantique expédition d'Orient. — Proclamation. — Prise de Malte. — Souvenirs de l'Égypte. — Prise d'Alexandrie. — Les héros de l'armée française. — Kléber. — Succès en Afrique. — Consternation dans Memphis. — Apparition de l'Ange d'Ismaël ; il appelle les peuples du Nil à la guerre.— Préparatifs des Maures. — Dispositions du héros. — Bataille des Pyramides. — Mort de deux musulmans à la défense de l'étendard du prophète.—Retraite des Mameloucks. — *Soldats, quarante siècles vous contemplent du haut de ces pyramides !* — Effroi de l'Afrique. — Entrée dans Memphis. — Amour d'Ima, jeune odalisque du sérail de Mourat, pour le héros. — Respect à l'Islamisme. — Sentimens des imans pour le guerrier. — Régénération de l'Égypte.— Évocation des grandes monarchies qui ont régné sur elle.— Expédition de la Thébaïde. — Expédition de la Palestine.— Proclamation. — Halte dans le désert. — Hospitalité orientale. — Entrée dans la Judée. — Ombre de Godefroi. — Émirène et Seldir, ou les amours des Arabes pasteurs. — Assauts de Ptolémaïs. — Exploits de Lannes sur ses remparts. — Victoire du Thabor. —Ombres de Saladin et des croisés français. — Terreur de l'Asie. — Retour dans Memphis. — Troubles apaisés. — Victoire d'Aboukir.

CHANT DEUXIÈME.

O suave Orient ! offre-nous tes déserts,
Tes bosquets d'aloës, tes palmiers toujours verts,
Tes héros reposant sur le sein des sultanes,
Tes imans dont la voix aux tribus musulmanes
Du haut des minarets enseigne le Coran ;
Sur ton front basané, qu'orne un épais turban,
Viens des religions nous offrir les mystères
Et du génie ancien les poudreux caractères ;
Viens offrir à nos yeux tes patiens chameaux,
Du puits de tes déserts buvant les vieilles eaux,
L'Arabe vagabond, sa tente hospitalière
Et de tes Mameloucks la famille guerrière.
La France vient fouler les camps de tes tribus
Et dormir au sérail de tes émirs vaincus ;
Elle vient réveiller, sur tes temples rêveuse,
Des débris de Memnon la voix silencieuse ;
Elle vient du Carmel troubler les saints échos,
Et boire du Jourdain les baptismales eaux.
O peuple valeureux ! ô Français intrépides !
Allons interroger le temps aux pyramides.
Si le héros fuyait l'honneur de ses lauriers,
Au champ de Mars bientôt rappelant les guerriers,

Pour de nouveaux exploits la gloire le réclame.
Le grand homme, sensible à sa voix qui l'enflamm
A repris des combats le glaive menaçant;
Sa valeur va briller où règne le croissant.
Remontant sur le char qu'escortent les alarmes,
Aux murs de Sésostris il va porter ses armes,
Et planter de Lodi les fameux étendards
Sur la rive lointaine où naquirent les arts.
Les Pentarques, jaloux de sa gloire importune,
Exilent de nos murs le soldat de fortune;
Mais ce vainqueur du Tibre, à la gloire soumis,
Pour de nouveaux combats fait voile vers Memphis,
Et, fidèle à l'honneur, que sa grande ame adore,
Il vole épouvanter les rives de l'aurore.
« Soldats, » avait-il dit à ses fiers compagnons,
« Naguère aux Apennins guidant vos bataillons,
« Malgré l'aigle romaine, au milieu des tempêtes,
« J'ai forcé la victoire à couronner vos têtes;
« Mais la gloire en ce jour des bords de l'Occident
« Appelle nos drapeaux au fond de l'Orient.
« Nous avons à remplir de grandes destinées;
« Ravissons au turban ces rives éloignées,
« Des bords brûlans du Nil expulsant l'Ottoman,
« Sur le berceau des arts abattons le turban;
« Au trône de l'Égypte élevons la patrie,
« Purgeons des Mameloucks cette terre avilie;
« Bravant les vents, les flots, les déserts et la mort,
« Des peuples de l'aurore allons changer le sort,
« Et quand chacun de vous sous les palmes d'Afrique
« Goûtera le repos au foyer domestique,
« Alors il entendra dire aux Français surpris:
« Ce brave a combattu sous les murs de Memphis. »
A ces nobles accens, oracles de la gloire,
Les Français ont poussé des clameurs de victoire,
Et, traversant les mers sur les ailes des vents,

Leur flotte a dépassé le tombeau des géans.
L'île où des Solimans échoua la furie
A reçu nos guerriers sur sa roche asservie;
Leurs armes ont brillé sur le puissant chef-lieu
Des chevaliers du Temple et du tombeau de Dieu;
Et l'étendard sacré dont la gloire immortelle
Fut pendant si long-temps l'effroi de l'infidelle,
Noirci des feux de Rhode et du sang ottoman,
Couronné des lauriers du brave Lille-Adam,
En pavillon de gloire est hissé sur nos flottes.
Qu'entends-je? « Afrique! Afrique! » ont crié les pilotes,
Déjà d'Alexandrie on voit les minarets;
Sur les tillacs glissans pressant leurs flots épais,
Nos guerriers de l'Égypte ont salué la plage.
Terres des Pharaons, ô célèbre rivage!
Toi, qui vis tour-à-tour les dominations
Entasser sur tes bords leurs générations;
Toi, qui vis, du sommet de ta gloire éclatante,
Régner de Sésostris la couronne puissante,
Et qui soumise ensuite aux neveux de Bélus,
Vis leur drapeau chassé par celui de Cyrus;
Toi, qui vis, couronnés de palmes solennelles,
Le vainqueur de Pharsale et le vainqueur d'Arbèles
En maîtres reposer au temple d'Osiris;
Toi, qui vis sur les bords de ton vaste Mœris
Ismaël, insultant à ton ame abrutie,
Faire caracoler les coursiers d'Arabie;
Vieux fleuve, dont les rois consultaient les savans,
Qui plus tard, d'Yémen saluant les turbans,
Vis du farouche Omar les torches dédaigneuses
Des muses dévorer les veilles studieuses,
O Nil! où sont tes lois, tes sages, tes travaux?
Imbécile vieillard, tu dors sur leurs tombeaux!
Et tes sens, abrutis sous le joug des Tartares,
T'ont fait rétrograder vers les âges barbares.

O toi ! dont la sagesse éclaira l'univers,
Des beys des Mameloucks tu portes donc les fers ?
Et ton front, prosterné dans ces honteuses chaînes,
Ne se souvient donc plus d'avoir instruit Athènes ?
Un stupide sommeil engourdit les climats
Où la Grèce a puisé ses lois sur les états.
Mais les sages de France à ces bords vont paraître,
Sur les débris des arts les arts vont donc renaître ?
Déjà vainqueurs des mers, nos héros valeureux
D'Alexandre ont conquis les remparts glorieux.
Quels guerriers ont du Maure abordé le rivage ?
Qui ?... Déjà la victoire a vieilli leur courage,
L'histoire à l'univers a déjà dit leurs noms.
Des couronnes de chêne ornent encor leurs fronts.
Leurs drapeaux, sillonnés par les feux du tonnerre,
Offrent sur leurs lambeaux, respectés par la guerre,
Les noms, les noms fameux d'Arcole et de Lodi.
Vainqueurs qu'ont illustrés Mantoue et Rivoli,
Quel dessein vous conduit sur la rive africaine ?
Vous voulez l'enchaîner au trône de la Seine ;
D'Albion sur le Sinde abattre les destins,
Et venger le saint roi des fers des Sarrazins ?
Ces généreux projets sont dignes de vos armes.
La France y peut trouver le pouvoir et ses charmes,
La France peut de là, reine de l'Orient,
Faire régner ses lois sur l'ancien continent,
Gouverner l'Africain, le Mogol et le Mède :
C'est là le point d'appui du levier d'Archimède,
La France peut de là remuer l'univers.
Volez donc, ô Français ! soumettre les déserts.
Le trône des soudans va crouler chez le Maure ;
Jamais tant de héros marchèrent vers l'aurore,
Jamais tant de grands noms parurent à la fois :
Murat qui doit un jour monter au rang des rois ;
Marmont, bien jeune encor, mais déjà vieux de gloire ;

Eugène, enfant héros qu'élève la victoire;
Le guerrier dont Dantzick dira la fermeté;
Bertrand, si grand depuis par sa fidélité;
Junot, qui plantera nos aigles sur le Tage;
Lannes, dont le génie et l'étonnant courage
Présagent les destins du grand Montebello;
Rampon, le défenseur de Montélésino;
Berthier, du général le compagnon fidèle;
Dupuy, qui va périr sous une main rebelle;
Lanusse, Bon, Vial, Verdier, Regnier, Vaubois;
Dommartin, qui trop tôt finira ses exploits;
Bessières, qui mourra comme le grand Turenne;
Toi, brave Dumesnil, défenseur de Vincenne,
Qui ne marchais encor qu'au rang des grenadiers;
L'habile Andréossy, chef des bronzes guerriers;
Davoust, que Ratisbonne inscrira dans l'histoire,
Et dont les jours d'Hambourg couronneront la gloire;
Menou, qui va, de Rome abandonnant l'autel,
Immoler l'Évangile à la loi d'Ismaël;
Vous arrivez des bords que la Vistule baigne,
Généreux Polonais, qui suivez notre enseigne;
Zagonscheck, qu'Alexandre au trône appelera;
Le vaillant Sulkouski, qui trop tôt périra;
Désaix, déja fameux par plus de vingt batailles;
Cafarelli, dont l'art renverse les murailles.
Et toi que la Vendée et les peuples du Rhin
Ont vu dans les combats aussi brave qu'humain,
Premier des lieutenans du héros d'Hespérie,
Kléber, dont le grand nom honore la patrie,
Sous les murs du soleil va prouver ta valeur.
Mais quel spectacle affreux me frappe de douleur?
De quel sang fume donc l'autel du fanatisme?
Qui vient-on d'immoler au dieu de l'islamisme?
Séide malheureux, quel coup as-tu porté?
« Le dieu de Mahomet doit seul être écouté!

« Son glaive par ma main a frappé l'infidèle,
« Kléber est descendu dans la nuit éternelle.
« J'obéis au seigneur qu'il avait outragé;
« Sultan bras-d'or n'est plus, Ismaël est vengé! »
O grand homme! Kléber, militaire génie!
Tu ne reverras plus le ciel de la patrie;
Le poignard bornera ton glorieux destin;
La mort, la mort t'attend chez l'Arabe inhumain.
Vous, troupe plus paisible et non moins glorieuse,
Qui suivez des héros la course audacieuse,
L'Égypte vous attend, savans, amis des arts,
Allez interroger leurs monumens épars.
D'une main curieuse exhumez ces portiques
Que la ronce a couverts de ses replis antiques,
Et d'un œil scrutateur explorez ces tombeaux
Où l'ignorant Bédouin fait paître ses chameaux.
Mais déja des Français l'armée aventurière
Foule des Africains la brûlante carrière;
Les drapeaux de Lodi sur le Nil ont flotté.
Devant eux de son front courbant la vétusté,
Ce fleuve a vu frémir nos guerriers intrépides
A l'imposant aspect des vieilles pyramides.
La France a contemplé ces hardis monumens
Qu'a vainement battus l'aile hostile des temps;
Rempli d'enthousiasme et découvrant sa tête,
Son chef a salué cette auguste conquête:
« Gigantesques enfans des beaux-arts du désert,
« Recevez notre hommage à votre gloire offert;
« A votre antique aspect d'un saint transport émue,
« Tombeaux des Pharaons, la France vous salue! »
Il dit, et ses guerriers, de gloire radieux,
Sur la cendre des rois courbent leurs fronts poudreux.
Fantôme d'un grand prince honneur de ce rivage,
Ombre de Sésostris, accepte leur hommage;
Dans Thèbe ils planteront les drapeaux d'occident,

Au pied de ton sépulcre ils vont asseoir leur camp.
Africus en ce jour agite leur bannière;
Le désert la blanchit de sa sombre poussière,
Et par de sages voix le Sphynx interpellé,
Dans ses sens captieux s'est déjà révélé.

Dans Memphis cependant la prompte renommée
Raconte les exploits de l'étrangère armée ;
La consternation règne dans ses remparts ;
Tout tremble sur le sol, père antique des arts.
Mais l'ange d'Ismaël apparaît à ma vue;
De son aile légère il fend la vaste nue ;
Aux sillons que son vol a laissés dans le ciel
On dirait qu'il descend de l'empire éternel;
Des vents avec respect on voit l'haleine ardente
Caresser les longs plis de sa robe flottante ;
Du croissant sur son front brillent les pâles feux,
Ce front est décoré d'un turban somptueux;
Une barbe touffue ombrage sa poitrine ;
On dirait Mahomet adoré dans Médine ;
Un large cimeterre arme son bras puissant,
La fureur fait mouvoir ce glaive menaçant;
Un livre d'or paraît dans la main du génie,
C'est le livre des lois du dieu de l'Arabie :
Que vois-je en traits de sang par ce code prescrit?
« L'islamisme ou la mort ! » dans ce livre est écrit.
Mais le génie arrive ; à sa sainte présence
Le désert effrayé se prosterne en silence ;
A l'aspect menaçant de cet ange irrité,
Son front aride abaisse à l'instant sa fierté.
Des ombres des soudans troublant les funérailles,
Sa bouche vient souffler la rage des batailles ;
Et du Dieu de la Mecque invoquant les saints noms,
Des croyans consternés armer les escadrons.
Il prend d'un vieil iman l'austère et fier visage,
Du haut d'un minaret enflammant leur courage :

« Aux armes! » leur dit-il, « enfans des bords du Nil,
« Du Dieu de Mahomet le culte est en péril :
« Les terribles guerriers d'un peuple téméraire
« Des lieux où le soleil termine sa carrière,
« Guidant vers le désert leurs sacriléges camps,
« Sont venus renverser les autels des croyans.
« Il est temps de marcher, ô cavaliers numides [6]!
« Leur enseigne est flottante au pied des pyramides.
« Ah! si vous n'arrêtez ces farouches vainqueurs,
« Bientôt dans l'Arabie, en proie à ses fureurs,
« Bravant de Mahomet la vengeance divine,
« L'impie aura souillé les cendres de Médine.
« Terribles instrumens des vengeances du ciel,
« Volez donc d'Ibrahim sauver l'antique autel;
« Orgueilleux de servir la colère éthérée,
« Du prophète arborer la bannière sacrée;
« Que la lance d'Allah, sous cette enseigne en deuil,
« Plonge par votre main l'infidèle au cercueil.
« Sellez, ô musulmans! les coursiers du carnage;
« Volez de l'Alcoran défendre l'apanage :
« L'ange exterminateur va, s'élançant des cieux,
« Diriger d'Ismaël les escadrons poudreux.»
Il dit; après ces mots, précurseurs des orages,
L'ange de l'Arabie a fui dans les nuages.
Mais à sa voix la guerre entonne ses concerts;
La trompette a troublé les échos des déserts,
Et dans ses murs fameux qu'ébranlent les alarmes
Memphis a retenti du cri terrible : « aux armes! »
Les guerriers du Caucase arborent leurs drapeaux [7];
Les tribus du désert convoquent leurs héros;
Des enfans d'Ibrahim les nomades bannières
Flottent au bord du Nil sur les lances guerrières;
Couvrant du turban vert leurs olivâtres fronts,
Les beys ont rassemblé leurs vaillans escadrons :
Tout offre dans Memphis un appareil terrible;

Mais le héros français, à ce bruit insensible,
Attend ses ennemis au pied des vieux tombeaux
Qui vont servir de titre à ses hauts faits nouveaux.
Brûlant de couronner les Français intrépides,
La victoire planait au haut des pyramides.
Sous leur soudan Mourat, sur leurs bouillans coursiers,
Déjà des Mameloucks les escadrons légers,
Aux sons du clairon maure, en des flots de poussière,
Des plaines de la mort ont ouvert la barrière.
Aux enfans de Ménès commandant le respect,
L'étendard de la Mecque offre au Nil son aspect :
Sous le drapeau sacré que l'Orient honore,
Réunis aux guerriers du sultan du Bosphore,
Les vagabonds enfans des fiers Nabathéens
Vont contre les Français éprouver les destins.
Le héros, pour dompter leurs armes menaçantes,
Va déployer contre eux des manœuvres savantes :
Des vainqueurs de Crassus imitant la valeur,
Le guerrier de l'aurore, en sa bouillante ardeur,
Signalant à son gré sa fougueuse vaillance,
Maniant en désordre ou le sabre ou la lance,
Sur son coursier arabe aussi prompt que l'éclair,
Charge et fuit tour à tour véloce comme l'air;
Le héros, pour braver ces manœuvres étranges,
D'Arbèle a rappelé les épaisses phalanges;
En quadruples remparts ses bataillons puissans
Offrent aux Mameloucks des boulevarts vivans.
Déjà la foudre tonne en ces remparts habiles,
Et Mourat a chargé ces murailles mobiles;
Le salpêtre enflammé du sein des bataillons
Vomit au loin la mort dans ses fiers escadrons.
Dans des torrens de feu, sur leurs coursiers rapides,
Affrontant le trépas aux éclairs homicides,
Sur le front et les flancs des bataillons serrés,
Protégés par la foudre et de fer acérés;

Aux cris : Allah ! allah ! leur vieux hurra de guerre,
Les héros de Memphis fondent comme un tonnerre.
En vain ils font tomber des Français sous leurs pas,
La valeur sur la mort vient braver le trépas ;
Et pensent-ils percer l'enceinte qu'il renferme,
Soudain du mur vivant la brèche se réferme ;
En vain les escadrons chargent de toutes parts,
Rien ne peut entamer ces enflammés remparts.
Tels qu'un rocher, battu par l'affreuse tempête,
Levant du sein des mers son orgueilleuse tête,
Du flot qui tour à tour vient et fuit frémissant
Voit mourir à ses pieds le courroux impuissant,
Les bataillons français, que le carnage entoure,
Bravant des Mameloucks la superbe bravoure,
Refoulant par leurs feux leurs escadrons bouillans,
Environnent leurs fronts de leurs débris sanglans.
En proie au désespoir, cette cavalerie
Veut mourir tout entière ou sauver la patrie ;
Et Mourat écumant, par un dernier effort,
Veut fixer la victoire ou marcher à la mort.
Sur les héros français cette élite guerrière
Comme un torrent fougueux s'élance tout entière ;
Mais des bronzes tonnans, des tubes enflammés
La mort vole en courroux sur ses rangs alarmés ;
Du sein des pelotons le feu roulant sans cesse,
Fait pleuvoir sur Mourat la foudre vengeresse ;
Couvrant de ses éclats les escadrons errans
La mitraille en fureur rompt ses valeureux rangs.
Mais c'est en vain ; l'ardeur de son bouillant courage
Recule en frémissant et recharge avec rage.
Allah ! ce Bey s'épuise en efforts superflus,
Sous les feux des héros ses rangs sont étendus :
C'est l'affreux Océan, dont la fougue impuissante
Veut, mais en vain, franchir sa barrière écumante.
Immobile au milieu de ces fiers cavaliers

Qui veulent l'écraser sous leurs chocs meurtriers;
Immobile au milieu de ses foudres qui tonnent,
La France, que la flamme et le fer environnent,
Est comme une cité dont les créneaux en feux
Vomissent le trépas sur des guerriers fougueux.
Bravant les traits mortels qui volaient sur sa tête,
Zulmar allait sauver l'étendard du prophète;
Connaissant sa valeur, à ce fier musulman
Mourat a confié la gloire du turban.
Ses compagnons fuyaient sur le champ des alarmes;
Il appelle Saëd, Saëd, son frère d'armes;
La panthère au désert fuyait leurs traits brûlans,
Et sous la même tente ils dormaient dans les camps;
Le fier Saëd accourt à la voix de son frère,
Il couvre de son corps la divine bannière,
Et ces deux musulmans, de blessures couverts,
Fiers de sauver l'honneur des guerriers des déserts,
Reculaient lentement sur ce champ de bataille.
Le coursier de Saëd, atteint par la mitraille,
Sur la brûlante arène est tombé tout sanglant;
Le Maure était captif et Zulmar, frémissant,
Pour défendre son frère auprès de lui s'élance;
Aux Français fièrement il montre encor sa lance.
« Zulmar, » criait Saëd, en poussant un soupir,
« Ah! sauve l'étendard et laisse-moi mourir. »
Et Zulmar, que la gloire et l'amitié combattent,
Ne sait plus que résoudre et ses esprits débattent
S'il doit sauver son frère ou l'honneur d'Ismaël;
Mais l'amitié l'emporte en son cœur fraternel,
Il sauvera Saëd ou finira sa vie.
A ce touchant aspect la France est attendrie;
Sur ces deux Mameloucks marchent ses grenadiers;
« Rendez-vous!» disaient-ils aux généreux guerriers;
Et des Maures amis les prunelles farouches
Leur répondaient: « la mort! » à défaut de leurs bouches.

Zulmar, Zulmar surtout frémissait de fureur;
Ciel! du saint étendard il compromet l'honneur!
Pourra-t-il, s'il le perd, Allah! pourra-t-il vivre?
Non, à cette infamie il ne pourra survivre;
Et la mort part alors du sein de son tromblon:
Des grenadiers français il rompt le peloton;
Saëd aussi l'imite, et nos guerriers encore
Leur criaient: « rendez-vous, soldats du drapeau maure! »
Le fer est sur leur sein, et ces braves amis
Font planer sur nos preux leurs glaives ennemis;
Le sang coulait encor, et la France, terrible,
Fermant à la pitié son ame trop sensible,
Donne enfin le trépas à ces fiers musulmans;
Mais couvrant leur drapeau de leurs corps expirans,
Mais s'appelant encor d'une voix affaiblie,
Ils meurent pour l'honneur, l'amitié, la patrie.
Et l'étendard divin de l'antique Orient
Viendra de notre gloire éblouir l'Occident;
Ce vieux drapeau d'Omar, cette verte oriflamme,
Qui flotta jusqu'a Tours sur les champs d'Abdérame;
Ce drapeau, la terreur du soldat castillan,
Lorsque l'Abencérage, inclinant son turban,
Le saluait vainqueur sur les murs de Grenade;
Ce drapeau des soudans, qui, dans Tibériade,
Triompha de la croix sous le grand Saladin,
Vient venger dans nos camps l'honneur du nom chrétien.

Des vaillans Mameloucks la bravoure terrible,
Vient d'expirer au pied d'un courage paisible,
Et les Français ont vu, vainqueur de leur émir,
A leur froide valeur le héros applaudir.

Les guerriers de Mourat, déplorant leur retraite,
Dans les déserts sacrés vont cacher leur défaite;
Le prudent Ibrahim rassemblant leurs débris,
Ils pleurent en quittant les remparts de Memphis;
Trop grands pour implorer une indigne clémence,

Dans les rocs de Saïde ils cachent leur vengeance;
Et, délaissant l'Égypte à ses nouveaux destins,
Ils vont régner encor aux vieux remparts thébains.
De leurs chants de victoire aux portes de l'Aurore
Les Français font mugir les rives du Bosphore;
Ils ont gravé leurs noms sur ces vieux monumens
Dont la masse résiste à la lime des ans.
Le grand homme, foulant l'enseigne orientale,
Pour combler de ses preux l'ivresse triomphale,
Leur dit, de leurs exploits citant les vieux témoins :
« O guerriers! la terreur des climats africains,
« Par le temps entassés sur ces nobles colonnes,
« Décorant vos drapeaux d'étrangères couronnes,
« Les siècles, étonnés d'un aspect solennel,
« Contemplent les vainqueurs des guerriers d'Ismaël! »
Les antiques échos des monumens du Caire
Prolongeant ces accens chez le noir Bérébère,
Le Niger en frémit, l'Atlas est ébranlé,
Son olivâtre peuple à ses pieds a tremblé,
Et l'Euphrate, célèbre à ce bruit qui l'étonne,
D'un flot épouvanté vient frapper Babylone.
Le Delta, délivré de ses fiers oppresseurs,
A gémi sous les pas de leurs vaillans vainqueurs.
Les mains de la victoire ouvrent à leurs cohortes
Des remparts de Fatim les glorieuses portes 8;
Elle vient déployer leurs étendards flottans
Sur les hauts minarets aux dômes éclatans;
Leur ouvrir les bazars où les tributs du Gange
Aux tributs de l'Europe unissent leur mélange;
L'empire des soudans se soumet à leurs lois,
Et le héros vainqueur succède au roi des rois 9.
Il vient se reposer dans les bras de la gloire,
Au sérail où d'Omar les hymnes de victoire
Réglaient de l'Orient les destins interdits.
Des successeurs d'Aaroun occupant les lambris,

Sur le balcon doré qui prolongeait sa vue
Sur les rians jardins, où d'une ame éperdue
Le fier Maleck-Adhel, loin des bruits de la cour,
Pour la sœur de Richard soupira son amour,
Le héros, d'un beau soir vient respirer la brise.
Mais quel son vient frapper son oreille surprise ?
Les accens d'une femme ont fait battre son cœur.
C'est toi, sensible Ima, dont la douce langueur
Vient au sultan français révéler ta tendresse ;
Depuis que tu l'as vu la plus brûlante ivresse
Circule dans ton cœur en proie aux premiers feux.
O belle Ima ! repousse un amour malheureux !
Des tribus de Médine, aimable et noble fille,
Par des Bédouins vainqueurs ravie à ta famille,
Au sérail de Mourat tu consumais tes jours ;
Il t'aimait ; dédaignant d'indiscrètes amours,
Toujours tu repoussas les transports de sa flamme.
Mais ta bouche en ce jour a dévoilé ton ame ;
De sa plainte amoureuse étonnant le héros,
Sur un téorbe arabe elle chante ces mots :
« Amour ! la fière Ima reconnaît ton empire !
« Pour la première fois son cœur altier soupire.
« L'aigle terrible et fort du rocher d'Occident,
« Planant au haut des airs du captif Orient,
« Pourrait-il écouter, en sa plainte attendrie,
« La tourterelle, enfant du palmier d'Arabie ?
« Toi, dont la lance ardente a dévoré nos camps,
« Vainqueur des Mameloucks, puissent mes doux accens,
« Des parfums d'Yémen imitant la fumée,
« Voler avec la brise à ton ame charmée.
« Tes yeux, comme les yeux du lion des déserts,
« Dans le feu des combats vomissent des éclairs ;
« Ne sauraient-ils, plus doux aux soupirs d'une belle,
« Prendre le tendre aspect des yeux de la gazelle ?
« Ton bras, semblable au bras de l'ange de la mort,

« Des escadrons des beys a terminé le sort;
« Ne pourrait-il presser d'une étreinte amoureuse
« Sur ton sein palpitant la Maure langoureuse?
« Nos guerriers, succombant sous tes brûlans exploits,
« A la foudre d'Allah comparèrent ta voix;
« Réprouvant les clameurs qui règlent le carnage,
« Des houris pourrait-elle emprunter le langage,
« Quand leur bouche de rose, aux soupirs séduisans,
« Récompense la foi des fidèles croyans?
« Écoute, ô mon vainqueur! la fille de l'aurore,
« Descends, sultan Kébir, la tendre Ima t'adore 10;
« La fierté de son cœur pour toi seul a fléchi;
« L'onde de la citerne est moins pure que lui :
« En vain de ce harem, où ton ame soupire,
« L'amour du grand Mourat lui présenta l'empire;
« Toujours dans son orgueil il rejeta ses vœux;
« Ce cœur vierge et sensible autant que généreux,
« Réprouvant du sérail les coutumes honteuses,
« D'un amant de son choix dans ses chaînes heureuses
« Veut faire le bonheur. O Français valeureux!
« Comme dans nos bosquets le lierre amoureux
« Au rosier indien s'unit avec caresse,
« Descends, sultan Kébir, qu'en mes bras je te presse.»
En ces mots l'odalisque exprime avec ardeur
Son premier chant d'amour à son ému vainqueur.
Le flambeau de la nuit, caché par le nuage,
Dans ses flots vaporeux s'ouvre alors un passage,
Et le héros d'Ima contemple la beauté:
Du palmier du désert son port a la fierté;
Comme un jonc du Mœris sa taille s'offre encore;
Son teint, qu'a respecté l'astre brûlant du More,
De la rose du Gange a toute la fraîcheur;
Et ses yeux, qu'enflammaient les pensers de son cœur,
Peut-être allaient trouver le grand homme sensible;
La flèche du Bédouin fut pour lui moins terrible;

Mais les soins de sa gloire et ses premiers sermens
Viennent fermer son ame à de doux sentimens;
Redoutant de l'amour l'amollissant empire,
Du balcon à grands pas le héros se retire.
Il savait qu'en ces lieux le dieu puissant des cœurs
Avait plus d'une fois enchaîné les vainqueurs :
Ici pour Cléopâtre, en son ivresse immonde,
Antoine abandonna la couronne du monde;
Ici de cette reine on vit César épris,
Dans ses bras, de l'empire oublier les soucis;
Là le grand Saladin, endormi sous sa chaîne,
Soupira le doux nom d'une reine chrétienne.
Et dès que le soleil a brillé sur Memphis,
Du harem des soudans désertant les lambris,
Sous une escorte sûre Ima, pâle, interdite,
Dans les déserts thébains à Mourat fut conduite,
Et des plus grands desseins occupant son espoir,
Le héros de l'amour a bravé le pouvoir.

O prodige du siècle! aux rives de l'aurore,
Debout sur les débris de la puissance maure,
Sur les bords du Mœris, couverte de lauriers,
La France se repose à l'ombre des palmiers.
Sa valeur, que l'Arabe en pâlissant admire,
Au fond de l'Orient vient fonder un empire;
Foulant d'un pied vainqueur la fierté du turban,
La France veut ravir le Caire à l'Alcoran;
Par ses superbes lois, aux murs des Ptolomées
Asservissant du Nil les castes alarmées,
La France veut en reine, au trône des déserts,
Faire régner son nom sur un autre univers;
Et le vainqueur du Nil, jaloux de cette gloire,
Habile à profiter des fruits de la victoire,
Pour cimenter ses droits aux climats d'Egyptus,
Veut par de grands bienfaits s'attacher les vaincus.
Soldat législateur, et politique habile,

Il ménage la foi de ce peuple imbécile;
Son bras laisse debout au sol des Pharaons
Le trône enraciné des superstitions;
Dans les siècles passés puisant de grands exemples,
Du dieu des musulmans il respecte les temples :
« Des fers des Mameloucks je viens vous affranchir, »
Aux peuples du Delta dit le sultan Kébir;
« Puisse Allah, réprouvant cette oppressive horde,
« Sur vous jeter les yeux de sa miséricorde ! »
Sa sagesse a conquis l'amitié des imans;
Du haut de la mosquée, aux basanés croyans,
Les musseins ont crié : « Peuples, courbez la tête,
« Le grand sultan Kébir est l'ami du prophète;
« Des vieux enfans d'Omar il est le protecteur,
« C'est Allah qui l'envoie, honorez ce vengeur;
« Oui, sur son char de feu qu'escorte le tonnerre,
« Il a des mameloucks délivré notre terre.»
Mais laissant sur ses yeux le bandeau de l'erreur,
Il cherche à rendre au Nil son antique splendeur.
Ce vieux fleuve, endormi dans les bras du mensonge,
De ses destins passés n'avait pas même un songe;
Ses fils dégénérés foulaient avec mépris
De ses siècles fameux les dispersés débris;
Répandus sans honneur, ces vestiges de gloire
A ce grand peuple en vain parlaient de son histoire;
Méconnaissant des arts les monumens poudreux,
Sur eux il promenait ses regards dédaigneux.

Dépouilles que le temps couvre de voiles sombres,
Des siècles écoulés, ô solitaires ombres!
Palais déserts des rois, temples souillés des Dieux,
Des dominations témoins silencieux,
Vieux monumens, parlez, la France vous l'ordonne.
Couverts du bouclier de la fière Bellone,
Ses sages en ce jour vous ont interpellés,
Vous qu'épargna le temps, vieux monumens, parlez!

O prodige! à la voix de nos doctes génies,
S'élevant des *tombeaux* des grandes monarchies
Cinq femmes à leurs pieds de ces funèbres lieux
Accourent secouer leur vêtement poudreux.
La première naquit sur ces rives fameuses,
Cette femme portait dans ses mains orgueilleuses
La mitre qui ceignit le vieux front d'Osiris,
Et le sceptre éclatant que porta Sésostris;
Elle parlait aux yeux par d'étranges figures;
Apis à ses côtés poussait de saints murmures,
Et l'auguste Anubis de sacrés hurlemens.
La seconde offre aux yeux de riches vêtemens,
L'Euphrate la vit naître auprès de ses rivages;
Sa bouche murmurait l'idiome des mages;
Le feu sur un autel recevait son encens,
Et le Zendavesta fixait ses yeux ardens.
La troisième Puissance, amazone héroïque,
Porte d'un bras vainqueur la lance du Granique;
Les muses l'ont bercée au pied de l'Hélicon,
Et, célébrant Ulysse, Achille, Agamemnon;
Debout sur son tombeau chantait le vieil Homère.
Couvertes de lauriers, de sang et de poussière,
Les dépouilles du monde et l'aigle des Romains
De la femme qui suit ont surchargé les mains;
Sur les débris des rois par Bellone élevée
Du sein du Capitole elle était arrivée;
Sa voix de la tribune a retenu les sons:
Instruites par le ciel à de mêmes leçons,
Ces deux sœurs à leurs yeux ont vu Vénus sourire,
Le sinistre Pluton ouvrir son noir empire,
Neptune dévoiler ses humides manoirs,
Et le grand Jupiter froncer ses sourcils noirs.
La myrrhe d'Arabie a parfumé la robe
Et les courts cheveux bruns, qu'un turban vert dérobe,
De la cinquième femme au visage bronzé;

Son compagnon fidèle, un coursier embrasé,
Du désert sous son poids fait voler la poussière;
Encor jeune en ces lieux, l'iman à la prière
Appelle-t-il le Nil du haut du minaret,
Elle chante avec lui l'hymne de Mahomet.
« O femmes ! » ont crié les sages de la France
A ces sœurs dont l'aspect attestait leur puissance,
« Reines, qui tour à tour dans vos rapides lois,
« Du sceptre de l'Égypte avez porté le poids,
« Que reste-t-il de vous? hélas! que des décombres,
« Vous avez sur le Nil passé comme des ombres.
« Sur vos anciens palais aujourd'hui vos tombeaux
« Le pâtre d'Ismaël voit errer ses troupeaux:
« Comme un profanateur, illustres origines,
« Son ignoble turban plane sur vos ruines.
« Nous, plus respectueux, nos pieuses clameurs
« Ont de la nuit des temps évoqué vos splendeurs.
« Révélez à nos yeux ces grandeurs solitaires,
« De la mort aux vivans révélant les mystères,
« Sous nos lois en Égypte à vos troncs mutilés
« Faites-vous reconnaître, ô siècles écoulés! »
Ils disent, à leurs cris, d'Égyptus la mémoire
Rétrograde à grands pas dans les champs de l'histoire,
Et parmi les débris de ses grands monumens
On voit se rajeunir l'immortel dieu des temps;
Ce vieillard, secouant ses ailes triomphales,
Déroule à nos savans ses poudreuses annales;
Et le vieux fleuve a vu, soulevant son bandeau,
Le génie à ses pieds rallumer son flambeau.

Mais des fiers mameloucks le soudan intrépide
A relevé son front au désert de Saïde.
Désaix a contre lui guidé ses bataillons:
Abattant de Mourat les derniers escadrons,
France, enorgueillis-toi, tes vaillantes cohortes
Ont foulé les débris de la ville aux cent portes.

O cendres de Memnon ! les vainqueurs de Memphis
Se sont assis sur vous aux murs de Sérapis [10] :
Flottant sur son squelette, un instant nos bannières
De Thèbe ont repeuplé les débris solitaires ;
Elles ont ranimé ces murs silencieux,
Où Ménès a gravé ses traits mystérieux.
Sauvage Thébaïde, où sont tes cénobites ?
L'islamisme a souillé les tombeaux des ermites ;
Terre des saints exils, muette dans les fers,
Le silence des morts régnait dans tes déserts ;
Tes échos, qui jadis aux saintes habitudes
Répétaient au seigneur l'hymne des solitudes,
Tes échos se taisaient mornes comme les nuits.
Mais ils ont murmuré nos victorieux cris :
Oui, les fiers voyageurs qu'avait armés la France,
Dans Saïde invoquant la sainte pénitence,
Sont venus remuer la poudre des tombeaux
Qui couvrait de la croix les austères héros.
Quoi ! des lauriers du Nil leurs têtes encor ceintes
Ces guerriers vont d'Hébron cueillir les palmes saintes ?
Aux tentes d'Abraham, au tombeau de Rachel,
Ils vont interroger les mânes d'Israël ;
Sous leurs drapeaux couverts de la poudre sacrée
Les fils de Lusignan reverront Césarée ;
Aux champs de Débora leurs coursiers belliqueux
Troubleront du Jourdain les flots miraculeux.
Muse sacrée, écoute, aux remparts de Solime,
Accorde les accens de ta harpe sublime,
O fille de David ! muse, réveille-toi,
Tu vas revoir les camps des fils de Godefroi.
Vole-t-il enchaîner à son char de conquêtes
La terre qu'enchanta la harpe des prophètes,
La terre où Jérémie exhala ses douleurs,
Des palmes de Sichem enviant les honneurs :
« Français, » dit le héros aux conquérans du Caire,

« L'Orient étonné vous craint et vous révère.
« Sous le rare sang-froid d'un courage immortel
« Le Nil a vu tomber les drapeaux d'Ismael;
« Sous les bronzes guerriers que le tonnerre embrase
« Vous avez abattu les tribus du Caucase;
« Et l'humble Thébaïde a vu vos étendarts
« Flotter sur les débris des chefs-d'œuvre des arts.
« Mais, pour venger ses rois par sa gloire nouvelle,
« Sur les bords du Cédron la France nous appelle;
« De ses fils, qui jadis ont régné dans ces lieux,
« Je vous mène effacer les revers odieux.
« Oui, portons nos drapeaux sur la terre sacrée;
« Notre honte est encore inscrite à Césarée;
« Vengeurs des vieux affronts faits à l'honneur français,
« Portons dans ses remparts l'effroi de nos hauts-faits;
« Et, du jour d'Ascalon invoquant la mémoire,
« Aux peuples du Jourdain rappelons notre gloire.
« Des Français sur Cédar faisons régner la loi;
« Relevons le vieux trône où siégea Godefroi,
« Oui, soldats, arrachons à ses odieux maîtres
« Le sceptre de Bouillon qu'ont porté nos ancêtres;
« Et, plantant nos drapeaux sur les murs de Juda,
« Allons graver nos noms sur le mont Golgotha. »
Il dit, et le désert, levant sont front aride,
Menace d'étouffer le conquérant numide;
Sa poudre, qu'il soulève en tourbillons affreux,
Menace d'engloutir ses camps audacieux.
Les guerriers de Cambyse et l'étendard des Mages
Ont trouvé leur tombeau dans ses brûlantes plages,
Et, de sa mer de sable enflant encor les flóts,
Il voudrait de la France abîmer les drapeaux;
Mais ses soldats, vainqueurs de sa poudre ennemie,
Iront asseoir leur tente aux champs de la Syrie.
Tandis que ces guerriers, dans son morne néant
Qu'embrasait de ses feux l'astre de l'Orient,

Dans leur marche imitant la caravane maure,
Franchissaient à grands pas ces sables de l'Aurore,
Et que leurs yeux cherchaient, blessés par le rayon,
Dans la vague étendue un terme à l'horizon,
Dans son cercle grisâtre on voit flotter des tentes:
Reposant au milieu de ces plages ardentes,
Des Arabes campaient vers le puits d'Ismael.
C'était l'heure où le Maure adresse à l'Éternel
L'hymne antique d'Agar, au désert exilée.
Des Français vers ce lieu l'armée est ébranlée;
Et bientôt les regards de ces nomades camps
Des tentes de Médine ont fixé les croissans.
Leur cheick a salué les guerriers de la Seine.
Ses chameaux, fatigués, ruminaient sur l'arène.
Quand il eut de la loi fait les ablutions,
A ses noirs serviteurs, contre d'ardens rayons,
Trois palmiers ont prêté leur ombre hospitalière.
Près d'un agreste autel, fondé sur la poussière,
Ses enfans recueillis, prosternant leur turban,
Récitaient à ses pieds les versets du Coran.
Mais auprès du héros, d'une grave démarche,
On a vu s'avancer le Maure patriarche:
« Salut, ô fier Kébir! » a-t-il dit au guerrier;
« Puisse du grand Allah le divin bouclier,
« De ta lance de feu réfléchissant la flamme,
« Couvrir dans les combats que ta valeur enflamme
« Ton cœur de léopard et ton front de sultan;
« Et puissent les houris, ô terrible soudan!
« Quand viendra l'ange blanc dans le harem sublime
« Te conduire à côté du père de Fatime,
« Te presser sur leur sein d'un bras voluptueux.
« Partis pour accomplir le plus grand de nos vœux,
« Nous allons à Médine, au tombeau du Prophète,
« Voudrais-tu sous ma tente, où le gâteau s'apprête,
« Partager avec moi mon modeste festin?

« Kébir, j'en bénirais mon fortuné destin.
« — Frère, » dit le héros, «je m'assieds à ta table. »
Courbant alors vers lui sa tête vénérable,
Le cheick lui tend la main de l'hospitalité,
Et du seuil d'Ismaël foulant l'antiquité,
Sur des nattes de jonc, le héros de la France
Partage avec l'émir le pain de l'alliance.
La tente fait flotter ses ondoyans remparts,
Un cordon l'a fermée aux indiscrets regards.
La figue de Faioum, l'olive d'Alexandre,
Le gâteau de millet de riz cuit sous la cendre,
La datte du palmier et son vin pur et frais
D'une table frugale ont fait tous les apprêts.
Des mœurs de l'Orient la loi patriarcale
Offerte dans l'aspect que cette tente étale,
L'Arabe et sa famille ont, aux yeux du guerrier,
Rappelé d'Ibrahim le toit hospitalier.
La fille de l'émir, la chaste Zéloïde
Vient d'une main tremblante, à son regard avide,
De tirer, et son cœur en soupira tout bas,
Le tissu qui voilait ses pudiques appas.
Le héros fut surpris de ses grâces charmantes;
On eût dit les attraits des femmes ravissantes
Que Mahomet promit à ses bruns sectateurs.
Craignant de déclarer ses timides ardeurs,
Ilman, qui sut toucher le cœur de cette more,
Ilman, un des guerriers, défenseurs de l'Aurore,
Dont la France écrasa les escadrons altiers,
Sous un front couronné de malheureux lauriers,
De ses furtifs regards dévorait ses beaux charmes.
Léir, son jeune ami, Léir, son frère d'armes,
Frère de Zéloïde, était à ses côtés.
Sur le front du héros ces maures attristés
Lisaient avec effroi l'affront des Pyramides;
Mais le noble Almadan, le chef de ces Numides,

Presse en sa main la main du vainqueur immortel;
Et dans son calumet ils fument le bétel.
Mais déjà le soleil, aux mers de Cléopâtre,
Descendait dans les cieux vers l'horizon rougeâtre,
Sur le sol embrasé jetant des feux mourans
De pourpre il colorait la tente et ses croissans;
Aux obliques rayons que lançait sa lumière
Les palmiers prolongeaient leur ombre solitaire.
Déjà la caravane apprêtant leurs fardeaux
A la vieille citerne abreuvait ses chameaux;
Et, le front incliné sur l'ardente poussière,
Almadan a, du soir récitant la prière,
De l'Ange du désert imploré le secours;
La tente a replié ses mobiles contours;
Les chameaux, que l'on charge, ont exhalé leur râle;
Du sein de la Mer-Rouge élevant son front pâle,
La lune au dieu du jour vient disputant les airs
Régner dans l'horizon de ces mornes déserts;
Et la brise des nuits, tempérant l'atmosphère,
Fait des coursiers français ondoyer la crinière.
Quand le héros, surpris, voit le vieil Almadan
D'Ibrahim à ses pieds abaissant le turban,
De l'adieu du départ que sa bouche profère
Sceller des temps d'Agar la scène hospitalière:
« Adieu, père du feu, » lui dit le vieil émir,
« Mon hôte du désert, adieu, sultan Kébir.
« Puisse le grand Allah sourire à tous tes âges,
« Et l'Ange du salut te guider en ces plages!
« Mes chameaux du désert foulent l'aridité,
« Nous allons nous plonger dans son immensité;
« Nous partons, le soleil vers l'horizon s'incline;
« Que veux-tu que de toi nous disions à Médine?
« — Tu diras, » lui répond le héros immortel,
« Tu diras à Médine aux enfans d'Ismaël,
« Qu'amis de Mahomet, qu'ennemis de Byzance,

« Vainqueurs des Mameloucks, les enfans de la France,
« Pour délivrer du joug les sectateurs d'Omar,
« Campaient dans le désert vers le vieux puits d'Agar. »
A ces mots du guerrier, Almadan se prosterne ;
Et l'Arabe, levant son camp de la citerne,
Échange les présens de l'hospitalité ;
Admirant du héros la générosité,
L'émir reçoit de lui, pour le jour des batailles,
Des pistolets sortis des forges de Versailles,
Et l'Arabe au Français fait don d'un coutelas
Dont l'acier fut trempé dans les eaux de Damas.
Le valeureux Léir, Ilman et Zéloïde
Sont venus saluer le vainqueur du Numide.
Du cheick et du héros résonne encor la voix ;
Ils se disent adieu pour la dernière fois.
Les Français sur le sable ont élevé leur tente,
Et du bon Almadan la caravane errante,
De l'immense désert foulant les flots poudreux,
Dans le vague horizon disparaît à leurs yeux.
Mais lorsque, s'élevant des mers d'Éthiopie,
Le soleil eut doré les camps de la patrie,
De leur brûlant voyage ils reprirent le cours.
Déjà des Philistins ils découvrent les tours,
Et leurs cothurnes blancs dans leur marche légère
De Gessen au Cédron secoûront la poussière.

Les champs où le Seigneur fit entendre sa voix,
Ces champs où l'Occident, combattant pour ses lois,
Sous la croix triomphante a prouvé son courage,
Ont du héros français reçu le saint hommage.
Déjà de Siméon, soumis à ses accens,
Les remparts ont reçu ses guerriers triomphans,
Et déjà d'Éphraïm les campagnes tremblantes
Contemplent sur Joppé ses enseignes flottantes.
La Palestine au pied des rochers du Cédar
Du vainqueur du désert verra rouler le char,

Des souvenirs sacrés du Dieu de l'Idumée
Il vole interroger la Judée alarmée.
Des mages de l'aurore émule adorateur,
Ce guerrier, suspendant le cours de sa valeur,
Sur le berceau sacré du Dieu mort au Calvaire
Sembla dans Éphrata courber sa tête altière.
Bientôt du Golgotha grondent les saints échos :
Benjamin a tremblé sous les pas des héros.
Du torrent de Cédron les nymphes prophétiques
Ont frémi dans leur grotte à leurs cris héroïques.
Ils vont, en expulsant l'Osmanlis oppresseur,
Des bosquets d'Engaddi respirer la fraîcheur :
Leurs cris vont évoquer au pied du sycomore
Les ombres des croisés vainqueurs du turban more.
Cependant leurs drapeaux trop irréligieux
N'ont point de leur aspect ombragé les saints lieux ;
La Croix n'a point béni leur profane bannière,
Et Dieu de son tombeau leur ferme la barrière.
Tandis que ces guerriers, s'avançant vers Sion,
Contemplaient le rocher de la Rédemption,
Soudain de la montagne au terrible mystère
S'élève vers le ciel une ombre au front austère.
Quel est donc ce fantôme à leurs regards offert ?
Des fleurs-de-lis brillaient dans son puissant haubert ;
Son heaume, couronné d'un sanglant diadème,
Annonce un chevalier qu'assit au rang suprême
Sa valeur qu'il prouva sous un hardi drapeau ;
Et la croix qui flottait sur son riche manteau
Révélait les exploits de sa gloire chrétienne.
A ces traits le héros a du duc de Lorraine
Reconnu, dans les airs, le spectre glorieux :
« Arrière ! » disait-il « camps irréligieux,
« Sacriléges drapeaux, guerriers sans croix, arrière !
« Profanes, loin d'ici ! c'est le mont du Calvaire :
« Le mont où le Seigneur, expirant sur la croix,

« Racheta les humains des infernales lois :
« C'est le mont Golgotha ; c'est là la sainte roche
« Que, vainqueurs de Nicée et vainqueurs d'Antioche,
« Du fils de l'Éternel déplorant les douleurs,
« Les croisés attendris baignèrent de leurs pleurs.
« Et vous, d'un pas impie, ô guerriers téméraires !
« Vous oseriez fouler ce roc aux saints mystères ?
« Gardez de profaner le mont du Rédempteur ;
« Peut-être en verriez-vous sortir un feu vengeur :
« Le Dieu qui de Nabad punit le sacrilége,
« Le puissant Jéhova parmi la foudre y siége.
« O Français, loin d'ici ! de son fils bien-aimé
« A vos drapeaux sans croix le sépulcre est fermé.
« Mais qu'ai-je vu ? sur vous doit briller sa clémence ;
« L'empire très chrétien vous a donné naissance ;
« De pénitence un jour vous verserez des pleurs :
« Race de saint Louis, abjurant tes erreurs,
« Des plus grands des croisés postérité guerrière,
« Jure de revenir à la foi du Calvaire.
— « Roi de Jérusalem, nous te le promettons, »
A crié le héros du sein des bataillons.
« Nous jurons de rentrer dans le sein de l'Église. »
Il dit, et des regards de la France surprise
L'ombre disparaissant dans le vague des airs,
Les remparts de Sion sont entourés d'éclairs.
Les Français sont frappés d'une pieuse crainte ;
Et, s'écriant de loin : « Salut, ô cité sainte ! »
Ils volent de ces lieux aux champs de Zabulon.
Gelboë sous leurs lois voit couler le Cison ;
Leurs drapeaux, qui naguère effrayaient l'Italie,
Ces nomades drapeaux flottent sur Béthulie.
Mais dans son saint cantique au fils de l'Éternel
Leurs armes vont troubler l'ermite du Carmel,
La montagne sacrée où l'humble solitaire
De plus près au Seigneur adressait sa prière,

La montagne d'Élie au pied de ses rochers
Voit encor les Français moissonner des lauriers.
Un soir que le soleil en sa course affaiblie
Descendait dans les mers qui bordent la Syrie,
Et que la nuit allait dans un sombre appareil
Répandre dans les airs les sylphes du sommeil,
Le héros, gravissant cette montagne sainte,
Qui de l'anachorète a, murmurant la plainte,
Conservé des échos aux sons mystérieux,
Vient sur tout Israël faire planer ses yeux.
Tandis que du séjour d'où roulent les tempêtes
Son regard contemplait la terre des prophètes,
Un chant doux et plaintif murmura dans les airs
Comme l'hymne de l'ange assis aux rocs déserts.
Le héros étonné, que ce mystère attire,
Se rapproche des lieux où cette voix soupire,
Et parmi des accens troublés par des sanglots
Son oreille attentive a distingué ces mots :
« Au séjour des houris et sur ta lugubre aile,
« Viens, Ange de la mort, viens me guider près d'elle.
Que tu tardes, hélas! ministre du repos!
Finiront-ils d'abord les longs jours de mes maux ?
« Émirène m'aimait, semblable à la colombe,
« Émirène n'est plus : Ange, vois-tu sa tombe?
« Dans un cercueil de cèdre elle repose ici,
« Et dans la nuit, semblable à la jeune Péri,
« Son ombre effleure, hélas! mon larmoyant visage,
« Comme on voit, au désert à la grisâtre plage,
« La brise, quand le soir ombre un camp voyageur,
« Se jouer sur le front du nomade pasteur,
« Reposant sa fatigue au pied de la citerne.
« Viens, Ange du trépas, viens sur ton aile terne,
« Unir à ses amours l'infortuné Seldir.
« Que tu tardes, hélas! ô doux Ange, à venir! »
Ainsi disait la voix par la douleur éteinte.

Le héros, qu'attendrit cette touchante plainte,
S'avance encor plus près, et sur le saint rocher,
A travers les rameaux d'un verdâtre figuier,
Couvert d'un turban noir un derviche se montre.
L'ermite musulman s'avance à sa rencontre ;
Il avait entendu le feuillage frémir :
« Quelle ame, » avait-il dit, « vient visiter Seldir ?
« Qui vient ainsi troubler ma triste solitude ? »
A l'aspect du héros, dans son inquiétude,
Il demeure immobile et peut-être va fuir :
« Paix, paix à toi ! » lui dit le fier sultan Kébir,
« De la loi musulmane, ô pieux solitaire !
« Je ne viens point troubler ta modeste prière ;
« Bannis toute terreur, derviche, paix à toi !
— « Sur cette triste terre il n'en est plus pour moi, »
Répond l'anachorète en répandant des larmes,
« Guerrier de l'Occident, car je connais tes armes,
« Vois-tu ce saint harem ? » il lui montrait les cieux :
« Eh bien ! là seulement Seldir peut être heureux.
« C'est là que du désert dort la vierge fidèle.
« Regarde ce cercueil, Seldir, Seldir loin d'elle,
« Quand l'espace s'anime aux accens du chacal,
« Vient pleurer tous les soirs à ce tombeau fatal.
« Mais toi, qui t'a guidé sur cette sainte roche,
« Et que dois-je augurer de ta guerrière approche ?
« En pèlerin viens-tu visiter l'Orient ?
« Mais je te vois armé du glaive d'Occident :
« Sers-tu sous les drapeaux de la vieille Byzance ?
— Ces drapeaux ne sont plus : tu vois en ta présence, »
Lui répond le héros, « l'effroi des Ottomans.
« Deux fois j'ai terrassé leurs escadrons fumans.
« L'Égypte est sous mes lois, la France m'a vu naître,
« Et vingt mille guerriers, que je commande en maître,
« Ont établi leur camp au pied du mont Carmel.
« Derviche, courbe-toi, la main de l'Éternel

« M'a choisi pour sauver et le Nil et l'Euphrate;
« Et sur tout Ismaël que sa puissance éclate! »
Le derviche, à ces mots, adorant le sultan,
Courbe jusqu'à ses pieds son funèbre turban.
« Eh bien! qu'Allah guidant tes lances triomphales,
« Les peuples de l'Aurore embrassent tes sandales, »
Au conquérant du Nil répond l'ermite noir,
« Que le croissant soumis redoute ton pouvoir.
« Mais, sultan, voudrais-tu, dans le fond de ma grotte,
« Sur ma couche de joncs te reposer en hôte?
« Hélas! j'avais jadis une tente, un troupeau,
« Un large cimeterre, un coursier, un chameau,
« Un turban vert de soie, une tribu chérie,
« Une lance, un poignard, des frères, une amie,
« Et le triste Seldir n'a plus de ses beaux jours
« Que ce cercueil, objet de ses tristes amours.
« O sultan! la vois-tu, sous ce grand sycomore,
« Cette tombe où Seldir peut seul aimer encore?
« Elle repose là sous l'implacable loi:
« Si tu connais l'amour, sultan, pleure avec moi. »
Il disait, et des pleurs roulaient de sa paupière.
Mais, découvrant près d'eux la grotte hospitalière,
Le héros vers son antre, en poussant un soupir,
Entraîne sur ses pas le malheureux Seldir.
Là, tous les deux assis sur une large natte,
Tissue avec les joncs des rives de l'Euphrate,
Le vainqueur de l'Égypte au derviche interdit
De ses sombres malheurs demande le récit.
« Hélas! ils sont cruels, » répond le jeune ermite,
« Pourrai-je sans mourir en rappeler la suite?
« Aurai-je assez de force, Émirène, en ce jour
« Pour redire ta mort, ta beauté, ton amour?
« Tu le vois, ô sultan! ah! mon obéissance
« Doit te coûter des pleurs; écoute, je commence;
« Ouvre une ame sensible aux maux que j'ai soufferts:

« Les tentes d'Amalor m'ont vu naître aux déserts
Parmi ces vieux enfans de l'aride Arabie
Qui dans des mers de sable ont fixé leur patrie;
Qui, libres sous un cheick, le plus vieux des pasteurs,
De l'antique Ismaël suivent encor les mœurs.
Grandissant sous la tente et sous les patriarches,
A la loi d'Ibrahim je réglais mes démarches,
Et, fidèle aux devoirs de ma chère tribu,
En fils de l'Yémen j'adorais la vertu.
Enfant, je conduisais paître nos dromadaires;
Plus grand, dans le désert poursuivant les panthères,
Je décorais mon lit de leur sanglante peau;
Sur le coursier rapide ou sur le bon chameau
Je chassais, leur dressant de savantes embûches,
La véloce gazelle et les lourdes autruches;
Ou, dans nos mers de sable ouvrant de longs sillons,
J'étonnais le désert d'enfanter des moissons.
Le soir, quand la tribu, vers l'autel de ses pères,
Au seigneur d'Amalor adressait ses prières,
Inclinant mon turban, et sur mon sein poudreux
Avec recueillement croisant mes bras pieux,
Je m'écriais : « Allah! veille sur ma jeunesse,
« Et de mes chers parens protége la vieillesse! »
Quand, du soleil mourant contemplant les rayons,
La vierge allait puiser l'eau des ablutions,
De nos vieux puits scellés je soulevais la pierre.
Quand, le front incliné sur notre aride terre,
Je voyais au travail un de nos vieux pasteurs :
« Mon père, » lui disais-je, « essuyez vos sueurs;
« Au pied de ce palmier vous reprendrez courage; »
Et, prenant l'instrument de notre labourage
Mes mains ouvraient pour lui de pénibles sillons;
Quand, me donnant de loin ses bénédictions,
Le patriarche à Dieu recommandait ma vie.
Lorsque le vent soufflait sur l'ardente Arabie

Et que nos flots de sable obscurcissaient les airs,
Méprisant ce plus grand des fléaux des déserts,
J'allais chercher un hôte au sein des caravanes,
Parmi ces vrais croyans des castes musulmanes
Qui, bravant le soleil de l'antique Saba,
Vont en pèlerinage à la noire Caba.
Cependant, le plus grand des sentimens de l'ame,
L'amour vint m'embraser de sa brûlante flamme.
Rien chez nous n'est égal à cette passion;
De l'astre du désert c'est un ardent rayon
Qui descend dans nos cœurs, les remplit, les dévore.
O passion terrible! amour, que je déplore,
Hélas! je te crus fait pour embellir mes jours,
Et ton poison funeste en corrompit le cours.
Un jour que l'ouragan bouleversait l'arène,
Fille de ma tribu, la tremblante Émirène,
Au sable abandonnant ses craintives brebis,
Jetait, sous un figuier, de lamentables cris;
Attiré par sa voix au retour de la chasse,
Sur mon léger coursier je lui fais prendre place;
Elle part; et, bravant le désert courroucé,
Je rassemble aussitôt son troupeau dispersé,
Le pousse devant moi vers nos tentes lointaines;
Et de la jeune Arabe abordant les domaines
Je remets ses brebis sous sa protection,
La vierge me fixait avec émotion,
Je la fixais aussi; grand Dieu! qu'elle était belle!
« Qu'Allah te récompense, ô Seldir! » me dit-elle;
« Mais, ô pasteur heureux des tribus d'Ismaël!
« Quels vœux, pour ton bonheur, adresserai-je au ciel?
« Des enfans d'Amalor n'as-tu pas les richesses?
« Que dis-je? d'une épouse il te faut les caresses;
« Eh bien! ô bon Seldir! ô mon libérateur!
« Qu'une douce compagne, accroissant ton bonheur,
« Imprime, le matin, sur ta bouche mi-close

« Le baiser des houris, bien plus doux que la rose;
« Et que sa main, le soir, au retour des pasteurs,
« Essuie avec amour de ton front les sueurs. »
Emirène disait, et sa voix altérée
Pénétrait jusqu'au fond de mon ame enivrée;
Je tremblais comme on voit les feuilles, le matin,
Frissonner au zéphyr sur le cèdre hautain.
Émirène le vit, et reporta, tremblante,
Son pudique regard sur le seuil de sa tente;
Mais, de l'ardeur arabe impérieuse loi,
Ses beaux yeux de nouveau se levèrent vers moi
Plus doux que le regard des gazelles timides,
Et l'amour m'embrasa de ses flammes rapides.
« Émirène, ta vue enivre mes esprits, »
Lui dis-je avec transport. « Femme du paradis,
« Si je sauvai tes jours, ah! faisons nos échanges;
« Pour compagne offre-moi la vierge, sœur des anges;
« Dans son ciel de beautés, non, Mahomet, jaloux,
« Ne m'offrira plus rien si je suis ton époux.
« Vois, je te tends la main, presse-la dans la tienne,
« Jure amour à Seldir, ô charmante Émirène!
« Comme un génie ami je te protégerai;
« Je te serai fidèle, et puis je t'aimerai
« Mieux qu'Ali n'adorait la fille du Prophète. »
Je disais, Émirène avait baissé la tête;
Mais son front se relève, et, fortuné destin!
Avec un doux sourire elle serra ma main
Dans sa main qui tremblait comme un frisson rapide.
Que l'amour embellit notre patrie aride!
Le désert disparaît sous ses tresses de fleurs;
Son astre semble froid auprès de nos ardeurs:
Dans son immensité nos cœurs, brûlans d'ivresse,
D'Yacoub et Rachel surpassent la tendresse.
Mais les mœurs des tribus, pures comme le ciel,
Ne souillèrent jamais les tentes d'Ismaël;

Notre amour vertueux, cette flamme divine,
Brûle comme le feu des lampes de Médine :
Avant que de l'hymen nous serrions les doux nœuds,
Nous aimons comme l'ange et nous sommes heureux.
Libre dans le désert avec ma jeune amie,
Que de fois, sur mon cœur pressant sa main chérie,
Je frémis de plaisir, je pâlis éperdu,
Et de la vierge arabe honorai la vertu !
C'est là, quand le soleil dévorait nos parages,
Que, pour la rafraîchir dans ces brûlantes plages,
Ma main allait cueillir le fruit du citronnier,
La pastèque de miel, la figue du dattier.
Lorsque du cotonnier sa main filait la soie,
Le soir, près de sa tente, à tous mes feux en proie,
Ma bouche lui contait non sans émotion
L'amour de Giaffar et de la sœur d'Aaron ;
Leur sort infortuné faisait couler nos larmes,
Le terrible calife éveillait nos alarmes,
Et la triste Émirène en poussait un soupir.
Le cœur pressent-il donc le barbare avenir ?
La nuit, quand du sommeil venaient les longues heures,
Quand la brise agitait nos mobiles demeures,
Quand le pasteur dormait auprès de ses chameaux,
Dans le désert muet dédaignant le repos,
J'approchais en tremblant de la modeste tente
Où d'un rêve d'amour sommeillait mon amante,
Et ma voix, se mêlant au songe gracieux,
A la réalité faisait ouvrir ses yeux.
« O toi ! qui de Seldir embellis la carrière,
« O toi ! qui dans ce jour à son ame est plus chère
« Que l'ombre du palmier aux pasteurs fatigués,
« Que l'eau de la citerne aux musulmans ligués
« Pour franchir les déserts que le soleil dévore,
« Quand ils vont au tombeau que l'Orient honore,
« O penser de mon ame ! astre de mon destin !

« Dis-moi? qui donc es-tu, toi que j'aime si bien?
« Noirs comme le surmé, tes yeux pleins d'étincelles
« Charment plus mes regards que les yeux des gazelles;
« Ton front d'une sultane a la douce fierté;
« Droite comme une lance, ô divine beauté!
« Ta taille d'un génie a l'auguste noblesse;
« Tes cheveux, des péris le souffle les caresse.
« Mais ne serais-tu pas la sœur d'une houri?
« Tes accens sont plus doux que ceux du bengali
« Quand il chante perché sur l'arbre de Palmyre;
« Ton haleine est semblable au parfum de la myrrhe,
« Quand de la cassolette il fume vers les airs;
« Plus blanc que le noufar du puits de nos déserts,
« Ton teint, quand je te parle au pied du sycomore,
« Prend le chaste incarnat des roses de l'aurore;
« Et, semblable au corail des rivages d'Ophir,
« Ta bouche séduisante à l'amoureux soupir
« En s'ouvrant laisse voir les perles du Bengale.
« Ah! parmi nos tribus quelle beauté t'égale?
« Soleil étincelant des filles d'Amalor,
« Que ne puis-je t'offrir le voile brodé d'or
« Que le calife envoie à la vierge interdite
« Dont son choix amoureux a fait sa favorite!
« Mais je ne puis t'offrir que l'hymen d'un pasteur,
« Que la couche de joncs où mon sensible cœur
« Bat pour toi quand la lune au désert brille et plane.
« Je n'ai point les tapis que foule la sultane,
« La tente ismaélite est mon humble sérail:
« On n'y voit point briller l'or, l'azur, le corail,
« Les tissus d'Ispahan et ceux de Cachemire,
« On n'y voit point fumer l'aloès et la myrrhe,
« Ni resplendir l'éclat des armures d'Omar;
« Simple, elle est comme aux temps d'Ibrahim et d'Agar:
« Mais là paix, la vertu, résident sous sa toile,
« Et l'amour, la couvrant d'un mystérieux voile,

« Sans les eunuques noirs, ces monstrueux tyrans,
« Viendra nous y plonger dans ses rêves charmans. »
Je chantais : Émirène écoutait dans la veille,
Et, mon nom murmurant tout bas à mon oreille,
M'apprenait que la vierge accueillait mes doux chants.
Mais d'un amour fidèle ô gages trop touchans!
Un soir qu'au son du sistre, aux fraîcheurs de la brise,
Nous formions une danse à notre enfance apprise,
Dévoré par la soif, de fatigue abattu,
L'émir d'Alep arrive au sein de la tribu:
Il allait à la Mecque à son pèlerinage;
Et le cheick d'Amalor, lui rendant son hommage,
L'accueille comme un hôte au sein de ses enfans.
Hélas! il fut témoin des divertissemens;
Il vit mon Émirène, et son ame, surprise,
De sa grande beauté devint sur l'heure éprise.
De retour du berceau du prophète divin,
Au chef de nos pasteurs cet Ottoman hautain
Pour orner son harem demanda mon amie.
Émirène pouvait disposer de sa vie,
Et, libre, d'elle seule il devait l'obtenir.
J'appris l'indigne amour de l'insolent émir,
Et mon cœur se remplit d'une incroyable haine.
Le soir à la citerne attendant Émirène,
Je brûlais de savoir si ses fausses amours
Du Turc ou de Seldir devaient finir les jours;
Car j'avais soif du sang dans mon cruel supplice.
Émirène infidèle!... Allah! quelle injustice!
Que je te jugeais mal, ange du paradis!
Dès qu'elle eut d'Amalor abordé le vieux puits:
« Émirène, » lui dis-je en mon sombre délire,
« Du cruel désespoir le poignard me déchire:
« Ah! finis mes tourmens: oublîrais-tu Seldir
« Pour ombrager ton front du voile de l'émir?
« Parle, mon Émirène, ah! parle sans contrainte.

« O malheureux Seldir ! quelle outrageante crainte ! »
Dit-elle, « et de mon cœur, ingrat, tu douterais ?...
« Va, j'ai tout refusé lorsque tu m'accusais ;
« J'ai préféré ta tente au sérail des sultanes,
« Tes nattes de roseaux aux riches ottomanes
« Où l'odalisque vient, rêvant à ses amours,
« Dépouiller pour le bain ses somptueux atours ;
« Nos sables aux bosquets où l'émir plein d'ivresse
« Prodigue à ses beautés sa volage tendresse ;
« Ce soleil dévorant, emblème de nos cœurs,
« Ce soleil du désert, ce soleil des pasteurs,
« A l'astre qui, frappant l'oranger des terrasses,
« Fait des hauts minarets resplendir les surfaces.
« Oui, pour ton lit de joncs, ô trop ingrat amant !
« D'épouse d'un émir j'ai refusé le rang.
— « Émirène! Émirène! » interromps-je avec larmes.
—« Qu'avec toi le désert, » reprend-elle, « a de charmes !
« Mon œil aime bien mieux ce grisâtre coteau
« Où paît la chèvre agile, où paît le doux chameau,
« Que la place où le Turc se promène en babouches ;
« Cet autel de gazon où nos pieuses bouches
« Implorent le Seigneur qui protége Amalor,
« Que la mosquée où prie un iman brillant d'or.
« Oui, j'aime mieux ce puits où nos grands dromadaires
« A l'ombrage touffu des dattiers solitaires
« Ruminent en repos après s'être abreuvés,
« Que la riche fontaine aux canaux élevés,
« Dont le porphyre enceint le cristal salutaire ;
« Et c'est pour toi, Seldir, que mon cœur les préfère.
« Non, je ne verrai point Alep et ses remparts,
« Ses caravansérails, ses harems, ses bazars ;
« Je ne dormirai point à l'ombre des platanes
« Où viennent reposer les belles musulmanes ;
« Et le musc de Syrie au bain voluptueux
« Ne parfumera point mes ondoyans cheveux.

« A t'aimer, ô Seldir ! je consacre ma vie ;
« Je ne quitterai point les tentes d'Arabie :
« Oui, je reste pour toi dans le camp du pasteur. »
C'est ainsi qu'Émirène, arrachant de mon cœur
Le cangiar aigu des noires jalousies,
Du baume de la joie en des coupes fleuries
A longs traits m'enivra par ces tendres aveux.
Hélas ! que son amour nous rendit malheureux !
Quelques lunes après ce tendre témoignage,
Une nuit, nuit fatale, ah ! j'y pense avec rage,
Cette nuit précédait le jour de notre hymen ;
Je ne pouvais dormir, songeant au lendemain :
O ciel ! comme l'orage un bruit se fait entendre ;
Mon esprit vainement cherchait à le comprendre ;
Mais bientôt dans mon cœur circule un noir frisson :
Une lueur rougeâtre éclaire l'horizon ;
Des cris doublent le bruit des flammes pétillantes :
Ciel ! à travers les feux qui dévorent nos tentes,
Que vois-je en m'élançant d'auprès de mes chameaux ?
Le glaive d'une main, de l'autre des flambeaux,
De farouches guerriers à la lueur affreuse
Détruisaient d'Amalor la tribu malheureuse ;
Nos arabes tombaient sous les sabres sanglans ;
Nos tentes s'écroulaient sous les feux dévorans ;
Des coursiers entraînaient nos vierges frémissantes,
Et la horde en poussait des clameurs triomphantes.
« Prends la fuite, ô Seldir ! » me dirent mes amis,
Qui s'échappaient aux coups de nos noirs ennemis,
« C'en est fait d'Amalor dans cette nuit funeste ! »
Mais frappé de stupeur, immobile, je reste ;
Quand, un cri de douleur s'échappant de mon sein,
Sur mon glaive d'acier je m'élance soudain,
Et prononçant le nom d'une amante fidèle,
Je vole la sauver ou mourir avec elle.
Par un corps d'Ottomans je suis enveloppé ;

Plein de fureur je frappe et ne suis point frappé.
A travers les débris je me fraie une voie :
« Émirène ! » criai-je, au désespoir en proie,
Lorsqu'un coup d'atagan à terre m'abattit ;
Mais le fer qui glissa seulement m'étourdit,
Et quand je m'éveillai je vivais dans les chaînes.
Je reconnus l'émir, et ses mains inhumaines
Avaient chargé de fers nos Arabes captifs.
Nos vierges dans son camp jetaient des cris plaintifs ;
Les cruels Ottomans insultaient à leurs larmes.
Je cherchais Émirène au milieu de leurs armes,
Et son coup-d'œil furtif éclaircit nos malheurs ;
Je compris de l'émir les barbares fureurs :
Pour elle d'Amalor il fit le sacrifice.
O Dieu de Mahomet ! quelle est donc ta justice ?
Quoi ! tu permis qu'un Turc, d'un vil amour imbu,
Détruisît d'Ismaël une antique tribu !

Mais bientôt vers Alep la triste caravane
S'avança dans les champs de la Porte Ottomane.
Nous vîmes le Jourdain, Manassès, Éphraïm,
Le berceau des amours d'Agar et d'Ibrahim,
Et le camp où naquit notre grand patriarche ;
Quand, après dix longs jours d'une brûlante marche,
La commerçante Alep à nos yeux stupéfaits
Offrit éclatans d'or ses mille minarets.
Nous entrâmes la nuit dans cette ville immense ;
Au harem de l'émir dans un profond silence
Nous parvînmes suivis de ses fiers serviteurs ;
Et dès que du soleil brillèrent les lueurs,
Dans les bazars d'Alep, sous d'injustes entraves,
Mes malheureux amis furent vendus esclaves.
Et moi dans les jardins de l'exécrable émir
Pour orner ses bosquets sa main vint me choisir.
Pour la belle Émirène il ignorait ma flamme ;
Son erreur releva les forces de mon ame,

Et de briser nos fers j'osai former l'espoir.
Avec activité je remplis mon devoir;
Que j'aimais mes travaux pour sauver Émirène!
Près de moi la sentir allégeait bien ma chaîne.
Mais un affreux tourment me déchirait parfois:
Un turc voluptueux la tenait sous ses lois,
Et de la jalousie en mon ame ulcérée
Résidait le vautour à la griffe acérée.
L'émir venait souvent contempler mes travaux,
Et son sinistre aspect réveillait tous mes maux:
C'était le meurtrier de toute ma famille,
C'était le ravisseur de la charmante fille
Dont l'hymen désiré devait combler mes vœux;
Plus d'une fois ma bêche, ô désespoir affreux!
Se leva dans mes mains pour terminer sa vie.
Hélas! c'était me perdre et perdre mon amie,
Et je dissimulai ma trop juste fureur.
  Une lune passa sur mon front de douleur
Sans que de m'échapper j'entrevis la puissance.
Une nuit qu'au milieu du plus profond silence
Je dormais en foulant un bosquet de jasmin,
Un rêve, un rêve affreux haletait dans mon sein,
« O Seldir, lève-toi! » dans la nuit entendis-je;
En sursaut je m'éveille, et, frappé de vertige,
« Émirène n'est plus! » m'écriai-je effrayé.
« — Émirène t'attend, je suis son envoyé.
« — Non, non, j'ai vu l'émir la frapper de son glaive. »
Mais bientôt, écartant les ombres de mon rêve,
Je vois près de ma couche un eunuque ottoman;
Son front était couvert par un obscur turban,
Un cangiar bruni décorait sa ceinture,
Et l'effroi se peignait sur sa noire figure.
« Lève-toi donc, Seldir, car le temps est compté;
« Je viens briser les fers de ta captivité. »
J'hésitais, murmurant le doux nom d'Emirène,

« Suis-moi, tu la verras, ma main brisa sa chaîne :
« Viens donc, viens, l'heure presse, » et pâle de stupeur
Je m'abandonne alors à ce libérateur.
Après de longs détours dans l'enceinte odorante,
Un kiosque s'ouvrit sous sa main bienfaisante,
Et la terre croula sous nos pas chancelans ;
Dans un noir souterrain nous roulons frémissans ;
Sa main saisit ma main dans la vaste caverne ;
Il allume un flambeau : sa lueur faible et terne
Nous conduit à travers les détours sinueux,
Quand la lune paisible apparaît dans les cieux,
Son bouclier d'argent brillait dans la nature.
A peine ai-je de l'antre abordé l'ouverture,
Qu'Émirène à mon cou se jette avec transport :
« Nous sommes réunis, ah! pardonnons au sort, »
Me disait en pleurant cette adorable amante;
Je pressais sur mon sein cette vierge charmante.
« Fuyons, » nous dit Zéli, c'était l'eunuque noir,
« Fuyons, fuyons l'émir et son cruel pouvoir ;
« Plus tard vous jouirez de votre tendre ivresse. »
Il dit, et notre pas sur son long pas se presse.
A son accent d'Afrique en cheminant ainsi
Je reconnus bientôt le généreux Zéli :
Jadis dans le désert à sa vie expirante
De l'hospitalité j'offris la vieille tente ;
Il connut Émirène et nos chastes amours.
Depuis lors le malheur avait terni ses jours :
Esclave de l'émir par le destin des armes,
Sur le turban d'eunuque il répandit des larmes.
Lâchement mutilé par le fer dégradant,
Sa haine pour le Turc fut son seul sentiment ;
Il ne souffrit le jour que pour la satisfaire ;
Mais il vit Émirène, et sa pitié sincère,
Déplorant nos malheurs, jura de les finir.
Il avait profité du départ de l'émir

Pour la vieille Antioche aux rives de l'Oronte.
Il fit tous les apprêts de notre fuite prompte :
Son accès au sérail trompa les Ottomans.
Émirène avait pris l'habit des içoglans ;
Il conduisit ses pas près de l'antre inconnue,
Et m'y faisant entrer par une autre avenue,
Cet ami généreux nous avait réunis.
Nous fuyions à grands pas nos cruels ennemis;
De notre délivrance Émirène enchantée
Me disait de l'émir la flamme rebutée,
Ses présens dédaignés, ses abhorrés désirs;
Mon amante fut sourde à tous ses vains soupirs.
Déjà depuis deux jours notre humble caravane
Fuyait vers le désert la puissance ottomane;
Nous courions des pasteurs reprendre le turban,
Nous allions dépasser les rochers du Liban,
Quand au milieu du jour, mourant de lassitude,
Nous cherchons un ombrage en cette solitude.
Un cèdre hospitalier nous prêta ses rameaux ;
Couchés à son vieux tronc nous goûtions le repos ;
Sur mon bras reposait le beau front d'Émirène,
Ma bouche respirait sa balsamique haleine,
Et Zéli comme nous se livrait au sommeil :
Te peindrai-je, ô sultan ! notre cruel réveil ?
L'émir n'avait point vu la ville d'Antioche ;
Du Liban comme nous foulant la vieille roche,
Il venait de Damas avec quelques spahis.
Mais du derviche alors s'égarent les esprits :
Pleure, ô sultan ! dit-il au héros de la France,
Ah ! plains-moi, plains Seldir !... horrible souvenance !...
Je vois encor briller le cimeterre affreux...
Arrête, émir barbare !... ô tableau douloureux !...
La tête d'Émirène... ô désespoir ! ô rage !
Roule à mes yeux hagards sur la sanglante plage ;
Son sang jaillit sur moi : pétrifié d'horreur,

J'ignore si je vis, le sang cesse en mon cœur,
Sur mes yeux de la mort se répand le nuage;
Je tombe, et de la vie en ce jour de carnage
Pourquoi revis-je, hélas! l'empire malheureux?
Des fers chargeaient mes mains quand je rouvris les yeux,
Zéli vivait aussi: pour venger ses injures,
L'émir nous réservait à d'horribles tortures.
Mais, triste égarement de mes sombres esprits!
Je me roulais à terre en jetant d'affreux cris;
Plus souvent je gardais un silence farouche,
Et le nom d'Émirène étouffé dans ma bouche,
Semblable au râle affreux du malade expirant,
S'exhalait quelquefois de mon sein haletant.
Mais, Allah! juste Allah! fais tonner ta colère!
Tandis que de douleur je mordais la poussière,
Roule sur le Liban un fracas de coursiers.
Le cliquetis du fer, les clameurs des guerriers
Offrent, en arrachant au désespoir ma vie,
Les lances d'Ismaël à mon ame engourdie:
Du sang des Ottomans, ciel! elles se teignaient!
Se relève mon front; déjà des mains brisaient
Les fers qui retenaient ma vengeance captive.
Je fixe sur les monts une vue attentive:
Ciel! c'était d'Amalor les valeureux débris
Qui luttaient en courroux avec les fiers spahis.
Je pousse un cri de joie en m'armant d'une lance;
Sur un coursier errant aussitôt je m'élance,
Et de rage écumant, dans un affreux plaisir,
Je fonds sur les guerriers qui protégeaient l'émir.
Mon aveugle vaillance est semblable au tonnerre;
Qu'importe que mon ame abandonne la terre,
Immoler l'Ottoman, voilà mes derniers vœux.
Des glaives défenseurs rompant le cercle affreux,
J'aborde enfin l'émir: « Meurtrier d'Émirène,
« Au séjour des méchans que l'ange noir t'entraîne! »

Lui dis-je, en rugissant de haine et de courroux;
Et dans le corps du monstre abandonnant mes coups,
Il vomit en tombant son ame abominable.
Les spahis n'étaient plus : leur troupe redoutable
Sous les glaives vengeurs avaient trouvé la mort;
Mes frères tout sanglans en bénissaient le sort.
Des Arabes bédouins adoptant la carrière,
Ces débris malheureux, dans leur juste colère,
Depuis que d'Amalor avait péri le camp,
Pour immoler l'émir erraient sur le Liban.
D'un barbare ennemi que le trépas soulage!
Les restes d'Émirène ombragés de feuillage,
Je parvins plus tranquille au pied du mont Carmel.
Mes frères retournaient dans les camps d'Ismaël;
Ils voulaient avec eux m'emmener sous la tente;
Mais, en proie aux douleurs de mon ame souffrante,
Je voulus vivre seul et pleurer mon malheur.
En me quittant Zéli me serra sur son cœur;
Il suivit mes amis, et, plein d'inquiétude,
Je vins m'ensevelir dans cette solitude.
Là je pleure Émirène en attendant le jour
Où je dois la rejoindre au céleste séjour.
Que ce jour tarde, hélas! à mon impatience!
L'ange noir du chagrin me tient en sa puissance,
Quand celui de la mort viendra-t-il m'affranchir? »
C'est ainsi que disait l'infortuné Seldir,
Et le héros vainqueur des preux des Pyramides
Essuyait lentement ses paupières humides.
Les malheurs de l'Arabe avaient ému son cœur;
Il chercha vainement à calmer sa douleur;
Oui, cette ame profonde était inconsolable,
Et le tourment plaisait à sa plaie incurable.
Seulement au sultan l'Arabe malheureux
Demanda que son camp respectât les hauts lieux
Où de son cœur aigri gémissait la tristesse.

« Seldir, » dit le héros, « je t'en fais la promesse. »
Et dès que l'aube a lui, descendant des rochers,
Au pied de la montagne il rejoint ses guerriers.
Bientôt Ptolémaïs auprès de ses murailles
Voit s'établir les camps de ces fils des batailles;
Leur foudre va voler sur ces fiers boulevarts.
Mais déjà je les vois assaillir ces remparts.
Ici Philippe-Auguste a planté l'oriflamme;
Ici ses chevaliers ont prouvé leur grande ame,
Et leurs ombres, sortant de leurs poudreux tombeaux,
Criaient : « Enfans des preux, montez sur ces créneaux! »
Mais ces murs qui des Francs sauvent la Palestine,
Ces remparts que conquit le vainqueur de Bouvine,
Bravant sous le Croissant nos nouveaux paladins,
Des plus mortels combats sont les sanglans témoins.
Dans un de ces assauts où la gauloise audace
Rappelait les exploits qu'a célébrés le Tasse,
Lannes, escaladant ses fameux bastions,
Va sur Ptolémaïs planter nos pavillons.
Au pied de ses remparts et de ses tours guerrières
Le feu roulant des Turcs a renversé ses frères;
Seul il vient défier le cruel Diéjar,
Et déjà sous ses coups tombe le grand Gulnar,
Gulnar dont Ismaïl admira le courage,
Lorsque sur ses remparts, teints d'un affreux carnage,
Souwarow déploya les aigles du Kremlin [11].
Osman de son ami vient venger le destin;
Sur son épais turban, tissu dans Cachemire,
Il porte un lion d'or mérité sur l'empire.
Osman a combattu contre le fier Laudon;
Il avait dans Belgrade, illustrant son grand nom,
Conquis le titre altier de lion des batailles.
Déjà Lannes l'a joint sur ces vieilles murailles :
De leurs glaives croisés des éclairs ont jailli.
Avec tant de valeur l'Ottoman assailli

N'avait pas à dompter d'un Germain la vaillance ;
Son flanc du bras de Lanne éprouve la puissance,
Le glaive du héros de son sang s'est rougi.
Blasphémant de fureur, le barbare a rugi,
Et son prompt cimeterre, effaçant son injure,
A fait au front de Lanne une large blessure.
Peut-être un second coup, terminant ses hauts faits,
Allait finir les jours du paladin français ;
Mais sa rare valeur, aussi calme qu'altière,
Vient d'arrêter le bras de son fier adversaire,
Et de ce musulman terminant le destin,
Son glaive tout entier se plonge dans son sein.
Dans les rangs consternés de sa troupe éperdue
Du haut de la muraille Osman roule à sa vue,
Et, plantant son drapeau sur ce fameux rempart,
Lannes fixe sur elle un menaçant regard.
Mais bientôt la prudence a passé dans son ame,
Elle vient éclairer la valeur qui l'enflamme :
Les compagnons d'Osman viennent venger sa mort,
Contre tant d'ennemis finira-t-il son sort ?
Non, réservant ses jours à tant d'autres alarmes,
Du haut de Saint-Jean-d'Acre il saute avec ses armes.
Mais bientôt, pour punir le traître Naplousin,
Les Français ont paru sur les bords du Jourdain.
Ce fleuve, qui, jadis devant l'arche divine,
A suspendu son onde en humide colline,
Trahi par l'Éternel, voit à ses sacrés flots
La caravane arabe abreuver ses chameaux :
Ce fleuve où Josué vit le Dieu de Moïse
Bénir les conquérans de la terre promise,
Des déserts d'Yémen voit les fils basanés
Asseoir leurs camps errans sur ses bords profanés.
Mais il a dans ce jour, tressaillant d'espérance,
Cru du grand Godefroi revoir la sainte lance ;
Il a cru dans les camps du fier Napoléon

Reconnaître les traits des vainqueurs d'Ascalon.
Oui, ce fleuve, des preux rappelant la mémoire,
De l'amant de Clorinde a cru revoir la gloire,
Et le spectre d'Argant en sa vieille fureur
A semblé de Tancrède insulter le grand cœur.
  Dieu d'Abraham! qu'entends-je, et quels accens de guerre
Font trembler de Cédar l'antique et sainte terre?
Quels guerriers ont franchi les rochers du Liban?
Ils viennent dissiper les terreurs du divan :
Effrayés des exploits des héros de la France,
Sur le fleuve sacré les guerriers de Byzance,
Ralliant sous leurs lois les descendans d'Agar,
Sont venus des combats épouvanter Cédar.
Tous pensaient voir propice à leur ardent courage
Le Dieu dont ils croyaient défendre l'héritage;
Mais les fiers Ottomans et les fils d'Ismaël
Couvrent de leurs débris les plaines d'Israël;
Foulant d'un pas vainqueur la terre des miracles
Où le Dieu de Jacob a dicté ses oracles,
Les Français triomphans de chants victorieux
Font gronder du Thabor l'écho mystérieux.
  Mais, ô surprise! au pied de la roche fameuse
On aperçoit grandir une ombre glorieuse :
Debout sur les débris d'un étendard chrétien,
Elle a, comme un géant, couvert tout le Jourdain;
Son bras puissant brandit cette lance ennemie
Qui dans Tibériade illustra l'Arabie;
Un diadème d'or surmonte son turban :
C'est le fier Saladin, c'est ce brave soudan
Dont les graves vertus et la valeur sublime
Renversèrent la croix dans les murs de Solyme.
Promenant sur nos camps de fulminans regards,
Il semblait repousser nos vaillans étendards :
« O drapeaux voyageurs! dont la superbe audace
« A de la Palestine inondé la surface,

« Vous venez, » a-t-il dit, « sous un héros puissant
« Aux champs de la Judée abattre le croissant ;
« Ah ! ma gloire n'est plus, aventuriers courages,
« Vous avez des croisés effacé les outrages.
« Et toi, plus que Richard, à l'ame de lion,
« Tes exploits, au-dessus des exploits d'Ascalon,
« Dans la vieille Syrie éternisent ta gloire ;
« Oui, de Tibériade effaçant la mémoire,
« Bien long-temps ils seront l'effroi de l'Orient ; »
Et du grand Saladin par un gémissement
S'évanouit alors le fantôme célèbre.
A ce sombre murmure, à ce soupir funèbre
Qui frémit à travers les palmiers du Thabor,
Le sein encor couvert de leurs cuirasses d'or,
Et le front couronné des palmes du martyre,
Les ombres des croisés, du haut du saint empire,
Agitant dans leurs mains l'étendard de la Croix,
Des vainqueurs du Cédar admirent les exploits.
A ces nouveaux succès de l'altière phalange,
Albion a pâli sur les rives du Gange ;
Tremblant pour ses comptoirs, son génie étonné
Aux champs de l'Indostan baisse un front consterné ;
Les remparts de Stamboul sont remplis d'épouvante;
La cité du prophète, interdite et tremblante,
Pour sauver son tombeau de sacriléges coups,
Du Dieu de Mahomet invoque le courroux ;
La Perse même, au bruit de ce sanglant désastre,
Harangue la valeur des fils de Zoroastre ;
Craintive, elle pensait que nos vastes desseins
Du trône de Cyrus menaçaient les destins.
L'empire du Turban allait changer de face :
Mahomet n'était plus, le grand homme à sa place,
Du Jourdain jusqu'au Sinde étendant ses exploits,
Allait dans l'Orient faire régner nos lois.
Les spectres étonnés des princes abassides

Allaient voir nos guerriers des champs des Pyramides
Secouer la poussière aux remparts d'Almanzor [12].
Les sectateurs d'Ali sur leurs minarets d'or
Allaient d'un front soumis saluer nos bannières.
Se mariant au chœur des belles bayadères,
Nos galans chevaliers au breton attristé
Allaient ravir de l'Inde et l'or et la beauté.
Au son déjà connu du tambourin d'Aline,
La pagode allait voir, malgré son noir bramine,
Les vierges de Golconde avec nos paladins
De la Durance en chœur chanter les gais refrains;
Au son du galoubet chéri des pastourelles,
Brisant du Léopard les chaînes trop cruelles,
Pour saluer nos lois le Gange fortuné
Allait lever son front de perles couronné;
Mais de Ptolémaïs la puissance fatale
Arrête du héros la course triomphale,
Acre, dont un Français dirige les travaux [13]
Du haut de ses remparts repousse ses assauts.
Réponds, Ptolémaïs, de la France guerrière
Aurais-tu pu sans lui dédaigner la colère?
Sans un traître on eût vu sur tes vieux boulevarts
Du héros du Thabor flotter les étendards.
Bientôt un autre soin dans Memphis le rappelle;
Dans ses remparts émus une troupe rebelle,
Appelant à grands cris l'Arabe des déserts,
Veut du Nil révolté briser les nouveaux fers.
Un ennemi plus grand, la jalouse Tamise,
Qui craint que les Français de l'Égypte soumise
Ne plantent dans Madras leurs altiers pavillons,
Allait sur le Delta vomir ses bataillons.
Déjà par ses conseils les pachas de Byzance
Ont traversé les mers pour combattre la France;
De Sélim irrité le visir frémissant

Sur la plage a planté les drapeaux du Croissant;
Mais le héros, terrible, et reprenant sa foudre,
Réduit dans Aboukir ces ennemis en poudre;
Et, soumettant Memphis au respect de ses lois,
Il subjugue le Nil une seconde fois.

CHANT TROISIÈME.

SOMMAIRE.

La renommée apprend la déplorable situation de la France au conquérant de l'Égypte. — Il forme la résolution de venir à son secours. — Sa visite aux Pyramides avant de quitter l'Orient. — Il y trouve un vieil anachorète. — Songe prophétique de l'ermite. — Présage de la restauration de la France. — Adieux du héros à l'Égypte. — Il traverse les mers sous la protection du ciel. — Espoir de la France dans le grand homme.—Il renverse le Directoire.—Son discours au Conseil des Cinq-cents.—Dispersion de ce sénat orageux. — Consulat.—Guerre avec l'Autriche. — L'armée française sur le Saint-Bernard. — Apparition du Dieu des Alpes. — Il prend la figure d'un solitaire. — Ses paroles au moderne Annibal.—Cénobites du Saint-Bernard.—Harangue du Héros à son armée. — Sa descente des monts en Italie. — La Cisalpine, dont les faisceaux ont été brisés par Souwarow, vient lui redemander ses lois. — Effroi de l'aigle des Césars à la magique apparition des Français. — Bataille de Marengo. — Mort du général Désaix. — Succès de Moreau en Bavière.—Paix de Lunéville.—Rétablissement de la République italienne. — Régénération de la France. — Trois femmes sont debout au seuil du palais du grand homme: c'est la Religion, l'Émigration et la Vendée.—Leurs cantiques de grâces au consul restaurateur. — L'anarchie vient pour les chasser des marches du palais. Apparition subite du Héros.— Il terrasse le monstre. — Le génie de la France au consul législateur. — Codes Napoléon. — Rappel des Muses. — Fuite du Vandalisme. — Musée enrichi par la Victoire des dépouilles des grands siècles des arts.—Encouragemens au commerce et à l'industrie. — Métamorphose de la capitale. Le Panthéon. — Protection à l'Agriculture. Travaux immenses. — Les Alpes s'abaissent. — Routes du Simplon et du Mont-Cenis. — Hommage au soldat restaurateur de la France.

CHANT TROISIÈME.

Tandis que le héros, par sa fière vaillance,
Au désert de Memnon cimentait sa puissance,
Et qu'évoquant les arts du tombeau de Memphis,
Il rendait sa grandeur à l'Orient surpris,
Des révolutions malheureuse victime,
La France était penchée au bord d'un noir abîme;
De ses tristes drapeaux la victoire avait fui,
Ses guerriers à ses murs n'offraient qu'un faible appui;
Les factions levaient une tête hautaine;
De l'État avili la chute était prochaine;
Mais le monstre aux cent voix au rivage du Nil
De la France au héros révèle le péril;
De ces tristes aveux son ame est pénétrée,
Et, prompt à secourir sa patrie adorée,
Le grand homme, couvert de lauriers africains,
Aux vents va confier ses augustes destins.
Mais avant de quitter la rive orientale,
S'ouvrant de leurs tombeaux l'enceinte sépulcrale,
Il va rendre visite à ces grands monumens
Qui portent sur leur front le vieux trône du Temps.
Déjà des Pharaons ses pas foulent la cendre;
Dans ces vastes cercueils sa voix se fait entendre,
Et de la voûte antique ébranlant les échos,

Des mânes de cent rois trouble le long repos.
Après plusieurs détours sous le lugubre dôme,
Il voit devant ses pas s'avancer un fantôme;
Il portait dans sa main un vacillant flambeau;
l était revêtu de ce sacré manteau
Qu'aux grottes de Memnon porta la Pénitence;
Un pas lent soutenait sa grave contenance;
Sa barbe vénérable ombrageait tout son sein;
Quelques cheveux, blanchis par l'âge et le chagrin,
Couvraient le vaste front du saint anachorète.
La bouche du héros à sa vue est muette;
Mais rappelant bientôt ses esprits suspendus,
Il dit avec respect à ce pieux reclus:
« De ces tombeaux des rois es-tu le vieux génie?
« Salut à tes destins, héros de ma patrie! »
En s'approchant de lui, répond le saint vieillard,
« Tu vois auprès de toi, dans ce sombre rempart,
« Un lévite échappé des fers du sacrilége:
« Quand les Francs de la foi renversèrent le siége,
« A ces persécuteurs j'échappai sur les mers,
« Et, de la Thébaïde abordant les déserts,
« J'allai dans la cellule où pria saint Jérôme,
« Pleurer sur les malheurs de notre grand royaume,
« Et prier le Seigneur, courbé sur mes genoux,
« D'arrêter sur son front la coupe du courroux;
« Mais je n'ai pu gagner ces solitudes saintes,
« Et, privé de l'appui de mes forces éteintes,
« Je cherchai le refuge en ces sombres séjours;
« La charité d'un Cophte y soutient mes vieux jours.
« Ici depuis six ans ma natte solitaire
« Me voyait chaque jour, plongé dans la prière,
« Demander au Très-Haut que son bras éternel
« Chez ses fils très chrétiens relevât son autel.
« Un songe cette nuit m'a rempli d'espérance:
« Un ange te guidait aux côtes de la France;

« De joie à ton retour les peuples tressaillaient ;
« Les portes des saints lieux à ta voix se rouvraient ;
« La prière expiait leurs indignes souillures ;
« L'encens chassait l'odeur des haleines impures,
« Et sur leurs harpes d'or les filles de Sion
« Apprenaient au lévite à chanter ton grand nom.
« Ce n'est pas tout, la paix descendait sur la Loire,
« Et, brisant les drapeaux de sa sanglante gloire,
« La Vendée à tes pieds déposait ses poignards :
« L'émigré rappelé revoyait nos remparts ;
« Secouant sur nos bords la poudre du vieil âge,
« Des Muses dans nos murs fleurissait l'héritage,
« Et les arts, aux lauriers d'Arcole et du Thabor
« D'Auguste sur ton front mêlaient le laurier d'or ;
« A ton génie immense un sage aréopage
« Par son étonnement rendait un digne hommage,
« Et les vieux magistrats qu'éclairait son flambeau
« Voyaient les lois jaillir de ton puissant cerveau ;
« Des pavillons marchands la mer était sujette ;
« L'industrie en nos murs reprenait sa navette ;
« La France renaissait du sein de ses débris,
« Et de tant de bienfaits un sceptre était le prix.
« Mais que vis-je ? aux accens des belliqueux cantiques,
« Les trônes s'abaissaient sous tes chars héroïques ;
« Et ton astre, semblable à l'astre aux longs cheveux,
« D'un éclair fulminant illuminant les cieux,
« Les peuples, tout tremblans, couchés dans la poussière,
« N'osaient lever les yeux vers sa vive lumière.
« Mais bientôt dans le ciel le tonnerre éclata,
« Et des flancs de la foudre une voix s'écria,
« Prêtant à cet accent une attentive oreille :
« Les temps sont accomplis, ô règne de merveille ! »
« L'entendis-je annoncer au milieu des éclairs,
« Et, jetant mes regards sur de lointaines mers,
« Je te voyais rêver sur un roc solitaire.

« Quand le souffle de l'aube élevant ma paupière,
« L'ange des visions, disparaissant soudain,
« De mon sein haletant a retiré sa main.
« Remplis donc tes destins, fils de la Providence,
« Va de ses longs malheurs, va consoler la France.
« Faut-il que la vieillesse ici fixant mes pas,
« Dans ce temple des morts me condamne au trépas!
« Qu'avec joie au hameau sur l'autel de mes pères
« On me verrait encor célébrer nos mystères;
« Hélas! sous ce cilice on me verra mourir.
« Mais toi, vers nos climats hâte-toi d'accourir,
« Et, saluant les bords des noirs Ismaélites,
« A la jeune Sion va rendre ses Lévites.
« De l'état renversé va prendre le timon;
« Et quand l'Europe entière adorera ton nom,
« Prends garde que l'orgueil ne corrompe ton ame.»
Au discours du vieillard qui l'étonne et l'enflamme:
« Homme de Dieu, » répond le héros du Jourdain,
« Ce que tu m'as prédit fermentait dans mon sein.
« Je méditais déjà la pieuse entreprise
« De relever chez nous l'étendard de l'Église,
« Et de rendre à la France et la paix et ses lois.
« Je pars pour la sauver, ministre de la croix,
« Puisqu'en ces vieux tombeaux tu veux finir ta vie,
« Invoques-y pour moi le dieu de la patrie;
« Que du haut de son trône, orné de séraphins,
« Sa main daigne bénir mes généreux desseins.
« Marche, » dit le vieillard, « sous l'escorte des anges,
« Déjà des saints pour toi les célestes phalanges
« Aux pieds de l'Éternel ont déposé mes vœux:
« Marche, élu du Très-Haut, sous l'égide des cieux! »
Il dit, et le vainqueur des escadrons numides
D'adieu lui tend la main et sort des Pyramides.

Déjà des matelots accusant le retard,
Sur l'écumant rivage il presse son départ.

Dès qu'il vit que, ridant les plaines ondoyantes,
Les vents enflaient déjà les voiles ondulantes,
Sur le point d'accomplir ses projets généreux,
Le héros à l'Égypte adresse ses adieux;
Dans l'ombre du mystère abandonnant l'aurore,
Il adresse ces mots à l'empire du Maure :
« Des héros du vieux monde enfans dégénérés,
« Révélant à vos yeux leurs travaux ignorés,
« Ardent admirateur de votre antique histoire,
« Je voulais à vos bords rendre leur vieille gloire;
« Des enfans de Sélim chassant les étendards,
« Je prétendais au Nil restituer les arts :
« Mais son peuple avili, rampant dans la poussière,
« A pour Dieu l'Alcoran, pour roi le cimeterre.
« Terre des Pharaons, terre de Sésostris,
« Fondant un autre trône aux remparts de Memphis,
« J'aurais fait respecter cette Égypte nouvelle;
« Je pars avec regret, l'Occident me rappelle,
« Adieu, terre des arts, pour des exploits nouveaux,
« La France à l'Orient réclame mes drapeaux. »
Il dit, et, s'élançant sur son léger navire,
Des mers d'Alexandrie il sillonne l'empire.
Les vaisseaux ennemis et les flots orageux,
Rien ne peut alarmer son cœur audacieux :
« Tu portes, » a-t-il dit, « César et sa fortune! »
Au nocher qui craignait le courroux de Neptune.
Mais l'onde était captive et les fils d'Albion
Promenaient sur ses flancs leur puissant pavillon;
Les nautiques Argus de la fière Tamise
Couvraient de l'Océan l'immensité soumise;
Tout semblait présager que, trahi par le sort,
Le héros trouverait ou les fers ou la mort.
Mais on dit que le dieu qui veille sur la France
Secondait ses projets du sein de la puissance,
Qu'un ange, exécuteur des volontés du ciel,

S'élançant à sa voix du séjour éternel,
Vint d'un épais nuage aux campagnes amères
Dérober son esquif aux flottes étrangères;
Que, guide des destins du vainqueur des déserts,
Cet ange vint fixer l'inconstance des mers,
Et que cet envoyé, de son souffle propice
Enflant de son vaisseau la voile protectrice,
Pour l'accomplissement de ses sages desseins,
Dirigea le grand homme aux ports des Phocéens.
O France infortunée! il aborde ta plage,
Relève un front superbe, héroïque apanage;
Le bras qui terrassa les destins d'Ismaël
Vient relever l'éclat de ton nom immortel.
Le héros, franchissant la riante Provence,
Au-devant de ses pas voit voler l'Espérance;
La Seine va bientôt couler sous d'autres lois;
Du Luxembourg désert on voit pâlir les rois;
Leur génie éperdu, dans ses mesures vaines,
Va du char du pouvoir laisser tomber les rênes.
L'étoile de l'espoir brille sur l'horizon:
César a dépassé les bords du Rubicon,
Déjà les Quinquevirs, dans ce jour qu'on renomme,
Sont descendus du trône aux ordres du grand homme.
Son règne a commencé; mais un altier sénat
Prétend lui disputer le sceptre de l'État;
Le front ceint des lauriers qu'aux campagnes numides
Son glaive a moissonnés au pied des Pyramides,
Dissipant à Saint-Cloud les Cinq-Cents orgueilleux,
Il adresse ces mots au Conseil orageux:
« Des murs de Sésostris aux rives de la Seine
« La gloire de la France en ce jour me ramène;
« Accablé de tristesse au bruit de ses malheurs,
« Du milieu des déserts j'accours à ses clameurs.
« O ciel! quel tableau s'offre à mon ame éperdue!
« Encore un jour, grand Dieu! la France était perdue!

« L'olivier dont j'avais couronné les Français,
« Par la foudre écrasé, l'olivier de la paix,
« Sur ces bords qu'ont souillés les horreurs du carnage,
« N'offre plus à mes yeux son pacifique ombrage;
« La France, désolée, en proie aux factions,
« Voit encor la Discorde agiter ses brandons;
« Renaissant du cercueil, la cruelle anarchie,
« Qui de nouveau, grand Dieu! déchire la patrie,
« De son glaive vengeur désarme encor Thémis.
« Mais j'entends retentir les clairons ennemis!
« Au pied de nos remparts, Europe, tu nous braves;
« J'ai, pour les protéger, laissé cent mille braves,
« Où sont-ils, ces guerriers, honneur de nos drapeaux?
« La mort les a plongés dans le sein des tombeaux.
« Dans les gouffres du faste abîmée avec joie,
« La richesse publique, aux vampires en proie,
« De la sueur du pauvre engraissant l'attentat,
« N'offre plus de ressource aux besoins de l'État;
« Et, pour comble de maux armant ses satellites,
« L'Europe, menaçante, a franchi nos limites.
« Accablé sous le poids de ces calamités,
« Le grand peuple français, sur ces bords attristés,
« Des remparts du Delta en ce jour me rappèle;
« Attentif à sa voix, à sa gloire fidèle,
« J'accours sauver la France en proie à tant d'horreurs;
« Je viens la délivrer du règne des terreurs;
« Pour le repos du monde en ce jour plus propice,
« Ma main va de l'État relever l'édifice.
« Vous, passifs spectateurs d'odieux attentats,
« Fauteurs de l'anarchie, ineptes magistrats,
« Dont la cupidité, suscitant les orages,
« S'enrichit des débris de nos tristes naufrages,
« Des malheurs de la France auteurs tumultueux,
« Rentrez dans le néant, sénateurs orgueilleux;
« Mon bras vient renverser votre indigne puissance;

« Votre règne est passé, rentrez dans le silence. »
Il dit, et les poignards se lèvent sur son cœur;
Les Cinq-Cents ont crié : « Meure le dictateur! »
Mais ses fiers grenadiers sont déjà sous les armes;
Soudain le pas de charge aux clameurs des alarmes
Escorté du trépas, mugissant dans ces lieux,
Inspire la terreur au sénat furieux;
Les poignards sont tombés de sa main impuissante;
Tout fuit, tout se disperse en proie à l'épouvante;
Les Cinq-Cents ne sont plus, et le restaurateur
Sur leurs tristes débris élève sa grandeur.
La pompe des consuls à l'instant l'environne;
Les faisceaux des licteurs précèdent sa personne;
A cette auguste pompe on dirait que Brutus
A chassé les Tarquins des murs de Romulus.
Dès qu'il a revêtu la pourpre consulaire,
La France voit briller un astre plus prospère;
Aux lieux où l'on voyait régner l'impunité
La sévère Thémis reprend sa dignité.
L'ordre renaît aux lieux où régnait la licence,
Le crime tremble enfin aux rives de la France.
Son peuple de la paix goûtera les douceurs;
De son sein va s'enfuir le monstre des terreurs.
Avant que de jouir de cette paix heureuse,
Il faudra de Schœnbrunn punir l'aigle orgueilleuse;
On verra le consul à ses camps effrayés
Remontrer de Lodi les drapeaux oubliés.
Qu'entends-je? aux roches d'or les trompettes guerrières
Des Francs ont rassemblé les phalanges altières.
Les monts vont s'aplanir devant leur étendard;
Leur valeur gravira l'orgueilleux Saint-Bernard.
Tremblez, tremblez, soutiens de l'Autriche alarmée;
Du glaive des combats la France s'est armée;
Pour venger d'Allia les affronts flétrissans,
Rappelé par les cris de ses braves enfans,

Camille a reparu sous les remparts de Rome!
Les Alpes vont revoir la gloire du grand homme;
Son belliqueux génie aux confins du Valais
A déjà dirigé les bataillons français.
Mais un mont escarpé s'oppose à leur passage,
Souvent du pèlerin il lassa le courage;
Levant un front superbe et menaçant les airs,
Il voit former sous lui la foudre et les éclairs;
Mais ces rocs, dont le front domine les tempêtes,
Vont du guerrier vainqueur augmenter les conquêtes.
Déjà les camps français paraissent sur les monts.
Tremblez, peuples germains pour vos propres sillons;
Sur l'altier Saint-Bernard, où son audace règne,
Le moderne Annibal a planté son enseigne.
O prodige! ô terreur! la montagne a tremblé:
Qui fait frémir ainsi son sommet ébranlé?
Et qui vient d'apparaître au milieu des orages?
Le dieu des Alpes sort du sein de ses nuages;
De glaçons éternels son front est couronné,
Un pin sert de soutien à son port consterné,
La dépouille d'un ours l'orne d'une chlamyde;
Il s'avance à grands pas sur la roche timide;
Sa taille gigantesque, en ces monts sourcilleux,
S'élève dans les airs comme un cèdre orgueilleux;
Sa barbe de glaçons hérisse son visage;
Tout tremble sur les monts à son aspect sauvage.
Le dieu de la montagne, en voyant les Français,
A peine en croit ses yeux surpris de leurs succès;
« Quel est donc cet humain dont l'indomptable audace
« Vient, » dit-il, « à travers ces montagnes de glace,
« Sur mon trone abattu graver ses pas hardis?
« Ses camps audacieux foulent mes rocs conquis.
« Eh quoi! cette montagne escarpée et terrible
« A son artillerie, ô ciel! est accessible!
« Et rien n'a pu lasser ces pesans bataillons

« Dont l'ardeur invincible a soumis mes glaçons.
« Mais quel est donc celui qui guide leur vaillance ?
« Mon étonnement cesse à sa fière présence :
« C'est celui qui dompta l'affreux désert de Sur ;
« Cédons, de l'univers c'est le prince futur. »
Il dit, et sur les monts s'avance l'ange agreste ;
Il aborde les Francs avec un air modeste,
Et, déguisant les traits de son front solennel,
Il prend pour leur parler un visage mortel.
Au martial aspect de la fière milice,
Il a d'un solitaire endossé le cilice,
Et, sortant du couvent qui peuple ses rochers,
Il parle en ces accens au chef de nos guerriers :
« Vainqueur du Saint-Bernard, j'admire ton courage,
« Depuis que le héros de l'altière Carthage
« Sur ces monts escarpés guida ses éléphans,
« Jamais leur front glacé n'avait porté des camps.
« Mais sur ces rocs, soumis par les armes puniques,
« Tu plantes à ton tour le coq des républiques ;
« Ta marche à l'univers rappelant Annibal 14,
« Les Alpes ont tremblé sous ton char triomphal.
« A toi seul après lui, grand homme, je le jure,
« Il était réservé de vaincre la nature.
« Émule du héros digne fils d'Amilcar,
« Cannes t'attend aussi ; roulant d'ici ton char,
« Va montrer à l'Autriche encore épouvantée
« Les magiques drapeaux d'une armée enchantée.
« Oui, du haut de ces monts dans tes rares destins
« Jetant un saint effroi parmi les camps germains,
« Escorté des éclairs, précédé du tonnerre,
« Descends comme du ciel, ô prodige de guerre !
« Le Dieu du Saint-Bernard, soumis à tes accens,
« Vient d'incliner son front sous tes pas menaçans. »
A ces mots qu'ont redits des Alpes les abîmes,
Les rochers escarpés ont abaissé leurs cimes ;

Ils tombent devant nous, et le vainqueur des monts
A travers leurs débris guide ses légions.
O surprise! au sommet de la roche helvétique
On entend retentir la cloche monastique.
Là, ses sons argentins, dans la tempête errans,
Annoncent la prière à d'humbles pénitens;
Là, l'hymne à l'Éternel, grondant dans les nuages,
S'élève vers les cieux à travers les orages.
Mais, ô religion! l'ardente charité
Sur ces monts se consacre à l'hospitalité.
Dans ces déserts sacrés le fils des solitudes,
Plein d'un ardent amour, plein de sollicitudes,
Suivi d'un chien fidèle et bravant le trépas,
Du pèlerin errant accourt guider les pas.
Il va, bravant l'horreur des affreux précipices,
Au passant égaré rendre ses soins propices,
Et lorsqu'il a sauvé l'incertain passager,
Il offre à son repos son toit hospitalier.
Mais surpris à l'aspect des légions de France,
Il admire en ce jour ces preux dont la vaillance,
Ces soldats dont les cœurs, de bronze enveloppés,
Des Alpes ont franchi les remparts escarpés.
Debout sur le revers de ces hautes montagnes,
Et montrant aux Français les fertiles campagnes
Que le grand Éridan arrose de ses flots,
Le consul aux guerriers vient d'adresser ces mots :
« Les Alpes ne sont plus, soutiens de la patrie;
« Ces sauvages remparts de la belle Hespérie,
« Sous les pas de la France aplanissant leurs flancs,
« Contemplent en ce jour ses guerriers triomphans.
« Aux champs de la Judée, aux solitudes saintes,
« On a vu l'Orient, en ses sinistres craintes,
« Nous contempler naguère au milieu des hasards
« Sur les flancs du Thabor planter nos étendards;
« En ce jour, sur le front des Alpes abaissées

« Remontrant les drapeaux de nos armes passées,
« Nous apprendrons au monde en proie à la stupeur
« Que rien ne peut des Francs arrêter la valeur ;
« Que, dompteurs des rochers, dans notre audace extrême,
« Nous avons subjugué la nature elle-même.
« Maître du Mont-Cenis, du Genèvre et du Vard,
« L'Empire aurait-il cru que ce fier boulevard
« Serait inaccessible à nos bouillans courages ?
« Détrompons-le, soldats, que de ces rocs sauvages
« Il nous voie en courroux fondre sur ses enfans.
« Nous avons à venger des affronts bien sanglans ;
« Oui, du brave Joubert allant venger la gloire,
« Des revers de Novi détruisons la mémoire ;
« Foudroyons de nouveau cette aigle des Césars
« Qui prétend de son vol ombrager nos remparts. »
Des Alpes a-t-on vu l'avalanche terrible,
Roulant de leurs longs flancs avec un bruit horrible,
Entraînant pêle-mêle arbres, rochers, glaçons,
De ses vastes débris inonder les vallons,
Et porter la terreur vers de riches campagnes ?
Ainsi l'on vit nos camps rouler de ces montagnes.
Déjà des libertés sous les murs de Verceil
Comme des enchanteurs ils sonnent le réveil ;
Comme un cri de Brutus ces sons généreux grondent,
Et de tout l'Apennin les échos leur répondent.
Près de la Sésia le consul des Français
Au devant de sa tente allait goûter le frais,
Quand il voit sur un char paraître une guerrière ;
Sous les fers des Germains elle était prisonnière ;
De son glaive rompu l'éclat était rouillé,
Et sur son char lugubre et de sang tout souillé
On voyait soupirer cette jeune héroïne :
Cette triste amazone était la Cisalpine.
La toque de Brutus ne couvrait plus son front,
Et ses faisceaux brisés, attestant son affront,

De sa loi violée avait couvert la page.
Au consul, qui s'étonne, elle tient ce langage :
« Héros, reconnais-tu sur mon front avili
« La fille des exploits d'Arcole et de Lodi,
« Cette jeune beauté qui devint orpheline
« Quand les mers te portaient épouvanter Médine ?
« Souwarow, de Moscou désertant les forêts,
« De cette jeune vierge a flétri les attraits.
« Hélas ! quand ta valeur s'exila de l'Europe,
« On la vit, comme on voit le souple héliotrope
« Suivre l'astre du jour dans son cours éclatant,
« On la vit l'œil tourné vers l'esclave Orient,
« Quand tu volas braver les escadrons du Maure,
« Suivre tes pas vainqueurs aux déserts de l'Aurore.
« Tu reviens, et son cœur de joie a tressailli ;
« Elle vient de revoir les glaives de Lodi.
« Comme de la Provence on vit la pastourelle,
« Attristant de ses pleurs l'écho de la tourelle
« Où l'enchaîna l'ardeur d'un cruel châtelain,
« Saluer le retour du jeune paladin,
« Guidé par l'enchanteur pour finir son servage,
« Des champs de l'Idumée, où brilla son courage,
« Elle t'a salué, fier vainqueur du Jourdain.
« Rends-la donc, rends-la donc à son premier destin,
« Et du bras qui d'Agar fit trembler la famille
« Relève dans Milan les faisceaux de ta fille. »
A ces mots le héros, s'élançant dans son char,
Va sauver la beauté des chaînes de César.
L'Éridan consolé le voit sur son visage,
Et ses peuples amis lui rendent leur hommage.
Mais l'Autriche, qui craint pour ses riches états,
Croit du fond des enfers voir surgir nos soldats :
« D'où viennent ces guerriers ? » disait sa voix altière ;
« Auraient-ils pu, des monts franchissant la barrière,
« A travers les rochers se frayer des chemins ?

« Quoi ! les Alpes n'ont pu retarder ces humains ?
« Non, non, » se récriait son orgueilleuse rage,
« L'enfer les a vomis sur ce sanglant rivage,
« Ou le ciel irrité, dans son divin courroux,
« Comme un feu destructeur les a lancés sur nous. »
Cependant ses clairons grondent dans l'Italie;
Elle vient disputer cette terre asservie
Aux camps libérateurs de nos républicains.
Le reconnaissez-vous, soldats autrichiens,
Ce héros sillonné de vos foudres d'Arcole ?
Il vient encor briser les fers du Capitole;
Déjà Montebello vous prouve que c'est lui :
Le reconnaissez-vous le démon de Lodi ?
Son front est couronné de palmes étrangères;
Les feux des Mameloucks ont brûlé ses bannières;
Ses traits, qu'a rembrunis l'astre de l'Orient,
Le rendent à vos yeux encor plus effrayant,
Et sous le fer vainqueur qu'il a teint du sang maure,
Soldats autrichiens, vous tomberez encore.
Marengo ! Marengo ! des flots de combattans
Ont troublé le repos de tes paisibles champs;
Les combats ont fait fuir tes bergères craintives.
Mars de la Bormida de sang teindra les rives;
Tes plaines où Cérès étalait ses moissons
Se hérissent du fer de mille légions.
L'écho, qui n'entendit que le son des musettes,
Frémit plein d'épouvante aux accords des trompettes;
La guerre fait mugir ses belliqueux concerts.
De nombreux étendards élevés dans les airs,
Sur une mer d'acier semblables à des phares,
Dirigent aux assauts des combattans barbares.
Le fier hennissement des courageux coursiers
Se mêle au bruit du pas de cent mille guerriers.
Ces masses de soldats s'alignent par distance :
La victoire ou la mort se dispose en silence.

Ce calme épouvantable en sa sinistre horreur
Involontairement fait pâlir la valeur.
Bientôt on voit planer l'ange des funérailles,
Les clairons ont sonné le signal des batailles.
Les bronzes destructeurs jettent d'horribles feux;
Le projectile fuit comme l'éclair des cieux,
Comme la foudre il frappe et renverse les braves.
De l'honneur des états ces généreux esclaves
Attendent dans les rangs les caprices du sort,
Ils donnent de sang-froid ou reçoivent la mort.
Bientôt comme les flots d'une mer écumante
Leur fureur se débat sur la plaine sanglante,
Le bataillon se heurte avec le bataillon,
L'escadron ébranlé charge ou fuit l'escadron,
Les rangs sont culbutés, les phalanges s'entr'ouvrent;
La gloire et le trépas de leurs ailes les couvrent;
On se mêle, on s'égorge au milieu des terreurs;
Le sang coule à grands flots, la rage enfle les cœurs.
Cependant le génie, insensible au carnage,
Préside froidement aux exploits du courage;
Il combine les pas, calcule les instans,
Mesure la distance, a l'œil sur tous les rangs;
La valeur expirante a beau jeter ses plaintes,
La mort a beau frapper ses fatales atteintes,
Et sur son front d'airain la foudre a beau tonner,
Il songe à vaincre, et rien ne saurait l'étonner.
Mais que vois-je au milieu du tumulte des armes?
La France semble fuir dans de lâches alarmes!
Mélas fait reculer ses bataillons flottans;
Les rangs sont refoulés sur les rangs chancelans;
Sur le front de bataille, entr'ouvert par la foudre,
Des milliers de guerriers sont tombés sur la poudre;
Le bronze lance au loin la mort dans les éclairs;
Tout semble présager le noir jour des revers.
Mais, bravant ses assauts, la garde consulaire

A l'armée allemande oppose sa barrière,
Ce vieux rempart de fer qui vomit le trépas
Des vainqueurs tout-à-coup arrête encor les pas;
Rien ne peut entamer la phalange intrépide;
En vain l'Autriche en feu, d'un élan homicide,
Contre ses grenadiers dirige tous ses traits,
Ils bravent comme un roc ses guerriers stupéfaits.
Mais la colonne, aux yeux de Mélas qui l'admire,
Comme un faisceau d'acier à pas lents se retire;
Le plomb s'échappe encor de son sein frémissant,
Il vole renverser le Germain triomphant.
C'est ainsi qu'emportée au milieu des nuages
La trombe de ses flancs vomit les noirs orages.
Cependant l'ennemi s'avançait en vainqueur;
Le succès paraissait couronner son ardeur;
Aux ordres des Français la victoire rebelle
A leurs drapeaux surpris paraissait infidèle;
Incertaine et flottante au milieu des deux camps,
Elle offrait à Mélas des lauriers décevans;
Il allait les saisir, arrête, téméraire!
La réserve à mes yeux fait flotter sa bannière.
Quel est donc ce guerrier qui s'avance aux assauts?
Son bras dans leur retraite arrête nos drapeaux,
Son teint encor brûlé des ardeurs de l'Aurore,
Annonce qu'il revient de combattre le Maure,
Et ses lauriers, cueillis au tombeau de Memnon,
Du valeureux Désaix révèlent le grand nom.
C'est lui, mais, ô douleur! au sein de la tempête,
J'aperçois le trépas qui menace sa tête!
O toi! dont parle encor l'Arabe du désert,
Regarde, à Marengo ton cercueil est ouvert;
Guerrier, suspends tes pas, vois le spectre des ombres,
Sa faux va te plonger dans les demeures sombres;
Mais ton coursier bondit dans les rangs culbutés,
Vole donc du destin remplir les volontés,

A la France alarmée il faut un sacrifice :
Trépas de Décius, à Rome sois propice !
Si le torrent, enfant de l'orage et des monts,
De son onde écumante inondant les vallons,
Renversant tout sous lui dans sa course orageuse,
Trouve dans la vallée une roche orgueilleuse,
Soudain il sent briser la rage de ses flots :
Ainsi Mélas s'arrête à l'aspect du héros.
« Français, » avait-il dit à ses compagnons d'armes,
« Bannissez, mes amis, de timides alarmes,
« Revolons aux assauts, c'est assez reculer,
« Que nos vainqueurs d'une heure apprennent à trembler !
« Vieux guerriers de Lodi, fils de la république,
« Arrachons la victoire à l'aigle germanique ;
« Bataillons de Desaix, c'est à vous, mes enfans,
« A forcer l'infidèle à rentrer dans nos rangs. »
Il dit ; comme un lion, dans les sables numides,
S'élance avec fureur sur des chasseurs timides,
Il fond au pas de charge au milieu des combats ;
Sa valeur indomptable enflamme ses soldats ;
Rien ne peut résister à leur ardent courage ;
Une route de sang signale leur passage.
La terrible colonne, au milieu des débris,
Enfonce de Mélas les guerriers interdits ;
Elle avait à venger les affronts de la France :
Tout tombe sous les coups de sa juste vengeance.
Cependant le consul, pour fixer les destins,
Rassemble des Français les drapeaux incertains ;
Son prévoyant génie, aux plaines de la gloire,
A réorganisé la France et la victoire.
La charge de nouveau fait retentir ses sons.
« Marchons, dit le consul, braves enfans, marchons !
« La France doit coucher sur le champ de bataille. »
Les bronzes, à ces mots, vomissent la mitraille,
Ses éclats meurtriers, écrasant les Germains,

Font déjà reculer ces bataillons hautains.
Comme on voit l'Océan, refluant sur la plage,
Des fleuves, devant lui, refouler le rivage,
Et dans sa majesté reconquérir ses bords,
Sur les Germains vaincus par ses bouillans efforts,
Aux champs de Marengo recouvrant sa puissance,
La France tout entière à la victoire avance.
Le fils du vétéran qui vainquit à Valmi,
Sous les pas des coursiers écrase l'ennemi;
Le regard éperdu de l'Autriche effrayée
Voit la France fouler son aigle foudroyée;
Et, vainqueurs de ses camps, nos braves bataillons
D'un moment de revers ont vengé les affronts.
Mais, qu'entends-je? ô terreur! des accens de tristesse
Se mêlent en ce jour aux hymnes d'allégresse;
Des larmes ont baigné des lauriers glorieux:
Quel cadavre sanglant ont rapporté nos preux?
La foudre a sillonné son martial visage,
Les pleurs l'ont honoré de leur funèbre hommage;
Le cyprès aux lauriers s'unit sur les drapeaux;
Histoire, réponds-moi, quel est donc ce héros
Qui fait à nos Français regretter la victoire?
Quel nom profères-tu, déesse de mémoire?
C'est Desaix! la douleur frappe mes sens émus,
Pleurez, soldats français, pleurez, Desaix n'est plus!
Ce héros si long-temps l'objet de votre estime,
Dont le Rhin admira la valeur magnanime,
Ce guerrier généreux que les fils des déserts
Nommaient le sultan juste en bénissant ses fers,
Et dont la voix frappa les échos de Saïde,
Vos pleurs ont donc baigné son visage livide.
« Je meurs avec regret, » dit son dernier soupir,
« Je n'ai pas assez fait pour les temps à venir! »
Héros, assez long-temps tu vécus pour ta gloire,
Mais tu mourus trop tôt pour l'honneur de l'histoire.

Pendant qu'à Marengo le consul triomphant
Arrachait l'Italie à l'empire allemand,
Un autre nourrisson de la France guerrière,
Qui depuis.... mais alors il chérissait sa mère,
A du vétéran Krai, Nestor autrichien,
Flétri les vieux lauriers aux champs d'Hohen-Linden.
L'Empire est consterné, l'effroi plane sur Vienne;
Mais, tombant aux genoux des héros de la Seine,
César vient leur offrir l'olivier suppliant.
Les héros généreux s'apaisent à l'instant.
Un rameau pacifique ombrage Lunéville,
Le temple des traités s'élève en cette ville.
Quelle est cette guerrière à genoux à l'autel?
Sur des faisceaux, ornés d'un laurier solennel,
Avec un doux orgueil l'amazone repose,
Et l'empreinte des fers sur ses beaux bras dépose
Qu'elle vient de sortir de la captivité.
C'était toi, Cisalpine, ô jeune liberté!
On te voit triompher, et la main du grand homme
A remis sur ton front cette toque de Rome
Dont ta reconnaissance en ce César nouveau
Doit lui faire plus tard un souverain bandeau.

Ennemi des combats, toi que la terre adore,
Enfant de la Concorde, à ma voix qui t'implore,
Descends du haut des cieux consoler les Français,
Noble ami des humains, doux ange de la paix,
Viens d'un sombre horizon disperser les nuages,
Viens d'un ciel foudroyant dissiper les orages;
Les plus fiers des soldats aux lambris du seigneur
Appendent, en ce jour, l'étendart de l'honneur.
Et toi, dont le destin et farouche et barbare
Changea ton sceptre d'or pour la hache tartare,
Comme l'oiseau sacré du désert de Memphis,
Au souffle du héros renais de tes débris:
France, remonte au rang où le monde t'appelle;

Remonte sur ce trône où ta gloire plus belle,
Tes arts, tes mœurs, tes lois, tes belliqueux destins
Te feront surnommer la reine des humains.
Un jour qu'un ciel serein inspire l'allégresse,
Qui paraît du consul attester la sagesse?
Illustres monumens de ses nobles bienfaits,
Trois femmes sont debout au seuil de son palais.
Aux genoux du héros qui restaure la France
Qui les guide en ce jour? c'est la Reconnaissance.
Modeste, l'œil baissé, douce comme l'agneau,
La première, que ceint un virginal bandeau,
Dans une de ses mains tient une sainte lance,
C'est l'étendard sacré du vainqueur de Maxence,
Dans l'autre un encensoir fumant d'un feu récent,
C'est la Religion, et son timide accent,
S'unissant aux accords des harpes de Solyme,
Fait entendre au héros ce cantique sublime :
« Israël et son Dieu sont réconciliés!
« Je viens, ange de paix, je viens baiser tes pieds.
« Solyme, à ses accens rouvre tes saints portiques;
« Dignes enfans d'Aaron, entonnez vos cantiques;
« Le Dieu du Sinaï cesse d'être irrité;
« Cyrus brise les fers de la captivité.
« Sion, régénérée, en ce jour plus propice,
« Revoit du Golgotha le divin sacrifice.
« Babylone n'est plus, l'Éternel a parlé;
« Le Jourdain dans son lit roule un flot consolé.
« Soldat, vengeur du culte, hommage à ton génie!
« Troublant des chérubins la céleste harmonie,
« Ta patrie au Très-Haut adresse encor ses vœux;
« Tu réconcilias la France avec les cieux. »
C'est ainsi que disait, de gratitude éprise,
La fille de Sion au vengeur de l'Église.
Sa seconde compagne élève plus son front;
On y lit cependant les traits d'un long affront.

Oubliant les malheurs de sa noble querelle,
Un orgueil mal éteint anime sa prunelle;
A travers les haillons qui la couvrent encor,
Elle laisse percer des lambeaux brodés d'or.
C'est toi, noble Émigrée, et ta voix attendrie
Vient bénir le héros qui te rend ta patrie:
« Bienfaiteur, dont j'ai vu la protectrice main
« Du ban de l'ostracisme éloigner le scrutin,
« Proscrite de ces murs par des décrets barbares,
« Je revois sous tes lois, je revois donc mes lares!
« Je me suis donc rassise au foyer paternel!
« Ah! je te remercie, ô héros immortel!
« Dont la main a fermé le livre des vengeances;
« Cette main généreuse a fini mes souffrances.
« Rivage, où j'ai traîné mes destins malheureux,
« Rivage hospitalier, je te fais mes adieux.
« Un guerrier bienfaisant, le héros de l'histoire,
« A la France exilée a fait chérir sa gloire. »
De l'Émigration tels furent les accens.

Mais qui s'offre auprès d'elle aux traits plus imposans?
Une altière amazone est encor sous les armes:
Sa taille colossale inspire les alarmes,
Et son bras musculeux aux yeux épouvantés
Porte un étendard noir aux lis ensanglantés;
Grand Dieu! du sang français sa lance est encor teinte!
Hélas! pour une cause et généreuse et sainte
Elle avait cependant lutté dans mille assauts.
C'est toi, fière Vendée, ô mère des héros!
Dont le bras généreux et la sainte vaillance
Cherchaient à relever sur le sol de la France
L'antique autel de Rome et le trône d'Henri.
Mais de lutter encor ton front aurait rougi,
Mère des Jacquelin, des Stoflet, des Charette,
Tu deviens du héros la fidèle sujette;
Sa voix s'est fait entendre à ton cœur généreux,

« Vendée, écoute-moi, mère de tant de preux, »
T'avait dit le grand homme, ô superbe héroïne!
« Mon cœur est affligé de la guerre intestine,
« Les malheurs de ta gloire ont pesé sur ce cœur,
« Je te rends les autels, témoins de ta valeur,
« Avec nous à leur pied je te réconcilie,
« Pour prix de ces bienfaits veuille être mon amie.
Cette voix, ô Vendée! attendrit ta fierté,
Ta lance altière échappe à ton bras redouté.
Aux portes du palais, où le héros repose,
En hommage à ses lois, ce bras nerveux dépose
Les lauriers de Bonchamps, les cyprès de Sombreuil,
Et l'étendard sanglant d'une guerre de deuil :
« Je voue à ta sagesse, ô génie héroïque!
« Ces gages respectés qu'en vain la république
« A voulu me ravir par dix ans de combats ;
« Et ton nom, ton grand nom béni par nos états
« A pu seul effacer sur ma sainte bannière
« Le doux nom de Louis que j'invoquais naguère.
« Toi seul as triomphé de ma fidélité ;
« Ce n'est pas ta valeur, c'est ton humanité
« Qui remporte sur moi cette noble victoire ;
« Je cède à tes vertus, dans ce jour de mémoire,
« La palme que j'aurais, jusqu'au bord du tombeau,
« Refusée au vainqueur des champs de Marengo.
C'est ainsi que tu dis, ô Vendée orgueilleuse!
Et tes sœurs, s'unissant à ta voix généreuse,
Font retentir les airs de leurs nouveaux accens.
Qu'expriment donc encor vos cœurs reconnaissans?
« Gloire au restaurateur, du ciel saint mandataire!
« Déjà l'Airain sacré rappelle à la prière ;
« Déjà la douce paix, consolant nos remparts,
« De la guerre civile a brisé les poignards ;
« Déjà l'auguste France, après sa longue fuite,
« A reçu le baiser de sa fille proscrite :

« Les cieux sont couronnés de l'arc consolateur.
» Contemple ton chef-d'œuvre, ô grand restaurateur!
« L'anarchie à tes pieds est ta plus grande gloire,
« C'est le plus beau laurier de ta superbe histoire :
« S'il est grand de régner par de guerriers exploits,
« Il est plus grand encor de régner par des lois.»
C'est ainsi que chantaient les sœurs reconnaissantes.
Mais qui vient pour chasser ces femmes frémissantes
Des marches du palais où fume leur encens?
Une horrible terreur a glacé tous leurs sens :
Elles ont vu paraître un monstre épouvantable,
Il était tout sanglant, et son front exécrable,
S'élevant des débris du trône et de l'autel,
A dénoncé la guerre à l'homme ainsi qu'au ciel.
Un noir venin s'épand de sa bouche infernale;
Il porte d'une main une torche fatale,
Qu'il vient de rallumer à l'autel des terreurs,
Et de l'autre un poignard, ô comble des horreurs!
Teint d'un sang.. de quel sang?.. grand Dieu! puis-je le dire!.
Du sang de ce bon roi qui du sein du martyre
Souhaita que sa mort fût utile aux Français.
O monstre! reviens-tu commencer tes forfaits?
Mais à son sombre aspect la superbe guerrière
Dans sa mâle fierté reprend sa lance altière;
De l'Émigration renaissent les douleurs;
Et la Religion, versant encor des pleurs,
Lève ses yeux d'azur vers la voûte céleste.
Mais bientôt au-devant de ce monstre funeste
Les portes du palais s'ouvrant avec fracas,
Le héros tout armé s'en élance aux combats;
Un glaive flamboyant brille en sa main terrible.
Tremble! c'est ton vainqueur, oui tremble, monstre horrible,
Viens contre ce grand homme épuiser ta fureur;
En vain de ton poignard tu veux percer son cœur,
En vain le souffle impur de ta fétide haleine

Voudrait empoisonner le sauveur de la Seine
(On dit que, protégeant le vainqueur du Thabor,
Un ange le couvrait de son bouclier d'or),
Ta rage est impuissante, et sa lance sacrée,
Épanchant par tes flancs cette rage abhorrée,
T'a renversé sanglant aux pieds des nobles sœurs.
Alors, du haut des cieux partent les traits vengeurs;
Foudroyé par les feux de ce juste tonnerre,
Le temple des terreurs s'abîme sous la terre.
Le héros a du monstre affranchi nos remparts;
Les décrets éternels sont peints dans ses regards.
A ce divin aspect les trois sœurs rassurées
Reprennent les concerts de leurs harpes sacrées.
Ces sons, comme un parfum remplissant l'univers,
Saintement applaudis par ses peuples divers,
Apprennent qu'un héros, le sauveur de la France,
De son front a de Dieu détourné la vengeance,
Et que son souffle pur, chassant les factions,
L'a réconciliée avec les nations.
Mais quel noble génie a paru sur la Seine?
Sur ces bords plus heureux quel message l'amène?
Quel dessein le conduit dans ces sacrés remparts?
Paré des attributs des armes et des arts,
A son air mâle et doux, à son casque, à sa lyre,
De l'ange protecteur de cet antique empire
Mes yeux au même instant reconnaissent l'aspect;
La France à ses genoux s'incline avec respect.
De bronze sur ces bords il fonde une colonne;
Sur le front du héros plaçant une couronne,
Et sur le noble airain inscrivant son grand nom,
Le génie a gravé: « Code Napoléon. »
Et par ses magistrats guidé dans le silence,
Au pied du monument le grand peuple s'avance;
Il vient pour saluer les tableaux plus parfaits
Où le héros traça ses solennels arrêts.

Livres religieux des lois de la patrie,
Salut! codes sacrés que dicta son génie;
Puisse chez nous Thémis, honneur des nations,
De Minerve à jamais respecter ces leçons!
Et toi, notre Solon, accepte nos hommages;
Tes décrets, transportés sur les ailes des âges
Et bénis par la voix de la postérité,
Seront ton premier titre à l'immortalité.
O quel brillant essaim s'offre encore à la vue?
De gracieux enfans descendent de la nue:
A la flamme qu'on voit ondoyer sur leurs fronts,
Des arts on reconnaît les jeunes légions;
Rappelés dans ces lieux des bords de l'Hippocrène,
De leurs ailes de crêpe ils ombragent la Seine.
On revoit dans ce jour, brillans de feux plus purs,
Les anges des beaux-arts descendre dans nos murs;
Sous les lois d'un héros dont la voix les inspire,
Ils viennent sur ces bords rétablir leur empire.
De leur noble triomphe, ô barbare ennemi!
Farouche Vandalisme, éloigne-toi d'ici,
Ne souille plus ces murs de ta fière ignorance;
Ami de Mahomet, retourne dans Byzance,
Ton front stupide est fait pour porter le turban;
Va prêcher au désert les lois de l'Alcoran,
Retourne en Orient, où l'homme te révère:
Fuis le sol qui vit naître et Corneille et Voltaire,
Buffon et Montesquieu, Descarte et Fénelon,
Où Louis protégea Mignard et Girardon.
Fanatique ignorant, ton stupide délire
Des Muses sur ces bords avait brisé la lyre;
Ces vierges dans nos murs pleurant sur ses débris,
Ton farouche dédain insultait à leurs cris;
Dans la France barbare édifiant ton temple,
Tu prétendis d'Omar lui rappeler l'exemple.
On vit, lorsque ton bras brisa ses monumens,

S'indigner de Louis les mânes gémissans,
Et quand du grand Henri tu mutilas l'idole,
Rome revit les Goths au sein du Capitole.
O toi! qui du grand siècle éteignis le flambeau!
Regarde dans nos murs luire un astre nouveau;
Louis sort de sa tombe à son aspect insigne,
Et l'ombre du grand roi de t'enfuir t'a fait signe.
Mais, ô gloire! ô valeur! aux remparts des Français
La Victoire aux beaux-arts édifie un palais.
Quel temple offre à mes yeux son superbe portique?
Mes pas vont-ils fouler la gloire de l'Attique?
Vois-je de Romulus les murs brillans d'exploits?
Suis-je admis au conseil ou des Dieux ou des rois?
Rome, où sont tes Césars? Athène, où sont tes sages?
Où sont les demi-dieux et les dieux des vieux âges?
Quoi! je les vois captifs de l'intrépidité:
Au Louvre rajeuni renaît l'antiquité.
Oui, les arts en nos murs renaissant de leur cendre,
Du pontife Léon, d'Auguste et d'Alexandre
Les siècles étonnés au milieu de Paris
Sont venus saluer le siècle de Louis.
Et toi, temple fameux, témoin de cet hommage,
Temple brillant des arts que peupla le courage,
Voyant avec douleur tes destins glorieux,
Le Vatican désert te demanda ses dieux.
Vainqueur du vandalisme, ô toi dont la vaillance
Des chefs-d'œuvre des temps a décoré la France!
Dont le bras tutélaire au sein de ces remparts
D'Apelle et Phydias a recueilli les arts,
Protecteur du génie, aux rives d'Hippocrène,
Recréant les beaux temps d'Auguste et de Mécène,
J'ai vu ta main graver sur le mont Hélicon
Ton chiffre auprès de ceux d'Octave et de Léon.
Si les arts libéraux que le Parnasse inspire
Furent dans tous les temps la gloire d'un empire,

L'opulente industrie en est le fondement,
Le négoce est la force et les arts l'ornement.
Le grand homme le sait, fidèle à la victoire,
L'art de la Phénicie a recouvré sa gloire.
Mais, rival de Colbert, le consul généreux
De la France a rouvert les ateliers nombreux;
Sa voix dans cent remparts anime l'industrie,
Et l'ange aux ailes d'or plane sur sa patrie.
L'Europe, tributaire au milieu du fracas,
Voit la France mouvoir des millions de bras.
Les forges de Lemnos fumantes dans Versailles,
Les Cyclopes au sein de ces nobles murailles,
Mêlant au fer des Francs les plus riches métaux,
Forgent d'un bras nerveux des armes aux héros;
Des glaces de Gobin l'Europe avec surprise
Voit l'éclat effacer les glaces de Venise;
Aux murs des Gobelins, teinte par les Français,
La pourpre de Sidon ornera les palais;
Le grand art des Didot par ses corrects ouvrages
De sa plus grande gloire illustre ces parages;
Dans ces riches remparts, si grands par leurs travaux,
Où le Rhône à la Saône accourt unir ses eaux,
Le fuseau d'Arachné du fil de la Sérique,
Enrichi des métaux qu'enfante l'Amérique,
Des belles et des rois file les vêtemens;
Les vases de Corinthe à la table des grands,
Vases pétris dans Sèvre, ô vases sans modèle!
Font des murs de Nankin oublier la vaisselle.
On voit encor Paris se décorer de l'art
Que cultivaient Vitruve et Bramante et Mansard:
Des fleuves sous ses ponts les flots s'assujétissent;
En gerbes de cristal les fontaines jaillissent;
Les chars avec fierté roulent au Carrousel;
De Thémis s'embellit le temple solennel;
L'espace des forum est soumis à l'équerre.

Digne d'être en ce jour la reine de la terre,
Rome, au souffle d'Auguste, a, par enchantement,
Vu changer son argile en porphyre éclatant;
Le Louvre restauré s'allie aux Tuileries;
On voit du Panthéon s'orner les galeries :
Temple auguste du deuil, salut, temple sacré
Qu'à la gloire des morts la France a consacré!
Respect à tes tombeaux, enceinte funéraire!
Des hommes de la France imposant cimetière,
Pourquoi n'offres-tu plus en ces lieux ton aspect?
Faut-il que dans tes murs, dignes d'un saint respect,
La vierge de Nanterre, en sa sainte puissance,
Ait, foulant sous ses pieds les mânes de la France,
Chassé du Panthéon avec sévérité
Le génie imposant de l'immortalité?
Mais le grand protecteur des arts et du commerce
Repose à nos regards sur la bèche et la herse;
Il restitue au soc les soldats laboureurs.
Les sillons sont encore arrosés de sueurs,
Les blés des bords du Nil, l'huile de l'Ausonie,
Le nectar de Chio, les troupeaux d'Arcadie,
Et des bords du Bétis les nobles animaux
Semblent surgir chez nous sous les pas du héros.
L'ardente activité renaît dans nos parages;
Les champs, les ateliers, les cités, les rivages
Offrent partout la vie aux regards étonnés,
Les enfans d'Albion en semblent consternés :
Reine de l'Industrie, en ce règne prospère,
Contemplant à ses pieds l'univers tributaire,
La France à l'Angleterre a dérobé les arts
Qui versaient l'or du monde au sein de ces remparts.
Le consul, pour sceller sa gloire sans mesure,
Par d'immenses travaux va dompter la nature :
Des canaux sont ouverts, des fleuves sont unis,
Des bassins sont creusés, des monts sont aplanis.

L'Océan, à sa voix se couronnant de flottes,
Voit Cherbourg d'Albion effrayer les pilotes;
Anvers voit sous ses murs mouiller les pavillons.
Mais le héros paraît sur la cime des monts,
Il étendait la main, et les Alpes frappées
A ce signe inclinaient leurs crêtes escarpées.
Courbe ton front superbe, orgueilleux Mont-Cenis!
J'ai vu le voyageur fouler à pas hardis
Ces rochers subjugués où son effroi naguère
Ne posait qu'en tremblant un pied trop téméraire;
Le Simplon sur son front a vu rouler nos chars.
Croulez, Alpes, croulez, ô sauvages remparts!
Imprimant sur les monts le sceau de son génie,
Le héros vient d'unir la France à l'Ausonie.
  Grand homme, dont la voix commande aux élémens,
Dis-nous d'où sont sortis tous ces grands monumens?
La lyre d'Amphion est-elle ta sujette?
Ismen t'a-t-il prêté sa magique baguette?
Dis-nous, n'es-tu qu'un homme, être prodigieux?
Tu devances le temps; les siècles à tes yeux
Ne paraissent qu'un point que franchit ta puissance;
Tu parles en oracle, et l'on voit de la France
Le génie étonné, grandissant à ta voix,
Dépasser d'un seul bond vingt règnes à la fois.
Tu souffles sur son sein, et l'on voit sur la Seine
Surgir des Lamoignon, des Bayard, des Turenne,
Des Sulli, des Colbert, des Pascal, des Pujet,
Des Lebrun, des Mansard, même des Bossuet,
Et des émulateurs de Racine et Corneille;
Et l'on vit sous ton règne, étonnante merveille!
Tomber dans nos remparts le spectre des terreurs,
Retentir dans Paris le concert des neuf sœurs,
Le négoce de Tyr, les flottes de Carthage
Enrichir et peupler les ports de ce rivage,

Et de l'antiquité rappelant les vertus
Aux peuples de l'Europe à leur gloire éperdus,
Les fiers guerriers de Sparte et les sages d'Athène
De leur présence auguste enorgueillir la Seine.

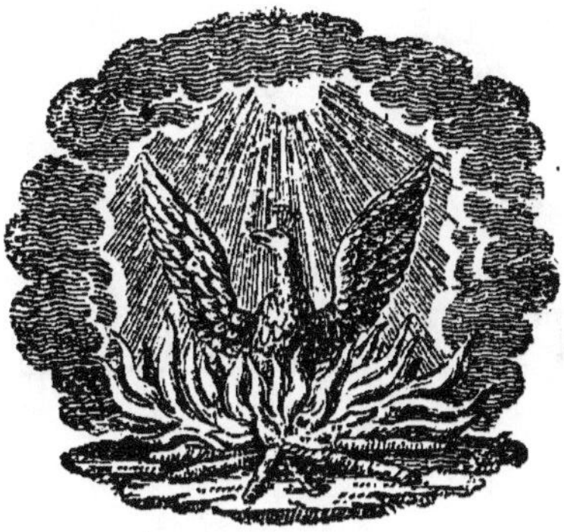

CHANT QUATRIÈME.

SOMMAIRE.

Appel infructueux à l'honneur du grand homme, pour la restauration de la monarchie de Saint-Louis. — Ombre du duc d'Enghien. — Les nombreux lauriers de la gloire cachent les sanglans cyprès de sa mort. — Sacre du héros. — Empire français. — Apparition de l'ombre de Charlemagne et de ses pairs. — Création des maréchaux. —Adoption de l'aigle de Romulus *dans nos camps*. — Garde impériale. — Descente du Génie de la chevalerie dans nos murs. — Légion d'honneur. — Royaume d'Italie. — Sentimens de ses peuples envers la France. — Génie de Pitt. — Rupture de la paix d'Amiens. — Rassemblement de l'armée française d'Angleterre sur les bords de l'Océan. — Albion effrayée soulève l'Autriche et la Russie contre la France. — Réunion de leurs phalanges. — Levée du camp de Boulogne. — Proclamation. — Victoire. — Prises de d'Ulm. Victoires. — Entrée des Français dans la capitale de l'Empire. — Arrivée de la grande armée russe. — Elle propose à la France une paix honteuse. — Accens d'indignation du monarque français. — Bataille d'Austerlitz. — Le neveu des Césars, suppliant, au bivouac d'Austerlitz. — *Songe* du héros. — Le vieux génie de la Germanie lui apparaît, il le transporte aux sources du Rhin. — Accens du dieu du fleuve à l'empereur. — Paix de Presbourg. — Confédération germanique. — Colonne de la grande armée.

CHANT QUATRIÈME.

Hélas! que trop souvent la fière ambition
Verse dans les grands cœurs son perfide poison,
Et que, les dévorant de ses funestes flammes,
Elle égare et trahit les généreuses ames!
L'insatiable cœur de l'avide mortel
Qui brûle son encens au pied de son autel,
Semblable à l'Océan dont les fleuves du monde
Ne sauraient assouvir l'immensité profonde,
Sans cesse alimenté de gloire et de splendeurs,
Ce cœur est toujours vide au milieu des grandeurs.
Ah! faut-il que ce monstre, avide de puissance,
Vienne de Bonaparte égarer la prudence!
O consul, je t'ai vu, par d'éclatans hauts-faits,
Porter jusqu'au Thabor l'étendart des Français;
Je t'ai vu, consolant la France désolée,
Raffermir de l'État la colonne ébranlée;
J'ai vu dans ces climats ton sceptre paternel
Rassembler tes sujets aux pieds de l'Éternel;
Je t'ai vu, des proscrits brisant les lourdes chaînes,
Rappeler Aristide au sein des murs d'Athènes;
Je t'ai vu, de la France assurant tous les droits,
Faire siéger Thémis au temple de ses lois;
J'ai vu ton bras, vainqueur des discordes fatales,

Arrêter sur les arts la hache des Vandales ;
Je t'ai vu, de Colbert invoquant le grand nom,
Rendre à ses ateliers leur antique renom,
Et, lançant tes vaisseaux sur l'empire des ondes,
Rappeler dans nos ports les trésors des deux mondes.
Mais, grand homme, en ce jour, par un titre nouveau,
A ta gloire imposante il faut mettre le sceau :
Soldat restaurateur du trône de la France,
Pour léguer ton grand nom à la reconnaissance,
Guerrier vengeur des lis arme en ce jour ta main
Du glaive consacré par le nom de Guesclin;
Rends aux fils de Henri le gaulois diadème,
Console en son tombeau la victime suprême
Dont la mort a souillé la pourpre de cent rois:
Il est beau de venger l'affront qu'on fit aux lois.
Mais dans ton cœur d'airain ma voix ne peut descendre,
La sombre ambition seule s'y fait entendre;
Et ta main, des Bourbons ceignant le vieux bandeau,
D'une tache de sang ternira ton drapeau.

Oh! que vois-je! d'Enghein l'ombre auguste et plaintive
De l'empire des morts paraît sur cette rive!
Ciel! son doigt m'a montré... Quel spectacle effrayant!
Le fossé de Vincenne, encor teint de son sang;
C'est le sang des Condés, barbare politique,
C'est toi qui le versas ce sang pur, héroïque;
C'est toi qui l'immolas, impitoyable loi,
Le dernier rejeton du vainqueur de Rocroi.
O gloire! cache-nous cette ombre ensanglantée,
Cache-nous cette page où sa mort fut dictée.
Des fastes immortels de tes premiers sujets,
Histoire, arrache-les ces flétrissans feuillets;
Oui, déité sévère, à ma voix qui t'implore,
Pardonne à mon héros, dont le grand nom t'honore,
Et, du spectre d'Enghein obscurcissant les traits,
Cache sous des lauriers d'accusateurs cyprès.

Parmi de longs éclairs et l'éclat de la foudre,
L'ame d'effroi saisie, et le front dans la poudre,
Au pied du mont Thabor entends-tu Samuel:
« Je suis le dieu d'Aaron, j'ai pour roi d'Israel
« Tiré l'humble Saül du sein de la poussière;
« Il doit régner; va donc par ton saint ministère,
« Pour l'accomplissement des éternelles lois,
« Répandre sur son front le saint baume des rois.»
Pour ceindre la couronne au fier vainqueur d'Arcole
O gloire ! abandonnant les murs du Capitole,
Le vicaire des cieux est debout à l'autel;
Près du représentant du fils de l'Éternel,
Le héros, à genoux, ô fête triomphale!
Sent rouler sur son front l'huile sainte et royale.
Le ciel l'a nommé roi; le bronze retentit;
S'unissant au canon l'airain sacré mugit;
L'orgue céleste entonne une hymne d'allégresse;
Aux acclamations d'une publique ivresse
Se mêlent les sermens de cent mille guerriers.
Entouré de drapeaux, couronné de lauriers,
Comme au temps où les Francs signalaient leur vaillance,
L'ange de la victoire, au trône de la France,
Vient d'asseoir en ce jour le guerrier du Thabor.
Le temple s'est ouvert, et, d'un nuage d'or,
Sur le front du héros qui doit régir l'histoire,
Charlemagne répand les rayons de sa gloire.
Ses pairs ont salué les nobles maréchaux
Dont les degrés du trône où siége le héros
Sont couverts en ce jour au temple de la Seine.
Ils portent dans leur main le bâton de Turenne:
C'est Lannes, du héros le plus fidèle ami;
C'est le preux de Fleurus, c'est le preux de Valmi,
Pérignon, Serrurier, et Lefèvre et Bessières;
Brune, qu'immoleront d'exécrables sicaires;
Davoust, qui dans Hambourg prouvera sa fierté;

Masséna, dont Zurich vit l'intrépidité;
Le héros qui ceindra le bandeau des Gustaves;
Toi Soult, qui d'Albion feras pâlir les braves;
Le grand Mortier, Moncey, le diligent Berthier;
Toi, qu'on ne nomme pas, infortuné guerrier;
Augereau, qui peut-être... ah! taisons-nous encore;
Et Murat, la terreur des escadrons du Maure.

Mais vous qui parviendrez à ce rang glorieux,
Les pairs de Charlemagne aussi, du haut des cieux,
Viennent de saluer votre gloire future.
Et quels sont tes héros, troupe fidèle et pure?
Suchet, dont Tarragone accroîtra les lauriers;
Le vaillant Oudinot, vieux chef des grenadiers;
Macdonald, dont le Russe éprouva la vaillance;
Toi, ministre de Mars, si cher à notre France,
Magnanime Saint-Cyr, père de nos soldats;
Victor, qui de l'Ibère effraîra les états;
Grouchi, trop peu de temps à ce degré suprême.
Vous qui partagerez les lauriers d'Angoulême,
Du sceptre mérité, près de Napoléon,
Louis vous ornera, Molitor, Lauriston.

Compagnons de César, lieutenans d'Alexandre,
Du Jourdain étonné jusqu'au Kremlin en cendre,
Inscrite à Saint-Iwan et gravée aux déserts,
Votre gloire éclatante a rempli l'univers.
Louis l'a respectée : au jour de la justice,
Tendant à cette gloire une main protectrice,
Successeurs de Fabert, le généreux Louis
Vous fit asseoir au pied du trône de Clovis.
Quand les proscrits d'Hartzwell à leur rang remontèrent,
Admirant vos exploits, ces rois les respectèrent;
Vous l'avez entendu cet ornement des cours,
Cet auguste rival des Dunois, des Nemours :
« Nobles pairs, en ce jour sur vos palmes guerrières
« Nous venons reposer au palais de nos pères. »

D'Artois, ces mots touchans t'ont conquis tous les cœurs.
Mais reportons nos yeux au milieu des splendeurs.
Quelle est cette aigle altière aux serres foudroyantes
Qui surmonte en ce jour nos enseignes flottantes?
On dirait l'aigle auguste, honneur des camps romains.
J'entends, j'entends la voix des suprêmes destins
Lui promettre en ce jour les dépouilles du monde.
Mais, ô ciel! elle fuit dans l'orage qui gronde!
Grande aigle, qui naguère en ton destin puissant,
Promenant sur ses murs ton regard foudroyant,
Épouvantas l'Europe et maîtrisas la guerre,
Détruite par les feux de ton propre tonnerre,
Tu semblas le phénix, seul auteur de sa mort:
Oui, lorsque s'élançant de leurs déserts du nord,
Les Hérules, les Huns, les Goths et les Vandales
Qui vinrent, à l'abri des intrigues fatales,
Fouler d'un pas tremblant la terre des héros,
Ces barbares craintifs devant tes vieux drapeaux,
Quand ils insultaient même à ta gloire éperdue,
Ne peuvent se flatter de t'avoir abattue;
Oui, lorsque, refoulés sur le sol des Français,
Tes puissans étendarts tombèrent à jamais,
Tes foudres, s'éteignant dans tes serres sanglantes,
A leurs yeux éperdus semblaient toujours fumantes.
Mais quels sont ces guerriers qui gardent l'empereur?
Premiers soldats du trône, à vos drapeaux honneur!
Indomptables Français, dont l'invincible audace
De la valeur de Rome a rappelé la trace,
Les trônes de l'Europe ont tremblé devant vous;
Vous marchiez, et les rois fléchissaient les genoux.
Mais lorsque la fortune abandonna vos armes,
O Dieu! j'en verse encor de glorieuses larmes!
« Rendez-vous! » vous dit-on dans le jour des revers;
Eh quoi! nos vétérans vont-ils porter des fers?
Non, non, dans Waterloo, plaine illustre et fatale,

Si le sort a trahi leur ardeur martiale,
Pour venger leurs drapeaux, invoquant le trépas,
« Lagarde, » ont-ils crié, « meurt et ne se rend pas. ! »
Dernier cri des héros, dernier cri du courage,
Vole faire gronder l'écho du dernier âge ;
Que les siècles lointains, derniers enfans du temps,
Reconnaissent la France à ces mâles accens.
Mais quel ange descend des régions suprêmes ?
Il s'avance couvert de superbes emblèmes ;
C'est celui des Artus, des Tristan, des Dunois.
Il brandit dans sa main la lance des tournois ;
Du Tasse à ses côtés un ruban ceint la harpe ;
Herminie a brodé sur sa brillante écharpe :
« Gloire et galanterie ! » en chiffre ingénieux ;
Son panache flottant comme un sylphe amoureux
Vient ombrager parfois son front doux et terrible ;
Son ame est belliqueuse et courtoise et sensible ;
Il porte sur son heaume, œuvre d'un enchanteur,
Les myrtes de l'amour, les palmes de l'honneur.
Génie aux jeux guerriers, génie au doux servage,
C'est lui qui du Xénil polit l'Abencerrage,
Renversa Ferragus devant sa lance d'or,
Suivit les pas errans du rival de Médor,
Fit soupirer Tancrède au tombeau de Clorinde,
Conduisit Brandimar contre les camps de l'Inde,
Sur les pas d'Angélique a fait voler Aymon,
Sous les remparts de Bresse a couronné Gaston ;
Chanta Philippe-Auguste aux plaines de Bouvine
Et l'élève d'Atlant dans le palais d'Alcine ;
Pour adorer Mathilde adopta le turban ;
Chaussa François premier aux champs de Marignan.
L'Ange des chevaliers, l'Ange des bachelettes,
Au belliqueux concert des guerrières trompettes,
Mêlant les sons bruyans du cor des châtelains,
Sous l'écu blasonné de nos vieux paladins,

De l'ordre de l'honneur vient anoblir nos braves.
Une aigle, une colombe à de mêmes entraves
Dirigent dans les cieux son char aérien,
C'est le char enchanté du nécroman Merlin.
Il descend en triomphe au sein de nos murailles;
On le voit au milieu des héros des batailles;
Et, promenant ses yeux sur nos braves soldats,
Sa bouche a désigné ceux qu'au sein des combats,
La gloire a contemplé le plus braver l'orage,
Et, plaçant sur leur sein l'insigne du courage:
« Recevez, » a-t-il dit, « intrépides guerriers,
« Ce prix que ma justice accorde à vos lauriers;
« Recevez par ma main ce ruban que la France
« Décerne dans ce jour aux preux dont la vaillance
« Enchaîna la victoire aux Gaulois étendarts;
« Vous êtes chevaliers, braves enfans de Mars. »
Il dit, à ces accens la musique guerrière
Fait entendre ses sons dans la noble carrière;
Les princes de l'armée embrassent les élus;
Sous l'enseigne inclinée ils rentrent tout émus;
Leurs frères tout pensifs leur présentent les armes,
Sur les visages fiers coulent d'altières larmes:
Tous jurent de mourir, d'une commune voix,
Ou de gagner un jour le prix des grands exploits.
O légion d'honneur! apanage héroïque!
Du courage et des arts prix guerrier et civique,
Souvenir du héros, noble institution
Qui distingue à jamais la grande nation,
Ordre illustre et sacré, fondé par la victoire,
Hommage à ce grand roi qui respecta ta gloire.
Augustes chevaliers, rendez grâce à Louis,
Alliant votre insigne aux insignes des lis,
Quand sa main vint sauver la France du naufrage,
Des hauts-faits de nos preux il respecta le gage;
Adoptant en grand roi l'ordre de la valeur,

On l'a vu décoré de l'étoile d'honneur;
Du sein fleurdelisé de son trône suprême
Sur le cœur des Bourbons il la plaça lui-même.
Mais, j'ai vu sous nos lois tressaillir l'Apennin.
L'Ausonie à la Gaule unit donc son destin?
Muses de l'Italie, accordez votre lyre,
La France vient en sœur gouverner votre empire;
Je vois la Cisalpine, abaissant ses faisceaux,
Du nom sacré de roi saluer le héros;
Oui, je la vois placer dans son ivresse extrême
La couronne de fer sur sa tête suprême.
O mère des Césars! compagnes des Français!
Toi, qui sus partager l'honneur de leurs succès,
Les Alpes n'étaient plus, chère et fidèle amie,
Tu chérissais les lois de ta vieille ennemie.
Mais quand, d'un long oubli vengeant le grand affront,
Les trônes abattus relevèrent leur front,
Alors la France en pleurs dut quitter tes campagnes,
Et, lorsque sur le haut de tes grandes montagnes,
Tu regardas partir les drapeaux de ta sœur:
« Adieu! » t'écrias-tu, sanglotant de douleur,
« Adieu, peuple français, frère de l'Italie! »
Et quand, du haut des monts de l'antique Hespérie,
Du grand peuple trahi les derniers étendards
Eurent fui pour jamais de tes sombres regards,
Reportant tristement les yeux sur tes murailles,
Un fantôme sembla, du sein des funérailles,
Lever dans ces remparts un front audacieux;
Des fers armaient ses mains, et le spectre odieux,
Chargeant tes bras flétris de sa chaîne pesante,
Tu poussas vers le ciel une voix gémissante,
Et, tremblant à l'aspect du monstre et du trépas,
« La liberté n'est plus! » murmuras-tu tout bas.
Terre où les droits de l'homme ont jadis pris naissance,
Puisses-tu recouvrer ta vieille indépendance!

Sous les lois du plus grand des Régénérateurs
Les Francs se reposaient du règne des terreurs;
Respectés des humains par leur sage puissance,
Au continent surpris ils imposaient silence;
Mais cette île fatale au repos des mortels,
L'île où la foi punique a fixé ses autels,
Qui, fière de régner sur l'empire des ondes,
Promène sur les mers les destins des deux mondes,
Déployant de nouveau ses sanglans léopards,
Albion, des combats lève les étendards.

Mes regards ont percé l'enceinte de saint Jame;
Aux sinistres clartés d'une lugubre flamme,
Assis sur les débris de l'autel du serment,
Quel ministre médite avec recueillement?
Un regard louche meut sa prunelle flétrie,
C'est du fils de Chatam l'astucieux génie;
Le livre impur du prince est ouvert sous sa main,
Du monde, en ses feuillets, il règle le destin;
La carte de l'Europe, à sa table dressée,
Captivant ses regards asservit sa pensée:
Son rapide coup-d'œil embrassant ses états,
Fait rouler devant lui peuples et potentats,
Et des mers de l'Ingrie au rivage d'Hercule
Sur ce mouvant tableau leur esprit il calcule.
Mais, arrêtant ses yeux sur l'empire Gaulois,
Il s'indigne à l'aspect du triomphe des lois;
Il voit avec terreur que, coulant sous sa chaîne,
Le Rhin et l'Éridan soient vassaux de la Seine,
L'Oder est son ami, l'Ebre est son allié,
Comment vengera-t-il Windsor humilié?
Mais il voit de l'Ister les ondes turbulentes
Au bruit du Rhin captif murmurer frémissantes;
Mais il voit, reportant ses regards vers le nord,
Les flots du Tanaïs prets à franchir leur bord;
Et son ame concerte une vaste entreprise:

« Ce sont là les amis de la fière Tamise. »
A-t-il dit triomphant, dans son perfide essor;
« Voilà ses alliés, soulevons-les encor;
« Qu'aux rives de la Seine ils portent leur furie.
« Je vais rompre la paix par une perfidie :
« Cet illustre rocher où l'orgueil ottoman
« Vit la Croix triompher des efforts du Turban,
« Du central Océan Malte est la citadelle,
« Qu'à la foi des traités l'Angleterre infidèle,
« Grave, en dépit des droits de ses vieux chevaliers,
« Le sceau des Léopards sur ses puissans rochers.»
Ainsi dit le ministre, Albion criminelle
Déchire alors d'Amiens la page solennelle;
Ce pacte, revêtu d'un suffrage imposant,
N'est rien pour la parjure à la foi du serment.
  Le héros en courroux, ressaisissant sa foudre,
Aux yeux de l'univers l'allait réduire en poudre;
De l'Océan captif voulant briser les fers,
Il allait conquérir la liberté des mers;
Une flotte puissante, à ses ordres soumise,
Menaçait d'envahir la superbe Tamise;
Pour venger les affronts faits à l'honneur français,
Sur le sol sacrilége, ennemi de la paix,
César allait planter l'aigle des camps de Rome;
Mais Saint-Jame, alarmé des desseins du grand homme,
Du Danube et du Don invoquant les appuis,
Dans les antres du Nord fait retentir ses cris.
A ce bruit, rallumant ses torches infernales,
La guerre embouche encor ses trompes martiales;
Ces sons, de la Mer-Blanche aux bords du Pont-Euxin,
De l'empire des tzars soulèvent le destin.
Le midi reverra les légions tartares;
Le Don a rassemblé ses escadrons barbares;
Le carquois sur le dos et la lance en arrêt,
Le cosaque a quitté sa tente et sa forêt;

A l'électrique accent du clairon qui l'embrase,
Le fier Circassien déserte le Caucase;
La Moscovie y joint ses robustes héros,
Le nord a déployé ses sauvages drapeaux.
Pour la seconde fois à ces troupes étranges
L'Autriche réunit ses pesantes phalanges :
Les généreux Hongrois, ces braves cavaliers
Pressent encor les flancs de leurs ardens coursiers;
Les chasseurs du Tyrol descendent des montagnes ;
Les enfans d'Hercinie ont quitté ses campagnes,
Et la Drave vomit ses Pandours belliqueux.
Ainsi que, pour combattre un lion courageux,
Deux puissans léopards, tout bouillans de furie,
S'unissent au désert de l'ardente Lybie,
De même l'autocrate et le fils des Césars,
Rouvrant avec orgueil la barrière de Mars,
Contre un rival terrible, en leur fatal délire,
Unissent l'aigle russe aux aigles de l'Empire.
« Monarques imprudens », a crié le héros,
A qui la renommée annonce leurs complots,
« Oubliant de Zurich les tristes funérailles,
« Vous osez réveiller le démon des batailles ?
« Eh bien ! tombez encor sous son bras foudroyant ! »
Il dit, et de la Manche abandonnant le camp,
Les rapides guerriers du nouveau Charlemagne
Viennent comme la foudre écraser l'Allemagne.
Le Rhin les voit, couverts de l'acier des combats,
Accourir de l'Ister conquérir les états.
Dès que de la Norique envahissant la plage,
De ce fleuve superbe il eut fui le rivage,
Le héros, déployant ses drapeaux irrités,
Avait dit aux vengeurs de la foi des traités :
« J'avais donné la paix, on m'apporte la guerre,
« Sans trembler, de nouveau j'ai repris mon tonnerre,
« Les droits que je défends sont ceux de l'équité,

« Sans crainte j'en appelle à la postérité.
« Nous nous sommes armés pour punir des parjures,
« Pour venger les traités, pour laver nos injures,
« Pour punir d'Albion les lâches attentats,
» La justice est pour nous. Eh bien, braves soldats,
« Dont la gloire a volé des champs de Lombardie
« Jusqu'aux vastes tombeaux des rois de Numidie,
« Eh bien! laisserons-nous planter sur nos remparts
« L'enseigne de l'Empire et les drapeaux des tsars?
« Des soldats du grand peuple insultant le courage,
« Les régimens du nord, aux plaines du carnage,
« Prétendraient de Novi rappeler les affronts.
« Soldats, laisserons-nous arracher de nos fronts
« Les palmes du Cédar et les lauriers d'Arcole
« Aux vaincus dont Zurich fut la fatale école?
« Non, non, soldats français, j'entends votre courroux
« Crier: « Plutôt la mort, nous la préférons tous! »
« Eh bien! mâles soutiens des destins de la France,
« Nous allons de Schœnbrunn châtier l'arrogance;
« Par de nouveaux hauts-faits asservissant le sort,
« Nous punirons César, Albion, et le nord.»

A cette auguste voix la grande armée émue
De ses chants menaçans a fait mugir la nue;
Ces cris, de la Bavière animant les échos,
Le Danube en pâlit jusque dans ses roseaux.
Ces accens répétés par ses nymphes craintives
Viennent frapper d'effroi les peuples de ses rives;
Et la terreur planant sur ses bords attristés,
Il roule au Pont-Euxin ses flots épouvantés.

Les remparts où Luther a fondé sa croyance
Ont reçu dans leur sein les guerriers de la France;
Et les peuples de l'Inn contemplent en tremblant
Ces braves asservir leur fleuve frémissant.
O Bavière! à la France autrefois si fidèle,
Au milieu des combats marche encor avec elle,

Aux drapeaux du grand peuple unis tes étendards,
Et vole t'affranchir des chaînes des Césars.
 Ulm, ô ville insensée, ô cité téméraire!
Tu prétends à leur marche opposer ta barrière,
Tu prétends, des assauts dédaignant les terreurs,
Au sein de leur triomphe arrêter les vainqueurs!
Devant leur camp terrible, ô trop superbe place!
Abaisse ton orgueil, réprime ton audace!
C'est en vain qu'à l'abri des foudres des héros
Trente mille Germains défendent tes créneaux;
C'est en vain qu'à l'abri de ta puissante enceinte
Tu prétends mépriser notre mortelle atteinte;
En vain autour de toi l'impétueux Ister
Unit ses vastes flots aux ondes de l'Iller;
Regarde sur ta rive, où gronde le tonnerre,
Le Français disposer les foudres de la guerre;
Vois-tu ces pelotons de nombreux grenadiers?
Bientôt ils vont marcher aux assauts meurtriers.
Au monarque invincible, Ulm, ouvre donc tes portes,
Ou le trépas, guidé par ses braves cohortes,
Va, gravissant les murs que tu crus leur écueil,
Déployer ses drapeaux sur ton vaste cercueil.
A ces accens de mort, redoutant les alarmes,
Les pâles soldats d'Ulm ont déposé les armes:
Entouré de faisceaux, le héros à ses pieds
A vu de ces Germains les bras humiliés
Déposer les drapeaux des légions captives.
 Mais qu'a-t-on entendu retentir sur ces rives?
L'Ister sur sa grande urne a mugi de courroux;
Il s'indigne de voir ses guerriers à genoux;
Au-dessus de ses eaux levant sa tête humide,
Il s'écria, dit-on: « Allez, troupe timide,
« De ces captifs remparts, allez, lâches soutiens,
« Allez en rougissant dire aux peuples germains
« Que, craignant de tenter le destin des batailles,

« Mack et les guerriers d'Ulm ont trahi ses murailles. »
Il dit, et, s'élançant sur ses flots irrités,
Il va jusque dans Vienne, en ses sens agités,
Apprendre à l'empereur, qui frémit et soupire,
Que les Français ont pris la clef de son empire.
Ces braves ont encor vaincu dans Mérobach,
Ils se couvrent de gloire aux plaines de Lamback ;
Comme on voit de Paphos la colombe éperdue,
Que poursuit le milan au milieu de la nue,
Fendre d'un vol craintif l'immensité des airs,
Devant l'oiseau cruel, prompt comme les éclairs ;
Ainsi l'aigle d'Autriche, au sein de l'épouvante,
Échappant au courroux de l'aigle triomphante,
Va jusque dans Schœnbrunn annoncer ses malheurs,
Et semer dans ses murs le deuil et les terreurs.
Déjà les vieux échos des murailles de Vienne,
Rappelant aux Germains la gloire autrichienne,
Répétaient les revers du puissant Soliman ;
Ces antiques remparts, teints du sang ottoman,
Montraient dans leurs fossés, recouverte de rouille,
Du croissant de Stamboul la frappante dépouille :
C'est là, semblaient-ils dire aux guerriers de César,
Que vinrent se briser les chars sanglans d'Omar,
Mais ces vieux boulevarts où l'armée ottomane
Vit deux fois échouer la valeur musulmane,
Ces murs qui, terminant ses barbares exploits,
Du farouche Islamisme ont préservé la Croix,
Ont reçu dans leur sein les françaises enseignes.
Ces murs des Léopolds, si fameux par leurs règnes,
Contemplent un soldat fouler victorieux
La pourpre des Césars sous ses chars glorieux ;
Et du héros vainqueur la fierté triomphale
Envahit de Schœnbrunn la pompe impériale.
Il vient y déchirer les étendards d'Hochstedt,
Y briser les faisceaux du jour de Malplaquet ;

Et, bravant le courroux du fantôme d'Eugène,
Du grand roi qu'il vainquit venger l'ombre hautaine.
Sur le lit des Othons il goûtait le repos;
Mais il a du Krapack entendu les échos.
Qui frappait de ses sons ces roches indiscrètes?
C'étaient de Koutousoff les barbares trompettes,
Sa redoutable armée inondait les beaux champs
Où régnèrent jadis les braves Marcomans.
Elle arrivait des bords du lointain Borysthène;
Sa jactance insultait aux héros de la Seine;
Mais ces guerriers de Vienne ont quitté les remparts,
La Morave étonnée a vu leurs étendards,
Le Danube a tremblé sous leur char de victoire,
Les échos du Krapack ont murmuré leur gloire,
Et, malgré la valeur des Russes frémissans,
Les remparts d'Austerlitz ont vu dresser leurs camps.
Dans son fatal orgueil la Russie imprudente
Croyait que de nos preux l'armée était tremblante;
Le fier d'Olgorouski vient au camp des Français
Offrir à des vainqueurs une infamante paix.
Enflammé de courroux, l'empereur la rejette,
On entend dans ses rangs retentir la trompette.
« Aux armes! » a-t-il dit à tous ses régimens,
« On insulte en ce jour à nos ressentimens!
« Croyant que nos grands cœurs sont sujets aux alarmes,
« On vient nous proposer de mettre bas les armes!
« A nous, maîtres des murs où le fier Soliman
« Vit s'arrêter les chars de l'empire Ottoman,
« A nous, dont Marengo publie encor l'audace,
« Dans sa fière insolence une barbare race
« A donc pu proposer un pareil déshonneur!
« O temps qui devez naître! ô patrie! ô fureur!
« Quoi! l'histoire dirait aux époques futures
« Que les fils du grand peuple, à sa gloire parjures,
« Aux plaines d'Austerlitz flétrirent son grand nom!...

« Quoi la postérité!... Soldats français, non, non!
« A cet affront sanglant, pour sceller cette guerre,
« La France répondra par un coup de tonnerre. »
A ces mots nos soldats de courroux ont pâli.
Tremblez, guerriers du nord, les Français ont frémi
Que votre orgueil ait pu leur proposer la honte.
Sur son destrier blanc déjà l'empereur monte.
O soleil d'Austerlitz! lève-toi radieux,
Viens placer ce héros au rang des demi-dieux;
Répandant sur ses camps ta clarté menaçante,
Viens éclairer du tsar la défaite éclatante.
Mais déjà ses rayons font briller les mousquets,
Et le sol, hérissé des bataillons épais,
A gémi sous les pas de leur impatience;
L'ordre retient encor leur captive vaillance.
C'est ainsi qu'autrefois dans les cirques sanglans
Les anneaux retenaient les lions rugissans
Qui devaient se livrer une bataille horrible.
O terreur! L'airain tonne, et ce signal terrible
Que l'écho des Krapacks répète en longs accens
Sur des plaines de glace ébranle les deux camps.
L'espace se replie entre les deux armées,
Et le mousquet vomit ses flèches enflammées.
Déjà les feux du bronze ont détruit Sokolnitz;
Et Soult s'est élancé sur les rocs d'Austerlitz;
Au pied du mont Santon le redoutable Lannes
D'Achille dans nos rangs va réveiller les mânes;
Berg et ses escadrons le cimeterre en main
Marchent étincelans et d'acier et d'airain;
Le grand Ponte-Corvo, ce modèle des braves*,
Que la Suède assit au trône des Gustaves,
Qui peut-être oublia qu'il était né français,
Ce héros le premier va fixer le succès;
Au courage farouche opposant leur grande ame,
D'Hautpoult, Cafarelli, Saint-Hilaire et Vandamme

Vont couronner leur front des plus nobles lauriers;
Bessières suit leurs rangs avec ses grenadiers;
Les soldats d'Oudinot, les guerriers de la garde,
Marchent en frémissant d'être à l'arrière-garde.
Déjà de toutes parts chargent les régimens,
Et les cieux, ébranlés par d'affreux roulemens,
Paraissaient s'écrouler sur ces froides campagnes.
Les bronzes foudroyans couronnaient les montagnes;
Le trépas jaillissait de leurs antres brûlans;
Les boulets se croisaient dans les airs mugissans;
Et déjà de Moscou l'armée épouvantée
Couvrait de ses débris la neige ensanglantée.
L'empereur, insensible à l'aspect du trépas,
Dirigeant des Français la valeur et les pas,
A mis dans tout son jour le grand art des batailles:
D'Austerlitz, où planait l'ange des funérailles
On l'a vu comme l'aigle, examinant les champs,
Disposer la victoire au milieu de ses camps.
Sur les monts de Pratzen, où la mort le devance,
L'habile capitaine avec ses preux s'élance.
Là, va de ce grand jour se décider le sort.
L'empereur, dispersant les légions du nord,
Au sein de leur manœuvre assied la grande armée.
A ce grand mouvement, la Russie alarmée
Vient pour reconquérir les hauteurs de Pratzen;
Mais déjà le héros, du triomphe certain,
Comme on peint au milieu d'un fracas effroyable
Jupiter foudroyant les géants de la fable,
Précipite la mort dans ces fiers pelotons;
Et, dans leur vain courroux, dévorant les glaçons,
Au pied des monts sanglans les barbares expirent.
Les bronzes de Moscou contre eux-mêmes conspirent;
Conquis par les Français, ces bronzes destructeurs
Vomissent dans leurs rangs la foudre et les terreurs.
Leurs débris effrayés s'échappaient par la fuite;

Mais, descendant des monts, les Francs à leur poursuite
S'élancent aussitôt, de courroux menaçans,
Et les fers vont charger ces bataillons tremblans.
Déjà cent légions, naguère trop altières,
Avaient trouvé la mort ou pleuraient prisonnières;
Déjà les empereurs, consternés et surpris,
Cherchaient à s'entourer de leurs faibles débris,
Et, baignant de leurs pleurs leur armure sanglante,
S'enfuyaient sur leurs chars, traînés par l'épouvante;
Mais quel est donc ce corps que le fier Constantin
Guide pour s'opposer aux arrêts du destin?
Les houlans, qui des tsars environnent la gloire,
Vont-ils reconquérir le champ de la victoire?
Non, le glaive à la main nos braves grenadiers
Attendent fièrement ces barbares guerriers.
Mais la charge a sonné; ces escadrons terribles
S'élancent pleins de rage, et leurs glaives horribles
Se plongent dans le sang, ou détournent la mort.
Les sabres de la France et les lances du Nord
Déjà de plus d'un brave ont terminé la vie,
Quand on voit des vainqueurs s'ouvrir l'infanterie:
La garde semble fuir; plus braves que prudens,
Sur ses pas simulés s'élancent les houlans;
Mais des rangs entr'ouverts les feux épouvantables
Foudroient avec fracas les lanciers redoutables;
Et comme, dans l'été, de la blonde Cérès
La faúx du moissonneur dépeuplant les guérets,
Renverse par milliers les épis sur la plaine,
De même les Français sur la sanglante arène
Font tomber sous leurs traits les houlans malheureux,
Et l'on voit triompher nos gardes valeureux.
Mais, pour mettre le comble à cet affreux carnage,
Semblable aux tourbillons d'un effroyable orage,
Quel escadron terrible a frappé les regards?
Devant ses rangs puissans les Mongols sont épars:

Lorsque la garde russe est tombée expirante,
Élevant dans les airs sa lance menaçante,
A la tête d'un corps resplendissant d'acier,
Murat, pressant les flancs d'un écumant coursier,
Sur les débris du tsar fond semblable à la foudre.
Par ses fiers cuirassiers tout est réduit en poudre;
Leurs armes dans les airs jettent d'horribles feux;
Le trépas et l'effroi suivent leurs coups affreux;
Tout se disperse en proie à d'affreuses souffrances;
Le Nord va tout entier succomber sous leurs lances.
Mais le dieu du Ménitz, accablé de douleur,
Veut sauver ses guerriers des coups de leur valeur :
Des glaçons de l'hiver sa barbe est hérissée,
Son eau par l'aquilon dans son urne est glacée;
Sur cette onde solide évitant le trépas,
Les Russes, refoulés, portent leurs derniers pas;
Ils attirent sur eux les traits de la tempête;
L'abîme est sous leurs pas, la foudre est sur leur tête;
Le héros redoutable a paru sur ce lieu;
Son terrible génie a foudroyé le dieu,
Et parmi les débris de son onde brisée
La phalange du Nord disparaît écrasée [15].
C'est ainsi qu'autrefois au désert d'Ismaël,
A la voix du berger fondateur d'Israël,
La terre obéissante, entr'ouvrant ses abîmes,
Du courroux du seigneur dévora les victimes.
Du Nord, à ce malheur, les princes attristés
Ont quitté d'Austerlitz les champs ensanglantés.
Leurs trônes, ébranlés, sont entourés d'alarmes;
Du crêpe des douleurs ils ont voilé leurs armes;
Et leurs peuples en deuil, qu'humilient leurs affronts,
Demandent en pleurant : Où sont nos légions ?
Viens, moderne Carthage, île perturbatrice,
Viens de notre triomphe être la spectatrice;
Vois des rois dont l'oreille écouta tes leçons,

Par le glaive épargnés, les captifs bataillons
De leur clément vainqueur ennoblir la victoire
Ses fières légions ont entouré sa gloire;
Je les vois aux genoux de leur grand empereur,
En mémoire du sacre, au soir de la valeur,
Déposer, au milieu des guerrières fanfares,
Les aigles de l'Autriche et les drapeaux barbares;
Fête digne d'un prince, aux imposans exploits,
Salué souverain sur l'orbe d'un pavois.
Pour ajouter encore à sa gloire enivrante
Qui s'avance à pas lents vers le seuil de sa tente?
Au bivac d'Austerlitz apaisant son courroux,
Le neveu des Césars vient fléchir les genoux:
Implorant du vainqueur la clémence héroïque,
Il vient lui demander le sceptre germanique.
Semblable à ce héros qui, noble conquérant,
Traita Porus en roi, vers l'Hydaspe sanglant,
L'empereur à César rendra son diadême;
Mais il saura, jaloux de son pouvoir suprême,
De l'antique Allemagne effaçant le destin,
D'un profond politique accomplir le dessein.
La veille de ce jour de mémoire éternelle
Où le héros cueillit sa palme la plus belle,
Sûr de voir triompher ses célèbres drapeaux,
Dans son camp il goûtait un paisible repos.
Les songes, voltigeant sur ses brunes paupières,
A ses sens assoupis présentent leurs chimères:
Dans sa tente apparaît un superbe guerrier;
Son bras gauche portait un vaste bouclier;
Le cimier de son casque était orné des armes
Que les vieux guerriers francs portaient dans les alarmes;
Sa cuirasse de buffle armait son large sein;
Sur son céleste front brillait un feu divin;
Dans sa main il portait la hache des batailles
Qui des camps de Varus causa les funérailles;

Sa longue barbe blanche imprimait le respect.
Le héros, qui s'étonne à ce divin aspect,
A soudain reconnu le noble et vieux génie
Qui préside aux destins des murs de Germanie:
« Vieux protecteur des Francs, auguste messager,
« Que me veux-tu? » dit-il au céleste guerrier,
« Suis-moi, » dit le génie, « aux plaines de l'orage. »
Il dit, et, s'élançant au milieu d'un nuage,
Le monarque français et l'ange des Germains
Traversent à l'instant les champs aériens.
Bientôt ils ont fourni leur rapide carrière;
Ils laissent derrière eux l'Autriche et la Bavière,
Et, des monts Juliens franchissant le rempart,
Ils s'abattent tous deux au pied du Saint-Gothard.
Là, le Rhin, retiré dans sa grotte profonde,
Voyait jaillir en paix la source de son onde;
A l'aspect du génie, à l'aspect du héros,
Ce fleuve, s'élevant du sein de ses roseaux:
« Je t'attendais, » dit-il, à travers ses vieux saules,
« Je t'attendais, grand roi qui règnes sur les Gaules;
« Demain dans Austerlitz, ô vainqueur redouté!
« Demain tu confondras Saint-Jame épouvanté:
« Demain ses alliés, qu'abattra ton tonnerre,
« Déplorant leurs revers, maudiront l'Angleterre.
« Assis sur les débris de ses vieux pavillons,
« Demain tu recevras l'héritier des Othons,
« Comme on vit Alexandre au sein de sa phalange
« Accueillir dans son camp les monarques du Gange.
« Si, plus grand dans la paix qu'au milieu des combats
« En vainqueur généreux tu lui rends ses états,
« Songe, en dictant tes lois à la vieille Allemagne,
« A t'asseoir sur le trône où siégea Charlemagne:
« Le génie allemand te choisit pour son roi.
« J'applaudis à ce dieu, mais donne-lui ta foi
« Que ton sceptre jamais ne sera tyrannique;

« Alors, changeant les lois du vieux corps germanique,
« Renverse sous tes pieds le trône des Romains.
« Que César ne soit plus le maître des Germains;
« Pour d'autres intérêts l'Allemagne soupire;
« Il est temps d'effacer les destins de l'Empire.
« Fais crouler sous tes coups cet état chancelant;
« Arrachant les rameaux de ce tronc languissant,
« Forme de ses débris une ligue puissante;
« Qu'elle porte mon nom, qu'auguste et triomphante
« Ta gloire la protége, et que l'Europe enfin
« Tremble au superbe nom de la Ligue du Rhin.»
Il dit, le Fleuve alors dans son onde se plonge,
L'Ange Sicambre fuit sur les ailes du songe,
Et le héros surpris sort des bras du sommeil.
Dès que sur Austerlitz s'est levé le soleil,
De ses braves sujets enflammant le courage,
Il va, plein de ce songe et de son grand présage,
Accomplir, en ce jour de gloire et de terreur,
Les volontés du Fleuve aux plaines de l'honneur.

Et lorsque la victoire, au pied de ce grand homme
Fit tomber l'héritier du vieux sceptre de Rome,
Aux remparts de Presbourg dictant ses fières lois,
Le soldat triomphant crée et défait des rois.
La maison de Bavière, assise au rang suprême,
Voit le front de son chef orné du diadême;
Un trône glorieux, ô fidèle allié,
Récompense en ce jour ton antique amitié;
Wurtemberg, désertant la ligue impériale,
Voit son duc revêtu de la pourpre royale;
De la maison d'Autriche avec impunité
Secouant en ce jour la vieille autorité,
Vingt princes allemands, les amis de la France,
Reconnaissent du Rhin la puissante alliance.
Le vainqueur d'Austerlitz, nommé son protecteur,
Gouverne ce grand corps qu'a créé sa valeur.

J'ai vu de l'Occident au pied de la victoire
Crouler le vieil empire en ce jour de mémoire ;
Et j'ai vu, dévorant leurs puissans étendards,
Le tonnerre briser le sceptre des Césars.
Quel est ce monument élevé par les armes ?
L'airain offre à mes yeux la gloire et ses alarmes.
Français, pour vous chanter aurais-je assez de voix ?
Le bronze prisonnier parle de vos exploits :
Sur les canons conquis sur des peuples esclaves
Les arts ont retracé les hauts-faits de nos braves.
Colonne d'Austerlitz, où l'ombre du héros
Semble encor voltiger autour de ses drapeaux,
Redis aux temps futurs, mais pourront-ils le croire ?
Redis les jours fameux consacrés à la gloire ;
De ton bronze guerrier étonnant l'avenir,
Lègue au temps destructeur un bien grand souvenir.
Toi, le seul monument qui reste à ces murailles
D'un empire illustré par plus de cent batailles ;
Toi, devant qui l'Europe, inclinant ses faisceaux,
Du grand peuple en tremblant rappela les travaux,
Et crut, quand elle vint des Francs fouler la terre,
Entendre de ton sein sortir des cris de guerre ;
Toi, qui bravas sa foudre à l'ombre des lauriers,
O trophée, à jamais l'honneur de nos guerriers !
Éternel sur ces bords, puisse ton front superbe
Jamais chez les héros disparaître sous l'herbe ;
Puisse dans l'avenir le temps te protéger,
Quand la postérité viendra t'interroger,
Les siècles à tes pieds, admirant leur vaillance,
Diront : Qu'ils étaient grands, les enfans de la France !

CHANT CINQUIÈME.

SOMMAIRE.

Descente du peuple prussien au tombeau du grand Fréderic, en mémoire du triomphe de Rosbach.—Ses regrets.—Apparition du spectre du grand monarque.—Il appelle ses anciens sujets à la guerre.—Leur serment contre la France sur le mausolée du Salomon du Nord.—Belliqueux enthousiasme de la Prusse.—L'ambassadeur français vient annoncer la guerre à son maître de la part des Prussiens.—Menaces de l'empereur. —Il se met à la tête de la grande armée.—Proclamation.— Bataille d'Iéna.—Combat singulier du duc de Brunswick et du lieutenant-général de la cavalerie française. —L'empereur abat la colonne de Rosbach. —Son entrée dans Berlin. — Son séjour à Sans-Souci. — Sa visite au tombeau du César de l'Oder. — Il s'empare de son glaive. — L'épée du grand Fréderic à l'hôtel des Invalides. — Le spectre de ce grand roi va chercher des alliés dans le Nord. — Ses paroles à l'empereur Alexandre. — Déclaration de guerre de la Russie. — Proclamation à la grande armée. — Journée d'Eylau.—Bataille de Friedland.—Songe du héros. —Il médite sur les côtes de la Manche. — Le génie des mers lui apparaît, il lui conseille le système continental contre Albion. — Sinistres présages de la chute et de la captivité du grand homme. — Traité de Tilsitt. — La paix annonce à l'Angleterre sa réprobation et son exil sur les mers. — Sa consternation. — L'Astuce la console. — Apostrophe à la moderne Carthage. — Glorieux souvenirs du pavillon français.

CHANT CINQUIÈME.

Avec la grande armée, ô peuple glorieux !
Foulons de Sans-Souci les remparts orgueilleux ;
O terre des héros ! reporte ta pensée
Vers les temps immortels de ta gloire passée ;
Qu'à ces grands souvenirs ton empire soit fier,
Je chante tes exploits sur les bords de l'Oder.
Au tombeau du héros dont la gloire sacrée
Veillait du sein des morts sur la hautaine Sprée,
Plongé dans la tristesse et d'orgueil éperdu,
Des plus grands des Germains le peuple est descendu ;
Il allait de Rosbach célébrer la mémoire [15] ;
Fier de ce jour fameux dans sa guerrière histoire,
Il vient sur le cercueil du plus grand de ses rois
Jurer de maintenir l'honneur de ses exploits.
Rappelant à l'Oder le plus grand de ses règnes,
Il porte dans ses mains ces sanglantes enseignes,
Ces casques mutilés, ces armes en lambeaux,
Dont l'Europe vaincue a fourni les faisceaux ;
Ces prix de sa valeur, ces dépouilles opimes,
Élèvent sa superbe et ses chants unanimes,
Dans l'asile des morts poussés en longs accens,
Répètent du héros les travaux éclatans.

Mais il foule déjà le funéraire temple,
Quel est ce monument que sa fierté contemple ?
C'est celui de ce roi, si grand par sa valeur,
Qu'il pleure dans ce jour de gloire et de douleur.
Au pied de ce sépulcre en silence il se range.
O Prusse ! réponds-nous, quelle est cette phalange
Qui porte un drapeau noir dans ses rangs soucieux ?
A leur moustache blanche on voit que tous ces preux
Long-temps sous la victoire ont bravé les alarmes ;
Ce sont de Fréderic les fiers compagnons d'armes :
Hardemberg, Tavenzin, Kalkreuth, Ruchel, Blucher,
Ces vieux représentans des beaux jours de l'Oder,
Mollendorf et Brunswick, ami cher au grand homme ;
Ces nobles vétérans, que l'univers renomme,
Sont venus, à l'autel de l'honneur et du deuil,
Pleurer leur ancien chef au pied de son cercueil.
Autour d'eux se distingue une altière jeunesse ;
Dans ses regards se peint une guerrière ivresse ;
Ce sont des vétérans les braves héritiers,
Et le prince Louis commande à ces guerriers.
O fils de Ferdinand ! sur ton mâle visage
On lisait des héros le généreux courage,
Les vainqueurs de Fridbert semblaient revivre en toi; [17]
Assis sur les degrés du trône de ton roi,
Tu serais devenu l'honneur de ta patrie ;
Mais la mort d'un soldat va terminer ta vie.
A la tête des rangs de ces guerriers prussiens
Des peuples de l'Oder on voit les souverains :
La reine, mariant, dans un sexe timide,
L'ame de Zénobie à la beauté d'Armide ;
Et le roi, dont l'esprit, faible dans ses projets,
Obéissant aux lois de ses altiers sujets,
Reconnaît la sagesse et ne sait pas la suivre.
De ses exploits passés ce peuple entier est ivre :
O pouvoir de la gloire ! un héros qui n'est plus

Exalte encor l'orgueil de ses esprits émus.
Aux sinistres clartés des torches funéraires
Qui blanchissent l'autel des pompes mortuaires,
Des enfans de l'Oder les religieux cris
Évoquent le héros du séjour des esprits :
« O mânes, » s'écrient-ils, « d'un roi dont la mémoire
« Nous rappelle des jours si grands dans notre histoire,
« Du fond de votre tombe, ô mânes belliqueux!
« Des enfans de la Prusse entendez-vous les vœux ?
« De ce peuple orphelin la douleur généreuse
« Redemande aux tombeaux votre gloire fameuse;
« Quittant le noir linceul et ces tombeaux jaloux,
« Mânes de Fréderic, revivez parmi nous;
« Revenez voir encor vos frères de batailles....
« Hélas! les temps sont loin! du sein des funérailles
« Daignez donc protéger l'empire des Prussiens;
« O spectre glorieux ! veille sur nos destins....»
Mais qu'entend-on, ô ciel! sous ces voûtes funèbres ?
Quel bruit mystérieux part du sein des ténèbres?
Un long gémissement roule dans les échos ;
A la pâle lueur des lugubres flambeaux,
Le spectre du grand roi sur sa tombe se dresse;
Sur son visage sombre, où règne la tristesse,
Se mêle à la douleur un auguste courroux.
Les Prussiens consternés sont tombés à genoux :
« Qui te fait, » ont-ils dit, « des morts quitter l'enceinte;
« Que viens-tu nous prescrire, ombre terrible et sainte ?
« La guerre! » a répondu le fantôme irrité;
Et ce cri par la voûte est au loin répété;
« La guerre! ô mes Prussiens ! vieux enfans de la gloire,
« Ne vous souvient-il plus des jours de la victoire ?
« Avez-vous oublié l'époque où votre roi
« Éclipsa les lauriers cueillis à Fontenoi,
« Fit trembler des Hongrois la souveraine altière,
« Et frissonner des tsars la superbe héritière ?

« Temps à jamais célèbre, ô glorieux destin !
« L'univers s'inclinait au noble nom prussien.
« Hélas ! qu'il est changé ce temps de ma puissance !
« L'Oder dégénéré tremble au nom de la France ;
« Tu dors dans l'infamie, ô peuple sans vertu !...
« Dans ton lâche sommeil, hélas ! attendras-tu
« Que brisant de Rosbach la colonne guerrière,
« Les Français triomphans assis sur sa poussière,
« De toute l'Allemagne, insultant tes drapeaux,
« A tes yeux consternés partagent les lambeaux ?
« Eh ! n'ont-ils pas déjà, se riant de ton ire,
« Brisé dans Austerlitz le sceptre de l'Empire ?
« N'as-tu pas vu leur chef sur le Rhin son vassal
« S'asseoir sur les débris du trône impérial ?
« Tremble, ô malheureux peuple ! à ses foudres qui tonnent.
« Déjà de tous côtés ses armes t'environnent ;
« Peut-être viendront-ils, ces superbes guerriers,
« Du vainqueur de Breslau souillant les vieux lauriers...
« Mais non, ô Brandebourg ! fils de la Prusse, aux armes !
« Vous, mes vieux compagnons, qui répandiez des larmes,
« Qui frémissiez de rage au sommeil de l'Oder,
« Réveillez sa valeur au bruit guerrier du fer.
« Soldats des Fréderics, aux cris de la vengeance,
« Jurez, sur mon tombeau : guerre, guerre à la France ! »
Il dit, ce cri terrible, exaltant les Prussiens,
Par eux est répété dans ces lieux souterrains ;
Les funèbres échos aux ombres le redirent.
Les guerriers sont debout ; mille glaives se tirent ;
Sur la tombe étendant ces glaives meurtriers,
« Guerre, guerre à la France ! » ont juré les guerriers ;
« Tu seras obéi, spectre, honneur de la Sprée,
« Oui, nous te le jurons, ombre altière et sacrée ! »
A ces mots le fantôme, acceptant leur serment,
Est rentré satisfait au fond du monument.

Cependant dans Berlin, courbé dans la poussière,

Le peuple célébrait la fête funéraire ;
Ses regrets s'unissaient aux regrets de la cour.
Ses regards sont tournés vers le sombre séjour ;
Déjà comme un torrent les guerriers s'en élancent ;
Parmi les flots du peuple en triomphe ils s'avancent :
« Du héros de l'Oder le fantôme jaloux,
« Fréderic, » s'écrient-ils, « a paru parmi nous ;
« S'élançant à nos yeux de sa tombe fatale,
« Il nous a remontré sa majesté royale ;
« Mais son ombre en colère a fait pâlir nos fronts :
« Grand peuple de la Prusse, arme tes légions,
« Fréderic en courroux nous ordonne la guerre.
Ils disaient, on entend murmurer le tonnerre ;
Du sépulcre des rois le faîte est ébranlé ;
La grande ombre paraît, et le peuple a tremblé.
Le fantôme enflammant son imprudent courage,
Les cris de guerre! guerre! ébranlent le nuage.
Agitant dans les airs l'enseigne des combats,
Le spectre a parcouru ses antiques états ;
Des rochers d'Hercinie aux mers de la Baltique
Tout se lève à l'aspect du fantôme héroïque.
Le casque de Torgau, dérouillé par leurs mains 18,
Couvre le front blanchi des vieux guerriers germains ;
Et les jeunes soldats, dans leur folle jactance,
Aiguisent de Rosbach la redoutable lance.
On n'entend que le bruit de l'airain et du fer :
Tout respire la guerre aux rives de l'Oder,
Et la Prusse, rêvant le temps de ses conquêtes,
Ressemble à la forêt qu'agitent les tempêtes.
Cependant des Français le fier ambassadeur
Entend de son palais les cris de sa fureur ;
Il sort; dès qu'il paraît la foule l'environne :
« Que voulez-vous? » dit il, » la guerre à ta couronne!
La guerre ! » a répondu ce peuple mutiné,
« Va le dire aux Français! » le ministre indigné

A tiré d'Austerlitz le formidable glaive :
« Eh bien ! vous le voulez, la France rompt la trève ;
« Je t'annonce la guerre, ô peuple audacieux !
« Tu verras les Français ! » Il dit ; quittant ces lieux,
Bientôt de l'Allemagne il franchit la province,
Il arrive, et, tombant aux genoux de son prince :
« Monarque des Français, rassemble tes soldats,
« La Prusse, » lui dit-il, « te provoque aux combats. »
Du héros à ces mots s'enflamme la colère :
« Tu romps mon alliance, ô peuple téméraire !
« A ton orgueil encor je ne suis pas connu ;
« Oui, tu paîras l'honneur de m'avoir prévenu.
« Avec moi, juste ciel ! employer la menace !
« Va, j'irai dans Berlin confondre ton audace. »
A ces mots des guerriers éclatent les transports.
Déja la grande armée a ressemblé ses corps.
A ces cris de victoire, aux clameurs de sa joie,
Le drapeau d'Austerlitz dans les airs se déploie ;
Jalouse d'abaisser le fol orgueil prussien
Elle arrive à grand pas sur les rives du Mein.
Là, le héros s'adresse à ses braves phalanges,
Révélant de Potzdam les menaces étranges :
« Grande armée, » a-t-il, « aux rivages français
« Tu revenais goûter les douceurs de la paix ;
« De retour d'Austerlitz pour des destins plus calmes
« La France t'attendait pour te couvrir de palmes ;
« Mais la Prusse aux combats animant ses guerriers,
« Prétendrait, pour flétrir l'honneur de nos lauriers,
« Nous chasser des états conquis par la victoire.
« Eh quoi ! Laisserions-nous éclipser notre gloire
« Par ce peuple orgueilleux, par ce peuple ennemi
« Dont la honte illustra les plaines de Valmy ?
« A la voix des vaincus dont parle la Champagne,
« Nous fuirions en tremblant des champs de l'Allemagne ?
« Aurions-nous donc au Nil porté nos fières lois,

« Épouvanté l'Euphrate au bruit de nos exploits,
« Vaincu dans Marengo l'Europe menaçante,
« Et, vainqueurs d'Austerlitz, d'une main triomphante
« Du trône d'Occident abattu les destins,
« Pour fuir au seul aspect des étendards prussiens?
« Et pour entendre dire à la Prusse charmée :
« J'ai des états Germains chassé la grande armée?
« Ah! nous ne serions plus, ternissant nos hauts-faits,
« Les enfans du Grand peuple et les soldats français!
« Mais que dis-je? marchons, soldats vainqueurs du monde,
« Si d'un fol ennemi l'arrogance profonde
« Des combats la première osa jeter le gant,
« La France le relève encor plus fièrement. »

Il dit, du Mein craintif franchissant le rivage,
Dans les champs de la Saxe il porte le ravage.
Et, disposant ses camps aux bords de la Sala,
Il s'apprête au combat sous les murs d'Iéna.
Là, rangée en bataille et brûlant de vengeance,
La Prusse l'attendait, dans sa fière imprudence;
On voyait dans les airs, enflammant ses héros,
Le spectre de Rosbach planer sur ses drapeaux;
Une auguste beauté, brandissant une lance,
Vient aussi de ses camps exalter la vaillance;
Le casque en tête, au sein de ses nombreux dragons,
Sa belliqueuse reine enfle ses escadrons.
C'est ainsi que Camille aux champs de Lavinie,
Contre les conquérans de la vieille Ausonie,
Du rival de Turnus improuvant les destins,
Animait la valeur des escadrons latins.
O reine! sous l'airain pourquoi cacher tes charmes?
Plaire sont tes combats, les grâces sont tes armes!

Mais quel bruit effroyable a grondé dans les rangs?
Les bronzes meurtriers tonnent sur les deux camps;
Un torrent de fumée obscurcit la lumière;
Et le sang des guerriers inonde la carrière.

Que voit-on au milieu de ce tumulte affreux
Dont l'horreur fait pâlir le soleil dans les cieux ?
Les bataillons Français, dans leurs lignes serrées,
Comme des forts mouvans, comme des tours carrées,
Osent sans escadrons, manœuvrant dans les champs,
Braver des fiers Prussiens les coursiers bondissans :
De même qu'aux remparts de Troie ou de Solyme,
Aux créneaux menaçans, à la mouvante cime,
Se promenaient des tours, couvertes de guerriers,
Dont le front vomissait des éclats meurtriers,
Ainsi dans Iéna des Français intrépides
Les mobiles remparts lancent des feux rapides.
Mais ces murs sont ouverts et de leur vaste sein
La mort part en tonnant de cent bouches d'airain.
L'ennemi va couvrir l'espace qu'ils renferment ?
Non, ces remparts fumans à l'instant se referment,
Et des mousquets brûlans s'élance encor la mort.
Les Français font pencher la balance du sort;
O remparts animés! citadelles mouvantes!
De l'Oder devant vous les troupes sont flottantes,
Vous roulez dans leur sang, vous foulez leurs débris.
Les insensés pensaient vous chasser sous Paris !
Déjà la Prusse fuit, mais, retournant la tête,
Elle lance la mort, en bravant la tempête.
C'est ainsi que le Parthe aux vagabonds hauts-faits
Fuyait devant Crassus en décochant ses traits.
Mais quel bruit retentit sur la sanglante scène?
Comme un foudre vengeur s'élançant dans l'arène,
Les dragons de Murat, suivis des cuirassiers,
Apparaissent alors sur leurs fougueux coursiers;
L'éclair part de leur sein, de leurs mains part la foudre :
Au milieu des mourans, dans des torrens de poudre,
Indignés que la France ait pu vaincre sans eux,
Ces escadrons d'acier, aux hauberts lumineux,
Ont chargé les Prussiens, qui de terreur pâlissent;

En vain de leurs mousquets le plomb, la mort jaillissent
Sous les pas des coursiers, sous les glaives Français,
Tavenzin voit tomber ses escadrons épais.
Pour éviter leur sort dans ces terribles joûtes,
Ses pesans grenadiers se forment en redoutes,
Pour rendre leur abord d'un péril plus certain,
Le salpètre s'allume et le trait siffle au loin;
Mais bravant les dangers d'une approche homicide,
Dans ces rangs bondira l'escadron intrépide.
Vainqueurs des cavaliers, nos brillans pelotons
S'élancent comme un bloc sur ces vieux bataillons;
En vain sont-ils couverts de longues javelines,
En vain réparent-ils leurs sanglantes ruines,
Murat et ses guerriers enfoncent ces remparts:
Les soutiens de l'Oder tombent de toutes parts,
Les eaux de la Sala de leur sang se rougissent,
De leurs cris expirans les échos retentissent.

Mais quel est ce guerrier au front à cheveux blancs
Qui s'arrête au milieu des morts et des mourans?
O ciel! le vieux Brunswick sur la scène se montre;
Insultant à Murat, il vient à sa rencontre;
Le glaive de Créveld a brillé dans sa main.
Ce noble compagnon du monarque prussien
Veut mourir pour venger l'honneur de sa patrie;
Sur Murat qui s'étonne il fond avec furie;
Leurs glaives sont croisés dans l'air qui retentit;
La Prusse qui s'arrête à cet aspect frémit;
Sous leurs coups répétés leurs casques d'or résonnent;
Les plus braves guerriers à leur combat frissonnent;
De leurs fers opposés jaillissent des éclairs;
Leurs agiles coursiers, aussi prompts que les airs,
Voltigent sous la main qui guide leur audace.
Du héros vétéran déjà le bras se lasse,
Son grand cœur le soutient, par un dernier effort
Il porte un coup terrible, oh! quel est son transport!

Du prince frémissant le sang rougit l'armure:
Les cuirassiers français poussent un long murmure.
Mais semblable au lion que le tigre a blessé,
Par un coup plus certain, le prince, courroucé,
Dans le sein de Brunswick plongeant son cimeterre,
Le renverse à ses pieds sur la sanglante terre.
Qui pourrait peindre alors le désordre et les cris,
Les chars et les coursiers roulant sur des débris,
Les cadavres sanglans, les armes fracassées,
Les drapeaux abattus, les foudres délaissées,
La foule se pressant en tourbillons affreux,
La terreur des vaincus hérissant les cheveux,
La mort les moissonnant avec sa faux terrible,
L'esclavage, au milieu de ce carnage horrible,
Déployant de ses fers les sinistres anneaux,
Un sang noir et fangeux ternissant les ruisseaux,
Et parmi ces horreurs la France triomphante,
Sur ces débris, couverts d'une écume sanglante;
Fixant sur ses lauriers les yeux de l'Univers?
Peuples de Fréderic, peuples jadis si fiers!
Où sont-ils les drapeaux témoins de sa puissance?
On les a vus captifs sur les chars de la France.
Où vont-ils sur ces chars, recouverts de lauriers,
Que traînent en pleurant vos soldats prisonniers?
A Paris, à Paris, ô triste destinée!
De Soubise expier la fatale journée.
Aux champs de la Misnie un monument pompeux
De Fréderic rappèle un exploit glorieux;
Le vétéran Germain, jaloux de son histoire,
Venait s'y reposer à l'ombre de sa gloire;
Le pâtre de l'Oder, la vierge du hameau
Y priaient pour la Prusse en gardant leur troupeau;
Et lorsque, parcourant cet étranger rivage,
Son aspect orgueilleux s'offrait à son passage,
Le voyageur Français y lisait, frémissant:

« Au héros de Rosbach l'Oder reconnaissant!
Au vainqueur d'Iéna l'histoire le raconte,
Et son bras va briser ce monument de honte.
Il arrive, il le voit, et son front qui pâlit
Révèle quel penser occupe son esprit;
La colère l'anime et sa main indignée
Va venger à l'instant la France dédaignée :
« Monument, » a-t-il dit, dans son juste courroux,
« Monument d'infamie, abaisse à mes genoux
« Ce front trop orgueilleux que ma patrie abhorre;
« Colonne, qu'elle hait, et qui la déshonore,
« Colonne, qui flétris ses antiques drapeaux,
« Satisfais en tombant aux mânes des héros! »
Il dit, et renversant la colonne superbe,
La gloire de Rosbach a disparu sous l'herbe.
Mais bientôt les accords du belliqueux buccin
Annoncent que ses camps vont marcher sur Berlin.
Ses coursiers frémissans, qu'à son char on attèle,
Jaloux de promener sa pompe solennelle,
Vont traîner dans ces murs, si puissans autrefois,
Le héros d'Iéna, ses drapeaux et ses lois.
Remparts de Fréderic, ouvrez à son armée!
Du héros de Zorndorf la vieille renommée [20],
Du sein de son sépulcre, écoute avec horreur
Des tambours de Valmy le roulement vainqueur;
Leur airain, frémissant aux sons de la vengeance,
Trouble de Sans-Souci le funèbre silence :
De Potzdam par leur chef les remparts sont franchis;
Il s'assied à la table où, dans le sein des nuits,
Loin des prestiges vains de la puissance humaine,
Étudiant Socrate et Lycurgue et Turenne,
Fréderic à la fois offrait à l'Univers
Du sage et du héros les mérites divers.
Ce mâle luth gaulois accordé par Voltaire,
Sur lequel roi poète, en son ardeur altière,

Il chanta des guerriers et l'art et les exploits, [21]
Pris par Napoléon, a frémi sous ses doigts.
Enfin, lorsque la nuit, assise dans la nue,
Eut voilé les remparts de la Prusse abattue,
Ce prince alla fouler la couche où le héros
Vit des rêves de gloire animer son repos.
  Mais déjà le jour luit, le vainqueur va descendre
Au temple sépulcral où repose sa cendre;
Dans ces lieux souterrains, asile du trépas,
Une torche funèbre a dirigé ses pas.
Il s'avance en tremblant sous la lugubre voûte;
Un saint recueillement sert de guide à sa route.
Mais il arrive au pied du tombeau solennel;
Là, Fréderic jouit du repos éternel,
Là, de puissans exploits, jadis l'effroi du monde,
Sont venus s'engloutir dans une nuit profonde.
Tombeau du conquérant, à ton auguste aspect,
Le héros étonné s'incline avec respect;
Ses bras se sont croisés et son ame interdite
Sur ton sombre parvis en silence médite;
Les hauts-faits de ton prince à son cœur sont présens;
Son ombre qu'il évoque a passé dans ses sens;
On dirait qu'avec elle au séjour du tonnerre
Il écoute ou prescrit les leçons de la guerre.
Mais il sort de son rêve, et sur ces sombres lieux
Avec inquiétude il laisse errer ses yeux.
Sous le sang d'Iéna, dans leur triste murmure,
Les ombres des héros cherchaient la sépulture;
Au sein des drapeaux noirs qui voilaient le cercueil,
Assis sur un trophée et de gloire et de deuil,
Le fantôme de Kleist sur sa harpe funèbre [22]
Murmurait les exploits du monarque célèbre,
Et l'Ange de l'Oder, debout sur le tombeau,
Éteignait dans ses pleurs son sinistre flambeau.
Le glaive de César et le luth de Voltaire

Ornaient du monument la pompe funéraire ;
Le sceptre d'Antonin, le livre de Platon
S'unissaient sur la tombe aux codes de Solon.
Le héros s'en approche ; ô ciel ! son bras se lève
Et du grand Fréderic il a saisi le glaive !
« Dans le sein des Français, « dit-il, » tu t'es plongé,
« La France te verra, mon pays est vengé.
« Vénérables guerriers, vieux débris de nos armes,
« Vous que Mars a frappés sur le champ des alarmes,
« Appendez ce trophée à ce temple immortel
« Où la Gloire vieillit à l'ombre de l'autel ;
« Noble et pieux séjour du malheureux courage,
« Hôtel des Vétérans, accepte cet hommage ;
« Des vaincus de Rosbach sont encore dans ton sein,
« Leurs frères, effaçant leur malheureux destin,
« Déposent à leurs pieds, dans leur juste vengeance,
« Le glaive du vainqueur, conquis par leur vaillance. »
Ainsi dit l'Empereur. Vieux soldats de Louis,
Défenseurs vétérans de la gloire des Lis,
Vous qui braviez jadis sa redoutable atteinte,
Lavez le sang Français dont cette épée est teinte ;
Le conquérant vous l'offre en expiation,
Fréderic a pâli devant Napoléon.
Que dis-je ? du grand roi j'ai vu l'ombre irritée
S'élever de nouveau de sa tombe attristée ;
Des fers chargaient ses mains, le crèpe ornait son front,
Et des pleurs douloureux, rappelant son affront,
Roulaient de temps en temps sur son pâle visage.
Il va du Moscovite enflammer le courage.
Déjà de la Vistule il découvre les bords ;
Il frémit à l'aspect de ses bruyans transports :
Son peuple se réveille aux exploits de la France ;
Déjà de Casimir il dérouille la lance,
Et, de ses fiers tyrans bravant l'autorité,
Redemande à grands cris sa vieille liberté,

Partout dans ses remparts l'enthousiasme éclate ;
Déjà la lance en main ce vieux peuple sarmate
Monte sur ces coursiers dont le pied frémissant
Foula victorieux les débris du Croissant.
Mais des fils de Rourik s'offre la capitale ;
Saluant ces remparts d'une voix sépulcrale,
Le spectre a pénétré dans le palais des rois ;
C'était l'heure où l'airain, frémissant douze fois,
Des mânes dans la nuit ouvre le noir empire.
Errant sous ces lambris, le fantôme soupire;
Il vient en suppliant dans ces murs où vainqueur
Il répandit jadis de Zorndorf la terreur.
Sous des rideaux de pourpre Alexandre sommeille,
Mais au frisson du spectre en sursaut il s'éveille;
A la faible clarté d'un flambeau qui pâlit
Il voit l'ombre, debout, vers le pied de son lit,
Écarter les rideaux de la royale couche ;
Il veut parler, la voix expire dans sa bouche:
A ce sinistre aspect le Prince épouvanté
A paru de ses sens perdre la liberté.
Cependant ranimant son grand cœur qui frissonne,
Le Tsar a reconnu le spectre à sa couronne:
« Fréderic, » lui dit-il, « Fréderic, est-ce vous ?
« Que me demandes-tu, spectre auguste et jaloux ?
« Pourquoi du sein des morts remonter vers la terre ?
« Viens-tu me dénoncer ou la Paix ou la Guerre ?
« Au sein de mon palais qui t'amène aujourd'hui ?
— « Je viens pour mes états implorer ton appui. »
Lui répond le fantôme avec un long murmure.
— « Implorer mon appui! Quelle est donc ton injure ?
« Le spectre de la Reine, idole des Hongrois,
« Vient-il te demander compte de tes exploits ?
« Des sabres de Presbourg lavant la vieille rouille, 24,
« Voudrait-il de Breslau recouvrer la dépouille?
— « Plût au ciel! » répondit le fantôme royal ;

« Que l'auguste héritier du sceptre impérial
« Eût déclaré la guerre aux héros que j'inspire,
« Ils seraient en ce jour maîtres de son empire;
« Mais un prince plus grand, le fier Napoléon,
« Je tremble en prononçant ce redoutable nom,
« Le fier Napoléon dans sa superbe audace
« Est venu les punir de leur vaine menace;
« Ils avaient appelé le grand peuple aux combats.
« La France est sur le Mein, avec mes vieux soldats
« L'étendart de Rosbach s'avance à sa rencontre;
« Déjà nous combattons, mais le héros se montre,
« Il se montre, et la Prusse est esclave aujourd'hui:
« Pour abattre mon trône un seul soleil a lui.
« Toi seul peux nous sauver des chaînes de la France.
« Lève-toi, de ton trône on sape la puissance:
« La Pologne à mes yeux a secoué ses fers.
« Si tu dors, insensible au bruit de nos revers,
« Les fils de Ladislas, brisant leur triple chaîne,
« Uniront leurs coursiers aux coursiers de la Seine,
« Et la Newa verra le Conquérant Français
« Régler le sort du monde au sein de tes palais. »
Il dit, et le fantôme a fui dans les ténèbres.
Alexandre, effrayé de ses accens funèbres,
Sent couler sur son front une froide sueur,
Et, dès que de l'Aurore a brillé la lueur,
Le peuple Moscovite, en ouvrant la paupière,
Des combats sur Cronstadt voit flotter la bannière.
Prétendant d'Oczakow laver le vieil affront, [25]
Le Croissant, se dit-il, relève-t-il son front?
Ou la Perse ennemie, en l'ardeur qui l'embrase,
A-t-elle encor franchi les rochers du Caucase?
Non, dit-on, les Français de la Prusse vainqueurs,
Dans Berlin du Grand peuple ont planté les couleurs;
La Pologne à leur voix acère encor sa lance:
Armons-nous, il est temps, elle a crié: Vengeance!

A ces bruits le Cosaque a repris son carquois,
Les coursiers de l'Oural bondissent sous son poids;
Et, du jour d'Austerlitz voulant laver l'injure,
Le guerrier Moscovite a repris son armure.
Aux bords de la Vistule ils arrivent soudain.
Le héros qui l'apprend sort des murs de Berlin;
Aux champs des Jagellons que ces phalanges foulent
Teints du sang d'Iéna, ses chars effrayans roulent;
Ils écrasent déjà les dépouilles des tsars.
Quand il quitta Potzdam pour voler aux hasards:
« Soldats,» avait-il dit, «s'élançant vers le Russe,
« Je suis content de vous, conquérans de la Prusse,
« Oui, vous avez rempli, fidèles au devoir,
« L'attente de la France ainsi que mon espoir;
« Vous vous êtes montrés, sous les feux de la guerre,
« Les soutiens du grand peuple et l'orgueil de la terre:
« Gloire vous soit rendue, honneur du nom Français!
« Un peuple dont le monde, au bruit de ses succès,
« En tremblant autrefois salua la vaillance,
« Ce peuple est en ce jour aux genoux de la France;
« Un seul jour de bataille, un jour de vos exploits
« A suffi pour courber son orgueil sous vos lois.
« Mais du Nord aujourd'hui, que sa chute épouvante,
« De venir jusqu'à nous le peuple altier se vante;
« Marchons à sa rencontre, à ce peuple hautain
« Épargnons en ce jour la moitié du chemin;
« Que devant nos drapeaux son audace recule;
« Qu'il retrouve Austerlitz aux champs de la Vistule.
« Soyez toujours Français, les Russes pâliront;
« Fuyant votre valeur, ces barbares diront:
« Hélas! ils sont toujours pour l'Europe alarmée
« Les soldats du grand peuple et de la grande armée! »
Mais déjà ses guerriers ont paru dans Eylau;
Déjà les feux du Nord sillonnent son drapeau.
La marche du héros aux Russes se révèle,

Surpris dans ses projets un instant il chancelle;
Mais le Russe embusqué vainement l'assaillit,
De son cerveau fécond un nouveau plan jaillit:
Les vieux gardes français sur l'ennemi s'élancent;
Cent bronzes foudroyans à leur suite s'avancent,
Quand la terre a tremblé sous tous nos escadrons:
Le terrible Murat au sein des bataillons
Vomit les flots fumans de sa cavalerie.
A sa tête, ô valeur! il charge avec furie;
O prince redouté! les phalanges du Nord
Prennent ton glaive affreux pour la faux de la mort,
Et de ton casque d'or la crinière ondoyante
Ressemble dans les airs à la comète errante.
Mais, dignes ennemis de nos braves soldats,
Les Russes d'un front calme attendent le trépas;
Foulés par les coursiers, criblés par la mitraille,
Ils tombent en héros sur le champ de bataille;
Ils allaient tous mourir, mais le son des clairons
Ordonne la retraite et ces fiers pelotons
Quittent avec orgueil ces plaines de mémoire:
Ils avaient résisté, c'était une victoire.

C'est là que tu tombas, sous cent coups meurtriers,
Intrépide Hautpould, honneur des cuirassiers;
Tu tombas, et le crêpe aux couleurs funéraires
De leur cavalerie attrista les bannières.

Mais d'un plus grand exploit luit le jour éclatant,
L'astre de Marengo s'est levé sur Fridland: [26]
Les Français de nouveau vont vaincre les Tartares.
Benigsen fait mugir ses trompettes barbares;
Ses guerriers ont poussé le hourra des combats,
Et ce cri belliqueux enflamme nos soldats;
Du héros qui l'entend la grande ame s'élève,
A ce signal horrible il fait briller son glaive;
Son génie en bataille a formé ses guerriers.
De son front triomphant montrant les vieux lauriers;

« Ce jour, » s'écria-t-il, « est grand dans notre histoire,
« Soldats de Marengo, rappelez-vous sa gloire,
« Oui, ce soleil a vu, succombant sous nos coups,
« L'Autrichien tremblant embrasser nos genoux.
« Marchons! » Aux fiers accens de cette voix tonnante
De la charge on entend la trompette alarmante.
Intrépide Elchingen, à ses belliqueux sons,
On te vit le premier au sein des légions
Remontrer d'Austerlitz la lance redoutable.
Devant tes grenadiers, ô guerrier indomptable!
Du brave Benigsen les premiers régimens
Échappent par la fuite à tes ressentimens,
Comme au bord du Niger les gazelles timides
Évitent le lion sur les plages arides.
Mais quel nuage affreux d'hommes et de coursiers
Roule ses tourbillons contre tes fiers guerriers?
Les échos sont émus de leurs cris homicides;
Les fers étincelans de leurs lances rapides
Réfléchissent aux yeux de sinistres éclairs;
On voit devant leurs pas tourbillonner les airs;
Montés sur des coursiers des forêts de l'Ukraine,
Ils font voler au loin le sable de la plaine;
La dépouille de l'ours ou du véloce élan
Couvre leur front hideux d'un barbare turban;
Leur farouche prunelle et leur barbe sauvage
Offrent un peuple ami des horreurs du carnage.
Ce sont du Tanaïs les nomades tribus,
Et Ney, qu'ont entouré ces escadrons confus,
Comme on voit l'aigle au sein de la plaine brillante
Mépriser des corbeaux la tourbe croassante,
Insensible à l'aspect de ces guerriers nouveaux,
Par le feu des mousquets repoussait leurs assauts,
Quand de Latour-Maubourg les dragons apparaissent;
Les fils de Mazeppa devant eux disparaissent,
Comme au désert de Sur, balayés par les vents,

On voit en tourbillons fuir les sables ardens.
Le terrible Maubourg, s'élançant à leur suite,
Les a bientôt atteints dans leur rapide fuite ;
A la tête des rangs de ses braves dragons
Il se plonge au milieu des fuyards escadrons.
Son glaive dispersait ces hordes vagabondes ;
Leur torrent repliait ses écumantes ondes ;
Mais le chef des dragons pour des chocs meurtriers
Voit revenir sur lui les cosaques altiers,
Et les lances du Don et les longues épées
Dans le sang des héros tour à tour sont trempées.
Dans ces noirs tourbillons que d'exploits en ce jour !
Que les tiens furent grands, ô valeureux Latour !
Déjà maints cavaliers de la sauvage race
Ont sous ta lourde épée expié leur audace,
Quand leur farouche Hetman sur toi marche soudain;
L'étendard des tribus s'agitait dans sa main ;
Long-temps de Souwarow il partagea la gloire :
C'est un des descendans de ce Kan de mémoire
Que pour sa trahison aux champs de Pultawa
Pierre-le-Grand maudit aux bords de la Newa.
L'élite des guerriers des tribus de l'Ukraine
S'avance sur les pas de sa valeur hautaine,
Et, poussant dans les airs d'effroyables accens,
Ils s'élancent sur toi de courroux rugissans.
Mais, insensible aux cris de leur charge barbare,
Tu saisis d'une main leur étendard tartare,
Et ton glaive de l'autre immolera l'Hetman,
Cent lances à tes coups dérobent le vieux Kan,
Leur fer te menaçait ; mais, ô gloire ! ô surprise !
Ton glaive foudroyant les disperse et les brise,
Et, désarmant l'Hetman du sanglant bouclier,
Il partage le front du malheureux guerrier ;
Son coursier sur son cou sent s'échapper la rêne,
Et son maître expirant va mesurer l'arène.

Jetant à cet aspect des accens douloureux,
Les Cosaques ont fui dans un désordre affreux;
Et des dragons vainqueurs l'impétueux courage
De ces castes du Don fait un sanglant carnage.
Mais quel fracas terrible et quels éclairs affreux
Font mugir les rochers et rougissent les cieux?
Des bataillons entiers étendus sur la scène,
De leurs membres épars ont parsemé la plaine.
L'Alle les a reçus de carnage fumans,
Son dieu recule au loin devant ces corps sanglans;
Il fuit épouvanté se laver à sa source.
On voit les fiers enfans de l'âpre ciel de l'Ourse
Combler son lit fangeux de cadavres noircis.
Bellune m'avait paru sur ces bords ennemis:
Il traînait sur ses pas ces bronzes de la guerre
Qui sous la main de l'homme imitent le tonnerre,
Le salpètre en courroux, s'échappant de leur sein,
Avait du Russe altier terrassé le destin;
Ses guerriers abattus dessinaient sur la poudre
Des bataillons carrés, écrasés par la foudre.
Et les Français, debout sur des monceaux de morts,
De l'hymne de victoire entonnaient lès accords.
Le soir de la bataille à jamais mémorable
Où les Russes vaincus par son bras redoutable,
Prosternant à ses pieds leur orgueil avili,
Du pardon d'Austerlitz expièrent l'oubli,
Le héros accablé va dans sa lassitude
Loin des murs de Fridland chercher la solitude:
Ce glorieux vainqueur sous le dôme des bois
De ses nouveaux lauriers vient déposer le poids.
Dans un sombre vallon, respecté par la guerre,
Un ruisseau promenait son onde solitaire;
Le silence y régnait, la cloche du hameau
Parlait seule en ces lieux à l'indiscret écho;
Des sapins y montraient leur verte pyramide;

Là, l'Empereur couché sur le gazon humide,
Aux rayons expirans que lançait le soleil,
Dans les bras de la Gloire a trouvé le sommeil.
Son superbe coursier libre dans la prairie,
Errant non loin de lui, broutait l'herbe fleurie;
Et son glaive sanglant, aux branches suspendu,
Effrayait de ces lieux le Génie éperdu.
Déjà sur la nature avec ses ailes sombres
La nuit au front d'ébène a répandu ses ombres.
Les songes ses enfans, noirs sylphes du repos,
Sur le front du guerrier répandaient leurs pavots,
Et fantômes de gloire, en leurs rians prodiges,
A son ame ils offraient leurs bizarres prestiges:
Assis sur le rivage où s'élève Calais,
L'Empereur contemplait l'empire des Anglais,
Et maudissant les flots qui trompaient son courage,
Il rêvait aux moyens de détruire Carthage;
La liberté des mers qu'opprimait Albion
Remplissait sur ces bords sa méditation;
Mais soudain à ses pieds l'onde s'enfle et bouillonne,
Le rivage s'enfuit, le héros qui s'étonne
Voit dans un char de nacre, au sein des flots amers,
Apparaître à ses yeux l'Ange azuré des mers.
Il s'avançait sans cour, sans tritons, sans sirènes;
Son front humilié se courbait sur ses chaînes;
Il était prisonnier, et, pour comble d'affronts,
Il portait sur ses fers les léopards bretons;
Ce sceptre qui jadis calmait l'onde animée
Le trident n'était plus dans sa main désarmée;
Il semblait des Anglais menacer les remparts,
Et l'indignation régnait dans ses regards.
Il s'avance, entouré des vagues écumantes,
Abordant de Calais les grèves blanchissantes,
Sur le héros Français il arrête ses yeux:
« Quels desseins, » lui dit-il, « t'occupent dans ces lieux?

« Est-ce là sans succès que ton ame rêveuse
« Prétend humilier ta rivale orgueilleuse?
« Je suis l'Ange des mers, héros, reconnais-moi.
« J'ai subi d'Albion la despotique loi;
« Riant de mon courroux et bravant la tempête,
« De mon empire entier elle a fait la conquête;
« Et, fiers de m'opprimer, ses nombreux matelots
« D'un hémisphère à l'autre ont asservi les flots.
« Mon outrage est le tien: du sein de ses navires
« Albion contre toi soulève les empires;
« Sans craindre tes drapeaux ce peuple de marins
« Contre toi de l'Europe arme les souverains;
« Assis sur ses vaisseaux, il insulte à ta gloire:
« L'onde le garantit du bras de la victoire,
« Les mers sont ses remparts, les flots sont ses sujets.
« Mais, pour le subjuguer, écoute mes projets:
« L'Angleterre, autrefois guerrière et conquérante,
« A porté sur ses bords la mort et l'épouvante,
« Jusqu'aux murs d'Orléans signalant ses exploits,
« Elle voulut s'asseoir au trône des Valois;
« Crécy vit triompher sa fatale bannière,
« Et Poitiers parle encor de sa gloire guerrière.
« Mais ils ne règnent plus les temps du prince Noir 27:
« Mon trident sert de base à son vaste pouvoir;
« Des produits de ses arts l'industrieux mélange,
« Les fruits du Nouveau-Monde, et les tributs du Gange,
« Voilà quelle est sa force et quels sont ses ressorts,
« Son immense influence est toute dans ses ports.
« Mais afin de dompter cette altière rivale,
« Exile en ses rochers sa puissance fatale;
« Par là tu briseras son trident oppresseur:
« Oui, seule avec sa flotte et son or corrupteur,
« Sur l'Océan désert, nation isolée,
« Elle verra périr sa fortune exilée.
« Vengeant tes matelots des exploits de Nelson,

« Inscris sur tous les ports : Anglais, peuple félon,
« Portez sous d'autres cieux vos funestes richesses,
« Ilion craint les Grecs jusque dans leurs largesses!
« Fuis sous d'autres soleils, perfide nation,
« L'Europe a prononcé ta réprobation ;
« Et, du noir Africain abordant le rivage,
« Va méditer ton sort aux mers où fut Carthage,
« Promenant sur les flots tes pavillons proscrits,
« Tu liras tes destins sur ses remparts détruits. »
Ainsi dit le Génie, et sa prunelle ardente
Contemplant d'Albion la rive frémissante ;
« Adieu, reine des mers, je vais être vengé,
« Satisfais par ta chute à mon trône outragé ;
« Un héros m'a juré d'effacer mon injure ! »
Il dit, autour de lui l'onde s'ouvre et murmure,
Il s'abîme, et, gagnant son palais de corail,
Des nymphes de la mer il revoit le sérail.
L'empereur stupéfait à peine en croit sa vue,
Une extrême surprise emplit son ame émue,
Et, le cœur palpitant de l'orgueil des héros,
A ce divin oracle il répond en ces mots :
« O Rome, tu vas donc triompher de Carthage !
« Ange de l'Océan, j'accepte ton présage ;
« Les droits des pavillons vont être reconquis ;
« Tombe, fière Albion, tes destins sont bannis ! »
Il dit, et, désertant l'empire des ténèbres,
Paraissent des héros les fantômes célèbres ;
Duguai-Trouin et Jean-Bart sortent du sein des mers,
Jeanne-d'Arc et Guesclin paraissent dans les airs.
Ils s'avancent guidés par l'Ange de la France,
Vers l'île tyrannique ils ont tourné leur lance ;
De Saint-James joignant les sinistres remparts,
Ils allaient de Windsor briser les léopards :
C'en est fait d'Albion, périsse sa mémoire !
Le héros triomphant en pousse un cri de gloire.

Mais, hélas! à ses yeux ce spectacle s'enfuit;
Les cieux se sont voilés d'une profonde nuit;
Le tonnerre en éclat a roulé sur sa tête;
Il se sent emporter au sein de la tempête.
Il entend retentir les cris de ses soldats;
Aux horreurs de l'orage, aux clameurs des combats
Se mêlent les accens d'une voix enfantine:
« Hélas! ayez pitié de ma vie orpheline! »
Une autre lui répond: « O jeune infortuné!
« Pleure, pleure ton père, enfant abandonné!
« Hélas! il l'ont banni du sein de sa famille. »
Ainsi lui répondait une royale fille.
Le héros attendri se sent frappé d'horreur,
Ses cheveux sur son front se dressent de terreur:
« Un père séparé des objets qu'il adore,
« Et le ciel est muet à la voix qui l'implore! »
Il disait, un silence, un silence profond
A ces cris de douleur avec effroi répond.
D'un ciel encor obscur la sinistre lumière
Éclaire faiblement une plage étrangère;
Assis sur un rocher au vaste fondement,
Où la lame plaintive expire sourdement,
Où viennent se heurter les débris des naufrages,
Le héros était seul, seul avec les orages:
Il promène ses yeux sur ces lieux inconnus,
Il appelle et ses cris ne sont point entendus.
Mais soudain un fantôme, au pied du roc aride,
Grandit comme un géant sur la plaine liquide;
Son front est dans la nue et ses pieds dans les mers;
Un sceptre est dans sa main, dans l'autre sont des fers;
Il commande à l'orage et les vents retentissent;
Il parle à l'Océan et ses flots obéissent;
Son sceptre est surmonté d'un brillant léopard.
« Quel est ton nom?—Mon nom? Tu le sauras plus tard, »
Répond-il au héros qui voulait le connaître,

« Je suis ton ennemi, toujours je voulus l'être.
— « Qui m'a conduit ici? — Ma haine et tes exploits.
— « Quel est donc ce rocher où je vis sous tes lois? »
Riant d'un air barbare et secouant sa chaîne,
Le Génie effrayant lui répond : « Sainte-Hélène! »
Il dit, tout disparaît, ce spectre de la nuit,
S'élançant auprès d'elle, avec elle s'enfuit,
Et leur char ténébreux roule en un autre monde.
Le héros se réveille, et sa terreur profonde,
A l'aspect du tableau qui frappe ses regards,
Comme l'ombre des nuits, qui voile nos remparts,
Fuit devant le matin au gracieux sourire,
Se dissipe et fait place à l'orgueil de l'empire.
Autour de son bivac déployant ses drapeaux,
La Garde Impériale entoure le héros;
Les bataillons sacrés lui présentent les armes,
Et de ce grand spectacle augmentant les beaux charmes,
L'ambassadeur mongol, respectant son sommeil,
Attend à ses genoux l'instant de son réveil.
Il arrive, à l'aspect du suppliant ministre
Il perd le souvenir du fantôme sinistre,
Et l'Ange marin seul à son ame présent,
« Albion, je te tiens, » dit-il en s'éveillant,
Plein des illusions du prophétique rève,
Lorsque l'ambassadeur lui demande la trève:
« Je l'accorde, » dit-il, « Paix aux tristes mortels!
« Qu'on prépare à Tilsitt ses augustes autels.
« Mais périsse Albion! Mais mort à l'Angleterre!
« Va dire qu'à ce prix je termine la guerre. »
Déjà le Niémen se couvre de guerriers;
Ils portent dans leurs mains des rameaux d'oliviers;
Élevant dans les airs ces signes pacifiques,
Ils bordent de Tilsitt les remparts magnifiques;
Dans un chant unanime ils mêlent leurs accords.
Le Niémen s'émeut de leurs bruyans transports.

La Paix descend des cieux sur ses pompeuses rives,
Le fleuve la reçoit, ses nymphes attentives
Lui dressent un autel sur ses rapides flots;
Elle-même y conduit les empereurs rivaux:
« Peuples, consolez-vous, » dit l'auguste déesse,
« Entonnez sur ces bords des hymnes d'allégresse,
« Un vainqueur généreux m'appelle parmi vous,
« Les malheurs de la terre ont fléchi son courroux.
« Il pouvait tout dompter, mais bornant sa vengeance,
« Il vient à mes genoux de déposer sa lance.
« Et vous, maîtres du monde, aux pieds de mon autel,
« Scellez votre amitié d'un baiser fraternel. »
Ainsi dit la déesse; à sa voix qui les touche,
Le baiser d'union a volé sur leur bouche,
Les empereurs amis se pressent dans leurs bras.
A ce touchant aspect, leurs généreux soldats,
Dans l'eau du Niémen lavant leurs mains sanglantes,
S'embrassent pêle-mêle. « O scènes consolantes! »
Dit la Paix, souriant à ces nobles tableaux,
« Gravez-vous à jamais dans l'ame des héros! »
Bientôt elle s'envole au milieu des nuages.
Des traités dans ses mains elle emporte les gages,
Et son œil pénétrant l'incertain avenir:
« Puissiez-vous de Tilsitt garder le souvenir! »
Dit-elle aux empereurs du milieu de la nue.
Ils jurent, et la Paix disparaît à leur vue.
  Déroulant de Tilsitt le pacte solennel
Elle parcourt l'Europe en son vol immortel,
Elle apprend à l'Oder que ses ondes captives
Ne doivent désormais baigner que d'humbles rives.
L'ombre de Stanislas se console à sa voix,
La Prusse à ses états ne dicte plus des lois.
En passant sur Paris, elle apprend à la Seine
Qu'au monde désormais elle commande en reine.
Déjà de la Tamise elle aperçoit le bord:

Son aspect en ces lieux n'excite aucun transport,
Son peuple est au contraire en proie à la tristesse.
« D'où viens-tu? — De Tilsitt, » lui répond la déesse,
« De Tilsitt où l'encens, fumant sur mon autel,
« En signe d'union s'élève vers le ciel;
« On y règle mes lois. — Qui les dicte? — La France. »
L'Angleterre un instant a gardé le silence;
« Mais que m'annonces-tu? — Ta condamnation:
« L'Europe te réprouve, ô perfide Albion!
« Ton partage est les mers; proscrite sur la terre,
« Promène sur ta flotte un destin solitaire! »
La déesse à ces mots disparaît dans les airs.
La terreur a frappé la maîtresse des mers:
« L'Europe me proscrit!... » A murmuré sa bouche.
Mais un monstre subtil au regard sombre et louche,
Infidèle aux traités, toujours traître au serment,
L'Astuce la console en son bannissement.
Le monstre tortueux, en ressources fertile,
Lui promet les secours de son génie habile:
« Que t'importe, » dit-il, « que l'Europe et ses rois
« T'exilent sur les mers où tu dictes des lois?
« A ton tour proscris-la des flots où tu domines,
« Et tu verras dans peu les nations voisines
« Abaisser devant toi leur front humilié.
« Reine de l'Océan, as-tu donc oublié
« Que le trident des mers peut régner sur le monde?
« L'Europe te bannit? Expulse-la de l'onde.
« L'industrie énervée en son sein va périr;
« Du Commerce en tous lieux les sources vont tarir;
« Voudra-t-il sur les mers envoyer ses pilotes?
« Tu les repousseras, assise sur tes flottes,
« Et chassant dans ses ports ses pâles nautoniers
« Ton pouvoir fermera ses nombreux ateliers.
« Fille de Sybaris, l'indolente Mollesse,
« Pleurant le nouveau monde au sein de a détresse

« A ses banquets, privés des fruits américains,
« Maudira le despote et ses vastes desseins;
« Et la terre assiégée, improuvant son délire,
« Tournera ses regards vers ton humide empire,
« Comme on voit l'exilé, sur le rivage assis,
« Chercher dans l'horizon le ciel de son pays.
« Quand l'Europe indignée accusera la France,
« Du temple de Saint-Jame à l'instant je m'élance,
« Et, me glissant au sein des peuples abattus,
« Je vole soulever les esprits prévenus;
« Épanchant le venin de ma bouche éloquente,
« Je remûrai pour toi l'Europe turbulente,
« Je séduirai les rois, je corromprai les cours,
« Et l'Europe pour toi vaincra dans ces grands jours.
« Malgré ses légions et l'ange de la guerre,
« La France descendra du trône de la terre;
« Ta rivale expîra ses glorieux destins,
« Quand le pavillon roi restera dans tes mains. »
A la reine des flots ainsi dit le perfide,
Et son front soucieux à l'instant se déride;
A ce monstre pervers la Trahison sourit,
Et par des cris de joie Albion applaudit.
Mais l'histoire a gravé cet oracle en son temple,
Les temps l'ont accompli; cet homme sans exemple
Qui prétendait briser les fers de l'Océan,
Cet homme qu'Albion peignit comme un tyran,
Accablé par l'Europe aux ordres de Saint-Jame,
A vu le sort trahir son bras et sa grande ame.
Anglais, tu triomphas, mais tremble, tremble encor,
Nos mains pourraient briser les armes de Windsor.
Viens consulter d'Hastings les plaines renommées,
De l'antique Neustrie entends-tu les armées
De leurs cris de victoire éveiller ces échos?
Vois-tu l'ombre d'Harald, errant sur ces coteaux,
Publier, à l'aspect des drapeaux de Guillaume,

Qu'un Français a conquis ton orgueilleux royaume?
Va, nous pourrions encor, vainqueurs des Léopards,
Planter nos pavillons sur tes altiers remparts.
Et vous, temps où la France, aux triomphes instruite,
Disputait aux Anglais l'empire d'Amphitrite;
Où, couvrant l'Océan de ses trois cents vaisseaux,
Le pavillon des Lis allait venger les flots;
Où nos marins sur l'onde allaient régner en maîtres;
Qu'êtes-vous devenus, ô temps! où les ancêtres
Des matelots si fiers du jour de Trafalgar
Pâlissaient au seul nom du terrible Jean-Bart;
Où le grand Duguai-Trouin, fameux par vingt batailles,
De Rio-Janeiro renversait les murailles;
Où Duquesne, dans Gène entassant les débris,
Faisait tomber son doge aux genoux de Louis;
Où d'un tillac en feu, cet amiral habile
Voyait son pavillon, aux mers de la Sicile,
Flotter sur les débris des nefs de Ruyter?
Temps des Chateau-Renaud, temps du vainqueur d'Alger,
Des Forbin, des d'Estrée..... Ah! pavillon de France!
Que sont-ils devenus ces temps de ta puissance?
Carthage a triomphé, tes marins ne sont plus.
Mais réveillant un jour tes nautiques vertus,
Tu seras la bannière, avant-garde du monde,
Qui, flottant vers les ports des oppresseurs de l'onde,
Verra les fils du jeune et du vieil univers
Venger et Copenhague et le Sinde et les mers.

CHANT SIXIÈME.

SOMMAIRE.

Guerre de la Péninsule. — Reproches au héros. — Il révèle les secrets de sa politique.—Godoi. — Abdication forcée des princes espagnols à Bayonne. — Assemblée du peuple castillan dans l'Escurial. — Discours d'un religieux hiéronymite. — Discours du duc d'Infantado. — Exaspération des Espagnols. — Victoire de Villa-Viciosa. — Joseph au trône des Espagnes. — Revers de Baylen. — Marche de la grande armée sur l'Espagne. — Proclamation. — Souvenirs historiques de l'Ibérie. — L'Inquisition. — Déplorable situation de l'Espagne sous ses lois. — Projets de régénération de l'Empereur. — Caractère et fanatisme de la Castille.—Descente des Pyrénées. — Prise d'un guérillero, ses paroles et sa mort. — Victoire de Tudelle. — Prise de Madrid. — Abolition de l'Inquisition. — L'épée de François Ier reconquise. — Déclaration de guerre de l'Autriche. — Le héros sur l'Iser. — Victoire de Ratisbonne. — Bombardement et prise de Vienne.—Fanatique de Schœnbrunn. — Passage du Danube. — Journée d'Esling.—Débordement du fleuve. — Mort du duc de Montebello. — Bataille de Wagram. — Exploits et mort de Lasalle. — Réunion des états du Saint-Siége à l'empire. — Esprit de Saint-Pierre. — Hymen du héros avec la fille des Césars. — Adieux de Joséphine. — Guerre horrible en Espagne. — Naissance du roi de Rome.

CHANT SIXIÈME.

Faut-il que l'empereur, pour la France et sa gloire,
De sa guerre espagnole ait taché sa mémoire;
Que, brisant les liens de deux peuples amis,
Sur l'Èbre il ait un jour proscrit l'honneur des Lis;
Que sans craindre le nom de l'amant de Chimène,
Il ait trahi le Tage, allié de la Seine?
Napoléon, de Mars tu refais les apprêts,
Contre quel ennemi vas-tu tourner tes traits?
Oubliant d'Austerlitz la défaite sanglante
Schœnbrunn relève-t-il sa tête menaçante?
Les vaincus de Fridland, dans leur témérité,
Auraient-ils méconnu ta magnanimité?
Menaces-tu l'Ister, l'Oder ou la Vistule?
Où vas-tu triompher? — « Aux colonnes d'Hercule,
« Que l'Espagne obéisse ou craigne mon courroux! »
Mais ses braves guerriers combattent avec nous:
Ingrat! que t'a donc fait la malheureuse Espagne?
Ses enfans dans tes camps marchent en Allemagne,
Et le sang généreux de ses vieux matelots
Des mers de Trafalgar pour toi rougit les flots!
Et tu voudrais pour prix de leurs dignes services
Asservir des drapeaux à nos armes propices,

Et flétrir des guerriers qui combattent pour toi?...
« Oui, de la politique ainsi le veut la loi,
« Du Tage, où des Bourbons le sceptre me menace,
« Je dois de saint Louis chasser l'antique race;
« Je dois sacrifier, pour fixer le destin,
« Les princes de l'Espagne à mon trône incertain.
« Oui, tant que des Bourbons la royale famille
« Garderait dans ses mains le sceptre de Castille,
« Je craindrais que son titre au vieux trône des Lis
« N'arrachât de mon front le bandeau de Louis.
« Je dois donc la proscrire et la chasser du Tage.
« Le repos de l'état à cet acte m'engage : »
Il dit, et le héros, par la gloire abusé,
Va remplir son dessein d'injustice accusé.
Sur son égarement, histoire, jette un voile :
Au pied de la Sierra doit pâlir son étoile;
Le soleil espagnol, dévorant leurs lauriers,
Luira sur les tombeaux de ses nombreux guerriers.
Un vil ambitieux, enfant de la fortune,
Sorti des rangs obscurs de la classe commune,
Le Prince de la Paix, par de traîtres avis,
Des Bourbons espagnols gouvernait les esprits;
Et séduite par lui cette auguste famille
De ses divisions affligeait la Castille.
Don Carlos aveuglé, dans son égarement,
Maudissait chaque jour l'indocile Fernand,
Et le prince rebelle osait dans sa colère
Méconnaître la voix de son malheureux père.
Les provinces souffraient des troubles de la cour;
Les partis déchaînés croissaient de jour en jour,
Et Fernand et Carlos, disputant la couronne,
Du potentat français aux remparts de Bayonne
Sont venus implorer la médiation.
Mais ce prince, égaré par son ambition,
Par sa voix menaçante ou sa fatale adresse,

De ces fiers Castillans trahissant la noblesse,
Leur a fait déposer ce sceptre glorieux
De leurs tristes discords instrument malheureux;
Et, des Lis sur le Tage abattant la bannière,
« Va régner sur l'Espagne, » a-t-il dit à son frère.
La Castille l'apprend, et, fidèle à son roi,
On entend dans ses murs retentir le beffroi,
Et dans tous les hameaux la cloche des alarmes
Appelle l'Espagnol à la vengeance, aux armes.
Au fond de l'Algarie, et non loin du séjour
Où des rois espagnols siégeait l'antique cour,
Des fils d'Hiéronyme on voit un monastère;
Ce temple consacré par la gloire guerrière
A la cendre des rois, à l'honneur des héros,
Au culte du seigneur, au monacal repos,
Du jour de Saint-Quentin rappelle la mémoire. [28]
L'Espagnol dans ces murs revoit sa vieille gloire,
Les mânes de ses rois vainqueurs des Musulmans,
Les Alphonses fameux et les braves Fernands,
Le puissant Charles-Quint, la pieuse Isabelle;
Il y voit des héros la cohorte immortelle,
Sanche, Gusman, Gonsalve, et Pizarre, et Cortez,
L'habile Spinola [29], le sévère Alvarez [30],
Le généreux Rodrigue [31] et le vaillant Pélage [32]
Y présentent aussi leur imposante image.
Les drapeaux de Pavie et ceux de Saint-Quentin,
Le sceptre d'Alamar [33], le turban Sarrazin,
L'éperon de François [34], les poupes de Lépante [35],
Des preux de Tolosa [36] l'armure étincelante,
Y formaient un trophée à jamais glorieux.
Avec un saint respect pénétrant dans ces lieux,
Le peuple castillan, que l'Infantado guide,
Vient jurer aux Français une haine homicide.
Tracerai-je l'aspect de ce peuple confus?
Il marchait précédé de ces sombres reclus

Qui pensent servir Dieu par leur oubli du monde.
De ces hommes de paix l'inimitié profonde
S'irrite qu'en ce jour un impie attentat
Veuille finir leur règne et les rendre à l'état.
Le fanatisme ardent, revêtu d'un cilice,
Commandait en tyran cette sainte milice;
Il portait dans ses mains l'étendard de la foi,
On y lisait : « Pour dieu, la patrie et le roi !
Un poignard tout sanglant brillait à sa ceinture,
Et l'orgueil dominait sous son vieux froc de bure.
Ainsi d'Hiéronyme avançaient les enfans.
La cohorte sacrée à sa suite a les Grands,
Peuple superbe et vain qui craint pour ses vieux titres:
« Les Français de nos droits deviendraient les arbitres!...
« Nous verrions avilir leur vieille autorité !... »
Ils disaient, à ces mots s'indignait leur fierté.
Des héros castillans la troupe généreuse
Du peuple précédait la foule impétueuse;
Naguère ils s'honoraient du rang de nos amis:
Des feux de Trafalgar leurs fronts étaient noircis,
Ces traits, qui des Français peignaient les injustices,
Semblaient dire : « Est-ce ainsi qu'on prise nos services ?»
Ce corps tumultueux, mobile en ses desseins,
Trop passif instrument des éclairés humains,
Qu'en parlant de ses droits on égare sans cesse,
Le peuple sur leurs pas en désordre se presse.
Le vieillard aux cheveux que le temps a blanchis
Y paraît entouré de nombreux petits-fils;
Il combattit à Parme et sa vieille vaillance
Rajeunit à ces cris : « Guerre et mort à la France ! »
Ce sexe, qui jadis, au milieu des tournois,
Aux émules du Cid dictait ses douces lois,
Qui, d'un chiffre amoureux décorant le courage,
Couronnait les vainqueurs du noble Abencerrage,
Oubliant sa faiblesse et sa timidité,

S'avance en s'écriant : Vive la liberté!
Le poignard du Zégris, encor couvert de rouille,
De sa main délicate a chassé la quenouille.
Pour jurer à l'autel un serment trop fatal
L'Espagne exaspérée est dans l'Escurial.
Devant ces Castillans un humble solitaire
De la rédemption célèbre le mystère :
Ils sont venus sceller, au nom d'un dieu de paix,
Une haine implacable aux oppresseurs français.
Mais le moment sacré de la sainte alliance
De l'homme avec son dieu sonne sur l'assistance.
Humains, inclinez-vous, le fils de l'Éternel
Du sein du sanctuaire apparaît sur l'autel.
Le religieux parle, à sa voix éperdue
Du Très-haut dans sa main la gloire est descendue:
Il s'avance vers vous, et la divinité
Va s'unir par mystère à l'humble humanité.
Avant de consommer cet acte redoutable,
Au peuple agenouillé près de la sainte table,
Le ministre, roulant des regards soucieux,
Dit : « Peuple Castillan, peuple chéri des cieux,
« L'impie en tes remparts, que sa présence insulte,
« Veut du Dieu d'Isabelle anéantir le culte.
« Déjà le sacrilége, en son temple envahi,
« Foule la sainteté de son autel trahi.
« Mais si le ciel se tait, suspendant sa colère,
« Des vengeances de Dieu peuple dépositaire,
« C'est par vous, Espagnols, qu'il doit être vengé.
« Si l'on souille l'autel, le trône est outragé;
« D'un despote guerrier les mains trop inhumaines
« Insultant à vos rois les ont chargés de chaînes;
« Et de ces mêmes mains vous préparant des fers,
« Ce prince audacieux d'un peuple de pervers
« A médité le joug des fiers sujets du Tage.
« C'est Dieu, c'est votre roi, c'est vous tous qu'on outrage,

« Vengez donc la Castille et le trône et la foi.
« Eh bien! peuple du Cid, tout entier lève-toi.
« Que le beffroi, grondant dans toutes tes campagnes,
« Contre l'impiété soulève les Espagnes;
« Que du pied du Pyrène au cap de Trafalgar,
« Les enfans des vainqueurs du vieux peuple d'Agar,
« Des preux de l'Asturie imitant la constance,
« S'offrent de toutes parts sur les pas de la France.
« Qu'au milieu des hameaux, des rochers, des vallons,
« L'agile Guérilla presse ses bataillons,
« Et que leurs corps sanglans, privés de sépulture,
« De l'aigle et du vautour deviennent la pâture:
« Oui, braves Espagnols, divine nation,
« Jurez tous des Français l'extermination.
« Du dieu qui va descendre en vos ames pieuses
« Attestez la présence, ô tribus généreuses!
« Que du serment de mort qui doit être juré
« Ce dieu qui vient vous voir soit le gage sacré. »
Il dit, et prononçant de sublimes prières,
Le prêtre a consommé le plus grand des mystères.
Remontant vers l'autel, il profère ces mots:
« Guerriers sanctifiés, Dieu bénit vos drapeaux,
« Et son fils glorieux en vos ames habite;
« Vous allez désormais marcher sous sa conduite;
« Vengeurs de ses autels, jurez tous avec moi:
« Périsse l'ennemi de notre sainte foi!
Comme le vent qui gronde en la forêt émue,
Ces mots ont ébranlé l'assemblée éperdue:
« Nous le jurons, » dit-elle, « au Dieu des Castillans,
« Périssent les Français! périssent les tyrans!
« Que l'indigne Espagnol, à ce serment parjure,
« Soit des feux infernaux l'éternel pâture! »
Grand Dieu, qui sur la France étendis ton pardon,
Accueillis-tu ces cris proférés en ton nom?
Ces terribles sermens furent-ils un blasphème?

Je me tais, juge-les dans ta bonté suprême.
Quand le peuple a rendu ses devoirs au seigneur,
Il passe dans ces murs, tout brillans de splendeur,
Où l'on voit des héros les superbes images ;
L'Espagne à ces guerriers prodigue ses hommages.
Fixant d'un œil qu'anime un généreux essor
Le vainqueur de Gormas 37 et celui d'Alahor, 38
Au sein du peuple ému l'Infantado s'écrie :
« Héros de la Castille, honneur de la patrie,
« Guerriers dont le courage à jamais immortel,
« Disputant nos remparts aux lances d'Ismaël,
« Décora ces créneaux des dépouilles du Maure,
« Magnanimes vainqueurs des soldats de l'Aurore,
« L'astre de Mahomet devant vous a pâli,
« Lorsque, vengeant un nom qu'il avait avili,
« Votre héroïsme apprit aux tribus musulmanes
« A respecter encor les lances castillanes.
« De votre gloire, ô preux! venez nous protéger :
« D'un peuple usurpateur nous allons nous venger;
« Puissant comme le Maure et comme lui perfide,
« Promenant ses drapeaux jusqu'au détroit d'Alcide,
« Sur l'Espagne, à ce point peut-il la dédaigner ?
« Comme un autre Ismaël il prétendrait régner!
« Quoi! de Napoléon nous porterions les chaînes!
« Noble sang de Bivar, tu coules dans nos veines;
« Ta fierté, qu'un affront fit bondir de fureur,
« A l'amour de Chimène a préféré l'honneur.
« Avec tout ton orgueil dans nos ames circule,
« Et jamais les Français, aux mers qu'unit Hercule,
« Ne verront leurs coursiers, sur le soir des combats,
« Se baigner dans les flots qui bordent nos états.
« Et toi, guerrier, sorti des flancs de nos montagnes,
« Que ton ombre apparaisse aux enfans des Espagnes;
« Tu leur diras comment ton intrépidité
« Apprit dans Santillane au Maure épouvanté

« Que l'Espagnol encore avait une patrie,
« Viens donc nous enflammer, héros de l'Asturie ;
« Qu'arboré par tes mains l'étendard de Léon
« Fasse dans nos climats pâlir Napoléon,
« Et qu'il sache en tremblant que les peuples du Tage
« Sont encor les guerriers du Cid et de Pélage. »
Il dit, et, des Fernands levant les étendards,
Les bouillans Espagnols ont tiré leurs poignards ;
Dans leurs regards de feu l'enthousiasme brille :
« Mourons tous, « s'écrient-ils, « ou sauvons la Castille! »
A ce cri de fierté l'Escurial mugit,
Et du haut de ses tours le tocsin retentit.
A ce signal affreux mille cloches répondent.
Des sauvages sierras les nombreux échos grondent,
Guerre! murmurent-ils, aux armes! Castillans!
Et l'Espagne est debout à ces guerriers accens.
Des rochers de Pélage aux rives d'Almérie,
Des remparts de Sagonte à la Lusitanie,
Par la voix de la chaire à la guerre animé,
Tout sexe, tout état, tout âge s'est armé.
Déjà dans Médina, Bessière, autre Vendôme,
Du fanatique Ibère effrayant le royaume,
Et domptant de Madrid le peuple frémissant,
Vient d'élever Joseph au trône de Fernand.
De l'Eden enchanteur de la belle Italie
Il vient, dictant ses lois à l'altière Ibérie,
Du riant Ildephonse habiter l'Alcazar,
Et le Tage irrité murmure sous son char.
Mais sur son front encor chancelait sa couronne :
Bientôt dans son palais le péril l'environne ;
Il voit de toutes parts les peuples révoltés
Chanter de Castanos les exploits trop vantés :
Du malheureux Dupont les aigles interdites
Ont passé dans Baylen sous le joug des Samnites.
Ce succès de l'Espagne exalte la fureur,

Et, malgré leur génie et malgré leur valeur,
Partout on poursuivait nos troupes fugitives.
Junot avait du Tage abandonné les rives,
Et Joseph descendait de ce trône ennemi
Sur lequel il monta d'un pied mal affermi.
Quand l'empereur s'apprête à marcher sur l'Espagne,
Déjà la grande armée a quitté l'Allemagne,
Elle arrive à la hâte aux rives de l'Adour,
De franchir le Pyrène a lui le fatal jour :
« Soldats, » dit le héros, « nous allons sur le Tage ;
« A marcher sur Madrid, oui, l'honneur nous engage ;
« C'est pour venger l'affront des guerriers de Baylen.
« Qui pourrait accuser ce généreux dessein ?
« Si nous n'osions venger cette injure profonde,
« A notre lâcheté que répondrait le monde ?
« Il dirait, étonné d'un silence infamant :
« Les Français ne sont plus les soldats de Fridland.
« Nous qui de tant d'états fîmes les destinées,
« Nous bornerions nos pas au pied des Pyrénées ?
« Héros, dont le désert vit l'intrépidité
« Braver son sol brûlant et son immensité,
« Ces monts seraient pour vous le monument d'Hercule ?
« Non, Français, sous nos pas que leur masse recule ;
« C'est loin de là qu'Alcide a borné l'univers :
« Allons, et que nos camps, assis sur les deux mers,
« De la postérité méritant les couronnes,
« D'Hercule sous nos lois abaissent les colonnes.
Du Cantabre, à ces mots, gravissant les rochers,
Il a montré l'Espagne à ses nobles guerriers.
Il est sur le Pyrène, et son coup-d'œil rapide
A, des sources de l'Èbre aux colonnes d'Alcide,
Semblable à l'œil brûlant de l'aigle audacieux
Qui plonge sur sa proie en s'élançant des cieux,
Dévoré cet empire aux tristes destinées.
O Tage! fleuve d'or! rives infortunées,

Vos flots en flots de sang changeront leur cristal.
Regardez le Pyrène ; ô spectacle fatal !
L'ange exterminateur, debout sur la montagne,
Vient de faire briller son glaive sur l'Espagne :
C'est celui d'Austerlitz, d'Arcole et du Thabor ;
Sur vos vieux souvenirs son front médite encor,
Et les fastes divers d'une gloire éclipsée
Roulent devant les yeux de sa grave pensée.

Par les fils d'Amilcar disputée aux Romains,
Il voyait l'Ibérie, en ses premiers destins,
Faire plus d'une fois succéder dans l'orage
L'aigle des Scipions au dragon de Carthage.
Plus tard, il la voyait au banquet solennel
Dans les crânes romains savourer l'hydromel,
Et rappeler d'Asgard les mâles Valkiries,
Quand le farouche Odin sur ses rives fleuries,
Par les accens du scalde enflammant ses héros,
De Tolède, à ses chants, effrayait les échos 39.
Quatre siècles après, sur un maure trophée,
Du turban d'Almanzor il la voyait coiffée
Aux murs de l'Alhambra réciter le Coran ;
Ou, sellant dans Xérès le coursier musulman,
S'élancer au milieu des escadrons numides ;
Et teinte des sueurs de ses coursiers rapides,
Dans le Généralif, au bosquet enchanteur,
Sur le soir des exploits respirant la fraîcheur,
Écouter les aveux du tendre Abencerrage.
Mais sa main a brandi la lance de Pélage,
Elle est encor chrétienne, et vierge de Léon,
S'élançant de ses rocs, comme un jeune lion,
Sur les tours de Grenade, à la voix d'Isabelle,
Du christ elle a planté la bannière éternelle.
O gloire encor plus grande ! au sein de ses remparts,
L'empire a déployé les aigles des Césars ;
Son front de Charles-Quint ceint l'altière couronne ?

Le preux de Marignan dans ses chaînes frissonne;
Barberousse à ses pieds baisse son pavillon ;
Les enfans du soleil, s'inclinant à son nom,
De l'or d'Abançaï viennent charger ses flottes,
Et l'Angleterre tremble en voyant ses pilotes.
Mais son astre, aux mortels inspirant de l'effroi,
Pâlit devant Condé dans les champs de Rocroi.
Bientôt les fils d'Othon, au milieu des batailles,
De l'Espagne aux Français disputent les murailles,
Quand le Tage, adoptant un fils de saint Louis,
Sous Berwick et Vendôme arbore enfin les lis.

Mais aux yeux du héros, du haut du mont Pyrène,
Comment s'offre en ce jour la terre Ibérienne?
Monarchie expirante, empire décrépit,
Dans quel honteux état, hélas! es-tu réduit?
Espagne, qu'as-tu fait de ta vaste puissance?
Mais ta bouche muette a gardé le silence!
Tu trembles de parler!... Qui te l'a défendu?
Au pied d'un tribunal ton front pâle, abattu,
Dans un morne respect sur le Tage s'incline;
Sur ce front où jadis, indomptable héroïne,
Tu montrais la terreur du soldat musulman,
De son noir tribunal la fille de Gusman,
Le courbant sous les lois de sa puissance sainte,
Imprima sur ce front et la honte et la crainte.
C'est l'Inquisition, de la foi le bûcher
Fait briller à ses yeux son barbare brasier;
Et, du sein dévorant de cette flamme ardente,
A ses yeux satisfaits la cendre encor fumante
Des enfans d'Abraham et de ceux d'Ismaël,
En demandant vengeance, a volé vers le ciel.
Troublant dans ses aveux l'innocence interdite,
L'embûche s'écoulait de sa bouche hypocrite,
Et son œil scrutateur, saintement indiscret,
Dans un vague soupçon lisait un grand forfait.

Elle offrait d'une main cette plume implacable
Qui traçait les arrêts du supplice exécrable
Que l'affreux fanatisme avec sang-froid dictait,
Et l'autre de ses mains aux regards présentait
De l'ancien Vatican la chaîne despotique.
Le trône s'inclinait sous son joug tyrannique,
Et l'Espagne, tremblante au nom de l'Éternel,
N'osant lever les yeux vers son terrible autel,
Prenant pour de la foi sa crédule ignorance,
Priait un Dieu d'amour comme un Dieu de vengeance.
Temps où les cavaliers de cet aimable état,
Couverts d'un manteau court à l'aspect incarnat,
Le soir du carrousel où brilla leur vaillance,
Chantant sur la guitare une tendre romance
Où se peignait une ame aux amoureux ennuis,
Venaient, à la clarté du pâle astre des nuits,
Sous le treillis jaloux, dans leur tendre délire,
Faire battre le cœur de Fernande ou d'Elvire,
Temps de gloire et d'amour, qu'êtes-vous devenus?
Fûtes-vous remplacés par d'austères vertus?
Un sombre tribunal, qu'un soupir seul ombrage,
Où les grâces jadis couronnaient le courage,
Jugeant comme un forfait d'aimer les doux sermens,
Vous a rendus muets, sensibles Castillans.
Temps où du Camoëns la muse ravissante
Chanta de son Inès la mort attendrissante;
Où de Cervante on vit la satirique voix
Du Roland de la Manche illustrer les exploits;
Où d'Ercilla, bravant la flèche du Cacique,
Célébra du Chili la conquête héroïque;
Où le fier La Vega par ses mâles écrits
Sut de l'art de Sophocle ennoblir son pays,
Que sont-ils devenus, ô muses castillanes!
Ces derniers rejetons des lettres musulmanes!
Des bords inspirateurs du Guadalquivir

Un stupide pouvoir les a forcés à fuir,
Et les lois du Cordon dans l'Espagne avilie
Sous le froc ont caché les ailes du génie.
Qu'êtes-vous devenus temps où les galions
Promenaient sur les mers leurs marchands pavillons?
Carthagène, réponds, où sont tes vieux pilotes?
Qu'as-tu fait, ô Cadix! qu'as-tu fait de tes flottes?
Qu'as-tu fait de ton port, de ce port opulent
Où Paris et Lima, Londres et l'Orient,
Pour les fruits de leur sol et de leur industrie,
Échangeaient tour à tour les draps de Ségovie,
Les tissus de Jaën, les pommes d'or d'Adra,
Les toisons de Burgos, l'olive de Lorca,
Les coursiers du Bétis, le nectar d'Alicante?
L'abandon t'environne, ô rade commerçante!
Te saluant de loin, dans peu les matelots
Diront: « C'était Cadix, Cadix reine des flots!»
Mais quittons le rivage et voyons les campagnes;
Quoi! sous le beau soleil qui luit sur les Espagnes,
Ces champs que de moissons l'Arabe avait couverts,
Sous des bras nonchalans ces champs semblent déserts;
A peine quelques fruits que le moine dévore
Attestent-ils encor les cultures du Maure.
Où sont les monumens, où sont les ateliers,
Témoins de la grandeur de ces Maures guerriers
Qui firent par les arts oublier leur victoire?
L'Espagne a tout perdu, tout jusqu'à leur mémoire;
Et le noir Saint-Office, imbécile tyran,
Sur ces bords animés par l'actif musulman,
Consacrant au Seigneur sa stupide mollesse,
Ose dicter, du sein de sa sainte paresse,
Ces inflexibles lois du froc dominateur
Qui, jusque sur le trône étendant leur terreur,
Avilissant son peuple, au sein de l'esclavage,
Sous l'étole ont vieilli la Castille avant l'âge.

« Espagne infortunée, » a crié le héros,
« Si ma main, de la guerre agitant les drapeaux,
« Vient peut-être courber ton indocile tête
« Sous le joug étranger forgé par la conquête,
« Elle vient t'affranchir d'un pouvoir inhumain :
« Elle vient foudroyer ce tribunal d'airain
« D'où le sceptre de fer du cruel Saint-Office,
« Sous ces auto-da-fé, détestable supplice,
« Courbant au nom du ciel le front de tes enfans,
« Règne par la terreur des plus affreux tourmens.
« Oui, des moines brisant l'avilissante chaîne,
» Je viens te rendre aux temps du Cid et de Chimène,
« A ces temps de valeur, de fêtes et d'amour,
« Où les jeunes beautés de ta galante cour,
« Libres des yeux jaloux d'un censeur hypocrite,
« Par l'ordre d'une reine, en leur joie interdite,
« Recevant à leurs pieds les héros des tournois,
« Du prix de la valeur décoraient leurs pavois,
« Quand les yeux attendris des preux, courbant leur lance,
« Leur confirmaient la foi de douce souvenance.
« Louis de l'Ibérie avait fait notre sœur,
« La France, de nouveau méditant son bonheur,
« Vient, sous moi, restaurant le sort de la Castille,
« Resserrer les liens du pacte de famille. »
Ces projets, ô héros! sont bien dignes de toi;
Ces desseins accomplis, faisant chérir ta loi,
Pourraient de cette guerre effacer l'injustice;
Guerrier libérateur, ton bras, ton bras propice
Du sombre Saint-Office éteignant les brandons,
L'Espagne rajeunie, aux yeux des nations,
En faisant succéder sous ton sceptre héroïque
La cuirasse du Cid au froc de Dominique,
Deviendrait ta sujette en louant tes vertus.
Mais les fiers Castillans te sont-ils bien connus?
As-tu bien médité sur ce peuple sauvage

Dont le courroux s'allume aussitôt qu'on l'outrage ;
Sur ce peuple inflexible en son ressentiment ;
Sur ce peuple du Cid, sur ce peuple constant,
Dont sept siècles n'ont pu lasser la patience,
Quand, sorti de Léon avec sa sainte lance,
Il ne s'est reposé de ses sanglans exploits,
Que lorsque dans Grenade il eut planté la croix?
Sobre comme le Maure, en ces sauvages roches,
Il sait braver la faim, la soif et les approches,
Et, semblable au Bédouin, de son activité
Rien ne peut fatiguer l'opiniâtreté.
Crois-tu que tes bienfaits puissent toucher son ame?
Non, ce peuple ignorant, qu'un zèle ardent enflamme,
Repousserait tes dons comme ceux de l'enfer.
Vois-tu le fanatisme à la verge de fer
De sa voix indignée appeler la Castille?
La haine de ton nom dans ses regards pétille;
Tu menaces son trône, et sa puissante main
De l'alarmant beffroi vient d'ébranler l'airain
Ce bruit a retenti dans toutes les Espagnes;
Le pâtre s'est armé sur ses hautes montagnes;
Dans toutes les cités les peuples frémissans
Ont hérissé leurs murs de créneaux menaçans.
A ton nom, pâlissant d'une implacable rage,
La Superstition a parlé sur le Tage,
Et l'Espagne a formé, bravant tes étendards,
Autour de son autel un cercle de poignards.
Mais, hélas! aux combats ta valeur se prépare:
Tu descends en vainqueur aux champs de la Navarre;
Bravant le fanatisme et le son du beffroi,
Ta volonté de fer, insensible à l'effroi,
Malgré ce peuple entier qui contre elle conspire,
A juré d'asservir l'Espagne à ton empire;
Oui, déjà dans Burgos on te voit méditer
Sur le tombeau du Cid que tu viens consulter; [40]

Et des monts de Léon aplanissant la crête,
Au pied du Libana ton camp vainqueur s'arrête.
Il y siége en triomphe, un utile repos
Va rendre leur vigueur à ses vaillans héros.
Là, l'Empereur, assis à l'ombrage d'un chêne,
Courbe son front puissant que la pensée enchaîne,
Quand troublant ses esprits un triste événement
Vient remplir le héros d'un noir pressentiment:
De fiers guerilleros une bande légère
Des états de Léon défendait la frontière;
Sur ses pas ont marché nos braves voltigeurs;
Le combat fut sanglant, mais nos guerriers vainqueurs
Ont vu les Castillans s'échapper par la fuite;
Ils reviennent bientôt conduisant à leur suite
Un soldat espagnol qu'ils ont fait prisonnier:
L'orgueil est imprimé sur son visage altier;
Blessé, dans ses regards la douleur n'est point peinte,
Et, captif, son grand cœur n'est point frappé de crainte.
Aux pieds de l'Empereur les Français l'ont conduit;
A l'aspect du héros le Castillan frémit
Non d'effroi, mais d'horreur, de vengeance et de rage.
« Quels mortels, quelles mains ont armé ton courage? »
Lui dit le conquérant, « Espagnol, réponds-moi?
« —La haine des tyrans, Dieu, l'Espagne et mon Roi.
« —Qui te guide aux combats?—La croix et ma bannière.
« —Quels sont tes compagnons?—L'Espagne tout entière.
« —En quels lieux sont vos camps?—Au sein de nos rochers.
« —Quel est votre dessein?—Défendre nos foyers.
« —Qui gardera vos murs?—Les soldats de Numance.
« —Hélas! qu'obtiendront-ils?—La mort ou la vengeance!
« Je n'ai pu me venger, le poison dans mon sein
« Fait pour punir mon bras circuler son venin;
« Ce poison dévorant, que l'enfance et nos filles
« Préparent aux Français pour venger les Castilles,
« M'arrache au déshonneur de vivre sous tes lois. »

Il dit, et l'Espagnol chancelle et perd la voix.
Mais avant de mourir cette voix se ranime :
« Si de tes attentats ma patrie est victime,
« Sache que ton pouvoir, assis sur des débris,
« Régnera sur l'Espagne et jamais sur ses fils. »
Ainsi du Castillan a dit la voix fatale,
Et son dernier soupir avec fureur s'exhale.
Le front de l'empereur en devient soucieux;
Il voit en gémissant ce fanatisme affreux,
Cette haine des lois de la France ennemie,
Cet amour de ses rois, ce mépris de la vie,
Que montre l'Espagnol dans son superbe orgueil.
Peut-être son génie aperçut-il l'écueil
Où devait se briser le char de la victoire?
Mais, prononçant les noms de patrie et de gloire,
Il chasse de son ame une indigne terreur.
Dans la jeune Castille il arrive en vainqueur.
De ses vieux bataillons la valeur immortelle
A défait Castanos aux plaines de Tudelle.
Partout les Espagnols reculent devant lui,
Leur ville capitale est bientôt sans appui.
Cependant le tocsin, grondant dans ses murailles,
Appelle à coups pressés ses enfans aux batailles;
Pour défendre ses murs l'Espagnol s'est armé :
De haine et de fureur son cœur est animé.
Comme on voit un lion, chassé dans son repaire,
D'un impuissant courroux hérisser sa crinière,
Battre ses flancs sanglans déchirés et poudreux,
Et de sa gueule horrible épouvanter les yeux,
Ainsi du Castillan la farouche vaillance,
Des remparts de Madrid préparant la défense,
Sur ses murs crénelés apparaît aux Français.
En vain il se flattait d'un glorieux succès,
Le guerrier espagnol entend gronder la foudre:
Les bombes dans Madrid vont tout réduire en poudre;

Ces globes menaçans ont sillonné les airs,
Ils tombent et, s'ouvrant les antres des enfers,
L'enfer les revomit avec un bruit terrible;
Les remparts avec eux, par le salpêtre horrible,
S'élancent vers la nue avec leurs habitans;
Ils retombent à terre, et les membres sanglans,
Brûlés par le tonnerre et fumans de carnage,
Des guerriers de Madrid font frémir le courage.
Mais au camp des Français la trompette a sonné,
C'est un ambassadeur d'oliviers couronné;
Ministre de la paix, sa bouche vient apprendre
Que l'altière Madrid aux Français va se rendre.
Le héros en triomphe entre dans le Prado;
Nos jeunes étendarts, flottant au Retiro,
Ont vengé leurs aînés de l'affront de Pavie,
Et Joseph se rassied au trône d'Ibérie.
  L'empereur a parlé, le sénat monacal
Voit tomber à ses pieds son sanglant tribunal,
Et la religion par son code outragée
Bénit du haut des cieux le bras qui l'a vengée.
Sombre Inquisition, disparais aux regards!
Mais, ô ciel! aiguisant de nouveau ses poignards,
Et s'élevant du sein des débris de son siége,
Elle crie : « Espagnols, horreur au sacrilége!
« Guerre, guerre à l'impie! hélas! dans ce saint lieu
« Il vient de renverser le tribunal de Dieu! »
  Cependant l'empereur, jaloux de notre histoire,
Du vaincu de Pavie a vengé la mémoire:
Aux voûtes du palais qu'habita son vainqueur,
De ce prince attestant le noble déshonneur,
Se balançait ce glaive à jamais héroïque,
Ce fer des paladins, teint du sang helvétique,
Que Bayard lui ceignit le soir de Marignan:
Ravissant ce trophée à l'orgueil castillan,
Le héros triomphant vient d'effacer sur l'Èbre

Du plus grand des Valois l'outrage trop célèbre.
Pendant que de la France il vengeait les affronts,
La victoire en tous lieux suivait ses bataillons;
Tout tombait sous le poids de ses armes puissantes;
Et, malgré son orgueil et ses tribus vaillantes,
L'Espagne allait périr, ou, trahissant ses rois,
Des vainqueurs de Madrid reconnaître les lois,
Quand le Nord, d'Albion trop servile ministre,
Fait aux bords du Danube entendre un cri sinistre:
Le monstre renaissant des coalitions
De l'Autriche insurgée armait les légions.
Sur le Tage sanglant la prompte messagère
Révèle ces complots au vainqueur de l'Ibère:
Des murs d'Aranjuez il part comme l'éclair.
Bientôt ses légions paraissent sur l'Iser;
Comme la foudre il vient par de nouveaux miracles
De Windsor effrayé confondre les oracles:
« Soldats, » a proféré son indignation,
« L'Autriche brave encor la grande nation;
« Tandis que ses drapeaux flottaient dans l'Ibérie,
« De la cour de Schœnbrunn l'indigne perfidie
« Croyait du sol sacré, privé de ses soutiens,
« Souiller l'indépendance et flétrir les destins.
« Que dis-je? ses guerriers, dans leur folle jactance,
« Ont déjà violé le sol de l'alliance:
« Soldats, le sol ami par eux est profané.
« En vain dans Austerlitz nous avons pardonné,
« En vain notre clémence oublia nos injures,
« A la foi de Presbourg insolemment parjures,
« Des ingrats, qu'épargna mon glaive généreux,
« Dirigent contre nous leurs camps audacieux.
« Qu'ils tremblent! nous marchons, la victoire fidèle
« Déjoûra de nouveau leur trame criminelle:
« Vienne nous reverra dans ses remparts tremblans;
« Là, nous nous vengerons de nos affronts sanglans;

« Marchons, et que l'Autriche, encor dans les alarmes,
« Des vainqueurs d'Austerlitz reconnaisse les armes. »
L'empereur a parlé, tremblez, soldats germains,
La foudre va bientôt s'élancer de ses mains.
Mais déjà votre fuite a prouvé sa puissance :
Déjà dans Ratisbonne a grondé sa vengeance.
Le conquérant paraît et l'ennemi n'est plus.
Autrichiens si fiers, qu'êtes-vous devenus?
O Charles! Le soleil sur son char de lumière
A peine avait trois fois achevé sa carrière,
Que déjà les rayons de cet astre surpris
N'éclairaient de tes camps que les tristes débris :
Le héros a frappé l'Europe de surprise,
Arriver, voir et vaincre est aussi sa devise.
Les bataillons germains avaient payé bien cher
L'honneur de prévenir les Français sur l'Iser,
Et leurs débris épars, dans leur frayeur extrême,
S'enfuyaient à travers les monts de la Bohême ;
L'empereur les poursuit escorté du trépas;
Sous les remparts de Vienne il arrive à grands pas.
Cette fière cité veut braver sa vaillance :
O ville des Césars! quelle est ton imprudence?
Regarde vers le ciel ces globes lumineux,
Ils portent dans leur sein d'épouvantables feux,
Tombent, et, de la terre entr'ouvrant les entrailles,
On a vu dans les airs s'élancer tes murailles,
La flamme dévorer tes somptueux palais.
Mais tes murs sont ornés du drapeau de la paix,
Les bronzes se sont tus, on vient d'ouvrir tes portes :
Entrez dans ces remparts, invincibles cohortes,
En quinze jours d'exploits, sur de fiers ennemis,
Une seconde fois vous les avez conquis.
Mais la main d'un Seïde, ô démence profonde!
A semblé dans Schœnbrunn changer le sort du monde.
Des champs de la Thuringe un Scévola nouveau

Vient pour précipiter le grand homme au tombeau ;
Il prétendait briser les fers de l'Allemagne ;
Semblable à ces enfans du vieux de la Montagne [41]
Qui poignardaient les rois parmi les courtisans,
Il arrive au palais des princes allemands.
Le héros manœuvrait au pied de ses murailles,
La garde à ses accens s'exerçait aux batailles,
Et Stabs pénètre au sein de ces fiers régimens.
Alors son cœur, ému de noirs pressentimens,
Palpite de terreur, mais ranimant sa rage :
« O Liberté ! » dit-il, « prête-moi ton courage,
« Amour de l'Allemagne, animant ma fureur,
« Fais tomber sous mes coups son barbare oppresseur ! »
Il dit, et, d'un regard égaré par le crime,
Parmi ses lieutenans il cherche sa victime,
La voit, mais son front pâle et son œil incertain,
A Rapp ont révélé son terrible dessein ;
On l'arrête, on le fouille et le glaive homicide
Des gardes fait pâlir la phalange intrépide ;
Mais son chef impassible a méconnu la peur,
Semblable à ce Romain qu'un prince grec vainqueur,
A l'aspect imprévu d'un monstre asiatique,
Voulut en vain frapper d'une terreur panique ;
L'empereur froidement aux évolutions
Continue à former ses vieilles légions.
Mais dès qu'il a donné l'image de la guerre,
Rentré dans son palais, ce maître de la terre
Fait pour l'interroger venir son assassin :
« Jeune homme, » lui dit-il, « quel était ton dessein ?
« Qui t'avait conseillé de m'arracher la vie ?
— « La liberté, moi seul, tyran de ma patrie !
— « Mais si je pardonnais, si j'épargnais ton sort ?
— « Je croirais que les cieux ne veulent pas ta mort !...
« Mais non, ton sang peut seul sauver l'indépendance ;
« Mon cœur peut-être un jour oublîrait ta clémence ;

« Et je t'immolerais, l'Allemagne le veut. »
A ces mots le héros, que son malheur émeut,
Le plaint et l'abandonne à son destin funeste.
Mais des camps allemands le redoutable reste
Au-delà de l'Ister l'appelait aux combats:
Sur les rives du fleuve il guide ses soldats.
Ses guerriers de ses eaux encore tout humides,
S'élancent au milieu des éclairs homicides.
Français, que faites-vous? ah! vous allez périr,
Dans le fond de l'Ister pour vous ensevelir
Voyez-vous s'ébranler cette armée effroyable?
Tout entière elle avance, aspect épouvantable!
Le fleuve, secondant ses terribles assauts,
Contre votre valeur a soulevé ses flots:
Derrière vous il gronde, et sa main téméraire
Vient d'abattre vos ponts dans son onde en colère;
On dit qu'il a crié sur son rivage affreux:
« Ah! c'est donc en ce jour, ô guerriers odieux!
« Que, chargé par le ciel des vengeances du monde,
« Je vais vous engloutir dans mon urne profonde! »
Mais ô valeur! semblable aux héros orgueilleux
Qui sur le Simoïs luttaient avec les dieux,
L'empereur de ce fleuve ose braver la rage.
Rien ne peut étonner ce superbe courage,
Ses camps sont divisés par les flots en courroux;
Mais fixant d'un œil fier un destin trop jaloux,
Avec une avant-garde, au sein de la mitraille,
Contre toute une armée il gagne une bataille.
Mais que la France, hélas, va pleurer ses succès!
Quels cris ont retenti dans le camp des Français?
« Rends-nous Montebello, victoire trop cruelle,
« Rends Achille à la France et sois-nous infidèle;
« Au prix de son trépas tes lauriers sont trop chers! »
Ainsi disait l'armée en ses regrets amers.
Hélas, par un trépas vraiment digne d'envie,

Le grand Montebello va donc perdre la vie ?
Sur un fatal brancard on l'apporte expirant.
L'Empereur, à genoux près du héros mourant,
Arrose de ses pleurs sa main déjà glacée.
Sous ce coup du destin son ame est affaissée.
Mais au bord du tombeau Lanne ouvre encor les yeux.
Sur le fil de ses jours le Sort, du haut des cieux,
Arrêtant un instant le ciseau de la Parque,
Il dit, en s'élançant sur le sein du monarque :
« De ton meilleur ami dans tes bras fraternels,
« Reçois, Napoléon, les adieux éternels ;
« Je meurs, mais au tombeau j'emporterai la gloire
« D'avoir été bien cher au héros de l'histoire.
« Une heure, une heure encore, et mon ame aura fui ;
« Adieu, Napoléon, adieu, mon noble ami. »
Il disait, l'Empereur répondait par des larmes.
Le ciel au maréchal ouvre ses divins charmes ;
Roland, Bayard, Turenne, allons, levez-vous tous,
Accueillez ce guerrier qui mourut comme vous ;
Place à Montebello, héros de la patrie,
Comme vous pour la France il prodigua sa vie.
Tandis que notre camp le pleure au champ d'honneur,
L'Ister roule son onde avec plus de fureur,
Et, vomissant ses flots sur sa rive écumante,
Il suspend de nos preux la marche triomphante.
Dans l'île de Lobau l'Empereur retiré
Prépare avec génie un triomphe assuré ;
Méprisant les assauts des légions germaines,
En silence au Danube il a forgé des chaînes.
Mais il vient de franchir le rivage écumeux,
En ordre de bataille il a formé ses preux.
Quel corps audacieux à ces Français se montre ?
C'est le fier Rosembert qui vient à leur rencontre,
Et par les feux d'Eckmuhl ce guerrier foudroyé
Arrêtait les drapeaux de son camp effrayé,

Quand de nos cuirassiers les étendards s'avancent,
Sur ces rangs incertains ces escadrons s'élancent:
En vain le plomb mortel part des tubes germains,
En vain la baïonnette est croisée en vos mains,
Soldats autrichiens, la mort vole à leur tète,
Des foudres de l'empire affrontant la tempête,
Comme des flots d'acier ces escadrons brillans
Rompent vos bataillons, bondissent dans vos rangs,
Et, du fier Rosembert décidant la retraite,
Du vaillant archiduc commencent la défaite.
Cependant ce héros, qu'irritent ces affronts,
A fait de toutes parts marcher ses légions;
Des remparts de gazon qu'éleva son génie
Sur les guerriers français il fond avec furie.
Ces preux avec fierté repoussent ses assauts.
Partout des combattans tourbillonnent les flots:
Wagram est une mer, une mer orageuse,
Où l'onde vient, luttant avec l'onde orgueilleuse,
Reculer devant elle au pied des rocs fumans,
Et, pleine de fureur, des rescifs blanchissans,
S'élancer de nouveau vers la plaine écumante
Qu'embrase de ses feux la foudre étincelante.
Mais l'archiduc avance, il avance et soudain
Lauriston fait gronder ses cent foudres d'airain;
Des milliers de guerriers sont réduits en poussière.
Les Germains indomptés, dans leur ardeur guerrière,
Se reformaient encor sous ces terribles feux,
Quand du fier Nansouty les escadrons poudreux,
Chargeant comme l'éclair ces légions tremblantes,
S'élancent à travers leurs armes chancelantes;
Sur les rangs abattus les rangs sont renversés,
Et les champs sont couverts de Germains terrassés.
Au sein des tourbillons de cet affreux carnage,
Lasalle et ses guerriers illustraient leur courage;
Sur leurs légers coursiers ces housards valeureux

Dispersaient des Germains les débris malheureux,
Soudain à leurs regards, ô manœuvre subite!
Des gardes de l'empire une troupe d'élite
Comme une citadelle a disposé ses rangs.
Lasalle et ses housards s'élancent sur ses flancs,
Lorsque les feux roulans de la mousqueterie,
Des écumans coursiers repoussant la furie,
Refoulent devant eux ces escadrons volans.
Lasalle a reformé ses pelotons sanglans,
Il s'élance, et, semblable au guerrier de l'Aurore,
Il fuit, revient plus fier, fuit et recharge encore.
Comme on voit l'Océan se briser sur l'écueil,
Déjà plus de dix fois il a vu son orgueil
Au pied des bataillons échouer avec rage;
Mais il prend une enseigne, et leur montrant ce gage,
Ce gage de l'honneur de leurs vieux escadrons:
« Housards, » s'écria-t-il aux légers pelotons,
« Mourriez-vous pour sauver cette noble bannière?
« Oui, » de ses vieux amis répond la voix altière,
« Oui, nous péririons tous pour sauver ce drapeau! »
Alors, sur les Germains s'élançant de nouveau,
Des housards dans leurs rangs il jette l'oriflamme;
Revolant sur ses preux dans l'ardeur qui l'enflamme:
« Amis, » leur a-t-il dit, « Amis, il faut mourir,
« Mourir avec honneur ou la reconquérir! »
Du noir courroux des vents les feux sont moins rapides
Que le fougueux essor des guerriers intrépides
Qui, sourds au bruit affreux qui tonne sur leurs fronts,
S'élançant à travers les feux des bataillons,
Viennent reconquérir l'Enseigne de Lasalle:
O triomphe sanglant! ô victoire fatale!
Ce valeureux héros, en tête des housards,
A des gardes Germains enfoncé les remparts;
Ces guerriers succombaient sous sa terrible épée,
Quand des flots de leur sang sa bannière trempée,

Dans leurs rangs confondus, s'offre à son fier regard;
Il s'élance, et sa main, brandissant l'étendard,
Remontre aux escadrons leur aigle recouvrée;
Ils se rangent autour de l'enseigne sacrée;
Mais le plomb de la mort dans les airs a sifflé,
Des housards à ce bruit l'escadron a tremblé;
Hélas! Lasalle, atteint, de sa main défaillante
A senti s'échapper l'oriflamme sanglante:
« Compagnons, » a-t-il dit d'un accent langoureux,
« Reprenez ce témoin de vos exploits nombreux;
« Il me coûte bien cher, mais sans regrets j'expire,
« J'ai sauvé votre honneur des affronts de l'empire. »
Il dit, et dans les bras des housards attendris
Ce brave a de la vie exhalé les esprits.
Son cadavre sanglant repose sur leurs lances;
Ils pleurent près de lui dans d'amères souffrances,
Et, se mêlant au cri des douloureux transports,
Leur trompette lugubre, en ses tristes accords,
Du héros des housards, si grand par sa vaillance,
A révélé la mort aux enfans de la France.
D'un pied victorieux foulant d'affreux débris,
Ces guerriers reposaient sur des créneaux détruits;
Leurs étendards flottaient sur des armes sanglantes;
Le plateau de Wagram, aux redoutes puissantes,
Venait d'être emporté sur le Prince Allemand.
Ses derniers bataillons dans l'horizon fumant,
Déplorant de leur camp la puissance détruite,
Devant nos escadrons pressaient encor leur fuite;
Debout sur les lauriers d'un triomphe nouveau,
Et brandissant encor un immortel drapeau
Tout dégouttant du sang de l'Autriche punie,
L'empereur ressemblait, dans sa gloire inouie,
Qu'entouraient des vainqueurs les mâles légions,
A l'ange qui préside aux droits des nations.
Tandis que dans Wagram la victoire indignée

Terrassait d'Austerlitz la bannière épargnée,
Le drapeau de l'empire au Vatican flottait;
La France aux bords du Tibre en reine s'asseyait.
Déposant la tiare aux pleurs du saint collége,
Le Pape descendait du trône du saint siége:
L'empereur, qui prétend gouverner le destin
Du monde politique et du monde chrétien,
Veut du culte du Christ être le patriarche.
Mais quand sa main du ciel osa violer l'arche,
Du tombeau de Saint-Pierre une voix s'éleva,
L'esprit du grand apôtre au prince s'écria:
« Tu prétends réunir, ambitieux délire!
« L'encensoir des autels au sceptre de l'empire?
« Dieu dans Rome a fixé le siége de la foi.
« En vain ton bras voudrait, renversant cette loi,
« Et contre le ciel même éprouvant sa puissance,
« Fonder la chaire sainte aux remparts de la France,
« L'éternel irrité confondrait ton orgueil.
« O justice! je vois planté sur un écueil
« L'étendard de la foi battu d'un long orage;
« Mais Dieu, qui de ses saints éprouve le courage,
« Réserve à son Église un triomphe éclatant,
« Je le vois renverser l'audacieux géant,
« Je le vois, foudroyant ses drapeaux sur la terre,
« Dans Rome relever le trône de Saint-Pierre.
O voix mystérieuse! ô prophétique accent!
Le ciel prédit sa chute au colosse imposant.
Mais quel pompeux concours, quel superbe spectacle
Paraissent démentir cet effrayant oracle?
Les vainqueurs de Wagram marchent dans nos remparts,
Leurs bras encor sanglans portent ces étendarts
Où la victoire unit dans les camps de Bellone
L'écume du Danube aux feux de Ratisbonne;
Les terribles regards de ces fiers régimens
Fixent avec orgueil ces drapeaux triomphans,

Ces Aigles d'or d'Essling qui dans l'air resplendissent;
Mais de ces vieux guerriers les regards s'adoucissent,
Ils viennent de fixer le prix de leurs exploits,
Et les preux, souriant à la Fille des Rois,
Ont baissé leurs faisceaux vers le char qui la traîne.
Ces faisceaux, ô Louise! ont salué leur reine;
O vierge des Césars! tu viens régner sur eux;
Tu baisses de pudeur l'azur de tes doux yeux;
Brillante de blancheur, couronne symbolique,
La rose virginale orne ton front pudique
Que va du diadème embellir la fierté.
Dix rois de ton cortége ornent la majesté;
Monté sur le coursier qui le guide aux batailles,
Leur prince t'accompagne au sein de nos murailles.
Depuis que dans Schœnbrum il te vit autrefois
Son cœur d'un tendre amour reconnaissait les lois;
Doux prix de sa victoire, ô Princesse trop chère!
Il fixe tes attraits d'un regard de mystère:
C'est déjà le regard voluptueux et doux
Du soldat du destin qui sera ton époux.
Mais on te voit marcher dans les murs de Lutèce;
Sur tes pas le grand peuple afflue avec ivresse.
Dans un temple, paré de guirlandes de fleurs,
Où l'Autriche et la France ont mêlé leurs couleurs,
Où l'on voit de dix rois l'imposant auditoire,
De roses couronné, l'Ange de la Victoire
De l'autel de l'hymen allume les flambeaux.
A la voix de ce Dieu, le fortuné héros,
Aux regards étonnés de l'Europe jalouse,
Appelle avec fierté du doux titre d'épouse
La fille des Césars, destinée à son lit;
De joyeuses clameurs le temple retentit;
Du haut des saintes tours l'airain sacré résonne;
D'allégresse en ce jour le bronze guerrier tonne;
Les transports du grand peuple y mêlent mille voix;

Aux genoux de Louise un cortége de Rois
Ont de leur diadème incliné la puissance,
Et fier d'être en ce jour l'ami de notre France
Le Danube à la Seine a confondu ses eaux.
Mais lorsque, de l'hymen bénissant les anneaux,
Le Pontife scellait le plus doux des mystères,
Fendant du temple saint les mobiles barrières,
Une femme apparaît aux marches de l'autel:
Son aspect est touchant, et son front solennel,
Calme dans la pâleur qui prouve son supplice,
Révèle à l'assemblée un noble sacrifice;
Un manteau violet, parsemé de soucis,
En signe de veuvage, enveloppe en ses plis
Celle qui du héros fut l'épouse première.
Une larme furtive humecte sa paupière;
O douce Joséphine! immolant en ce jour
Au repos de l'État ton sceptre et ton amour,
Déposant à ses pieds la pourpre impériale,
Tu viens pour couronner ton auguste rivale:
« O vierge de l'Ister! fille des Empereurs,
« Monte, monte à ma place au faîte des grandeurs;
« Des marches de ce trône où j'ai siégé moi-même,
« O Louise! » dis-tu « reçois mon diadème;
« Orne ton chaste front de ce bandeau sacré
« Dont m'anoblit naguère un époux adoré.
« Puisses-tu plus heureuse, hélas! que Joséphine,
« Au milieu des douceurs que l'Amour te destine,
« Voir de ton sein fécond jaillir des héritiers.
« Toi, dont je partageai la couche de lauriers,
» Toi, que je n'ose plus, du sein de mon veuvage,
« Appeler mon époux, de l'hymen qui t'engage
« Puisses-tu sans nuage épuiser les doux fruits.
« O toi! qu'ont adoré mes amoureux esprits,
« Sois à jamais heureux dans les bras de Louise.
« Je descends de ce trône où tu m'avais assise;

« Mon sein n'a jamais pu dans sa stérilité
« T'enivrer des douceurs de la paternité ;
« Puisse de la beauté qui près de toi soupire
« Un noble rejeton affermir ton Empire.
« A l'État je m'immole. Adieu, Napoléon,
« Le deuil de notre hymen m'attend à Malmaison ;
« Parcourant tristement ses bosquets solitaires,
« Joséphine viendra, rêvant aux doux mystères
« Des jours où ton amour lui promettait sa foi,
« Oublier les grandeurs et ne pleurer que toi. ».
Elle dit, et fendant la foule qui la pleure,
Elle vient dans le sein de son humble demeure,
Par le seul souvenir de ses nombreux bienfaits,
D'un front découronné régner sur les Français.
Mais lorsque dans le sein de la cour éperdue
Il suivait le manteau de Joséphine émue
S'échappant à travers les resplendissans flots,
L'empereur de l'hymen vit pâlir les flambeaux,
Et son sein murmura dans sa douleur amère :
« Ah ! que n'a-t-elle pu d'un fils me rendre père ! »
Tandis que des Césars le sang impérial,
S'alliant aux héros à l'autel nuptial,
A la paix de Wagram servait d'otage illustre,
Nos drapeaux sur le Tage accroissaient leur vieux lustre :
Mais l'Espagnol défait n'est jamais abattu,
Plus son malheur est grand plus grande est sa vertu.
L'école du revers éclaire son courage,
Des combats éclatans il évite l'orage ;
Armé d'un court mousquet et d'un traître poignard
Des héros dans ses rocs il brave le grand art.
Mais semblable au vautour sur ces rochers il veille :
Les pas de nos guerriers frappent-ils son oreille,
La mort de son mousquet part du haut de ces monts,
Et d'invisibles coups frappant nos bataillons,
Le français, indigné de mourir sans vengeance,

Voit contre les sierras échouer sa vaillance.
Mais, hélas! la Castille a, souillant ses drapeaux,
Du nouvel hémisphère évoqué les bourreaux.
Temps affreux de Cortès, d'Almagre, de Pizarre,
Venez-vous dégrader l'Espagne encor barbare?
Pour punir la valeur des prisonniers chrétiens,
Farouches castillans, barbares assassins,
A l'Inquisition, dans vos affreux délires,
Empruntez les apprêts des plus cruels martyres;
Déchirez nos soldats sur ses noirs chevalets,
Enfoncez dans leur sein ses coupables stylets,
Allumez sous leurs corps ses flammes infernales,
Et dansez autour d'eux comme les cannibales
Forment leur chœur féroce autour de leurs captifs,
Et l'histoire, attentive à leurs accens plaintifs,
Flétrissant vos excès par son burin sévère,
Écrira: de nos jours j'ai vu, j'ai vu l'Ibère,
Sur des Français surpris dans les bras du sommeil,
Des fils de Montézume et des fils du Soleil
Remontrer les bourreaux dans sa lâche furie.
Mais, hélas! avec lui luttant de barbarie,
Nos guerriers indignés de ces tourmens affreux,
Ne sont plus les enfans d'un peuple généreux,
Et contre l'Espagnol, même après la victoire,
Leur glaive sans pitié flétrit aussi leur gloire.
Cependant d'Albion le courage affermi
Offrait à leur valeur un plus brave ennemi,
Et modérant le sang de la bravoure anglaise,
Wellington s'élevait à l'école française.
A vaincre en reculant instruisant ses bretons,
Comme Pierre de Charle il prenait les leçons.
Mais quel bruit éclatant retentit dans Lutèce?
Dans ces joyeux remparts quelle foule s'empresse?
Le regard curieux du grand peuple français
De son heureux monarque a fixé le palais;

Le bronze retentit ; on écoute en silence :
Le cœur bat à ces coups qu'énumère la France.
Mais qu'annoncent-ils donc au peuple impatient?
Sur les tours du palais la Renommée attend;
Pour traverser les airs elle prête l'oreille.
Renommée, apprends-nous quelle est cette merveille ?
« Roi de Rome, salut ! » ont crié ses cent voix,
Les bronzes de la guerre avaient tonné cent fois;
« Salut, ô roi de Rome ! » en s'envolant dit-elle.
Le capitole entend la bruyante immortelle,
Et l'on vit des héros les ombres s'agiter.
La veuve des Césars semblait ressusciter ;
Ses mânes glorieux quittaient leurs funérailles;
Mais la voix du Très-Haut refermant ses entrailles,
Lui dit : « Fille du Tibre, abaisse devant moi
« Cet orgueil qui croyait au retour de ton roi :
« Jadis je te fis reine et je t'ai détrônée,
« Mais d'un plus saint bandeau ta tête est couronnée;
« Quand le sceptre du ciel est remis en tes mains,
« Jeune sœur de Sion, bénis tes grands destins;
« Ville de l'Éternel, sois donc Rome la sainte,
« L'homme à tes droits sacrés ne peut porter atteinte. »
Cependant sur ton sein, heureux Napoléon,
Tu serrais l'héritier de ton auguste nom,
Et, cachant les douleurs de l'injuste Lucine,
Sa mère souriait à sa grâce enfantine.
Les aigles d'Actium planaient sur son berceau,
Et du grand Romulus le glorieux bandeau,
Des siècles des Césars secouant la poussière,
Ornait son tendre front d'une couronne altière.
Les rois quittant leur trône accouraient l'adorer.
O fortuné mortel! que peux-tu désirer ?
A combler tes souhaits la fortune se lasse;
Ah! bois, bois à longs traits dans sa riante tasse ;

Savoure, heureux humains, ses dernières faveurs;
Bientôt, de la perfide épuisant les rigueurs,
Tes malheurs aussi grands que ta vaste puissance
Étonneront le monde et confondront la France.

CHANT SEPTIÈME.

SOMMAIRE.

Gigantesque expédition de Russie. — Apparition du génie du dix-neuvième siècle, et son discours au héros reposant dans les bras de Marie-Louise dans les bosquets de Saint-Cloud. — La guerre est résolue. — Rassemblement de l'armée du Midi. — Ambassade guerrière de la Pologne. — Discours des envoyés. — Réponse de l'empereur. — Enthousiasme des Polonais. — Dénombrement de l'armée française. — Proclamation. — La Pologne. — Hommage à la fidélité de ses guerriers. — Passage du Niémen. — L'empereur va passer la nuit dans le château d'un vieux palatin. — Faneska et Soulinski, ou les malheurs de la Pologne. — Kosciuzko. — Passage de la Dwina. — La Russie, ses annales barbares. Chant du Scalde au banquet d'Odin. Rourik, Oleg, Igor, Iwan, Pierre-le-Grand, Élisabeth, Catherine II, Paul Ier, Souwarow en Italie et en Suisse. — Alexandre. — Le génie de la Barbarie prescrit à la Russie son système de défense. — Prise de Witeps et de Smolensk. — Marche sur Moscou. Koutousow s'arrête sous les remparts de cette cité sainte. — Harangue de l'empereur à son armée. — Dénombrement de l'armée russe. — Bataille de la Moskowa. — Résolution désespérée de Rostopchin et du peuple de Moscou. — Entrée des Français dans cette capitale déserte. — Effroi de tout l'Orient à cette conquête de la grande armée.

CHANT SEPTIÈME.

Oui, tes prospérités présagent tes revers;
Mais avant que ta chute étonne l'univers,
De son plus grand éclat va briller ton étoile.
Hélas! sur son déclin tirons encore un voile;
Cet astre, qui servait de phare aux nations,
Va, jusque dans Moscou guidant tes légions,
Sur les tours du Kremlin éclairer ta bannière;
Mais alors l'univers, qu'éblouira sa lumière,
Le fixant dans le ciel qu'il venait menacer,
Avec étonnement le verra s'éclipser.
Du rivage de Gade, où vint s'asseoir Hercule,
A la mer qui reçoit les flots de la Vistule,
La générale gronde, et d'échos en échos,
Tes tambours ont d'un monde éveillé les héros.
Où vas-tu donc encor promener la victoire?
N'as-tu pas assez fait pour la France et la gloire?
L'Europe est ton empire et ses rois tes sujets.
Pourquoi ces nombreux chars? pourquoi tous ces apprêts?
L'Europe n'est qu'un camp et ses lances guerrières
Pour servir ton pouvoir brillent sous tes bannières;
Six cent mille guerriers sont debout à ta voix.
Où vont-ils pour ta gloire illustrer leurs exploits?

Ame prodigieuse, héroïque et profonde
As-tu donc médité de subjuguer le monde?
Un jour que dans Saint-Cloud et ses rians jardins
Le héros de la terre, oubliant les destins,
Repose dans les bras de sa bonne Louise,
Quel spectacle est offert à son ame surprise?
Un nuage d'or s'ouvre, et l'Ange radieux
Du dix-neuvième siècle apparaît à ses yeux;
Son aîné le soutient sur un trône suprême,
Son front est couronné d'un brillant diadème,
Un drapeau tricolore en sa main flotte encor:
« Liberté! tolérance! » y brille en lettres d'or.
On dirait que ses yeux expriment le reproche;
Du monarque étonné l'Ange du siècle approche:
« Grand homme, » lui dit-il, « dont le génie ardent
« Médita mon triomphe au milieu de ton camp,
« Grand homme, lève-toi, lève-toi, le temps presse;
« Arrachant ta valeur des bras de la mollesse,
« Fais sur ton noble front succéder en ce jour
« Les palmes de la gloire aux roses de l'amour.
« Va sauver des beaux-arts l'opulente patrie:
« J'ai vu du fond du Nord s'élever le génie
« Qu'adoraient Attila, Genseric, Odoard;
« Fixant sur le Midi son farouche regard,
« Il montrait à ses fils nos gracieuses plages:
« Ramez, » leur disait-il, » ramez vers ces rivages,
« Fils du Septentrion, que de plus doux climats,
« Que des cieux plus rians soient le prix des combats;
« Quittez le lac glacé pour la rive fleurie,
« Ne vous souvient-il plus de la belle Ausonie?
« Quittez vos noirs sapins pour ses verts orangers:
« Allez, la lance en main, sur des bords étrangers,
« Échanger, réclamant votre antique héritage,
« Pour les palais des rois votre hutte sauvage,
« Et, du pied du dédain renversant les beaux-arts,

« Allez sur des débris planter vos étendards.
« Fléaux de l'Éternel, peuples de ses vengeances,
« Fils des Huns, acérez la pointe de vos lances ;
« Que la voile du Nord, déployée au zéphir,
« Vous guide vers les lieux que le ciel veut punir.
« Ainsi dit à ses fils l'ange des temps barbares.
« Et j'ai vu sur le Don les tribus des Tartares,
« Qui des invasions jetaient l'horrible cri,
« Avec avidité se montrer le midi.»
Il dit, de son nuage alors il s'enveloppe,
Et disparaît aux yeux du maître de l'Europe.
    Le conquérant se lève à cette auguste voix :
Son coursier de bataille a bondi sous son poids ;
Aux fiers hennissemens du nouveau Bucéphale,
L'Europe est ébranlée, et, gloire sans rivale,
On voit en frémissant ses rois et leurs vassaux
Pêle-mêle en nos rangs confondre leurs faisceaux,
Attestant dans ce jour l'ascendant du génie,
Dans le camp qu'un seul homme assemble en Germanie.
    Mais qui vient le tirer de ses soins importans ?
Quelle troupe vers lui s'achemine à pas lents ?
Un brillant escadron dans des flots de poussière
De l'enceinte du camp a franchi la barrière.
Son étendard, voilé des crêpes d'un long deuil,
Offre la liberté renaissant du cercueil ;
Le front de ses guerriers sous le chapska s'élève ;
Monté sur des coursiers qu'en Ukraine on élève,
L'escadron fait briller ses lances dans les airs.
D'un peuple de héros qui gémit dans les fers,
D'un peuple dont Choczim prouve l'histoire altière, 42
L'empereur reconnaît l'ambassade guerrière 43.
Ce prince était debout près de son pavillon ;
Alors des Polonais s'arrête l'escadron ;
En salut au grand homme ils inclinent leurs lances :
Leurs visages altiers, qu'ont flétris les souffrances,

N'offrent point des mortels, faibles dans la douleur,
Mais des cœurs indignés d'un injuste malheur.
De leurs bouillans coursiers trois des guerriers s'élancent,
Vers le prince français d'un pas grave ils s'avancent,
Après s'être à ses pieds prosternés humblement,
Sur le fer de leur lance appuyés fièrement,
Ces trois vieux défenseurs du sarmate héritage
Au prince formidable adressent ce langage :
« Empereur des Français, tu vois dans ces guerriers
« D'un peuple malheureux les tristes messagers ;
« Nous arrivons des bords que la Vistule arrose,
« Bords où la tyrannie en triomphe repose :
« Tu le sais, l'esclavage humilia nos fronts.
« Dévorant en secret ce plus grand des affronts,
« Nous rongeâmes long-temps nos chaînes en silence ;
« Mais nous avons appris quelle était ta puissance,
« Et, demandant justice aux yeux de l'univers,
« Nous indignons tes camps de l'aspect de nos fers.
« Pour prix d'avoir versé notre sang pour la France,
« Nous réclamons les droits de notre indépendance.
« Vers le ciel, protecteur d'un peuple généreux
« Toujours dans nos malheurs nous tournâmes les yeux,
« Et du sort jusqu'ici la barbare injustice
« Trahit notre espérance en ce peuple propice.
« Mais lorsque, pour punir l'arrogance des tsars,
« Tu vins asseoir tes camps non loin de nos remparts,
« La Pologne entendit les clameurs de tes braves,
« L'Oppression pâlit sur ses rives esclaves,
« Et ses fils, relevant leurs fronts humiliés,
« Pour réclamer son nom nous envoient à tes pieds.
« Oui, viens briser nos fers, viens, pour sceller ta gloire,
« Mériter, relevant dans les champs de l'histoire
« L'enseigne qu'aux combats portaient les Jagellons,
« Le titre de vengeur du droit des nations. »
Ainsi de la Pologne ont dit les émissaires.

Les Français à grands cris accueillent leurs prières ;
Mais leurs yeux inquiets, tournés vers l'Empereur,
Vont chercher sur son front les pensers de son cœur ;
Ils attendent qu'il parle, avec impatience.
Le monarque, d'un signe ordonnant le silence,
Répond aux Polonais : « Frères de Dombrouski,
« Les malheurs des états du grand Sobieski
« Furent toujours l'objet de ma sollicitude ;
« J'eus toujours en horreur l'indigne servitude
« Où ses lâches voisins plongèrent ses enfans,
« Et, si j'avais régné dans les malheureux temps
« Où le Nord opprima sa vieille indépendance,
« Pour défendre ses lois j'aurais armé la France.
« Si le ciel en ce jour seconde mes desseins,
« Je songe à relever vos glorieux destins ;
« Des preux de la Pologne estimant le courage,
« Je veux rendre à ses droits leur antique apanage ;
« Mais la victoire encor doit couronner mon front,
« Pour rétablir le trône où siégea Sigismond.
« Nous avons à braver des alarmes nouvelles ;
« Mes aigles sur Moscou vont déployer leurs ailes ;
« Venez donc avec nous combattre l'ennemi :
« Déjà sous nos drapeaux votre gloire a vieilli.
« Venez, venez, en nous vous trouverez des frères ;
« Aux enseignes de France unissez vos bannières,
« Et lorsque, couronnant vos efforts généreux,
« La guerre aura brisé vos fers injurieux,
« L'univers, admirant vos efforts magnanimes,
« Alors dira : « Jadis par le plus grand des crimes
« La Pologne, au mépris des plus augustes lois,
« Vit ses cruels voisins la priver de ses droits,
« Mais la France arriva pour venger son outrage,
« Et la Pologne sut, dans les champs du carnage,
« Aux héros de la Seine alliant ses héros,
« De Vienne et de Choczim relever les faisceaux ! 44

Ainsi dit l'Empereur et des transports d'ivresse
Accueillent ces accens dictés par sa sagesse.
« Délivrons nos amis ! » criaient ses bataillons :
Des pleurs coulaient des yeux des fils des Jagellons ;
Leurs regards attendris remerciaient la France ;
Et le noble escadron, dans son impatience,
Saluant d'à cheval l'arbitre des destins,
Vole comme l'éclair aux murs des Palatins.
Bientôt de la Pologne il a gagné les rives,
On l'entend s'écrier sur ces rives captives ;
« A cheval ! à cheval ! enfans des Polonais,
« Nos fers ont indigné tous les guerriers français ;
« Terre des Stanislas, arme-toi de ta lance,
« Le grand peuple aux combats pour te venger s'avance !
A ces mots la Pologne arbore le drapeau
Teint du sang généreux du grand Kosciuszko, 45
Et les ombres des preux morts à Macéjowice,
Planant autour de lui, criaient : « France, justice ! »
L'Empereur l'a promise à leurs cris généreux :
Il monte avec fierté sur son char radieux,
Et le Midi, brillant d'armures éclatantes,
Au martial concert des trompettes bruyantes,
A la suite du char du grand Napoléon,
S'avance confondu sur le Septentrion.
Jamais, depuis les temps de Rome triomphante,
Tant de peuples d'un chef n'entourèrent la tente.
Dans ce camp imposant de trente nations,
Qui mêle les climats et les religions,
On voit ces vieux amis de la France héroïque,
Qui, des Uladislas portant la lance antique,
Vont combattre en ce jour pour leurs anciennes lois.
Vous qui, de Fréderic oubliant les exploits,
Du grand jour d'Iéna conservez la mémoire,
Fiers Prussiens, dans ce camp vous servez notre gloire ;
On y voit les soldats des rives de l'Iser,

Les sujets de Jérome et ceux de Wurtemberg,
Du Danube écumant les indolens courages,
Les enfans de ce fleuve où, parmi les orages,
Sur un léger esquif, chantait le grand Schiller,
Les agrestes sujets des roches de Bohmer,
Et les fiers escadrons de la mâle Hongrie.
On y voit tes enfans, humide Batavie;
Leur blonde chevelure, au gré de tes vents frais,
Ne doit plus s'agiter sur tes fangeux marais.
Vous, descendans de Teîl, vous, dont l'humble houlette
Guidait l'agneau de Zug au son de la musette,
Qui, lâchant vos bateaux à l'osier amarrés,
Jetiez vos longs filets dans vos lacs azurés,
Vous marchez dans ce camp, regrettant vos montagnes.
Vous qui de l'Ausonie habitiez les campagnes,
Qui fouliez en dansant les roses de Tibur,
Loin du ciel de l'Arno, de ce ciel toujours pur,
Fredonnant les beaux vers de Pétrarque et du Tasse,
Du fier Napoléon vous secondez l'audace.
On remarque après vous les valeureux Français,
Depuis l'agile enfant du chaume béarnais
Qui poursuit le chamois aux rocs de Gaverine,
Jusqu'à ceux qui, chantant la romance d'Aline,
Au son du tambourin dansent sous l'olivier;
Depuis le fier Breton, cet habile nocher,
Qui, des flots mugissans méprisant la colère,
Fait voler sa nacelle aux mers du Finistère,
Jusqu'à ceux qui, du ciel religieux enfans,
Aux pieds de Saint-Hubert apportant leurs encens,
Vont en pèlerinage au milieu des Ardennes.
Les guerriers au teint brun du revers des Pyrennes,
Ces guerriers qui naguère, aux murs de l'Alhambra,
Des Maures répétaient la guerrière Zambra;
Qui naguère éveillaient les belles de Séville
Au son de la guitare, en leur plainte futile,

Marchent en frémissant dans ce camp oppresseur.
On y voit ces guerriers, non moins pleins de fureur,
Qui, jadis s'embarquant pour leurs lointains empires,
Chantaient la Lusiade en chargeant leurs navires.
Mais quels sont ces turbans, il est vrai, peu nombreux,
Qui surmontent des fronts basanés et poudreux?
Serait-ce d'Ismaël les escadrons rapides?
Ce sont des Mameloucks les débris intrépides,
Ils verront, des frimas secouant leurs dolmans,
L'aurore boréale éclairer leurs croissans,
Et du froid Aquilon la rigoureuse baleine
De givre hérisser leur moustache d'ébène.
Fixant sur ses guerriers des yeux étincelans
Le héros les instruit de ses desseins puissans :
« Soldats, l'empire russe a, sans honte et sans crainte,
« Des sermens de Tilsitt parjuré la foi sainte;
« Il insulte la France et protége Albion.
« Cet état, pour répondre à cette infraction,
« Voudrait qu'abandonnant l'Allemagne à ses armes
« Nous apprissions au monde, en de lâches alarmes,
« Que nous ne sommes plus le grand peuple français.
« Il voudrait notre honte! il a rompu la paix!
« De la fatalité malheureuse victime,
« L'empire des Iwans va crouler dans l'abîme;
« De sa chute terrible effrayant l'avenir,
« Ma voix l'a prononcé, son sort va s'accomplir.
« Croit-il donc que, soldats déserteurs de la gloire,
« Nous ayons d'Austerlitz oublié la mémoire?
« Il vient de nous offrir la honte ou les combats,
« Guerre à cet insolent! marchons, braves soldats;
« Le glaive de Fridland dans nos mains étincelle;
« Le colosse du Nord à son aspect chancelle.
« Voyez-vous, du Kremlin à l'homme offrant des fers,
« L'ombre de Catherine embrasser l'univers?
« Son œil vers l'occident se tourne avec audace,

« D'un barbare destin ce regard nous menace,
« Replongeant au tombeau son funeste ascendant,
« Dissipons à jamais ce fantôme imposant. »
C'est ainsi qu'il révèle à l'Europe surprise
Quel généreux projet dicta cette entreprise,
Celui de l'affranchir du joug futur des tsars,
De protéger le siècle et ses lois et ses arts;
Mais, hélas! sourde au cri de sa haute prudence,
L'Europe lui répond par un morne silence.
Déjà d'un peuple ami ses nombreux étendarts
De leur gloire imposante ombrageaient les remparts.
Toi, qui portais jadis cette invincible lance
A qui l'ingrate Europe a dû sa délivrance;
Quand Mustapha de Vienne effrayant les états
Campait sous ses créneaux avec tous ses pachas;
Qui, par les preux nourrie aux fêtes belliqueuses,
De tes fiers palatins dans tes diètes pompeuses,
Déployant dans les airs les riches gonfanons,
Long-temps des chevaliers chaussa les éperons;
Toi, qui méconnaissant la sage indépendance,
Ne vis jamais ses lois que dans la turbulence,
Et dont la voix, semblable aux accens des tribuns,
Criait dans les débats de tes droits importuns:
« Je préfère au sommeil d'un paisible esclavage
« La liberté qu'agite un éternel orage! » 46
Oubliant tes défauts peut-être généreux,
O toi! qui de Choczim as vu naître les preux;
Mère des Casimirs, salut terre des braves!
Mais tu dors, ô grand dieu! du sommeil des esclaves!
Hélas! le libre arbitre au comice orageux 47
A fait tous tes malheurs, empire factieux.
Victime de tes lois, ô Pologne si fière!
Du rang des nations on t'effaça naguère,
Et la France, sensible à tes nouveaux malheurs,
Sur ton sceptre brisé répand encor des pleurs.

Tes lanciers, partageant ses illustres alarmes,
Long-temps de ses guerriers furent les frères d'armes,
Et quand les alliés du grand Napoléon,
Accueillant à grands cris l'indigne trahison,
Désertaient lâchement ses aigles immortelles,
Généreux Polonais, vous seuls étiez fidèles;
Éternels compagnons de nos destins trahis,
Votre sang a coulé pour défendre Paris;
Notre gloire est la vôtre, aux jours de la vaillance,
Vous avez partagé les palmes de la France;
Vous l'avez bien servie, et le peuple français
Se souviendra long-temps des héros polonais.

Déjà le Niémen a compté nos phalanges;
Il s'étonne à l'aspect de ces nombreux mélanges
De chefs et de soldats, de rois et de sujets
Que conduit un seul homme accomplir ses projets.

Il allait être nuit, le brumeux crépuscule,
A l'horizon lointain des bords de la Vistule,
Éclairait faiblement le jour qui se mourait;
Dans les vapeurs du soir l'empereur s'avançait,
Et déjà d'un bivac il calculait le site,
Quand à ses yeux surpris une lueur subite,
A travers les sapins des forêts de Kowuo,
Offre un serf qui portait un éclatant flambeau;
Sur ses pas empressés de fiers coursiers hennissent,
Et, devant ses vassaux qui près de lui s'unissent,
Des lanciers de la garde un jeune lieutenant
A présenté son père au monarque puissant.
Palatin de Wilna, la riche houppelande
Qu'orne de son duvet l'hermine de Finlande
Couvrait le fier vieillard de ses plis somptueux,
Et sous le chapska vert s'offraient ses blancs cheveux.
Ayant à l'empereur offert son humble hommage,
Le noble Polonais lui parle en ce langage:
« Illustre conquérant, puisse ta majesté

« Ce soir dans mon château de l'hospitalité
« Accepter le repos dans notre couche amie,
« Ce jour serait pour moi le plus beau de ma vie.
« J'accepte, ô Palatin ! » dit le prince guerrier,
« J'accepte pour ce soir ton toit hospitalier, »
Et de ces Polonais la troupe généreuse
Le conduit à travers la forêt ténébreuse.
Bientôt les vieux créneaux du féodal manoir
Paraissent éclairés par les flambeaux du soir.
Le qui vive sarmate alors se fait entendre,
Et le vieux palatin se hâte de reprendre :
« Ouvrez, ô Polonais, au grand Napoléon ! »
Le pont-levis s'abaisse à cet auguste nom,
Les serfs du palatin, versant de douces larmes,
Au héros de la France ont présenté les armes,
« Il vient briser nos fers! » murmurent-ils entre eux,
« Vive ce potentat! Qu'il soit béni des cieux! »
S'écrie avec transport leur troupe turbulente,
« Que par lui la Pologne à jamais soit puissante! »
Et l'empereur sourit à leurs généreux cris.
Bientôt il est reçu dans les riches lambris :
Dans un vaste salon où brillent les armures
Des héros polonais, morts de nobles blessures,
Où flottent les drapeaux ravis aux musulmans ;
Il s'assied au banquet où des mets succulens
Rétablissent bientôt sa vigueur affaiblie.
Sous des dais aux couleurs de la Lithuanie,
Deux dames près de lui siégaient à ce festin ;
Déjà dans son hiver du noble Palatin
La première est l'épouse et l'autre, en son jeune âge,
Offre en ses vêtemens les crêpes du veuvage.
Une toque d'hermine aux funèbres couleurs
Couvrait son chaste front qu'ont flétri les douleurs,
Et la martre au poil sombre ornait sa palatine.
L'empereur, étonné de son humeur chagrine,

Demande au vieux seigneur quelle est cette beauté,
« C'est ma fille, » répond le vieillard attristé,
« L'épouse de mon fils que nos tyrans perfides
« Naguère ont fait tomber sous des coups homicides,
Et ces mots douloureux rappelant ses malheurs,
Le vieillard en ses mains cache ses tristes pleurs.
Au récit de ses maux l'empereur s'intéresse,
Et sa douce pitié de les narrer le presse:
Alors d'un long soupir soulageant son vieux cœur,
Le vaivode en ces mots rappelle sa douleur:
« Au temps où la Pologne, indignement trahie,
Par trois états puissans allait être envahie;
Où les divisions de notre liberté,
Servant les noirs complots de leur iniquité,
Nous forgeaient à grands bras les fers de l'esclavage,
J'avais un fils alors dont le jeune courage
Frémissait aux malheurs de son noble pays;
Déjà l'indépendance enflammait ses esprits;
O mon cher Soulinski! ton ame généreuse
A son troisième lustre, ô larme douloureuse!
Déjà de Wracbavice annonçait la fierté;
Tu croissais pour mourir pour notre liberté.
Tandis qu'il grandissait, rêvant à sa patrie,
Un tendre sentiment vint partager sa vie,
Son regard doux et fier avait vu Faneska.
Leur amour prit naissance aux diètes de Wola,
Ces champs de Mai du nord où notre Sarmatie,
Offrant les temps anciens de la chevalerie,
Parlait d'indépendance et de gloire et d'amour.
L'aimable Faneska fut sensible à son tour.
Mais des dissensions divisaient la noblesse,
Et nos jeunes amans tremblaient pour leur tendresse:
Le malheureux Welsko, palatin de Troki,
Dans nos tristes discords fut un Czastoryski,
Un de ces Polonais, amis de Catherine,

Qui servaient les desseins de la fière tsarine,
Un de ces Polonais que trompaient nos tyrans,
Et nous n'aurions jamais uni les deux amans,
J'étais des Potokis, ces amis de la France.
Mais qui peut de l'amour combattre la puissance?
Mon fils et Faneska s'aimaient silencieux;
Et dans leur doux mystère ils trahissaient nos yeux.
Les coups-d'œil, les soupirs, science ingénieuse,
Leur témoignaient partout leur ardeur amoureuse.
Quand de la Villia les immobiles flots,
Durcis par l'aquilon, craquaient sous les traîneaux,
Son œil, de Faneska suivant l'ombre mobile;
Sur ses glissans patins plus que le renne agile,
A mi-voix Soulinski, sur le déclin du jour,
Lui disait en passant le doux adieu d'amour.
Quand de l'astre d'été la chaleur douce et pure,
Du manteau des frimas dépouillant la nature,
A nos steppes rendait leurs fleurs et leurs moissons,
Aux chiffres distinguant les chars des deux maisons,
Sur la route poudreuse, en leur habile ivresse,
Nos amans échangeaient un regard de tendresse.
Quand la lune, éclairant un ciel mystérieux,
Se jouait à travers les sapins ténébreux,
Sous les tours du castel où sa sensible amante
Du haut de son donjon soupirait dans l'attente,
Soulinski paraissait, palpitant de plaisir:
« Faneska, ton ami, se hâte d'accourir, »
Disait le jeune amant à sa belle maîtresse;
Et, jetant sur mon fils un regard de caresse:
« Hélas! que tu viens tard, ô mon cher Soulinski! »
Disait du haut des murs du castel de Troki
La fille de Welsko, versant de tendres larmes.
« Faneska, j'ai pour toi dédaigné les alarmes;
« Les ours dans la forêt hurlent de tous côtés,
« Et, plus prompts que l'élan, mes pas précipités,

« Pour porter jusqu'à toi mes flammes amoureuses;
« Ont franchi le torrent aux ondes écumeuses.
« — Quoi! pour venir à moi tu ne redoutes rien;
« O rêve de ma vie! ah! tu m'aimes donc bien?
« — Ton amour, Faneska, vierge, ô vierge chérie!
« Balance dans mon cœur celui de la patrie;
« Toi, fille de Welsko, que je devrais haïr!...
« Pardon, ma Faneska, non, non, plutôt mourir,
« Des beautés de Wilna c'est toi seule que j'aime.
« —Que ton amour m'est cher; mais, ô douleur extrême!
« Cet amour, Soulinski, qu'ignorent nos parens,
« Le verrons-nous bénir à l'autel des sermens?
« — Espérons, Faneska, mon amie adorable,
« Aux amans vertueux le ciel est favorable; »
Et cependant des pleurs, pressentiment affreux,
Involontairement venaient remplir leurs yeux.
Mais la lune, d'aplomb, déjà dans ces retraites,
Argentait du château les vieilles girouettes,
Quand nos jeunes amans, écoutant, dans la nuit,
L'horloge du beffroi qui répétait minuit,
S'écriaient: « Quoi! déjà, nuit, ô nuit solitaire!
« Marche plus lentement, ô nuit sœur du mystère!
« Il faut nous séparer, adieu, mon tendre ami,
« Adieu, ma Faneska, répétait Soulinski.
« A demain quand le jour éteindra sa lumière. »
Alors de blonds cheveux une boucle légère,
La fleur qui dans le jour avait paré son sein,
Venaient tomber aux pieds du jeune palatin;
Présens de Faneska, présens chers à son ame,
Soulinski les couvrait de ses baisers de flamme.
C'est ainsi que, malgré nos fatals différends,
Dans l'ombre s'adoraient ces cœurs intéressans.
Mais déjà se tramait la noire perfidie
Qui devait des états rayer notre patrie:
La Pologne, ô grand Dieu! de son auguste nom

Voit des tyrans dicter la réprobation,
Soulinski, frémissant de nos malheurs, délire;
La patrie en son cœur a repris son empire.
Welsko, désabusé du joug de l'oppresseur,
Revient dans nos remparts pleurer sur son erreur,
Et sa fille est promise à son amant fidèle.
Mais mon fils a crié : « La Pologne avant elle! »
Et, chassés de nos murs par des usurpateurs,
Nous allons d'un héros joindre les camps vengeurs:
Kosciuszko parut, et la patrie entière
Releva des Leskos la superbe bannière.
Si la valeur unie au génie, aux vertus,
Avait pu relever nos destins abattus,
Le fier Kosciuszko l'aurait fait, ce grand homme
Ressemblait aux héros et de Sparte et de Rome.

Mais un roi, lâche ami de nos traîtres tyrans,
Ce roi que Catherine au rang de ses amans
Naguère avait jugé digne par sa faiblesse
De régner pour servir sa criminelle adresse 48,
Ce roi qui nous livrait à nos tyrans pervers,
Et cet esprit, auteur de nos premiers revers,
Des comices du Nord l'antique turbulence,
Firent tout échouer, vertus, talens, vaillance.
Mais de l'indépendance avait grondé le cri:
Du grand Kosciuszko Soulinski fut l'ami,
Aux champs de Wracbawice il mérita ce titre.

Cependant s'avançait ce jour, ce jour arbitre
Des destins réprouvés du peuple polonais.
Tu trembles, Catherine, au bruit de nos hauts-faits,
Et ton courroux vomit contre notre puissance
Le féroce vainqueur des guerriers de Byzance,
Souwarow, de Praga détestable bourreau;
Fréderic à tes camps unit son vieux drapeau,
Et l'Europe abandonne au glaive sanguinaire
L'empire qui servait aux Russes de barrière.

Jour de Macéjowice, ô jour trop désastreux!
Tu nous vis succomber plus grands que nos aïeux,
Plus grands que les vainqueurs de Choczim et de Vienne:
Douze mille héros, que leur ardeur entraîne,
S'élancent sur Fersen, dans leur témérité,
Pour vaincre ou pour mourir fiers de leur liberté.
Hélas! des ennemis ils méprisaient le nombre!
O jour de Chéronée! ô jour sanglant et sombre!
J'ai vu Kosciuszko, j'ai vu ses preux vaincus
Tomber en s'écriant: « La Pologne n'est plus! »
Welsko meurt à mes pieds tout couvert de blessures,
Hélas! moi-même, en proie à d'horribles tortures,
Je vois couler mon sang près de Kosciuszko,
Qui dans sa noble chute implore le tombeau;
Et Soulinski mourant voit Faneska plaintive
Verser sur nos douleurs les pleurs d'une captive.
Mais nos vainqueurs, surpris d'un si noble revers,
Pleins d'admiration, pleurèrent sur nos fers,
Leur main cicatrisa nos blessures cruelles.
Quand dans Saint-Pétersbourg on mande les rebelles,
Et devant la tsarine, assise au rang des rois,
Admis sans notre chef, on nous prescrit ces lois:
« Ou dictez votre mort ou brisez votre chaîne;
« Rebelles Polonais, saluez votre reine,
« Catherine à ce prix épargne votre sort.
« — Fléau de mon pays, mène-nous à la mort;
« La fortune a trahi nos efforts magnanimes,
« Et tu peux te baigner dans le sang des victimes.
« Nous, racheter nos jours par une lâcheté!
« Un Polonais meurt libre et pour la liberté! »
Ainsi dit Soulinski; nos guerriers applaudissent,
Et d'un noble refus les salles retentissent.
Les Russes, qu'étonnait tant d'intrépidité,
En silence admiraient leur magnanimité.
Philosophe écrivain, mais reine ambitieuse,

Catherine moins qu'eux a l'ame généreuse ;
Sa puissance outragée a prononcé la mort.
Faneska, tout en pleurs, et dans un noir transport,
Implorait à genoux l'inflexible tsarine,
« Ciel! une Polonaise aux pieds de Catherine!
« Faneska! Faneska! méprise son courroux, »
Lui dit son noble amant, « et sois digne de nous. »
« Nos jours ne seront point le prix d'une bassesse,
« Nous mourrons sans fléchir, nous mourrons sans faiblesse,
Fixant sur Catherine un regard dédaigneux,
« Tout est prêt, » lui dit-il, en lui montrant les cieux,
« Et la Pologne, au pied du tribunal auguste
« D'un Dieu qui sait punir le souverain injuste,
« Pour témoin va t'attendre à ton dernier soupir.
« Ordonne, et si tu veux viens apprendre à mourir. »
Cependant Catherine, apprêtant le supplice,
Veut donner à sa haine un aspect de justice;
Dans un conseil de guerre on traduit nos héros.
Nous, comme ses sujets, traîtres à ses drapeaux,
L'exil de Sibérie et la mort nous menacent;
Arrêts que les forfaits au nom de l'ordre tracent,
Oui, Lithuaniens, à ce titre félons,
Soulinski doit mourir avec ses compagnons;
Deux ou trois palatins blanchis par le vieil âge,
Les glaces de Tobol seront notre partage;
Kosciuszko trop grand, trop craint dans ses revers,
Doit mourir lentement sous le poids de ses fers.
De la philosophie hypocrite écolière!
Sont-ce là les leçons que te donna Voltaire?
Catherine, réponds, monstre d'ambition?
Va! va! l'humanité doit maudire ton nom!
Un matin Faneska qu'un ami de son père
Avait fait effacer du rang de prisonnière,
L'espoir encor dans l'ame, allait au tribunal
Écouter les arrêts du jugement fatal;

Mais du supplice, hélas! le crime a sonné l'heure;
Nos Polonais, tirés de leur sombre demeure,
Marchaient avec courage au milieu des mousquets;
A l'effrayant aspect de ces mortels apprêts,
Faneska tombe morte aux pieds des Moscovites,
Et l'on voit s'arrêter ces troupes interdites.
Soulinski fend les flots de ces guerriers surpris,
Faneska sur son sein retrouve ses esprits;
Mais cette infortunée en son triste délire,
L'enlaçant dans ses bras ne savait que lui dire;
« Oui, nous mourrons ensemble ou tu ne mourras pas! »
Soulinski, tout en pleurs s'arrachant de ses bras,
Lui disait: « Faneska, tu vivras, je l'espère,
« Jure-le, tu vivras pour consoler mon père,
« Adieu, ma triste amie! » Et brillant de fierté,
Au Russe il dit: « Marchons, c'est pour la liberté! »
Mais une larme encor humecte sa paupière,
Il avait reporté son regard en arrière,
Le héros avait vu son amante, ô grand dieu!
Lui dire en sanglottant un éternel adieu.
Loin de ce lieu cruel la jeune infortunée
En proie au désespoir venait d'être entraînée;
Sur un lit étendue en ses appartemens,
Un silence stupide enchaîne encor ses sens;
Soudain un sourd fracas de loin se fait entendre,
Faneska se relève: ah! tu viens me l'apprendre!
« Il est là-haut, » dit-elle en regardant les cieux,
« Et moi! moi! je dois vivre? ô jour, jour odieux!
« Oui détestable jour, fuis, fuis de ma paupière,
« Soulinski ne voit plus resplendir ta lumière! »
Nous veillâmes long-temps sur son noir désespoir.
Le ciel consolateur lui dictant son devoir,
Faneska consentit à vivre pour les larmes.
Son amour à mes maux apporte quelques charmes,
Et depuis qu'en ces murs que Paul nous a rendus,

Nous vivons, professant de paisibles vertus,
Au sein de mes vassaux, que l'amitié rassemble,
Nous parlons de mon fils et nous pleurons ensemble. »
Il disait; Faneska, qu'étouffaient les sanglots,
Pleurait depuis long-temps sur le brave héros.
L'empereur les console et leur promet vengeance.
Dès que le jour paraît, bouillant d'impatience,
Il part, suivi des vœux du noble palatin,
Et rejoint son armée aux lueurs du matin.
Bientôt de la Dwina les rives solitaires
Ont vu leurs flots glacés réfléchir ses bannières;
Et ses camps, de Witepsk saluant les créneaux,
Sur le sol moscovite ont dressé leurs faisceaux.
Voilà donc cet empire, œuvre lent des barbares,
Empire encor coiffé du turban des Tartares,
Il unit dans ses camps demi-civilisés
La framée et la flèche aux mousquets embrasés;
A notre discipline et savante et sévère
Les mœurs de Témujin, sa valeur sanguinaire.
Là, l'humble laboureur, soumis aux fiers boyards,
Sur l'inflexible knout fixant des yeux hagards,
Comme l'esclave noir dans sa chaîne fatale,
Arrose de ses pleurs la glèbe féodale.
Là le flambeau du siècle, encor tout pâle, luit;
Des ténèbres à peine illuminant la nuit,
Ses rayons incertains, sur ces âpres rivages
Faiblement réfléchis par des glaces sauvages,
Brillent comme l'aurore aux douteuses lueurs.
Empire encor enfant dans tes nouvelles mœurs,
Civilisation, à ta coupe fleurie
Il boit avec dédain le nectar de la vie;
Sa main y mêle encor au suc de tes pavots
Cet hydromel qu'Odin versait à ses héros,
Quand le Scalde, au banquet de ces fiers Scandinaves,
Leur chantait sur sa harpe: « O peuple altier des braves!

« Compagnon de tes camps, l'oiseau noir de l'Oural
« Se repaît au festin de ton glaive fatal,
« Et la lune apparaît dans le ciel des tempêtes ;
« Dans les crânes sanglans, la coupe de tes fêtes,
« A la vive clarté du sapin résineux,
« Bois, ô peuple d'Odin ! bois la liqueur des dieux. »
« Les spectres des guerriers, qu'immola ton courage,
« A travers la forêt glissent dans le nuage,
« Et les ours de l'Uplande ont hurlé devant eux :
« Bois, ô peuple d'Odin ! bois la liqueur des dieux. »
« Demain, à la lueur de l'aube boréale,
« Héla viendra guider ta lance triomphale,
« Et le sang de nouveau fumera vers les cieux :
« Bois, ô peuple d'Odin ! bois la liqueur des dieux. »
« Sous ta longue framée, au fer de Néricie,
« Au fût du chêne vert de la Dalécarlie,
« On voit, on voit voler l'impitoyable Héla,
« Plus prompte que le renne au lac de Ladoga,
« Quand le brave, en patins, sur son onde durcie,
« Vole après le traîneau des filles de l'Ingrie :
« Mais, teint du sang versé par ton bras musculeux,
« Bois, ô peuple d'Odin ! bois la liqueur des dieux. »
« Heureux qui sait mourir en jetant un sourire,
« Heimdal conduit son ame au belliqueux empire !
« Mais, fils ingrat d'Odin, à toi deux fois malheur
« Si l'éclair de la lance a fait faillir ton cœur !
« Du Scalde à tes banquets la harpe en est muette;
« L'amitié des guerriers de son sein te rejette ;
« Dans les fêtes d'Upsal, la vierge aux blonds cheveux
« Ne te regarde plus d'un œil mystérieux ;
« Dis ta honte aux forêts, et, seuls dans la nature,
« La rafale du Nord joue en ta chevelure,
« L'élan passe à tes yeux fier de ta lâcheté,
« Et ton dogue chagrin se tait à ton côté.
« Mais si la juste Héla te frappe de sa lance,

« Loin du palais d'Asgard, ô guerrier sans vaillance!
« Comme les flots glacés du golfe de Drontheim,
« Tu vois rouler sur toi les ondes du Niflheim.
« Tel n'est point le héros qu'au champ des funérailles
« N'ont jamais fait pâlir de sanglantes entrailles;
« Les chantres de Funen redisent ses exploits;
« Il voit à leurs genoux, sur la mousse des bois,
« Les vierges d'Odensée, avec un doux sourire,
« Aux ondes du torrent, dont le fracas l'inspire,
« Effacer de son front le sang et la sueur;
« Et quand du fer d'Héla la sinistre lueur
« Resplendit à ses yeux, à travers un nuage,
« Les lambris d'or d'Asgard accueillent son courage;
« Et là, dans le banquet du divin Vahalla,
« Aux hymnes belliqueux que module Braga,
« Sur leurs boucliers blancs il voit les Valkiries
« Lui servir l'hydromel dans des coupes rougies,
« Et ce palais du brave est plein de tes ayeux:
« Bois, ô peuple d'Odin! bois la liqueur des dieux. »
C'est ainsi que chantaient, dans leur mâle délire,
Ces Pindares du Nord, sur leur sauvage lyre,
Quand l'empire des tsars, sortant de son berceau,
Voyait Odin sourire à son jeune drapeau.
Rourik, un de ses fils, a fondé sa puissance,
Et déjà redoutable au peuple de Byzance,
Quand le farouche Oleg et le féroce Igor,
Vers la Grèce entraînés pour lui ravir son or,
Faisaient, au fier aspect de l'aigle hyperborée,
Trembler de Constantin l'aigle dégénérée,
Cet empire rêvait que sa barbare cour
Aux bords de l'Hellespont pourrait régner un jour.
Mais des bords de l'Amur des tribus conquérantes
Remontent vers le Nord leurs drapeaux et leurs tentes;
Les fils de Gengis-kan, nés pour tout envahir,
Viennent boire l'arak aux murs de Vladimir,

Et fonder, ravageant la Russie éperdue,
L'autel du grand Lama sur la croix abattue;
Quand, fiers d'avoir prouvé dans le nord leurs hauts-faits,
Ces Mongols indomptés regagnent leurs forêts,
Et, s'écoulant pareils au torrent des tempêtes,
Imposent à Moscou le tribut des conquêtes.
Honteusement courbé sous ce tribut fatal,
L'empire de Rourik gémissait leur vassal;
Mais Iwan apparaît, et ce plus fier des princes,
A l'empire des Kans arrachant ses provinces,
Relève plus puissant le trône altier des tsars.
Mais quel astre nouveau brille sur ces remparts?
Sous un ciel nébuleux sa précoce lumière
Semble guider le Russe en une autre carrière:
C'est Pierre qui voulut, en ses desseins pressés,
Avancer au niveau des peuples policés
Un empire peu fait pour de nouveaux usages.
La nature à pas lents fait marcher les sauvages:
Charpentier à Sardam, héros à Pultawa,
Législateur, artiste aux bords de la Newa,
Il voulut tout changer, malgré la providence;
Mais les fruits que sema sa hâtive prudence,
Confiés sans lumière à des terrains ingrats,
Germèrent sans saveur sous le ciel des frimas.
Néanmoins tes travaux, Solon de la Scythie,
Aux peuples étonnés révèlent ta patrie.
Tu vins, Élisabeth, et du sein du plaisir,
Ton règne sur le Nord sut encor l'agrandir.
Mais quelle femme altière, en son ame hardie,
Sur les degrés sanglans du trône de Russie
Pose sans hésiter un pied usurpateur?
Un spectre impérial, un fantôme vengeur,
De ce trône souillé repousse sa personne
Comme on vit autrefois aux murs de Babylone
L'ombre du grand Ninus troubler Sémiramis.

Mais, ô ciel! des tombeaux bravant les vains esprits,
Cette beauté superbe a ceint le diadème.
Quelle est donc cette femme assise au rang suprême?
Son front est couronné du myrte libertin
Tressé par les Orlow et par les Potemkin;
A Tzarskoë-Zélo, la Scythique Amathonte,
Elle pense aux plaisirs que l'Amour lui raconte,
Et l'on dirait Ninon rêvant aux voluptés;
Cachemire et Madras, vos tissus veloutés,
Les rubis de Golconde, et l'or pur du Potose,
Ornent sa cour; foulant et le myrte et la rose,
Dans les jeux du matin et les danses du soir;
Serait-ce donc Armide, au magique pouvoir?
Mais loin des ris trompeurs elle fuit les hommages,
Et son austère main tient la plume des sages;
Voltaire, écoute-la méditer tes leçons;
Serait-ce donc Astrée au bien des nations
Consacrant en ce jour sa justice céleste?
Mais que voit-on? d'un trône et puissant et funeste
Sur le monde elle étend un bras dominateur;
Les échos de l'Hémus en grondent de terreur;
Le trône de Sapor à son grand nom chancelle;
L'astre de Fréderic s'éclipse devant elle;
Teint du sang ottoman, elle voit à ses pieds
Souwarow d'Ismaïl déposer les lauriers,
Ouchakow les débris des poupes de Byzance;
Elle voit dans sa cour l'envoyé de la France
De son puissant monarque apporter le respect;
L'ombre des Ladislas frémit à son aspect;
Qu'a-t-elle consommé? La Pologne en frissonne!
Ses pieds des Sigismonds ont foulé la couronne;
Ses pavillons, vainqueurs du musulman marin,
Flottent dans la Baltique et sur le Pont-Euxin;
Et tandis que le monde adore sa puissance,
Sa souveraine main de son empire immense

Fait mouvoir les ressorts comme le plus grand roi.
Quelle est donc cette femme à la puissante loi?
Histoire, nomme donc cette altière héroïne,
Est-ce Sémiramis? Frémis, c'est Catherine!
Catherine, qui sut, du sein des voluptés,
Dicter au Nord tremblant ses fières volontés,
Et donner, accroissant sa haute politique,
Un ascendant funeste au trône autocratique.
Mais son fils lui succède au pouvoir absolu.
Tu montes sur le trône, hélas! Paul, que fais-tu?
Vois, du sang de ton père, ô ciel! il fume encore!
Veux-tu suivre son sort que ton ame déplore
Monte, ô malheureux prince! au rang des empereurs,
Leur sang depuis long-temps en souille les grandeurs.
Tandis que Paul parvient aux splendeurs souveraines,
Des siècles féodaux brisant les vieilles chaînes,
La France fait entendre un cri de liberté
Qui fait pâlir au loin le monde épouvanté.
L'Europe à ces clameurs s'ébranle tout en armes;
Mais les républicains, méprisant les alarmes,
Apprennent à ses camps à craindre leur valeur;
Quand Paul, l'orgueilleux Paul, frémissant de fureur,
Lâche les légions de ses âpres rivages.
L'on vit du fond du Nord accourir ces sauvages,
Sous les verts oliviers qui bordent l'Éridan,
Des frimas de l'Oural, des frimas du Kouban,
Essuyant en vainqueurs leur barbe hérissée,
Réchauffer au midi leur haleine glacée.
A voir ces fiers guerriers, dans de sanglans hasards,
Fouler avec dédain la terre des beaux-arts,
Le berceau de Virgile et le tombeau du Tasse,
On dirait que le Nord, réveillant son audace,
Accourt éteindre encor dans la nuit du chaos
Le flambeau du génie au milieu des tombeaux;
Que son ange barbare, au haut du colysée,

Vient dire : « Tombe encor, Rome civilisée ! »
Et lorsque dans Novi de ses fils la valeur,
Au courage français rendant un juste honneur,
S'écria : « C'est trop cher acheter la victoire ! »
Le spectre d'Odoard, un fantôme de gloire,
Apparut dans la nuit au vaillant Souvarow :
« Noble héros du Nord, vainqueur d'Ismaïlow,
Dit-il au vieux guerrier, que son aspect étonne,
« Du destin sur ton front je pose la couronne ;
« Accomplis ses décrets : quand le monde a vieilli,
« Que ton courage altier en soit enorgueilli,
« Le ciel, pour restaurer les nations perdues,
« Livre au glaive du Nord les races corrompues.
« Une seconde fois, sois-en bien assuré,
« Le monde dans son sang sera régénéré ;
« Et du fixe destin l'éternelle puissance
« T'a peut-être choisi »....« Les guerriers de la France, »
Dit au vieux Souwarow, qui se réveille alors,
Un Cosaque poudreux, en ses sombres transports,
« Les guerriers de la France, aux chants des républiques,
« Ont vaincu Korsakow dans les monts helvétiques,
« Et devant Masséna notre étoile a pâli ! »
En sursaut réveillé, le Tartare a frémi ;
Il garde en sa stupeur un silence farouche ;
Mais des cris douloureux s'échappant de sa bouche :
« Quoi ! nos Russes vaincus ! » dit-il avec fureur,
« Ils ont donc d'Ismaïl oublié la valeur ?
« Ils ont, » dit le houlan, « dans les camps de la France
« Trouvé d'autres guerriers que ceux qu'arma Byzance.
« —Mais nos vieux grenadiers qu'aguerrit Potemkin ?
« —Presque tous à Zurich ont fini leur destin ; »
Et du vieux général le courage s'étonne.
Mais bientôt il se lève et la trompette sonne ;
Les débris de Novi réunis sous ses yeux,
Ses pleurs à l'Italie adressent ses adieux,

Et, semblable au lion que le chasseur appelle,
Tournant vers l'Helvétie une ardente prunelle,
Du haut du Saint-Gothard il descend en courroux.
Déjà son lieutenant, échappant à nos coups,
Opérait sa retraite à travers les montagnes;
Et Masséna, de Tell délivrant les campagnes,
Attaque Souwarow qui recule à son tour.
De la fuite pour lui c'était le premier jour,
Le farouche vieillard en pleure en vain de rage;
Mais, fier dans sa retraite, il fuit avec courage,
Il fuit, et presque seul, sous son ciel rigoureux,
Il revient tristement à son prince orgueilleux
Apprendre à respecter la valeureuse France.
Mais d'un astre de gloire éprouvant l'influence,
Généreux allié du consul des Français,
Paul, qu'avaient étonné ses lois et ses hauts-faits,
Des Indes avec lui méditait la conquête;
La perfide Albion, conjurant la tempête,
Pour conserver le Gange aux lois des Léopards,
Ne pèse point les jours d'un héritier des tsars.
Du noble sang des rois souillant sa politique,
On vit dans son palais l'astuce britannique
Faire, de ses sujets allumant la fureur,
Sous l'écharpe d'un garde expirer l'empereur,
Et pour première marche à son trône précaire
Donner au tsarévitz le cadavre d'un père.
Cet autocrate, assis sur ce trône sanglant,
Vit briller les soleils d'Austerlitz et Fridland;
Il prétendait, fidèle au plan de Catherine,
Accomplir le dessein de la grande Tsarine,
Régner sur l'Univers; mais il vit contre lui
Se lever tout armé le géant du Midi,
Semblable dans ses camps à l'archange céleste
Qui du génie impur combat le vœu funeste.
Mais l'ange de Moscou paraît sur la Dwina;

Il portait dans ses mains la hache d'Attila
Et du fier Odoard la torche incendiaire ;
Fixant sur ses sujets un regard sanguinaire :
« Le Midi, » leur dit-il, « vous apporte des fers,
« Sauvez vos libertés au fond de vos déserts :
« Des Français contre vous les camps sont formidables ;
« Fuyez, fuyez d'abord ces guerriers redoutables ;
« Combattez par la faim leurs nombreux bataillons,
« Incendiez vos murs, détruisez vos moissons ;
« Que la hache et le feu ravageant la Russie,
« N'offrent que des déserts à sa fière ennemie ;
« Et lorsque ses guerriers, au fond de nos climats,
« En proie à la famine, en proie aux durs frimas,
« De leurs bras engourdis verront tomber le glaive,
« Pour venger ses affronts que tout le Nord se lève,
« Et, du fond des forêts précipitant ses camps,
« Qu'il se ligue à l'hiver pour délivrer ses champs. »
Il dit, et secouant ses torches flamboyantes,
L'incendie en découle en vagues dévorantes.
Plus de mille brandons y puisent leur éclat ;
Du couchant de l'empire ils dévorent l'état ;
Un vaste embrasement dévaste ces parages
Où de nos camps vainqueurs s'avancent les courages ;
Les champs sont ravagés les habitans ont fui.
L'empereur, étonné, n'aperçoit devant lui
Que d'immenses forêts, de vastes solitudes ;
Il cherche l'ennemi dans ses inquiétudes,
Il l'appelle au combat, et le héros n'entend
Que le bruit des sapins que balance le vent ;
Au coursier qui hennit ses coursiers seuls répondent ;
Dans ces âpres climats que ses guerriers inondent,
A sa stérile ardeur l'espace est seul offert ;
C'est la paix du tombeau, le vide du désert.
Cependant la fatigue et la faim plus cruelle
Dévoraient les guerriers soutiens de sa querelle ;

Son armée au tombeau sans gloire descendait;
Le Nord devant ses pas sans combat reculait;
Tout fuyait devant lui, vivres, paix et victoire.
Mais, offrant une page à sa sanglante histoire,
L'ennemi dans Witepsk s'arrête à ses regards;
Les Russes paraissaient protéger ses remparts;
Impatient de vaincre et de finir la guerre,
Le héros les aborde, on entend son tonnerre;
Mais le prudent Barclay, ce Fabius du Nord,
Comme un serpent subtile éludant son transport,
Échappe à l'aigle altier par une obscure fuite,
Et les Français, vainqueurs de ce chef moscovite,
N'ont conquis dans Witepsk qu'un sépulcre isolé.
Pour des lauriers trop chers leur sang avait coulé;
Witepsk n'était pour eux qu'un triomphe stérile,
La mort seule habitait cette muette ville.

Fleuve, qui vis d'Odin le sanglant pavillon
Faire frémir tes flots sous son fier aviron,
Quand sa flotte, aux accords des scaldes d'Odensée,
Heurtant les vieux bouleaux de ta rive glacée,
Pour vaincre des Romains les destins pâlissans,
Du puissant Mithridate allait joindre les camps,
Les Francs t'ont salué, célèbre Borysthène :
Tes bords ont vu flotter leur enseigne hautaine.

Mais offrant ses créneaux hérissés d'ennemis,
Des guerriers de Barclay les drapeaux réunis
Couronnent de Smolensk les antiques murailles;
Enfin ils vont tenter le hasard des batailles;
Des exploits d'Austerlitz le jour est revenu.
L'empereur le croyait; mais son esprit déçu
A vu Barclay, fidèle à son plan de retraite,
Incendier Smolensk et s'enfuir sans défaite.

Conquérant de sa cendre, arrête ici tes pas;
Dans l'ombre de la nuit as-tu vu du trépas
Errer autour de toi les effrayans ministres?

Ce sont de Pultawa les fantômes sinistres :
Entends !... de Charles-Douze ils t'annoncent le sort.
En vain devant tes pas tu refoules le Nord,
Sa fuite concertée est un noir stratagème,
Il brave en reculant la victoire elle-même.
Ouvre, ouvre les yeux sur ses premiers revers,
C'est le Parthe attirant Crassus dans ses déserts,
C'est le chasseur numide, en sa fuite légère,
Attirant dans ses rets le lion téméraire.
Imprudent ! sur Moscou tu marches entraîné ;
Et du mont du salut, de gloire environné,
Déjà ton fier regard planait sur son enceinte,
Quand au pied des remparts de cette cité sainte,
Offrant à ton coup-d'œil mille et mille drapeaux,
Koutousow veut te vaincre ou mourir en héros.
Ce vieillard généreux à ses guerriers le jure,
Et ce serment, qu'accueille un orgueilleux murmure,
T'annonce que le Nord cesse enfin de te fuir ;
On voit à ce dessein ta grande ame applaudir :
« Le soleil d'Austerlitz sur nos camps se relève, »
Dis-tu faisant briller ton formidable glaive,
« Vos vœux sont satisfaits, Kontousow nous attend :
« De vos bras en ce jour la victoire dépend,
« Elle nous donnera la paix et l'abondance.
« Aux enfans de Moscou prouvant votre vaillance,
« Soldats, conduisez-vous, dans ce jour éclatant,
« Comme aux champs d'Austerlitz, de Smolensk, de Fridland ;
« A vos derniers neveux que la voix de l'histoire
« Des Francs avec fierté cite ce jour de gloire,
« Et, quand vous reverrez le domestique seuil,
« De chacun d'entre vous qu'on dise avec orgueil :
« Il fut un des héros de la grande bataille
« Que Moscou vit livrer au pied de sa muraille. »
Tu dis, et, gravissant la cime de ses monts,
Ton bras sur la Moskwa range tes bataillons.

Ton œil a calculé ces crêtes menaçantes
Où du vieux Koutousow les légions puissantes
T'attendent comme au sein des plus forts boulevarts.
Vingt monts sont transformés en escarpés remparts;
Mille bronzes guerriers en tous sens les hérissent,
Et mille bataillons de lances les garnissent;
Mais ton ame les brave, et dans ton fier dessein
Tu vas escalader ces montagnes d'airain,
Et, du Kremlin sacré t'ouvrant enfin les routes,
Ton bras fera tomber ces puissantes redoutes.
   Déesse, qui nous peins les faits des nations,
Redis-nous les guerriers qui veillaient sur ces monts,
Dis du vieux Koutousow les sauvages phalanges:
Parmi ces bataillons, aux barbares mélanges,
On voit au premier rang ces robustes soldats,
Depuis ceux qui, bravant une mer de frimas,
Revêtus de peaux d'ours et respirant à peine,
Sur leurs traîneaux d'érable où halète le renne,
Des flots de la Mer-Blanche effleurent le cristal,
Jusqu'à ceux qui, bien loin de ce ciel glacial,
Au soleil du printemps, vont en troupe joyeuse
Se jouer dans les flots de la mer plus heureuse
Où le Don vient rouler son tribut écumant.
Non loin de ces guerriers, dans un camp turbulent,
S'offrent les escadrons des forêts de l'Ukraine,
De l'Oural, du Jaïk, du Don, du Borysthène;
Cavalerie illustre, à la voix de l'Hetman,
On la voit au combat, plus prompte que l'élan,
Abaissant dans les airs ses lances vagabondes,
Charger comme un torrent aux écumantes ondes,
S'enfuir sans discipline, et, bravant le trépas,
Charger, fuir, recharger en poussant ses hourras.
Le fils de cette terre où Diane attendrie,
Arrachant à la mort la belle Iphigénie,
L'établit sa prêtresse au temps d'Agamemnon,

Le Taurisque, orgueilleux de son antique nom,
Savourant à longs traits le sang de sa cavale,
Les suit en murmurant de sa gloire vassale.
Les guerriers du Kouban, venus du Pont-Euxin,
Ont fait briller leur lance à l'appel de l'airain;
Des roses sur le front, loin de leurs beaux rivages,
Ils sont venus combattre en des lieux plus sauvages.
Les frères belliqueux des vierges de Colchos
Qui, du lac Caspien envahissant les flots,
Vont livrer leurs attraits aux ondes amoureuses,
Les fiers Circassiens sur leurs plaines heureuses,
Franchissant le Caucase, ont répandu des pleurs
Pour venir du camp russe éprouver les malheurs.
Le Kirguis les suit; dans ses forêts riantes
Il ne poursuivra plus les biches frémissantes,
Il ne jetera plus ses filets dans l'Aral;
Il a de la trompette entendu le signal.
Plus loin sont les Kalmoucks, jadis les Massagètes;
Des Russes depuis peu leurs tribus sont sujettes;
Leurs visages hideux et leur teint basané
En font un corps farouche au regard étonné;
Fiers de leur vieux carquois, les flèches sont leurs armes,
Et c'est ivres d'arack qu'ils volent aux alarmes.
Les peuples de l'Obi, les peuples du Léna,
Que la voix de l'Ukase à la guerre entraîna,
Du détroit d'Anian aux monts hyperborées,
Jetant un saint regard sur leurs glaces sacrées,
Quand le tsar leur dicta de joindre son drapeau,
Quittèrent en pleurant leur hutte de bouleau,
Leur manteau de poil d'ours et leur agile renne,
Leurs filets d'amianthe et leurs traîneaux de frêne.

Voit-on contre les dieux lutter les fiers Titans?
La terre tremble au bruit des bronzes éclatans;
La foudre gronde, roule, et, déchirant la nue,
A travers les géans disparaît à la vue.

Leurs bataillons rompus, noircis et frémissans,
Dans leur froide valeur rétablissent leurs rangs;
A travers des torrens de flamme et de fumée,
Ils marchent, insultant à cette altière armée
Qui fait pleuvoir la mort au milieu de leur sein.
Eh! quels sont ces guerriers qui, dans leur fier maintien,
De la destruction bravant l'affreux génie,
S'élancent vers les monts gardés par la Russie?
De Davoust et de Ney ce sont les fiers soldats;
Au milieu des horreurs d'un terrible fracas,
Aux concerts de la charge, à travers des ruines,
Ils montent à l'assaut de ces fières collines
Dont l'aspect est semblable au Vésuve en courroux.
Mais le trépas en vain précipite ses coups;
Ces vieux rangs, que dépeuple une affreuse mitraille,
Reforment froidement leur ordre de bataille;
Ils écument de sang; des légions de morts
Servent de marche-pied à leurs puissans efforts,
Et Koutousow les voit, d'un élan magnanime,
De ses forts foudroyans escalader la cime.
Des redoutes du tsar enlevant les débris,
Ils plantent leurs drapeaux sur ces créneaux détruits.
Quand du fier Bagawout les troupes rugissantes
Viennent reconquérir ces redoutes sanglantes,
Nos guerriers ébranlés cédaient à leur ardeur;
Mais à travers ces monts quelle vive lueur
De casques éclatans, de cuirasses brillantes,
S'unit à la clarté des foudres sillonnantes?
Quel fracas de coursiers sur les rocs bondissant,
Aux détonations de l'airain mugissant,
Se mêle dans les airs d'un horizon de flamme?
O Murat! c'était toi, toi dont l'intrépide ame,
A travers la mitraille, à travers les boulets,
Les morts et les mourans, les lances, les mousquets,
Guidais tes escadrons sur ces roches tonnantes.

Ce torrent écumeux d'armes étincelantes
Resplendit sur les monts, et les glaives fumans,
A travers les guerriers s'ouvrant des jours sanglans,
Des cuirassiers français sur des débris horribles
Plantent avec fierté les étendards terribles,
Et l'on voit fuir encor Koutousow étonné.
Mais dans ses escadrons la trompette a sonné :
De la garde du tsar c'est la cavalerie,
Et sur nos cuirassiers fondant avec furie,
Elle vient de nouveau disputer ces rochers
Où chancelaient encor nos incertains guerriers.
De nos vieux escadrons la bravoure éclatante
Accueille fièrement cette troupe vaillante.
Là, les carabiniers aux casques lumineux,
Aux cuirasses de bronze, aux coursiers vigoureux,
Aux cimiers couronnés de sanglantes crinières,
Aux cuirassiers du tsar si fiers de leurs bannières,
Qui luttent en courroux contre leurs grands exploits,
Font sentir de leurs bras l'épouvantable poids :
Tout tombe sous les coups de leurs lourdes épées,
Et du sang russe on voit les redoutes trempées;
Là, le vaillant Murat, avec ses cuirassiers,
Abordant de l'Hetman les barbares guerriers,
Méprise les éclairs de leurs lances sauvages;
Semblable aux tourbillons que roulent les orages,
Il s'élance au milieu de ces tribus du Don :
Sur sa cuirasse d'or, à l'effroyable son,
Sur l'acier des guerriers que guide sa vaillance,
Des Scythes effrayés vient se briser la lance,
Et l'on voit reculer leurs escadrons rompus.
Les rangs sont culbutés sur les rangs confondus,
Ces escadrons d'acier marchent à la victoire,
Et les carabiniers se joignant à leur gloire,
On les voit immoler d'une puissante main
Les Russes embrassant leurs tonnerres d'airain

Que leur valeur ne cède, hélas! qu'avec la vie.
Mais Koutousow recharge, et son infanterie,
Ralliée à sa voix par d'innombrables feux,
Ébranle des vainqueurs les escadrons fougueux.
Une grêle de plomb, sifflant comme l'orage,
Fait de ces polotons reculer le courage;
Ils cédaient de nouveau les horribles rochers;
Mais Ney, comme l'éclair reformant ses guerriers,
Au sein de la mitraille apparaît à leur tête;
Koutousow sur son centre à la lutte s'apprête;
Et son front menaçant combat avec fureur.
Quand de Latour-Maubourg la bouillante valeur
Lui lance ses dragons qui de courroux bondissent;
De leurs casques d'airain les hauteurs resplendissent;
Leurs crinières d'ébène et leurs glaives fumans
Font du vieux Koutousow frémir les régimens;
Dans ses retranchemens en lions ils s'élancent,
Les guerriers de Friant à leur suite s'avancent;
Tout tombe sous le sabre et les feux des mousquets.
En vain du tsar vaincu les valeureux sujets
S'acharnent à défendre, en leur rage indicible,
Le puissant boulevart qu'ils croyaient invincible,
De ces rochers sanglans par nos rangs irrités;
Pour la troisième fois ils sont précipités;
Et de nos escadrons la trompette sonore
En leurs remparts conquis de gloire sonne encore.
Ils semblaient pénétrés d'une sombre terreur,
Quand leur chef obstiné ranime leur ardeur,
Koutousow, frémissant, ralliant son armée,
Tout entière au combat la ramène enflammée.
Sa charge est foudroyante, et les Russes vainqueurs
Allaient reconquérir leurs puissantes hauteurs;
Mais Lauriston est là, qu'ils avancent, s'ils l'osent;
Trois cents bouches à feu sur les monts se disposent;
Ces tonnerres de bronze ont déchiré les airs;

Des montagnes de feu qui semblent les enfers.
Ils plongent dans le sein des masses moscovites,
Et de leurs escadrons les lignes interdites
De ces monts foudroyans ont fui de toutes parts.
Mais de leurs bataillons les vivans boulevarts
Marchent en rangs serrés sur ces feux effroyables;
Ils atteignaient déjà ces rocs inexpugnables,
Quand des bronzes fumans, roulant avec fracas,
Des torrens de mitraille écrasent ces soldats.
Ils forment dans leurs rangs d'épouvantables vides;
Pétrifiés d'horreur, ces Russes intrépides
Tombent comme des tours qu'abattent des canons.
On les voit rallier leurs tristes pelotons;
Sans fuir, sans avancer, dans leur aveugle audace,
Ils fixent fièrement la mort qui les menace;
Autour d'eux rejaillit le sang de leurs amis,
Leurs membres palpitans, d'horribles feux noircis,
Sont foulés froidement sur ce champ de carnage,
Et, de nos fiers guerriers émules de courage,
Ces Tartares tombaient orgueilleux de mourir:
Dans leur valeur sauvage ils venaient tous périr
Au pied de ces remparts où leur vaine jactance
Écrivit : « C'est ici le tombeau de la France ! »
Honteux de reculer, il semblait, à les voir,
Qu'ils demandaient la mort dans leur fier désespoir,
Lorsque Ney, profitant de leur incertitude,
S'élance de nouveau sur cette multitude;
Cet affreux tourbillon disparaît devant lui;
D'Austerlitz sur ces champs l'astre éclatant a lui.

Ce terrible combat, sceau des lauriers des braves,
A vengé nos climats des armes scandinaves,
Quand les fils de l'époux de la belle Friga,
S'ouvrant sous nos remparts le divin Valhalla,
Allaient goûter d'Asgard les voluptés guerrières;
Quand, lavant à ses flots leurs haches meurtrières,

Dans la Seine ils plongeaient leur barbare aviron;
Quand la harpe du scalde au banquet de Rollon,
De ces guerriers d'Odin enflant la mâle ivresse,
Célébrait leurs exploits sous les murs de Lutèce.
Cependant Koutousow, pleurant sur ses lauriers,
A la destruction dérobait ses guerriers.
Dans les murs de Moscou la terreur le devance,
Son peuple consterné comptait sur sa vaillance;
Mais, au sanglant aspect de ses faibles débris,
On l'entend dans ses murs pousser d'horribles cris.
Lorsque de Rostopchin le courage farouche
L'enflamme au fier accent qui s'épand de sa bouche :
« Fils de la Moscovie, habitans du Kremlin,
« Nous sommes, » a-t-il dit, » trahis par le destin,
« Mais au sein du malheur le désespoir nous reste;
« Il m'inspire un dessein sublime mais funeste,
« Seul il pourra sauver l'empire des Iwans;
« C'est le ciel qui le veut, écoutez, habitans:
« Vainqueurs de nos guerriers, un peuple sacrilége
« Vient, souillant nos remparts des outrages d'un siége,
« Renverser au Kremlin l'arche de l'Éternel;
« Il vient, sur les débris de son divin autel,
« Nous effacer du rang des peuples de la terre :
« Oui, son armée impie, invincible à la guerre,
« Sur l'antique Moscou régnerait à jamais.
« Mais imitons Smolensk, détruisons nos palais,
« Que le feu, dévorant la sainte capitale,
« N'offre à ces conquérans qu'une enceinte infernale;
« Qu'il sauve nos saints lieux de leur impiété,
« Le trône de nos tsars de leur autorité,
« Nos lois de leurs affronts, nos biens de leur ravage,
« Et les fils de Moscou d'un indigne esclavage. »
Il dit, le peuple entier, plein d'une sainte horreur,
Adopte ce projet d'une affreuse grandeur;
Il a fait ses adieux à sa ville sacrée.

Mais, avant de quitter son enceinte adorée,
Il pleure sur le seuil du foyer paternel.
Dévoûment généreux! sacrifice immortel!
Qu'importe sa fortune, il sauve la patrie.
Gloire à votre héroïsme, enfans de la Russie!
Cet exemple frappant de magnanimité
Consacre votre empire à l'immortalité.
Mais, dans vos murs déserts, des cohortes obscures
Ont de brandons ardens armé leurs mains impures :
Elles vont, quand la nuit, planant sur vos quartiers,
Parcourra l'horizon avec ses noirs coursiers,
De la vieille Moscou détruire la mémoire.
Déjà les conquérans, guidés par la victoire,
Parcourent lentement ces murs silencieux:
Des seuils inanimés s'offrent seuls à leurs yeux;
Leur triomphe est muet; cette ville magique,
Comme une illusion, un rêve fantastique,
Paraît ensevelie en un profond sommeil.
Dans Moscou cependant les rayons du soleil,
Plongeant sur le Kremlin où flottaient nos bannières,
Se répétaient dans l'or de leurs aigles altières,
Et du dôme d'Iwan ayant chassé la croix,
Au monde, qu'étonnaient de si lointains exploits,
Ces aigles apprenaient à respecter la France.
Aux confins de l'Europe étendant leur puissance,
Et fixant sur l'Asie un regard menaçant,
Elles faisaient encor pâlir tout l'Orient:
L'Euphrate avec terreur en roulait sa vieille onde;
Les Léopards tremblaient aux remparts de Golconde;
Les noirs peuples du Gange en secouaient leurs fers;
Saint-Jame en chancelait sur le trône des mers;
Les murs de Tamerlan redoutaient leur servage;
Et le Sophi, tremblant, leur rendait son hommage.
Leur héros habitait le vieux palais des tsars,
Et sa tête si vaste allait dans ses remparts,

Des peuples et des rois puissance indéfinie,
Du siècle sur le trône asseoir le fier génie ;
Mais le ciel autrement en avait ordonné,
Déjà le bras de Dieu l'avait abandonné.

CHANT HUITIÈME.

SOMMAIRE.

Comparaison. — Embrasement de Moscou. — Prise d'un incendiaire, ses paroles, sa fin. — Tristes réflexions de l'empereur. — Orgueil de la victoire. — Résolution imprudente. — L'ange de la Russie va implorer l'inclémence du dieu des hivers. — Vol d'Aquilon et des frimas vers Moscou. — Retraite et destruction de l'armée. — Terribles présages. — Création de nouvelles forces. — Campagne de Saxe. — Apparition du Tugendbund, son esprit mystérieux. — Il soulève l'Allemagne. — Victoires de Lutzen et de Bautzen. — Armistice de Plasswitz. — Ernestine et Walther, ou les amis de la vertu. — Reprise des hostilités. — Victoire de Dresde. Revers. — Première journée de Leipsic. — Conciliabule nocturne des officiers saxons. — Seconde journée de Leipsic. — Trahison saxonne. — Troisième journée de Leipsic. — Explosion du pont de Lindenau. — Mort de Poniatowski. — Victoire d'Hanau.

CHANT HUITIÈME.

Quand, planant au milieu de sa vaste carrière,
Inondant l'univers d'un torrent de lumière,
Le dieu, père du jour, sur son char radieux,
Parvient au plus haut point de l'empire des cieux,
A la nature offrant sa majesté profonde,
Il domine les airs, il règne sur le monde;
Le mortel, étonné de sa vive splendeur,
Tenté de l'adorer comme le créateur,
Ne peut lever vers lui sa prunelle éblouie,
Et devant tant d'éclat son ame s'humilie.
Mais cet astre, déjà penchant sur l'univers,
Avec gloire descend vers l'empire des mers;
Sa majesté le suit dans sa chute éclatante,
Et, pénétré des feux de sa chaleur mourante,
L'esprit de la nature avoue à son coucher
Qu'il est encor du monde et l'ame et le foyer.
Quand aux bornes des cieux ses rayons s'affaiblissent
Sa splendeur s'obscurcit, et ses feux s'amortissent.
Ainsi, Napoléon, ô prince des guerriers!
Éblouis de l'éclat de tes nombreux lauriers,
Les hommes sous tes lois courbent encor leurs tête,
Quand, éclairant la fin du règne des conquêtes

Les flammes de Moscou, rebelles à tes lois,
Sombre et dernier éclat de tes puissans exploits,
Présageront aussi la chute de ton astre:
Mais ton esprit, plus grand que le plus grand désastre,
Lorsque l'Europe entière un jour te trahira,
Contre elle avec ta gloire en géant luttera.
Quand tombé, fatigué d'une héroïque lutte,
Tes vainqueurs en tremblant contempleront ta chute,
L'univers, admirant tes drapeaux abattus,
Dans son étonnement dira: « Gloire aux vaincus! »
Et lorsqu'abandonné sur un roc solitaire
Tu verras l'Océan opposer sa barrière
Entre les rois tremblans et ton glaive brisé,
Ton empire après toi, par leurs mains divisé,
Dira: « Qu'est devenu le héros de notre âge?
« Le phénix mourra-t-il dans un triste esclavage! »
« Silence! on répondra, « Repos à tes destins!
« Tremble de réveiller le premier des humains;
« Son ame de grandeur n'est jamais assouvie,
« La gloire est sa pensée et la guerre sa vie!»

Mais sur le vieux Kremlin reportons nos regards;
Les Français, conquérans de ces muets remparts,
Marchaient avec effroi dans cette ville inerte:
« Moscou, » vont-ils disant, « réponds, es-tu déserte?
Ces murs mystérieux sont sourds à leurs accens;
Cette immense cité, veuve de ses enfans,
Calme comme la mort, ressemble aux catacombes.
Mais la nuit l'a voilée, et d'effroyables trombes
De fumée et de feu, s'élevant de ses toits,
Vont ravir aux Français le prix de leurs exploits.
Déjà de toutes parts d'impétueuses flammes,
Élevant dans les airs leurs ondoyantes lames,
Illuminent la nuit de sinistres clartés.
Les bataillons vainqueurs en sont épouvantés;
Ils s'efforcent en vain d'arrêter ce ravage;

Les vents de ce bûcher alimentent la rage,
Et l'Incendie embrasse avec ses bras ardens,
Comme un géant de feu, la ville des Iwans;
Sous son trident de flamme il voit la cité sainte,
Dont des flots de fumée enveloppent l'enceinte,
Sous ses dômes dorés crouler de toutes parts.
Un océan de feu roule dans ces remparts,
Il étend en tous lieux ses vagues dévorantes;
Les cieux sont embrasés par ces flammes errantes,
Et, consumant la terre et desséchant les airs,
Cet immense brasier est semblable aux enfers.
Des temples, des palais, les ombres s'évaporent;
A travers les clartés des feux qui les dévorent,
A des spectres armés pareils à l'œil surpris,
Trois cent mille Français errent sur ces débris:
Moscou va s'effacer dans cette nuit fatale.
   Consterné du malheur de cette capitale,
L'empereur, qu'affectait un noir pressentiment,
Contemplait du Kremlin ce vaste embrasement.
Ces feux de ses revers semblaient être l'oracle.
Pendant qu'il observait ce terrible spectacle,
Il entend retentir les voûtes du palais;
Pénétrant jusqu'à lui, des grenadiers français
Traînent à ses genoux un sujet moscovite;
Ce malheureux, trouvé dans Moscou qu'il habite,
A consacré ses mains à sa destruction;
Son cœur, fier et farouche, est sans émotion;
Son bras, demi-brûlé, porte une torche éteinte;
De ses yeux satisfaits fixant sa ville sainte,
Ce barbare habitant murmure à demi-voix:
« Moscou, Moscou meurt vierge, elle échappe à leurs lois!
« — La perte de ces murs serait donc ton ouvrage? »
Lui dit le conquérant, surpris de son langage;
« J'en suis fier, » lui répond ce Scythe audacieux,
« Je le devais au tsar, à la Russie, aux cieux;

« Je devais les soustraire à ton pouvoir profane;
« Notre empire l'abhorre et son dieu le condamne.
« L'honneur de la patrie et l'horreur de ta loi
« Ont armé de brandons mes compagnons et moi,
« Et la Russie entière, aussi notre complice,
« Avec nous de Moscou jura le sacrifice;
« Son peuple généreux, dans sa noble fierté,
« Recule devant toi, pauvre, mais indompté;
« Aucun Russe à tes pieds n'abaisse encor la tête;
« Des cendres jusqu'ici sont ta seule conquête,
« Ta gloire une fumée, et des pins tes sujets.
« Va, tu peux t'applaudir de tes dignes projets;
« Ici, comme au milieu des noirs états des ombres,
« Règne, fils de l'enfer, règne sur des décombres:
« Le Russe n'est point fait pour suivre ton destin. »
Il dit, et, franchissant le balcon du Kremlin,
Dans les feux de Moscou ce malheureux s'élance.
L'empereur stupéfait garde un morne silence;
Par un orgueil barbare il se trouve vaincu;
Quand il croit que du Nord le peuple humble abattu
Va fléchir sous ses lois une tête servile,
Cet invisible peuple, aussi grand qu'indocile,
Ne laisse pour vassaux à ses pas abusés
Que l'espace désert et des murs embrasés.
La victoire à ses yeux ne paraît plus qu'un songe,
Et dans d'amers pensers sa grande ame se plonge:
Toujours accoutumé dans ses glorieux jours
Au respect des vaincus, à l'encens de leurs cours,
Dans la morte Moscou, cette ombre si hideuse,
Sa gloire sera donc sombre et silencieuse?
Morne comme Palmyre et les murs de Memnon,
Moscou ne dira pas: « Voilà Napoléon! »
Lui qui venait dompter l'empire d'Alexandre
N'aura donc pour sujets qu'un vaste amas de cendre?
Et c'est sur des débris, et sous un ciel de fer,

Qu'il bravera la faim, le Cosaque et l'hiver?
Il pense, et sur Moscou sa prunelle tournée,
Contemple avec effroi sa dernière journée.
Mais, repliant sur lui ses orgueilleux regards,
Il se trouve au milieu du vieux palais des tsars,
Dans ces remparts d'Iwan, où les Kans de l'Asie,
Humiliant l'orgueil de leur gloire obscurcie,
Au vainqueur des Mongouls demandèrent la paix;
Alors, sûr de l'effroi qu'inspirent ses hauts-faits,
Il attend qu'Alexandre, en son ame tremblante,
Vienne tendre au Kremlin une main suppliante.
Mais ce prince, aussi fier que son rival heureux
Que la victoire abuse en ces jours désastreux,
Attendra que l'hiver lui livre sa victime:
Sous les pas du héros s'ouvre déjà l'abîme.
Dès qu'il vit le Kremlin conquis par l'empereur,
L'Ange de la Russie, enflammé de fureur,
Déplorant de Moscou les tristes funérailles,
Du palais envahi déserta les murailles.
Vers l'empire de l'Ourse il a fui dans les airs:
Contre ses ennemis, dans ces lointains déserts,
Ce Génie implacable, ulcéré de vengeance,
Vient du dieu des hivers implorer l'inclémence.
Non loin des vieux remparts de la froide Tobol,
Cet Ange encor barbare a suspendu son vol.
Sur les bords de l'Irtis, au fond d'une caverne,
Où le jour, à toute heure et nébuleux et terne,
Ne voit jamais briller les rayons du soleil;
Où, plongée en tous temps dans un profond sommeil,
Couverte de frimas, et sur un lit de glace,
Où la mousse chétive offre seule sa trace,
La nature engourdie est sans force et sans dons;
Là règne en sa torpeur le dieu des aquilons:
La neige sert de trône à son pouvoir suprême;
D'étincelans glaçons forment son diadême,

Et les froids vents du pôle ornent sa sombre cour,
Mais déjà, pénétrant dans ce morne séjour,
L'Ange de Moscovie au Dieu rend son hommage.
Bientôt dans sa colère il lui tient ce langage :
« Dans ta cour léthargique, au sein de tes déserts,
« Tu dors, Dieu des frimas, sourd au bruit de nos fers ;
« Tu dors, et la Russie, aujourd'hui dans les larmes,
« Voit un vainqueur terrible insulter à ses armes ;
« Tu dors, et les Français, conquérans du Kremlin,
« Refoulant mon empire, envahissent le tien.
« Depuis ce roi soldat que sur notre patrie
« Vomirent les forêts de la Scandinavie
« Jamais plus grand danger n'effraya nos états.
« Depuis plus de vingt ans invincible aux combats,
« Ce peuple conquérant, reculant ses limites,
« De vingt états puissans a fait ses satellites :
« Mon empire restait, et voilà que son roi,
« Méditant le dessein de lui dicter sa loi,
« A laissé loin de lui les bords du Borysthène ;
« Déjà Moscou, fumante, a passé sous sa chaîne ;
« Le champ sacré n'est plus, le Kremlin envahi
« Voit le palladium de Saint Iwan trahi [49] :
« Crois-tu que de Moscou, fatigués de la guerre,
« Ils ne sauraient ici diriger leur tonnerre ?
« Eh bien ! de la nature enfans déshérités,
« D'un éternel hiver ces climats attristés
« Ont beau ne leur offrir qu'une triste conquête,
« Sous ce ciel sans fortune et sans gloire et sans fête,
« Ces fières légions, avides d'envahir,
« Viendraient chercher encor des lauriers à cueillir.
« Aujourd'hui rien d'humain ne saurait les abattre ;
« C'est au dieu des hivers, te dis-je, à les combattre,
« Et quand l'homme abattu fuit devant leurs drapeaux,
« C'est aux seuls élémens à vaincre ces héros.
« Crois-tu que cet oiseau qui porte leur tonnerre

« Pourrait borner son vol aux confins de la terre?
« Ah! si tu n'arrêtais cet aigle audacieux
« Son orgueil planerait sur le trône des Dieux.
« Sors donc de ta torpeur, à ma voix qui t'inspire,
« Viens de ces fiers guerriers, viens sauver ton empire:
« Que la main de l'hiver, se glissant dans leur sein,
« Efface en les glaçant les affronts du Kremlin.
« Viens donc du souffle affreux de ton âpre inclémence,
« Pendant qu'il en est temps, renverser leur puissance,
« Et, sauvant de leur joug les murs de la Newa,
« Fais briller sur leur camp l'astre de Pultawa.

Ainsi dit l'Ange russe au rigoureux Génie.
L'hiver à ces accens sort de sa léthargie;
Il appelle Aquilon, son premier courtisan:
« Aquilon » lui dit-il, « on t'attend dans Iwan,
« Son empire ébranlé, que la victoire opprime,
« N'espère que dans toi sur les bords de l'abîme.
« Sur l'aile des brouillards rassemble les frimas,
« Prends ton vol vers Moscou, va sauver ces climats
« Du peuple de géans dont le joug le menace:
« Va montrer mon pouvoir à cette fière race,
« Apprends à respecter à ce peuple oppresseur
« Les états dont je suis le premier protecteur.

Aquilon obéit; sa rigoureuse haleine
Parcourt des airs du Nord la nébuleuse plaine:
Un nuage, chargé de flocons éclatans,
De rafales, de givre et de frimas brillans,
Grossit en un instant sous son sceptre de glace,
Et son souffle âpre et froid vers le Kremlin le chasse.

Cependant l'Empereur attend dans ces remparts
Les paroles de paix de l'héritier des tsars;
Sa foi dans son étoile, enflant son espérance,
Enchaînait son génie, égarait sa prudence;
Sur un gouffre, couvert de ses derniers lauriers,
Sa gloire reposait, fière de ses guerriers.

Trompant son vain espoir, l'inflexible Alexandre
Le laissait de Moscou fouler en paix la cendre;
Pour vaincre sans combats ce prince humilié,
Sa sagesse attendait un puissant allié.
Mais il paraît déjà dans le sein des nuages,
Escorté des frimas, assis sur les orages,
Pour venger la Russie Aquilon avançait.
Déjà sur la Moskwa son haleine grondait;
Les fleuves devant elle ont suspendu leur course,
Sa force a renversé la froide urne de l'Ourse,
La neige s'en épanche en flocons menaçans;
Son tapis monotone a recouvert les champs,
Et les croassemens de mille oiseaux funèbres
Présagent aux Français leurs revers trop célèbres.
Enfin il faut quitter cette terre de deuil,
Moscou, de la victoire épouvantable écueil.
L'empereur, qui frémit à cette idée horrible,
Jusqu'alors triomphant, jusqu'alors invincible,
Va donc fuir cette fois, et son pâle destin
Sent qu'il descend déjà du trône européen.
Le héros, chancelant sur cet éminent faîte,
Ordonne à ses guerriers la marche de retraite;
Et cette altière armée, hélas! s'en étonnait.
Un ennemi puissant, Aquilon l'ordonnait,
Son souffle allait du ciel précipiter sa rage;
Inaccessible au glaive, impalpable au courage,
Lui seul pouvait forcer la grande armée à fuir.
Hélas! de ses exploits il va donc la punir?
D'un ciel de froids brouillards, d'un océan de neige
Son haleine a couvert l'empire qu'il protége;
Et, creusant leurs tombeaux dans ces âpres frimas,
De sa verge de glace il frappe nos soldats.
La Famine, aux flancs creux, au décharné visage,
Envahissant leurs camps, vient seconder sa rage,
Et le squelette horrible et l'Aquilon fougueux

Dévorent par milliers ces guerriers malheureux.
  Hélas! ils ne sont plus, ces généreux courages
Que Memphis vit errer sur ses brûlantes plages.
Hélas! ils ne sont plus! Sur leurs sombres malheurs,
Français, jetons un crêpe humide de nos pleurs:
De la Bérésina détournons notre vue;
Hélas! trop de douleurs en notre ame éperdue
Éteindraient cet orgueil que le nom du Kremlin,
Conquis par ces héros sous un ciel si lointain,
Doit causer à jamais aux peuples de la France.
Et toi, secret pouvoir, mystique Providence,
Sur leur destruction, en mes noires terreurs,
Je n'ose dévoiler tes sombres profondeurs;
Je n'ose révéler tes terribles mystères:
J'ai vu, j'ai vu tomber ces puissantes barrières,
Ces colonnes d'Alcide, imposans boulevarts,
Qu'un génie étonnant, triomphateur des tsars,
Entre la Barbarie et nos mœurs policées
Accourait élever sur des rives glacées.
Assis sur leurs débris, méditant sur tes lois,
De tes flancs solennels, qu'interrogeait ma voix,
J'entendis s'échapper cet oracle sinistre:
« Des colères du ciel le Nord est le ministre,
» Du monde corrompu c'est le restaurateur;
» Dieu parle, et de sa foudre échappe ce vengeur
» Qui, la hache à la main, dans sa farouche ivresse,
» Abattant le vieux temple où s'endort la mollesse,
» Dans le sang du Midi vient retremper ses mœurs.
» O nations, tremblez! » Tu dis, et plein d'horreurs,
Je tournai mes regards vers ces rives charmantes
Où venaient folâtrer des peuplades riantes;
Vers ces murs où les Arts, de roses couronnés,
Embellissaient les jours des mortels fortunés;
Vers ces ports où les mers, abaissant leur puissance,
Roulaient sous l'aviron la vie et l'opulence:

«Vous riez,» m'écriai-je à ces peuples heureux,
« Aujourd'hui vous riez, et demain vos neveux.....
Je n'osai terminer, le fatal anathême
Venait de s'échapper de ta bouche suprême;
Déjà la Barbarie occupait ces remparts,
Le Mongol bivaquait sur les débris des arts;
Son coursier hennissait parmi les solitudes :
Alors, tout absorbé dans mes sollicitudes,
Obscure Providence, immuables accens,
J'humiliai mon front devant vos jugemens.
Mais de retour du Nord sur des plaines fidèles,
Les aigles, engourdis, ont secoué leurs ailes;
Les cendres des héros de nos vieux bataillons,
En roulant à grands flots fécondent les sillons :
Des moissons de guerriers de nos plaines surgissent,
Du mont Pyrène au Rhin leurs armes retentissent;
Ces preux viennent de naître, ils sont déjà soldats.
Oui, la France est semblable à ces nobles états
Où le fils d'Agénor, de ses mains vagabondes,
Du dragon de Dircé sema les dents fécondes;
Oui, du pied il frappa ses champs et ses remparts,
Et, prodige! soudain une forêt de dards
Aux yeux de l'empereur réfléchit la lumière.
Trois cent mille guerriers repeuplant la bannière,
Il s'avance avec eux, aux plaines des Saxons,
Disputer l'Allemagne à quinze nations.
Europe, tu verras leur valeur écolière;
Oui, de la grande armée héroïque héritière,
De nos mâles états cette jeune moisson,
A tes preux vétérans donnant une leçon,
Aux bords d'Albis verra leur bravoure tremblante
Fuir devant ses guerriers à moustache naissante.
Tant que Napoléon, indompté conquérant,
Vit sans tache briller son astre éblouissant,
Il vit la Germanie, étonnée, en silence,

L'admirant comme un Dieu, respecter sa puissance;
Mais son char rétrograde et sa gloire pâlit;
Alors, du sein obscur d'une profonde nuit,
Surgit comme un colosse un fantôme sinistre:
Des disciples de Kant mystérieux ministre,
Il lève ses regards vers les champs étoilés,
D'un mystique bandeau ses cheveux sont voilés;
Mais, abaissant ses yeux vers les champs germaniques,
Il murmure à mi-voix des paroles magiques,
On dirait du désert un prophète nouveau;
Des fiers illuminés il porte le drapeau,
Et la hache d'acier que le sénat véhmique
Montrait quand, à l'appel de son pouvoir mystique,
Au tilleul de Dortmund il citait les Germains;
Quand dans Ellringhausen, aux champs westphaliens,
Sous la blanche aubépine, à l'ombre redoutable,
Des Francs-Comtes siégeait la justice implacable;
Génie au regard sombre, au front presque inconnu,
C'est le sourd Tugendbund, ami de la vertu.
Quand l'Europe, à genoux devant la France altière,
Tremblait au souvenir de sa gloire guerrière,
A la terre opprimée il parlait par les cieux:
Caché dans les replis des cœurs audacieux,
Lui seul veillait au sein de l'Europe endormie,
Et du trône français dans l'humble Germanie,
Ange occulte, il osait d'une secrète main
Ébranler sous nos pas les colonnes d'airain.
Mais il a vu pâlir l'étoile de la France;
Sur la terre d'Hermann levant un front immense,
Il émeut ses tribus par ses cris factieux,
Et de son temple obscur s'élevant vers les cieux,
Des remparts de Stralsund aux rives de la Drave,
Il soulève en ces mots la Germanie esclave:
« Des héros de Winfeld neveux dégénérés,
« Qu'avez-vous fait, » dit-il, « de leurs drapeaux sacrés,

« De ces drapeaux, effroi de ceux du Capitole,
« Quand Hermann dans les champs où le brave s'immole,
« De Rome extermina les vieilles légions?
« Terre où tomba Varus, tu dors dans les affronts.
« O toi qui fis trembler les aigles de Tibère!
« Dans les camps des Français tu marches prisonnière,
« Et tu baisses ce front d'où le fils de Drusus
« Vint effacer en vain le sang noir de Varus!
« Que ce front magnanime en ce jour se relève;
« Reprends du grand Hermann le formidable glaive;
« Viens à d'autres Romains disputer tes foyers;
« Le Nord a vu flétrir leurs antiques lauriers,
« Et le ciel, en courroux, leur déclare la guerre.
« Il est temps de briser les chaînes de la terre,
« Il est temps de marcher contre ses oppresseurs.
« Au Nord, dans le midi, voyez-vous ces vainqueurs
« Que le monde avait crus jusqu'alors invincibles,
« Voyez-vous ce tyran, aux destins infaillibles,
« Abandonnés du ciel s'enfuir humiliés?
« Et vous seriez encor leurs lâches alliés!
« Vous baiseriez encor la main qui vous outrage!
« Non, non, unissez-vous aux neveux de Pélage:
« Les enfans de Mana sont-ils moins généreux
« Que ces fiers Castillans au glaive audacieux
« Qui meurent pour venger leur fière indépendance?
« Non, vous saurez comme eux marcher à la vengeance;
« Refoulant l'aigle altier d'Austerlitz, d'Iéna,
« Entre les camps du Tage et les camps de Mana,
« Vous saurez étouffer cette hydre des victoires
« Qui dans Vienne et Berlin guidant ses fiers prétoires,
« Du haut de vos remparts a sur vos nobles fronts
« Des lois de la conquête imprimé les affronts. »
Il dit, à ces accens dont leurs rivages tremblent,
Des enfans de Mana les tribus se rassemblent;
Un murmure confus dans leur sein retentit,

Semblable à ce bruit sourd dont l'Océan mugit
Quand les vents de ses flots vont déchaîner la rage,
Cette sombre rumeur semble annoncer l'orage,
Et l'Allemagne jette un cri séditieux.
Mais l'Empereur arrive avec des camps nombreux,
Et sa présence éteint cet élan téméraire.
Le Tugendbund encor se cache à la lumière;
Mais du grand Fréderic l'héritier plus loyal
Des traîtres ne suit point le complot infernal,
Il lève contre nous l'étendard teutonique;
Sa vaillante Landsturm, sa Landwehr héroïque,
Aux hymnes de Klopstoch, aux hymnes de Schiller,
Marchent avec le tsar pour délivrer l'Oder.
Dans les champs où Gustave, expirant avec gloire,
Tomba sous ses lauriers pleuré par la victoire, [51]
Ils ont livré bataille à nos jeunes guerriers.
O nouveau jour de gloire! ô célèbres lauriers!
Là sans ses escadrons on vit la jeune France,
En quadruples remparts éprouvant sa vaillance,
A son noble début vaincre des vieux soldats
A moustache blanchie au milieu des combats:
A peine des bivacs elle a vu la fumée,
Jalouse des exploits de cette grande armée
Dont l'ombre remplissait le monde de terreur,
Que des plus vieux guerriers confondant la valeur,
Par la victoire instruite aux horreurs du carnage,
Elle fait des combats l'affreux apprentissage.
Confondant l'Allemagne, et rassurant l'état,
Lutzen de ses lauriers a relevé l'éclat;
Planant sur les débris des drapeaux d'Alexandre,
Ses Aigles du Kremlin ont secoué la cendre;
Le monde en dit, frappé d'un long étonnement:
« C'est toujours le grand peuple et le grand conquérant! »
Mais un nouveau triomphe aux campagnes saxonnes
Vient orner ces guerriers de nouvelles couronnes,

Et dans leurs camps vainqueurs la gloire de Bautzen
Vient accroître l'éclat des lauriers de Lutzen.
Mais les peuples vaincus, qui tremblent pour leur ligue,
Lâchement ont recours à l'astuce, à l'intrigue.
Leurs desseins sont couverts du masque de la paix,
L'olive par leur main est offerte aux Français;
Napoléon, sois sourd; non, non, point d'armistice,
Du perfide Sinon c'est la voix séductrice,
Et que ton bras vainqueur, sans cesse armé du fer,
Poursuive ses succès aux rives de l'Oder;
Va conquérir Berlin, et, la Prusse vaincue,
Tu régneras encor sur l'Europe abattue.
Mais non, tendant la main à ces faux oliviers,
Il suspend la terreur de ces travaux guerriers
Par qui du monde encore il paraissait le maître.
Hélas! on le trahit, peut-il le méconnaître?
De séduire Schœnbrunn il a formé l'espoir!
Erreur d'une grande ame! aurait-il pu prévoir
Que l'Autriche, infidèle à l'époux de Louise,
Du sceptre des Césars puissance encore éprise,
D'Austerlitz, de Wagram oubliant le pardon,
L'allait sacrifier à son ambition!
Un jour que le héros, pendant cet armistice,
A ses jeunes soldats, dans sa noble justice,
Décernait de l'honneur l'insigne révéré,
Un officier saxon, d'un pas mal assuré,
Fixant sur l'Empereur une oblique prunelle,
Venait de se mêler à la foule immortelle
Qui venait recevoir le prix de la valeur;
Son front pâle annonçait une secrète horreur;
Ses lèvres frémissaient dans leur couleur livide,
Et de son cœur ému le mouvement rapide
De sa tête ébranlait les cheveux hérissés.
Mais quel spectacle s'offre à ses sens oppressés?
Parmi les étendards aux étrangères franges,

Conquis par des conscrits sur de vieilles phalanges,
Les bronzes teints du sang de ces jeunes guerriers,
L'Empereur, entouré de ses vieux grenadiers,
Accueillait, au milieu d'une superbe ivresse,
Des vainqueurs de Lutzen l'héroïque jeunesse.
A peine une campagne avait hâlé les traits
De ces jeunes héros si fiers d'être Français;
D'un duvet tendre et fin leur lèvre était garnie,
Et déjà d'un trophée honorant la patrie,
Pâles d'un sang versé dans les champs de l'honneur,
Au sein des étendards conquis par leur valeur,
Des mains de l'Empereur, qu'attendrit leur présence,
Du brave ils ont reçu la digne récompense.
« Soldats, » dit le héros, « par vos premiers hauts-faits
« Vous vous êtes montrés dignes du nom français;
« Vous avez confondu par un rare courage
« L'espoir qu'aux ennemis donnait votre jeune âge;
« De conscrits, disaient-ils, ce sont des bataillons,
« Ils viennent à l'école; allons, vieux pelotons,
« Donner à ces enfans les leçons de la guerre,
« Et bientôt, reculant devant votre tonnerre,
« Surpris, ils s'écriaient, fuyant dans les combats :
« A tout âge des Francs les enfans sont soldats! »
Il dit, et des conscrits le regard étincelle;
Une larme d'orgueil roule de leur prunelle,
Et, sous l'arc triomphal formé par les drapeaux
Ravis à l'étranger par ces jeunes héros,
Ils viennent défiler d'une altière présence,
Criant: « Vive à jamais la gloire de la France! »
D'un œil moitié jaloux contemplant ces guerriers,
De la garde du prince on voit les grenadiers,
A l'admiration immolant leur envie,
Crier : « Bravo! bravo! vive notre patrie! »
Et leur enthousiasme émeut Napoléon.
Ce généreux spectacle étonnant le Saxon,

«C'en est fait!» l'entend-on murmurer à voix basse;
De son front soucieux le noir penser s'efface;
Un sang plus calme roule en son cœur ébranlé;
Dans sa paupière humide une larme a tremblé;
Il se jette aux genoux du héros qui s'étonne:
« O monarque! » dit-il, « à ton sujet pardonne;
« Je viens te révéler des secrets importans,
« Daigneras-tu m'entendre en tes appartemens?
« Oui, » lui-dit l'empereur, « admis en ma présence,
« Je veux bien t'accorder un moment d'audience. »
Il dit, et terminant ce spectacle guerrier,
Il monte en son palais suivi de l'officier.
Le chef qui possédait sa haute confiance,
Berthier, le seul Berthier est dans la confidence;
Tous trois se sont assis, et le guerrier saxon
Commence par ces mots sa révélation:
« Grand empereur, permets qu'un récit de ma vie
Précède les secrets que ma voix te confie.
Belgrade m'a vu naître au pied de ses remparts
Quand Laudon, déployant les aigles des Césars,
Sur ses créneaux sanglans faisait trembler Byzance;
Et les monts du Tyrol, que foula mon enfance,
M'ont vu grandir au seuil du paternel foyer.
Né dans les rocs d'Inspruck, mon père, vieux guerrier,
Dont les exploits dataient des jours de Silésie
Quand le grand Fréderic sur l'Autriche saisie
Dans les champs de Molvitz conquit ce riche état,
Pour le chaume quittant la tente du soldat,
Vint, guéri des douleurs d'une blessure grave,
Jouir dans son hameau du repos du vieux brave.
Là, sur les pics des monts ou dans l'horreur des bois,
Avec ma carabine aux agiles chamois,
Je fis jusqu'à quinze ans une chasse pénible;
Mais l'écho rhétien frémit d'un son terrible;
Tes étendards flottaient contre l'Autrichien,

La guerre m'appela ; chasseur tyrolien,
Dans les champs d'Austerlitz j'ai combattu la France ;
Et quand, de la Bavière accroissant la puissance,
Le Tyrol obéit à son prince nouveau,
Ma valeur de la Saxe adopta le drapeau :
Ma mère aux bords de l'Elbe avait reçu la vie,
Mon père l'enleva jadis à sa patrie
Quand il fit sous Laudon la guerre de sept ans.
Quelques traits de bravoure et de faibles talens
Me valurent bientôt le rang de capitaine ;
J'ai suivi tes drapeaux aux bords du Borysthène,
Et depuis dans Lutzen j'ai combattu pour toi.
Mon glaive, mon coursier, étaient ma seule loi ;
Libre de passions, je n'aimais que les armes ;
Mais l'amour depuis peu me fait verser des larmes,
En tyran inflexible il règne dans mon cœur :
D'Adolphe de Lerbourg j'ai vu la jeune sœur ;
Hélas ! pour mon malheur, Ernestine était belle.
Son frère, mon ami, me présenta chez elle :
A sa vue un transport jusqu'alors inconnu
S'éleva dans mon cœur violemment ému ;
Un trouble insurmontable en enchaînant mon ame
Ne révéla que trop une naissante flamme,
Et ma langue glacée avec peine parla.
D'Ernestine, ô pudeur ! le regard se baissa,
Et les lis de son teint de pourpre se teignirent.
Dans ces muets aveux nos ames s'entendirent.

Dans les cercles de Dresde, hélas ! depuis ce jour
Nos regards dérobés se parlèrent d'amour.
Mais ma bouche timide, ô peine trop cruelle !
Se taisait de respect quand j'étais auprès d'elle ;
Sur mes lèvres cent fois l'aveu vint expirer,
Et mon cœur amoureux n'osait que soupirer.
De ses seize quartiers, orgueilleuse chimère !
La noblesse saxonne en tout temps fut trop fière ;

Hélas! je le savais, et, fils d'un vieux soldat,
Dont le simple hoyau fut le premier état,
J'aimais une baronne, et mon humble tendresse
Tremblait de se livrer à sa brûlante ivresse.
Mais l'amour tôt ou tard immole à ses autels
Les institutions de l'orgueil des mortels.
Un jour, ô jour fatal et de douloureux charmes!
Je sens en y songeant couler de douces larmes,
C'était un des longs soirs de ce dernier hiver,
Ensemble nous lisions les amours de Werther,
Et nos yeux, sans témoin, sur des pages brûlantes
Retrouvaient les transports de nos ames ardentes.
J'étais assis près d'elle, et mes sens enivrés,
De Goëthe goûtant les écrits inspirés,
Souvent quittaient les vers pour fixer Ernestine;
Ma bouche respirait son haleine divine,
Et ma joue à sa joue aspirait de doux feux.
Sur la page parfois laissant errer ses yeux,
Ernestine rêvait oubliant le poëte;
Un voile délateur, une gaze indiscrète,
Suivait les mouvemens d'un sein voluptueux;
Mais vers moi de terreur elle tourne les yeux;
Ma main avait glissé sur une main charmante,
J'allais y déposer une lèvre brûlante,
Je la sentis frémir et brûler à la fois:
« Non, Walther, » me dit-elle; ô pouvoir de sa voix!
Je laissai s'échapper cette main trop rebelle.
Je la fixai, qu'alors Ernestine était belle!
Sur sa joue incarnate une douce pudeur
Tempérait la fierté d'une sage rigueur;
Dans ses yeux languissans expirait la colère,
Et sa main, repoussant ma bouche téméraire,
Retombe sur ma main en signe de pardon:
Tout mon corps en trembla d'un rapide frisson;
Ernestine le vit, et ma méchante amie

Sourit, et, demandant un récit de ma vie,
Pour elle termina ce moment dangereux.
Ciel! un éclair venait de briller à mes yeux!
Hélas! il m'annonçait mon obscure naissance,
Amour! entre elle et moi quelle injuste distance?
Mais trop fier pour tromper celle que j'adorais,
Rougissant et tremblant, je lui dis qui j'étais.
Mais à ce triste aveu de ma bouche fidèle,
Ernestine frémit, une pâleur mortelle
Répandit sur son front la couleur de la mort;
Elle perdit ses sens, ô douloureux transport!
Je pressai dans mes bras cette amante trop chère,
Mes pleurs sur son beau front roulaient de ma paupière,
J'en arrosai sa main; mais, ô transports nouveaux!
Je vis nos noms chiffrés sur un de ses anneaux;
Elle m'aimait, ô ciel! avec trop de tendresse,
Je perdis tout respect dans ma rapide ivresse;
En mon cœur de l'amour s'enflamma le brasier,
Et j'osai sur sa bouche imprimer un baiser.
Elle reprit ses sens sous sa brûlante empreinte;
« O Walther! laisse-moi, » dit-elle avec contrainte,
« Non, non, trop cher ami, je ne puis être à toi,
« D'un aîné, mon tuteur, je dois suivre la loi:
« Léopold de Lerbourg, et mon frère et mon maître,
» Des Burgraves de Saxe est le plus fier peut-être;
« Et pourra-t-il souffrir que ton obscurité
« Altère de son sang l'antique pureté;
« Non, non, de ses vains droits sa noblesse jalouse
« Ne permettra jamais que je sois ton épouse.
« — Ernestine, il faut donc cesser de nous chérir?... »
M'écriai-je en poussant un douloureux soupir,
« Quoi! je ne dirai plus: Ernestine, je t'aime!
« Adieu donc pour toujours. » Mais ô bonheur extrême!
Tournant sur moi ses yeux d'un amour tendre et pur
Dont des larmes, hélas! obscurcissaient l'azur,

Elle dit : « Ne fuis point, en dépit de mon frère,
« En dépit de l'orgueil d'une noblesse altière,
« D'un amour éternel je te fais le serment ;
« Quand le cœur est épris, eh! qu'importe le rang ! »
Je tombe à ces accens aux pieds de mon amie ;
Sur ma bouche de feu pressant sa main chérie,
« Ernestine, lui dis-je, « amour jusqu'au tombeau ! »
Ah! combien je l'aimai depuis ce jour nouveau !
Adolphe, qui déjà me chérissait en frère,
Protégeait en secret notre amoureux mystère.
Mais bientôt de nos feux luit un jour redouté,
Léopold arriva de l'Université.
De Wolf et de Leibnitz spéculatif élève,
C'est souvent vers les cieux que son esprit s'élève ;
Et frère des amis, fanatiques nouveaux,
Dans sa haine implacable il maudit tes drapeaux,
Qui, de la Germanie asservissant les rives,
Insultent en tyrans à ses tribus captives.
Adolphe m'annonça comme un de ses amis,
Et, m'appliquant à plaire à ses sombres esprits,
Je parvins à gagner sa triste confiance.
Mais lorsqu'Adolphe osa lui parler d'alliance :
« Quoi! mon frère, » dit-il, « des liens roturiers
« Mêler un sang impur à nos seize quartiers !
« Non, jamais, des Lerbourgs dégradant la famille,
« Un soldat du destin n'épousera la fille. »
C'est ainsi qu'il pensait ; mais à la liberté
Je le vis de son sang immoler la fierté :
Il me promit sa sœur si contre tes bannières,
Du sombre Tugendbund adoptant les mystères,
Je faisais révolter ma troupe de Saxons.
Egaré par l'amour, de mes fiers compagnons
Je promis d'enflammer contre toi la vengeance.
Une nuit qu'en nos murs régnait le noir silence,
Un homme sous le masque avance vers mon lit ;

A ce sinistre aspect je demeure interdit:
« O Walther, lève-toi! » dit sa voix sépulcrale,
« Que me veux-tu? » réponds-je à cette ombre infernale,
« — Je viens te demander compte de tes sermens;
« Minuit sonne, Walther, suis-moi, viens à pas lents:
« Ernestine ou la mort! entends-tu, néophite?
« Le Tugendbund attend, et, si ton ame hésite,
« Amis de la vertu, dans ces lieux paraissez. »
Il dit, et vers ma couche arrivent empressés
Quatre fantômes noirs, armés de haches brunes.
Je suis en frémissant ces ombres importunes;
D'un bandeau qui me cache et leur troupe et les lieux
Leurs mains aux sombres gants ont ombragé mes yeux.
Dans plus de cent détours j'erre sous leur conduite,
Et leur morne silence à mon ame interdite
Imprime de l'horreur et même de l'effroi.
Mais la terre, ô grand dieu! se dérobe sous moi;
Je roule soutenu par les quatre fantômes;
Je crus que de l'enfer j'abordais les royaumes,
Une odeur sulfureuse asphyxiait mes sens.
On me lâche immobile, et de sombres accens
Disent: « du Tugendbund nouveau catéchumène,
« Dans ces lieux souterrains, réponds-nous, qui t'amène?
« La liberté plaît-elle à ton cœur généreux?
« Aimes-tu l'Allemagne, et les Francs odieux
« Ont-ils bien mérité de ta haine implacable?
« Oui, » disais-je, tremblant à la voix redoutable.
Mais à mes yeux surpris le voile est enlevé,
Et que vois-je? ô terreur! Sur un trône élevé
Un spectre présidait un affreux sénat d'ombres;
Une lueur bleuâtre éclairait les lieux sombres
Où les larves siégeaient sur un obscur velours;
Des manteaux noirs et blancs composaient leurs atours;
Leurs fronts étaient ornés de coiffures mystiques;
Le phosphore enflammé, de lueurs fantastiques,

Décorait un autel élevé dans ces lieux,
La flamme y vacillait en mots mystérieux;
Et sur un code ouvert, aux sanglans caractères,
Qui surmontait l'autel aux sinistres mystères,
La hache du Franc-Comte et le poignard vengeur
De leur terrible aspect augmentaient mon horreur.
Au pied de cet autel un des spectres me guide:
« Adepte des amis » dit sa bouche livide,
« Viens, à leur pacte saint jurant fidélité,
« Promettre de mourir pour notre liberté. »
Il dit, et dans le code aux traits cabalistiques
Je murmure après lui des paroles magiques.
Du Tugendbund il prend le mystique poignard,
Il me frappe le bras, et, d'un aspect hagard;
« Avec ce sang, » dit-il « qui jaillit de ta veine,
« Jure aux Francs sur ce code une invincible haine. »
Il dit, contre la France en un style sanglant
Sur le livre infernal je trace mon serment.
D'un étrange bonnet, d'une noire chasuble,
Du mystique sénat ce membre alors m'affuble:
Me donnant l'accolade, il me prend par la main
Et m'assied sur les bancs du sombre sanhédrin.
« Frère, » me dit son chef avec un ton farouche,
« Prends-garde de trahir et tes yeux et ta bouche,
« Sur nos mystères saints ferme l'œil, tais ta voix;
« Ami de la vertu pratiques-en les lois. »
Il dit, et s'adressant à l'assemblée entière :
« Sur vos bancs, » reprend-il «, vient de s'asseoir un frère;
« Amis du Tugendbund, fils des illuminés,
« A changer l'univers nous sommes destinés;
« Chaque jour vient doubler notre pouvoir immense.
« Les rois ont redouté notre occulte puissance;
« Nous sapions en secret le trône des tyrans,
« Et le monde ébranlé sur ses vieux fondemens,
« Brillant comme un phénix, renaissait de sa cendre;

« Mais sur un char de guerre un nouvel Alexandre
« Apparaît au milieu d'un peuple de soldats,
« Et, promenant sa tente au milieu des états;
« A l'ombrage d'un aigle, arbitre du tonnerre,
« Il reçoit sur son seuil, teint du sang de la terre,
« La députation des peuples et des rois
« Qui vient lui demander et la paix et des lois.
« Mais sous sa main de plomb il abaisse le monde,
« Et l'univers tremblant, que sa puissance inonde,
« Voit-il ses rois vaincus le traîner sur son char,
« Salue en frémissant ce moderne César.
« Mais sa gloire a sombré dans les neiges de l'Ourse,
« Et sur son char tronqué recommençant sa course,
« On dirait qu'il prétend ressaisir l'univers.
« Deux lustres l'Allemagne a gémi dans ses fers,
« Et l'Elbe voit encor sur sa rive sanglante
« Du géant oppresseur flotter la vieille tente.
« Tremblons que son génie et ses jeunes guerriers
« Ne bivaquent encor long-temps sur nos foyers;
« On a vu dans Lutzen leur astre de victoire
« Resplendir comme aux temps de son antique gloire:
« Tremblons que l'univers ne retombe en leurs lois,
« Le destin de nouveau sourit à leurs exploits.
« Mais sera-ce toujours dans l'ombre et le silence
« Qu'on nous verra prouver notre obscure puissance?
« Fils des illuminés, je pense qu'on m'entend,
« N'est-il point parmi nous de Brutus allemand?
« N'est-il point sur nos bancs quelque ame généreuse
« Qui, laissant de nos lois la route ténébreuse,
« Au milieu de son camp au barbare oppresseur
« De vingt coups de poignard irait percer le cœur?
« Que son sang à la terre épargnerait de larmes!
« Mais non, vous tressaillez; le frisson des alarmes
« A roulé dans votre ame en proie à la terreur.
« O de notre Allemagne éternel déshonneur!

« Noirs enfans de la nuit, noirs enfans du mystère,
« Nous n'osons affronter l'éclat de la lumière ;
« Semblables au dragon aux replis tortueux,
« Nous n'osons, désertant nos réduits ténébreux,
« Par le fer de Brutus délivrer la patrie ;
« Et les illuminés, dormant dans l'infamie,
« Ne sont plus dans ce jour la terreur des tyrans.
« Vieille terre d'Hermann, abjure ces enfans,
« Ils sont dégénérés de leur gloire première,
« Dans les fers oppresseurs j'entends gémir leur mère. »
Il dit, et l'assemblée en pousse un cri d'horreur :
Se levant tout entière en proie à la fureur,
Et, courant vers l'autel avec un sourd murmure,
D'immoler le tyran sur le code elle jure.
Mais des illuminés dans une urne d'étain
On mêle tous les noms, que roule le destin ;
Le sort doit désigner quel sera le séide
Qui teindra son poignard dans le sang du perfide.
Mais quel nom vomit l'urne ? ô douleur ! c'est le mien ;
Je frémis, mais je garde un assuré maintien ;
Les amis me fixaient, j'aurais perdu la vie
Pour expier l'horreur de mon ame saisie.
« Walther, » me dit le chef du sinistre sénat,
« Le destin t'a choisi pour délivrer l'état ;
« Prends ce poignard sacré que ma main te confie,
« Vole briser les fers de la terre asservie.
« Quand minuit du beffroi fera gronder l'airain,
« Teint du sang du tyran, que ce poignard demain
« Vienne sur cet autel mériter notre hommage.
« Du serment des amis la vie est le seul gage ;
« Tes jours sont sous la hache, ils ne sont plus à toi ;
« Prends garde de trahir la patrie et ta foi !
Il dit, à mes regards on ravit la lumière ;
Mon guide me reprend dans l'obscure carrière,
Jusqu'au pied de ma couche il dirige mes pas,

Et fuit en murmurant : « Ma sœur ou le trépas! »
« Léopold! » m'écriai-je, hélas! dans la nuit sombre
Il s'était échappé plus rapide qu'une ombre,
Et de mes yeux voilés arrachant le bandeau,
Je crus que je sortais de la nuit du tombeau.
Rassemblant mes esprits dans la paix du silence,
Je maudis en pleurant ma funeste imprudence;
Frère des noirs amis, par un fatal serment
Leur génie infernal me demandait du sang;
Et quel sang? ô grand dieu! le tien, ô prince illustre!
Et la postérité, pour exécrable lustre,
Au nom de Ravaillac doit marier mon nom!
Eh quoi! j'immolerais le grand Napoléon?...
Non, non; mais ô douleur! ô triste alternative!
Ernestine ou la mort! disait ma voix plantive.
Mon esprit, par l'honneur et l'amour combattu,
Flottait comme un vaisseau de l'orage battu,
Et je pleurais, en proie à mon incertitude.
Hélas! pour dissiper ma noire inquiétude,
Je vais chez mon amie, et, secours impuissans,
Ses grâces encor plus bouleversent mes sens.
J'étais sombre, rêveur, et je fixais la terre,
Quand, à ma bouderie osant faire la guerre,
Ernestine, ô grand dieu! me jette en souriant
Le tome où de Werther brûlait le cœur ardent;
Il m'arrache à mon rêve, et ces pages touchantes,
Témoins de notre ivresse à des heures charmantes.
Rappelant à mon cœur des jours délicieux,
Sur mon amante, hélas! me font jeter les yeux.
Que vis-je? son regard exprimait le sourire,
Et sa bouche imprimait dans un tendre délire
Un baiser sur l'annel où, témoins des aveux,
Nos noms étaient unis par un chiffre amoureux;
Ciel! c'était l'étincelle enflammant le salpêtre;
De mes transports fougueux je ne suis plus le maître,

Et, semblable au pilote au dessein hasardeux,
Je fuis comme l'éclair de l'écueil périlleux.
Mais, mon pas frappe-t-il l'écho du vestibule,
Un spectre, apparaissant du fond d'une cellule,
Murmure à mon oreille: « Ernestine ou la mort! »
A ce sinistre arrêt, dans un sombre transport,
Je viens en t'immolant mériter mon amie,
Satisfaire à ma foi, venger la Germanie;
Mais je te vois si grand au sein de tes guerriers,
Que je sens s'affaiblir mes esprits meurtriers,
Et je suis à tes pieds, grand empereur, pardonne.
Peut-être les amis, ah! d'horreur j'en frissonne,
Demanderont le sang du coupable indiscret
Qui vient de t'avouer leur terrible secret;
Je perds mon Ernestine, et dans ce sacrifice,
Mon cœur est satisfait, j'ai suivi la justice. »
Ainsi dit au héros le généreux Saxon.
L'Empereur, que surprend sa révélation,
L'admettra dans la garde élite de la France;
Du monarque de l'Elbe, ô douce récompense!
De la tendre Ernestine il obtiendra la main,
Et Walther à ses feux voit sourire l'hymen.
Mais le temps n'avait pas sur ses aîles rapides
Fait succéder deux jours aux paroles perfides
Qui trahirent la foi des fiers illuminés,
Qu'aux lueurs de l'aurore, aux regards consternés,
Sur le seuil du palais, teint de son sang livide,
L'infortuné Walther, sous la hache homicide,
Victime des amis, gisait inanimé;
L'infernal Tugendbund, de vengeance enflammé,
De l'hymen par sa mort avait changé la fête;
La hache du Franc-Comte avait fendu sa tête,
Et sur son noir acier on lisait ces écrits:
« Périsse ainsi tout traître au pacte des amis! »
Il est dans la Bohême un obscur monastère,

Où le bruit des torrens se mêle à la prière,
Dans ses cloîtres muets, sous ses sombres arceaux,
La vierge de Lerbourg vint chercher le repos;
Et le soir quand, au bruit des solennels cantiques,
Frémissaient les vitraux des fenêtres gothiques,
Foulant sous ses pieds saints les pompes de l'enfer,
Ernestine priait pour l'ame de Walther.

Cependant des amis les intrigues secrètes
Ont par la trahison préparé nos défaites;
Leur immense complot, insidieux serpent,
A séduit de Schœnbrunn le génie imprudent;
Et contre nos drapeaux, trop souvent infidèles,
Les aigles de l'empire ont déployé leurs ailes.
Mais le héros français à peine en est ému,
Il oppose à l'orage une altière vertu :
De l'honneur du grand peuple il est dépositaire;
Vingt ans il vit les rois, couchés dans la poussière,
Mendier à ses pieds leurs états envahis;
Pourrait-il, à l'aspect de ses destins trahis,
En cédant lâchement, oublier tant de gloire?
Non, sa main, qui tenait le livre de l'histoire,
Osant le disputer aux peuples insurgés,
Immortalisera ses lauriers outragés;
Et dans les champs de Dresde il va, par sa vaillance,
Faire à la trahison redouter sa vengeance.
Ciel! de l'Europe entière il est victorieux!
Mais, ô jours de Leipsic fatals et glorieux!
Venez lui dérober le sceptre de la terre,
Venez de sa puissance éteindre le tonnerre.
Hélas! à ses regards les cieux se fermeront;
Avec un grand fracas devant lui rouleront
Du temple du Destin les portes éternelles,
Et l'orage viendra l'emporter sur ses ailes.

Vachau voit commencer les efforts de géans
Où des guerriers français les bataillons sanglans

Contre toute l'Europe osent braver l'orage.
La victoire un instant sourit à leur courage,
Les alliés, surpris, reculent devant eux;
Mais le nombre trahit leurs efforts généreux;
Et dans ce premier jour ces légions puissantes,
Comme on voit de la mer les ondes blanchissantes
Envahir tour à tour et délaisser ses bords,
Disputant de Leipsic les champs couverts de morts,
Avançant, reculant dans ces plaines fatales,
Ont laissé du destin les balances égales.
Mais le jour reverra les Français étonnés
Par de lâches drapeaux tomber abandonnés.
La bravoure s'endort quand la trahison veille.
« Eh quoi! tu dors, Normann? » murmurait à l'oreille
Du général saxon un génie infernal;
C'était le Tugendbund, cet ennemi fatal,
Né pour nous arracher nos dernières conquêtes;
« Brave Normann, tu dors, lorsque, comptant vos têtes,
« Le tyran va demain à son ambition
« De la Saxe immoler le dernier bataillon.
« Quoi! de ses attentats ta vaillance compagne
« Verra la tyrannie, enchaînant l'Allemagne,
« Fouler avec dédain tes frères asservis!
« Ton cœur ne bat donc plus au nom de ton pays?
« Toi seul, tu suis encor ces drapeaux tyranniques,
« Perpétuels affronts des tribus germaniques:
« L'épée a fait leurs droits, l'as-tu donc oublié?
« Notre honte est leur gloire, et ton bras allié
« Les servirait encore à notre ignominie?
« Non, non, entends, Normann, la voix de la patrie;
« Réprouvant des Français le pouvoir détesté,
« Nos murs ont retenti de cris de liberté;
« Tes frères ont levé l'étendard des vengeances,
« Et le sang oppresseur a déjà teint leurs lances.
« Moins qu'eux à la patrie es-tu donc attaché?

« Pourquoi jusqu'à ce jour ton cœur s'est-il caché ?
« N'es-tu pas allemand ?... L'Allemagne t'appèle ;
« Pour l'honneur des Saxons, Normann, sois-lui fidèle
« Demain, abandonnant son barbare oppresseur,
« Tourne contre les Francs ton bras libérateur. »
Il dit, et le Saxon, qu'enflamme ce langage,
Sent son cœur indigné de l'injuste esclavage
Où depuis si long-temps gémissait le Germain ;
De trahir les Français il forme le dessein.
Dans l'ombre envahissant sa tente solitaire,
Déjà ses officiers, qu'étonne ce mystère,
Demandent à leur chef ce que veut l'Empereur,
Normann sent à ce nom s'allumer sa fureur,
Et fronçant ses sourcils et contractant sa bouche,
« La vengeance! Saxons, » dit-il d'un air farouche,
« Jusques à quand, amis, suivrons-nous ce César
« Dont la Saxe en esclave accompagne le char ;
« Qui traîne dans ses camps le sang de la patrie
« Comme Rome à sa suite a traîné l'Italie ;
« Ce tyran dont le cœur, ennemi de la paix,
« Immole encor l'Europe au destin des Français ;
« Qui, ne comptant pour rien nos généreux services,
« Ne voit que des devoirs dans tous nos sacrifices ?
« Au sort de la patrie employons-nous nos bras
« Lorsque sous ses drapeaux nous volons aux combats ?
« Quand le sang de la Saxe a coulé sur le Tage
« Défendions-nous alors de l'Elbe l'héritage ?
« Etait-ce pour ses droits que ses guerriers surpris
« Ont foulé de Moscou la cendre et les débris ?
« Quand du Nord au Midi nous portions la vaillance
« Nous n'avons combattu que pour l'ingrate France ;
« Encor si les Saxons, combattant sous ses lois,
« Avaient pu partager l'honneur de ses exploits,
« Mais quand de notre sang nous scellons la victoire,
« Les Français ont tout fait, eux seuls en ont la gloire

20.

« Il est temps de quitter ces étendards ingrats;
« Purgeant de leur aspect nos malheureux états,
« De Vitikind contre eux tournons la vieille lance. »
Il dit, ses officiers, interdits en silence,
Sont muets aux accens de son cœur ulcéré;
Le nom de trahison, par leur voix murmuré,
Annonce au fier Normann que leur cœur qui frissonne
Redoute de souiller la bannière saxonne
En trahissant leur foi par une lâcheté.
Normann, qui l'aperçoit, répond avec fierté:
« Eh quoi! vous hésitez, fils de la Germanie!
« Eh bien! enfans ingrats, trahissez la patrie;
« Respectant des sermens par le glaive imposés,
« Servez ses oppresseurs, rampez, si vous l'osez,
« Aux genoux du tyran dont le sceptre l'outrage,
Et la postérité, citant votre esclavage,
« Dira: « Quand l'Allemagne, osant briser ses fers,
« Régénérait sa gloire aux yeux de l'univers,
« Les enfans de la Saxe, esclaves de la France,
« Attendaient lâchement, eux seuls, sa délivrance! »
De la honte à ces mots l'incarnat pudibond
Des fiers guerriers de l'Elbe a coloré le front:
« Non! non! » ont répondu ces ames indignées,
« Demain nous vengerons nos armes dédaignées,
« Demain, ce fer, tiré pour délivrer nos champs,
« Se désaltèrera dans le sang des tyrans;
« Demain la Germanie aura brisé sa chaîne.
A ces traîtres accens de vengeance et de haine,
Le Tugendbund remet à leur ardent transport
Un drapeau recouvert des voiles de la mort;
On lisait à travers ces crêpes funéraires:
« Germains, la France insulte aux cendres de vos pères,
« Purgez-en la patrie, amis de la vertu! »
Demain cet étendard que le deuil a vêtu,
Quand Bellone verra la fortune indécise

Flotter entre la France et l'Europe surprise,
Élevé dans les airs, cet étendard fatal
Aux déserteurs saxons servira de signal.
Mais les camps sont debout, l'aurore blanchissante
Les rappelle aux combats dans l'arène sanglante.
Ils redoutent de rompre un calme solennel,
Et de recommencer ce débat immortel
Qui devait décider de tant de destinées;
Ils disputaient l'Europe en ces grandes journées,
Et, frappés de la tache imposée à leurs bras,
Ils tremblaient de donner le signal des combats.
Mais le guerrier frissonne, et l'airain fumant gronde;
Le sang ruissèle encor pour l'empire du monde.
Les homicides traits dans les airs ont sifflé,
Les cieux sont obscurcis et la terre a tremblé;
Du sang des combattans elle se désaltère.
Ils tombent indignés sur l'humide poussière,
Ils meurent sans vengeance atteints par le boulet.
Mais la mort de plus près part bientôt du mousquet;
Une grêle brûlante entr'ouvre les colonnes,
De la gloire briguant les sanglantes couronnes,
Sur son frère expirant le guerrier en courroux
Du trait qui l'a frappé brave les mortels coups.
De ces murs animés les brèches se remplissent;
De roulemens affreux les échos retentissent;
Les bronzes par milliers éclatent à la fois,
Jamais on n'avait vu d'aussi sanglans exploits,
Mille et mille étendarts, agités par l'orage,
Teignent leurs vieux lambeaux dans un vaste carnage.
La fortune est égale entre tous leurs héros;
Ainsi les flots amers luttent contre les flots
Quand la mer orageuse ose faire la guerre
Tantôt contre les cieux, tantôt contre la terre.
Jamais plus beau laurier n'orna nos bataillons,
La France combattait toutes les nations!

De vingt ans de succès elle scellait la gloire.
O prodige! elle allait décider la victoire,
Quand le fier Tugendbund, poussant un cri pervers,
De son drapeau lugubre épouvante les airs;
Il fixe les regards des légions saxonnes;
O honte! on vit alors ces cohortes félonnes,
Criant avec fureur: « Vive la liberté! »
Tourner contre nos rangs leur drapeau révolté;
Et sur nos légions, de courroux rugissantes,
Des traîtres ont tonné les armes foudroyantes.
A ce sinistre bruit, les soldats alliés
Chargent de toutes parts nos drapeaux repliés,
Et le destin pour eux fait pencher sa balance.
La victoire fuyait les bannières de France;
Mais au milieu des champs de la destruction
Quels corps vont s'opposer à sa désertion?
A leurs bonnets, brûlés par le feu des cartouches,
A leur blanche moustache, à leurs regards farouches,
Aux aigles de l'honneur qui brillent sur leur sein,
A leur démarche grave, à leur mâle maintien,
L'Europe avec terreur sur ses pas les regarde,
Elle reste en suspens, c'était la vieille garde!
Le destin, respectant ces nobles grenadiers,
N'ose porter atteinte à leurs brillans lauriers;
Il obéit encor à la vieille bannière
Sous laquelle il courba vingt ans sa tête altière.
Mais la troisième aurore éclaira leur malheur;
Ce salpêtre, ennemi d'une noble valeur,
Par qui Schwartz, usurpant le pouvoir du tonnerre,
A changé le courage et les lois de la guerre,
Ce salpêtre, épuisé par ces jours de géans,
Où la France avait fait des efforts si puissans,
Ne laissait à ses preux pour repousser l'orage
Que l'arme de Baïonne et leur rare courage.
Exposés dans Leipsic aux assauts périlleux,

Ils défendent ces murs en guerriers généreux;
Les traîtres citoyens de ces remparts perfides
Font pleuvoir le trépas sur leurs rangs intrépides:
Que pouvait leur valeur contre tant d'ennemis!
Dans ces jours désastreux, de toutes parts trahis,
Ils cèdent ces remparts teints du sang de l'Europe.
Retraite de lion! le fer les enveloppe,
Et la mort part encor de leurs rangs indignés.
A fuir ces lieux sanglans ces guerriers résignés
De la Pleisse écumante abordent le rivage;
Des corps sur l'autre rive évitent l'esclavage,
Quand, au bruit de la foudre, au milieu des éclairs,
Le pont de Lindenau s'élance dans les airs;
Alors de nos héros vingt légions captives
Vainement ont gagné ces malheureuses rives,
La Pleisse est un rempart impossible à franchir;
Pour sceller tant de gloire elles allaient mourir,
Quand l'Europe leur tend une main bienveillante;
Mais, trop fier pour se rendre, on aperçoit Tarente,
Méprisant le trépas, s'élancer dans les flots;
Sauvé par son courage, il rejoint nos héros.
Toi, Poniatowski, moins heureux que ce brave,
Trop noble comme lui pour devenir esclave,
Dans les eaux de l'Elster tu trouvas ton tombeau.
Fiers lanciers polonais, brisez votre drapeau!
Pleurez, hélas! pleurez, guerriers de la Vistule,
Ce héros qui du Don aux colonnes d'Hercule
Guida des Polonais les guerrières vertus,
Pleurez, pleurez, lanciers, ce grand homme n'est plus!
De crêpes éternels ombragez votre lance,
Votre patrie a vu sa vieille indépendance
Descendre dans la tombe avec ce fils des rois.
Vous, dont il partagea les glorieux exploits,
Pleurez aussi sa mort, successeurs de Turenne;
Ce brave pour patrie avait choisi la Seine:

« Français, » avait-il dit avant que de périr,
« Quand on ne peut plus vaincre, il faut savoir mourir ! »
Et, digne du bâton qu'obtint votre vaillance,
Il mourut maréchal en maréchal de France.

Mais, traînant sur ses pas des lambeaux d'étendards,
Le grand peuple trahi regagnait ses remparts,
Et, toujours redoutable en sa retraite altière,
Il punit dans Haneau l'infidèle Bavière.

CHANT NEUVIÈME

SOMMAIRE.

Le génie de la liberté apparaît au héros; il redemande ses lois. — Refus de l'Empereur.—Prodigieuse campagne de France. — Hommage aux héros de cette guerre. — Proclamation. — Brienne. — Champ-Aubert. — Montmirail. — Château-Thierry. —Vauxchamps. — Défaite de Blucher. — L'Empereur passe comme l'éclair de la Marne à la Seine. — Défaite de Schwartzemberg à Mormant, Montereau, Valjouan et Méry-sur-Seine. —L'Empereur remonte de nouveau vers la Marne. — Défaite de Blucher à Neuilly-Saint-Front. — Paulette et Victorin, ou la chaumière champenoise.— L'armée de Blucher échappe à une entière destruction par son entrée dans Soissons. — Victoire de Craonne. — Attaque infructueuse des hauteurs de Laon. — L'armée de Silésie entre dans Reims. L'Empereur marche sur elle. — Hommage aux gardes d'honneur vainqueurs des escadrons russes à la reprise de Reims. — Consternation des alliés. — L'Empereur s'élance de nouveau sur Schwartzemberg. — Journée d'Arcis-sur-Aube. — Sang-froid de l'Empereur. — La coalition est sur le point d'être anéantie. — Siége de la grande capitale. — Sa défense est trahie. — Hommage à ses légions citoyennes. — Hommage aux élèves de l'École Polytechnique. — Entrée des alliés dans Paris. — Abdication. — Adieux de Fontainebleau à la vieille garde.

CHANT NEUVIÈME.

Mais des camps des héros l'aigle auguste est en deuil:
O campagne de France, exalte notre orgueil!
J'ai vu de nos guerriers les tribus peu nombreuses
Rassembler fièrement leurs armes valeureuses;
Ils avancent jurer, debout sur leurs foyers,
D'arracher la patrie au joug des étrangers,
Et des flots de leur sang ils teindront les frontières.
O malheur! tu n'abats que les ames vulgaires!
Refoulés sur le sol de leurs champs alarmés,
Pour vaincre ou pour mourir les preux se sont armés:
Leur chef ne s'en remet qu'au destin de la guerre;
Antée a de nouveau mis le pied sur la terre,
Ses membres ont repris l'audace et la vigueur;
Mais son fatal orgueil fera notre malheur.
Oui, dans nos murs troublés ce superbe Génie
Dont les bords de l'Ohio sont la terre chérie;
Qu'on entend en ce jour aux roches d'Apenzell
Invoquer à grands cris la mémoire de Tell;
Que Rome méconnaît; que Sparte adore encore;
Qu'adopta Mexico, que l'Amazone honore;
Dont les lois tôt ou tard régiront l'univers,
Sur les bords de la Seine a secoué ses fers.

Au palais de nos lois montrant un front austère,
Il trouble l'Empereur par cette voix sévère :
« Ingrat, dont la fierté, brisant mes vieux faisceaux,
« Cacha sous des lauriers mon nom sur tes drapeaux,
« Je suis la Liberté, qui fondai ta puissance;
« Naguère j'ai sauvé les états de la France,
« Quand Cobourg dans Fleurus, et Brunswic dans Valmi
« Virent mes pieds fouler l'étendard ennemi.
« L'Europe de nouveau menace ses frontières,
« Eh bien! rappelle-moi sous ses lances guerrières,
« Et l'Europe, tremblante à mon seul souvenir,
« Va nous entendre encor crier : «Vaincre ou mourir!
« Mais je vois sur ton front l'impatience inscrite,
« Tu fronces le sourcil, ma franchise t'irrite,
« Toujours tu veux régner en maître indépendant,
« Ah! tremble, orgueilleux prince, au destin qui t'attend.
« Crois-tu, Napoléon, te sauver par la gloire?
« Eh bien! des temps passés interroge l'histoire :
« C'est moi qui, des Thébains enflammant les grands cœurs,
« Des remparts de Cadmus chassai les oppresseurs;
« Qui, brisant des Tarquins la tyrannique idole,
« Fondai la république aux murs du Capitole;
« C'est moi qui délivrai la ville de Pallas
« De ses trente tyrans, bravant leurs attentats;
« Qui, plantant mes drapeaux aux rives d'Aréthuse,
« Chassai le fier Denys des murs de Syracuse;
« C'est moi qui, d'Underwal brisant le joug de fer,
« Sous la flèche de Tell fis expirer Gesler;
« Qui, foulant sur l'Yssel l'enseigne de Castille,
« Formai de la Hollande une libre famille;
« C'est encor moi que Gêne a vu dans ses remparts
« Écraser sous mes pas les faisceaux des Césars;
« Qui, brisant d'Albion les sanguinaires haches,
« Gravai les droits de l'homme au pied des Apalaches;
« C'est moi qui, suscitant Washington et Francklin,

« Du nouvel Hémisphère affranchis le destin ;
« Qui, dans des jours, hélas ! trop fatals à la France,
« Des enfans d'Haïti réveillai la vengeance.
« Eh bien ! Napoléon, qu'en dis-tu ? tu le vois,
« C'est l'abus du pouvoir qui renverse les rois.
« En vain sous des lauriers tu cachas ma bannière,
« Oui, la gloire est bien belle, à la France bien chère,
« Les lauriers sont brillans ; mais, dans leur pauvreté,
« Les peuples avant tout aiment la liberté.
« Au foudre européen qui sur ta tête gronde,
« Tu ne dois plus rêver la conquête du monde ;
« Songe à sauver la France et ton trône ébranlé :
« C'est pour eux, c'est pour toi que ma voix t'a parlé.
« Remontre à tes guerriers cette enseigne héroïque
« Que sous toi, dans Lodi, portait la république ;
« Oui, pour sauver l'empire en ces assauts mortels,
« Déserteur de mes lois, rétablis mes autels. »
Il dit, et l'Empereur, enflammé de colère,
Lui répond : « Peux-tu bien, peux-tu bien, téméraire,
« Lever contre mon trône un front dominateur ?
« Ne crois pas que je fus un injuste oppresseur :
« Quand les hommes des rois eurent brisé les chaînes,
« L'anarchie avec toi de ton char prit les rènes,
« Et ce char vagabond, à l'œil épouvanté,
« Roulait sur les débris de la société ;
« Je le vis s'égarer ; alors, du bras d'Alcide,
« J'arrêtai ses coursiers dans leur élan rapide ;
« Je voulus, pour le bien des peuples et des cours,
« Sur l'Europe régler son impétueux cours ;
« Et, pour remplir ces lois que je m'étais prescrites,
« Je retins ton génie en d'étroites limites.
« Si je t'avais instruit de mes intentions,
« Tu n'aurais pu me croire au temps des passions.
« Quand Rome sur son front voyait grossir l'orage,
« La main d'un dictateur la sauvait du naufrage ;

« Aux murs de Romulus, fiers ennemis des rois,
« Les malheurs de l'état faisaient taire tes lois.
« Ah! sauvons la patrie, il en est temps encore.
« Quand Mahomet parut aux portes du Bosphore,
« Byzance, sourde au bruit du bélier ottoman,
« Discutait, et son front fléchit sous le turban.
« Des esprits divisés tel est le sort funeste ;
« L'histoire offre cent fois ce malheur que j'atteste.
« Ne formons qu'un faisceau dans ces dangers pressans;
« Je te rendrai tes lois quand il en sera temps. »
« César, tu le veux donc? » a repris le génie,
« Eh bien! va de ton joug délivrer la patrie;
« Et malgré ton épée et tes vieux bataillons,
« Tombe, ô fier dictateur! et fais place aux Bourbons!
Contre toute l'Europe et l'ange qui conspire,
Le héros va trois mois disputer son empire;
On le verra, semblable au géant aux cent bras,
En cent lieux, dans trois mois, lutter en cent combats.
Remontrant de Lodi l'habile capitaine,
Ce nouveau Briaré, de la Marne à la Seine,
De la Seine à la Marne, aussi prompt que l'éclair,
Comme l'aigle disperse, au vaste sein de l'air,
Les noires légions des bruyantes corneilles,
Des hauts-faits d'Italie éclipsant les merveilles,
Va planer sur l'Europe avec tous ses exploits.
Seul avec ses guerriers, en face de dix rois,
Il vole, réduisant cent bataillons en poudre,
Leur faire craindre encore un dernier coup de foudre.
Vieux guerriers, qu'il rassemble en ces jours éminens,
Vous qui partagerez ses exploits surprenans,
La dévorante faim, les plus grandes fatigues,
La saison des frimas, l'Europe et ses intrigues,
La mort, rien ne pourra, pelotons généreux,
Rebuter la valeur de vos rangs peu nombreux.
Siècles! abaissez-vous sur la terre où nous sommes!

Soldats, vous ne serez que quarante mille hommes,
De la France envahie éprouvant le courroux,
Cinq cent mille guerriers trembleront devant vous!
Mais il vous a parlé, l'homme extraordinaire:
« L'ennemi de la France a franchi la frontière! »
Vous a dit le héros d'un accent indigné,
« Le déshonneur français sera-t-il donc signé!
« Peuple, roi si long-temps, tes armes interdites
« Vont-elles se courber sous le joug des Samnites?
« L'histoire, à notre honte employant ses crayons,
« D'un jour de Caudium avilirait nos fronts!...
« Nous ne serions donc plus, dans l'orage qui gronde,
« Les soldats du grand peuple et les vainqueurs du monde!
« Guerriers dégénérés de trente ans de valeur,
« Nous livrerions la France aux fers de l'oppresseur!...
« Non, non, plutôt la mort qu'une telle infamie;
« Mourons, braves soldats, ou sauvons la patrie.
« Pour la gloire autrefois nous avons combattu,
« Nos devoirs sont plus grands dans ce jour de vertu:
« Du joug de l'étranger il faut sauver la France.
« Obéir aux vaincus, nous Français! non, vengeance!
« A nos derniers exploits ils nous reconnaîtront:
« S'ils sont entrés en France ils s'en repentiront! »
Il dit, dans les combats il marche à pas d'Hercule;
L'Europe devant lui tout entière recule;
Écrasant tour à tour ses généraux surpris,
Il tient entre elle et lui l'univers indécis.
Champ-Aubert, Montmirail, Château-Thierry, Brienne
De l'Aigle moscovite et de l'Aigle prussienne
Vous vîtes triompher ses débris valeureux;
Et son aigle, toujours aux destins merveilleux,
En ses serres semblait ressaisir en Champagne
Le globe universel que porta Charlemagne.
Bataille de Vauxchamps, fais sonner tes clairons;
Dans l'affreuse mêlée on voit nos escadrons

Charger du vieux Blucher les bataillons habiles ;
Ils reculent en vain comme des tours mobiles,
Comme un noir ouragan nos rapides coursiers
Renversent devant eux ces malheureux guerriers ;
Dans un chaos sanglant comme la foudre ils roulent,
Et Blucher de ses camps, que nos escadrons foulent,
A peine a dérobé quelques tristes lambeaux.
  La France aux alliés ouvrait ses noirs tombeaux,
Et déjà son courroux, dévorant leurs armées,
Voyait de leurs dix rois les ames alarmées,
Devant quelques guerriers de notre nation,
Redouter de vingt camps l'extermination.
Du peuple le plus grand dont parlera l'histoire,
Blucher de ses débris semait le territoire;
L'empereur poursuivait ces guerriers de l'Oder ;
Il apprend que plus loin les enfans de l'Iser
S'avançaient à grands pas sur les murs de Lutèce ;
Semblable à l'étincelle, à la prompte vitesse,
Qui dévore aux regards la chaîne de Franklin,
De la Marne à la Seine il s'élance soudain :
Son plan comme l'éclair jaillit de sa pensée;
La victoire le suit plus que lui harassée ;
A Mormant, Montereau, Valjouan et Méri,
Schwartzemberg, tu le vois, et ton armée a fui.
Mais déjà de nouveau vers la Marne sanglante
L'Empereur a guidé son armée imposante,
Et Blucher de Vauxchamps a revu le vainqueur.
Le général prussien, réparant son malheur,
Pressait les lieutenans du monarque invincible,
Quand dans Neuilli-Saint-Front il reparaît terrible :
« Eh quoi ! » disait Blucher, « encor Napoléon ?
« C'est le génie affreux de la destruction,
« Et comme l'incendie, agité par l'orage,
« Dans nos camps tour à tour il porte le ravage. »
Avec ses pelotons, par la poudre noircis,

L'Empereur de nouveau campe sur ses débris.
L'ours des Vosges au loin hurlait sur ses montagnes;
Planant du haut des cieux sur ses tristes campagnes,
Sur la Marne la nuit jetait son voile obscur;
Les étoiles brillaient dans un plus sombre azur,
Et les feux des bivacs, embrasant l'atmosphère,
Éclairaient l'horizon de leur pâle lumière.
Sur la neige sanglante et près de leurs faisceaux,
Noirs des feux du combat, nos généreux héros,
Sous la protection des gardes vigilantes,
Reposaient les exploits de leurs armes vaillantes.
Le qui-vive lointain des postes avancés,
La Marne sur ses bords heurtant ses flots glacés,
De cette nuit guerrière au sein de notre France
Interrompaient parfois le belliqueux silence.
L'Empereur, endormi dans un large manteau,
Rêvait du lendemain le triomphe nouveau;
Sur l'affût d'un canon, bruni par le salpêtre,
De l'art des conquérans ce terrible grand-maître
Parmi ses vieux guerriers comme eux passait les nuits.
Les malheurs de la France excitant ses ennuis,
Il s'éveille en sursaut, et la neige à sa vue
De nouveau sur son camp descendait de la nue;
Il a froid, il a faim, et réveillant Berthier,
Tous deux viennent chercher un toit hospitalier;
Deux grenadiers, blanchis dans les camps de la garde,
Devant leurs pas errans leur servent d'avant-garde.
« Qui vive? —L'Empereur! » disent les vétérans,
Au cri de la vedette, attentive en nos camps;
Et par les vieux guerriers, gardes de la couronne,
Vingt fois de leurs bivacs le mot d'ordre se donne.
Ils franchissent le camp, et dans l'obscurité
Leurs yeux cherchent le seuil de l'hospitalité:
Leurs pas foulent long-temps cette vague étendue
Que la neige forma sur la campagne nue.

Mais non loin de ces bords où sous les aquilons
La Marne chariait ses énormes glaçons,
D'un champêtre foyer la mourante lumière,
Qui perçait la cloison d'une obscure chaumière,
De nos quatre guerriers a frappé les regards.
Ils abordent bientôt les modestes remparts :
Secouant leurs manteaux sur le seuil de la porte,
Ils frappent, « Qui va là? » demande une voix forte;
« —Aux vengeurs de la France ouvrez, honnêtes gens, »
Répondent les guerriers. A ces gaulois accens,
Une fille timide ouvre et fuit vers son père.
Dehors les vétérans veillent sur la chaumière.
L'Empereur est entré, suivi du seul Berthier.
Sans bouger de son siége, assis près du foyer,
Un invalide, enfant de nos vieilles alarmes,
Dérouillait en chantant ses respectables armes;
Un bonnet de guerrier de ses lambeaux poudreux
Du noble laboureur couvrait les blancs cheveux,
Et le coq y brillait sur un faisceau de lances;
Une jambe de bois, témoin de ses souffrances,
Attestait sa valeur. Aux guerriers inconnus,
« Camarades, » dit-il, » soyez les bien-venus;
« Paulette, à ces amis offre des escabelles,
« Rallume de ce feu les mortes étincelles,
« Et sur la table mets le pain du laboureur.
« Compagnons, je suis pauvre, et je n'ai qu'un bon cœur,
« Mais comme vous aussi j'ai servi notre France,
« Et celle-ci peut-être atteste ma vaillance. »
A ces mots il frappait sur sa jambe de bois.
La timide Paulette obéit à sa voix:
La flamme du foyer de nouveau monte et brille,
Le vin pur du coteau dans le vase pétille,
Le pain brun du village occupe le couteau,
Et le vieux laboureur du champenois hameau,
La coupe du festin sur sa bouche animée,

S'écrie : « A la santé de notre brave armée !
« A la santé du chef qui la guide aux combats !
« Bientôt de l'ennemi qu'ils sauvent nos états. »
Il dit, et l'Empereur, qu'amuse son délire,
Lui-même à sa santé boit avec un sourire.
« Tout le jour, » reprend-il, « le fracas du canon
« A fait frémir au loin les échos du vallon ;
« Sans doute l'Empereur a gagné la bataille ;
« Je me croyais encore au sein de la mitraille ;
« J'ai vu nos Champenois qui volaient au combat,
« La gloire a réveillé l'ame d'un vieux soldat,
« De l'habit de Valmy j'ai repris la dépouille,
« De mon sabre poudreux j'ai fait partir la rouille,
« Et, frappant de gaîté sur ma jambe de bois,
« Guide-moi, lui criai-je, à de nouveaux exploits ;
« L'Europe inonde encor notre pauvre Champagne,
« Allons, père invalide, encore une campagne,
« Et de nos villageois réglant un peloton,
« Avec eux je marchais vers le bruit du canon ;
« Quand ma fille Paulette, en ses sombres alarmes,
« Se glissant au milieu de nos champêtres armes,
« Par mon vieux baudrier accourt me retenir :
« Mon père, ah ! par pitié, que vais-je devenir ? »
Dit-elle en sanglottant, « si ton bras m'abandonne ;
« Pour protéger ta fille, hélas ! il n'est personne.
« C'est vrai, père invalide, » ont crié nos guerriers,
« Va, rentre avec Paulette auprès de tes foyers,
« Assez dans les combats tu prouvas ta vaillance,
« Aujourd'hui c'est à nous à sauver notre France ;
« Protége tes enfans, la patrie en ce jour
« Te tient quitte envers elle, allons, c'est notre tour.
« Ils partent fredonnant une chanson guerrière.
« Mon œil les suit long-temps ; ensuite en ma chaumière
« Je rentre malgré moi, plein d'un mortel ennui ;
« Mais demain avec vous je marche à l'ennemi. »

Paulette à ces accens voit renaître ses larmes;
Quand l'Empereur ému, dissipant ses alarmes,
Dit au vieux labourenr : « Mon ami, reste en paix,
« Ton dévoûment est noble et digne d'un Français
« Qui marcha dans les rangs de notre république;
« Mais de notre empereur la sage politique
« Aux vengeances que dicte un étranger drapeau
« Ne veut point exposer les peuples du hameau.
« Observez ses débats dans un profond silence,
« Avec ses vieux guerriers il sauvera la France.
« — Ah! » dit le Champenois, « s'il rappelait les temps
« Où la patrie entière au milieu de vingt camps,
« Repoussant ses soldats par-delà nos frontières,
« Se vengea de l'Europe en ses murs tributaires,
« Mes amis, son triomphe en serait plus certain:
« Oui, que la France entende un cri républicain [52],
« Comme au jour de Jemmape, entière elle se lève,
« Et l'ennemi vaincu fuira devant son glaive. »
Il dit, et ces accens étonnent l'Empereur.
« As-tu servi long-temps, » dit-il au laboureur,
« Alors que la patrie était républicaine?
« — Quand l'Europe en nos champs dans sa vengeance vaine
« Pour nous donner des fers guidait tous ses soldats,
« Parmi ces paysans, vengeurs de nos états,
« Qui vinrent à Valmy prouver leur grand courage,
« En pelotons, vêtus de l'habit du village,
« Je marchais fièrement au rang des grenadiers;
« Plus tard j'ai de Jourdan partagé les lauriers,
« Quand aux champs de Fleurus d'immortelle mémoire,
« Du milieu de nos rangs que pressait la victoire,
« On entendit partir cet héroïque cri :
« Non, non, point, ô Français! de retraite aujourd'hui! [54]
« Lorsque le prince Charle, aux murs de Franconie,
« Faisait rétrograder les camps de la patrie,
« Aux champs d'Altenkirchen j'étais près de Marceau,

« Quand, par un coup mortel descendant au tombeau,
« L'ombre de ce héros vit, répandant des larmes,
« L'Autriche à son trépas de deuil couvrir ses armes;
« Et là, par le boulet moi-même mutilé,
« De nos camps à regret je me vis exilé.
« Je revis les coteaux de la bonne Champagne,
« Les regards caressans de ma chère compagne,
« Le clocher du hameau, le champêtre festin,
« Et de Paulette enfant le sourire malin.
« Mais quelques mois après je perdis mon amie,
« Et, consacrant mes jours à ma fille chérie,
« Je vécus pour former son cœur à la vertu.
« Croiriez-vous que ce cœur pour l'amour a battu? »
Dit-il, fixant Paulette, au rubicond visage,
« Elle aima Victorin, un enfant de son âge,
« Qui marche dans ce jour sous vos braves drapeaux.
« — Raconte-nous cela, » des Francs dit le héros
Au noble laboureur dont il admirait l'ame,
« Tu nous feras plaisir, peins-nous donc cette flamme. »
« Enfant de ce hameau, le jeune Victorin
D'un guerrier de Fleurus était un orphelin;
Du fils du brave mort en servant la patrie
Sous mon toit protecteur l'enfance fut nourrie.
Il passait pour mon fils, et dans sa douce erreur
A Paulette il donnait le tendre nom de sœur:
On les voyait ensemble au fond de la prairie
Conduire leurs troupeaux paître l'herbe fleurie;
Tous deux sur les coteaux ils venaient confondus
Élaguer de nos ceps les pampres superflus;
Ensemble ils folâtraient dans les jeux du village;
Un amour inconnu croissait avec leur âge;
Et de ces jeunes cœurs je vis avec plaisir
Les tendres sentimens que je voulais unir.
Pour plaire à sa Paulette en sa première enfance
Victorin employait la douce complaisance;

Pour elle sur le pin, jetant de joyeux cris,
Il allait du ramier dérober les petits;
Dans les flancs du coteau sa jeune main charmée
Pour elle allait cueillir la fraise parfumée;
Il couronnait de fleurs le modeste chapeau
Que Paulette portait le dimanche au hameau;
Quand elle allait puiser l'onde de la fontaine,
Du poids de l'humble vase il partageait la peine.
Sans le croire ils vivaient comme de vrais amans;
Leurs cœurs méconnaissaient les nouveaux sentimens
Que déployaient chez eux les lois de la nature:
L'amour les enivrait, et leur ame était pure;
Victorin dans Paulette adorait une sœur,
Et la naïveté du trouble de son cœur,
Dérobant à ma fille un aimable mystère,
Dans son cher Victorin ne lui montrait qu'un frère.
Mais le temps arrivait où pour plus de bonheur
Ma prudence devait détruire leur erreur;
J'instruisis Victorin du sort de son enfance;
Ce secret révélé, plein de reconnaissance,
Bon jeune homme, il baigna mes genoux de ses pleurs.
Mais nos jeunes amans en changèrent de mœurs:
En leur humeur folâtre on les voyait naguère
A d'innocens baisers s'amuser et se plaire;
Depuis lors, à ces jeux par ma voix enlevé,
Victorin soupira, timide et réservé;
Et Paulette, autrefois si vive et si joyeuse,
Parcourant le vallon, solitaire et rêveuse,
Sentait couler ses pleurs au nom de Victorin.
Lorsqu'ils se rencontraient au lever du matin,
En se disant bonjour d'un timide langage,
Le rouge du ponceau colorait leur visage;
Et distraits, conduisant leurs plus libres troupeaux
Dans la sombre vallée où roulaient les ruisseaux,
Leurs yeux se rencontraient et puis fixaient la terre.

Quand du siége commun seul il foulait la pierre,
Victorin caressait d'un air plus attendri
Du troupeau de sa sœur l'agneau le plus chéri;
Et non loin du berger la sensible Paulette,
Courbant furtivement sa modeste houlette,
Baisait le vieux ruban dont l'orna son ami.
L'amour les remplissait de son aimable ennui:
Un soir, c'était le soir d'une fête au village,
Ils rentrèrent boudeurs au foyer du ménage;
Paulette, le cœur gros, soupirait dans un coin;
D'un air moitié léger, le pauvre Victorin,
Passant et repassant une main caressante
Sur le dos de son chien, en lorgnant son amante:
« Fidèle, » disait-il, « de ton maître chagrin
« En ton attachement tu viens lécher la main;
« Fidèle est bien ton nom, car tu n'es pas volage;
Et Paulette, de pleurs inondant son visage,
Fuit sous le vieil ormeau du seuil hospitalier;
Quand Victorin, rêveur dans un coin du foyer,
Se reprochant peut-être une amère injustice,
Se lève pour la suivre, et, bizarre caprice,
Guidé par le soupçon, vient encor se rasseoir;
Mais de l'amour sur l'ame invincible pouvoir!
Il s'approche en tremblant de Paulette qui pleure.
Me glissant après lui de notre humble demeure,
Je viens les écouter sous l'ormeau des aïeux.
« Comme le soir est beau! qu'ils sont sereins, les cieux! »
Dit le berger contraint abordant son amie,
« De respirer le frais que ma bouche est ravie!
« Paulette, vois la lune, au sommet du coteau,
« S'élevant dans les airs, éclairer le hameau,
« Aux regards satisfaits que sa lumière est douce! »
Mais Paulette à ces mots se tait, et le repousse
De la pierre où près d'elle il venait reposer.
« Ah! Paulette, je vois, je viens t'indisposer, »

Dit Victorin, piqué de cette bouderie,
« Pardon! si j'ai troublé la douce rêverie
« Où le jeune Silvain a plongé tes esprits.
« — O Victorin! retourne auprès de ta Nœris,
« Tu lui diras combien cette soirée est belle,
« Va, cours à ses genoux jurer de n'aimer qu'elle.
« — O méchante Paulette! » ajoute Victorin,
Qui de sa jeune amie avait saisi la main,
Et la serrait malgré sa petite colère,
« Tu croirais que Nœris, cette jeune bergère,
« Avec qui tout le jour, pour la première fois,
« J'ai dansé sous le charme, au son de nos hautbois,
« Paulette, tu croirais que c'est Nœris que j'aime?
« Hélas! si tu savais quelle douleur extrême
« De danser avec elle a déchiré mon sein!
« C'était pour te punir de ne voir que Silvain.
« Paulette, oui, Paulette, oh! quelle perfidie!
« Pour lui seul en ce jour tu paraissais jolie.
« —Ne le fallait-il pas, quand ton sinistre accent
« De danser avec moi refusa durement? »
Lui réplique Paulette, et Victorin ajoute:
« Va, ce n'est pas de là que date encor mon doute;
« L'autre jour quand la pluie eut répandu ses flots,
« Tu lui donnas la main pour sauter les ruisseaux,
« Et lorsque de saint Paul on célébra la fête,
« Les bluets qu'il t'offrit ornèrent seuls ta tête.
« —Victorin, tu le sais, le père de Silvain
« De tous temps fut l'ami le plus chéri du mien,
« A ce titre à son fils je dois donc quelque estime;
« De mes égards pour lui cesse de faire un crime,
« A tes soupçons sur nous sache enfin commander.
« —Tu ne l'aimes donc pas?—Peux-tu le demander? »
Et ma fille à ces mots à ses pleurs s'abandonne.
« A mes transports jaloux, ma Paulette, pardonne, »
Lui disait Victorin, la pressant sur son cœur.

« Les aimables enfans ! » interrompt l'Empereur,
« Oui, Berthier, voilà bien les bergers de Virgile,
« On dirait que Gessner nous raconte une idylle.
« Que j'aime les amours de ces cœurs innocens!
« Poursuis, bon laboureur, tes faits intéressans. »
Quand le bon Victorin eut apaisé Paulette,
Leur conversation en devint plus secrète;
J'entendis cependant qu'il s'agissait d'hymen,
De Paulette on devait me demander la main.
Nous rentrâmes, la nuit avançait sa carrière.
Dès que l'aube eut brillé, vers mon lit solitaire
Mes enfans devant moi tombèrent à genoux :
« Mon père, » dit Victor, « bénis ces deux époux ;
« Tu m'admis autrefois au sein de ta famille,
« Comble tous tes bienfaits en me donnant ta fille. »
Avec sévérité les fixant tous les deux :
« Quoi! déjà de l'hymen, dis-je, serrer les nœuds ?
« Victorin, qu'as-tu fait de ton adolescence ?
« As-tu donc acquitté ta dette envers la France ?
« Ton sang a-t-il coulé sous ses nobles drapeaux ?
« Regarde autour de toi : les enfans des hameaux
« Au son de la trompette abandonnent nos chaumes,
« Ils vont se réunir aux vainqueurs des royaumes,
« Soutenir dans nos camps l'honneur du nom français,
« Et toi, lâche Victor, toi, qui pour tous hauts-faits
« Surpris dans tes lacets la timide fauvette,
« Tu voudrais oublier dans les bras de Paulette
« Que tu naquis en France et sous Napoléon!
« Français, suis les devoirs que t'impose ce nom,
« Et sujet d'un héros la gloire de nos armes,
« Avec lui vers Moscou va braver les alarmes :
« Victor, va conquérir l'étoile des guerriers,
« Et quand, le front couvert de glorieux lauriers,
« De l'honneur de nos camps tu m'offriras le signe,
« De la main de Paulette alors tu seras digne. »

A ces mots Victorin se lève avec fierté,
Et fixant sur Paulette un œil de dignité:
« Oui, je saurai, » dit-il, « conquérir mon amie;
« Demain je volerai défendre la patrie;
« Pour l'honneur et l'amour demain je suis soldat.
Il dit, et la pâleur remplace l'incarnat
Qui de ma fille en pleurs colorait le visage.
Son amant la console, et son bouillant courage,
Dès que la douce aurore a coloré les cieux,
A Paulette assoupie ainsi fait ses adieux:
« Tu dors, ô mon amie! et Victorin s'exile,
« Adieu, pour les combats il quitte ton asile;
» Puisse un songe riant te cacher son départ.
« Adieu, puissé-je un jour, vainqueur du noir hasard,
« Te pressant sur mon cœur et l'étoile brillante,
« T'appeler mon épouse, ô mon aimable amante! »
Le brave Victorin joignit les étendards
Qui devaient de Moscou conquérir les remparts.
Une épître de Dresde apprit à ma Paulette,
Dont l'ame depuis lors fut toujours inquiète,
Qu'il n'avait point péri dans ces tristes climats
Où tombèrent, dit-on, presque tous nos soldats.
Nous croyons qu'avec vous dans la triste Champagne
Contre toute l'Europe il fait aussi campagne;
Nous pensons chaque jour dans ces lieux le revoir,
Mais le sort jusqu'ici déjoua notre espoir.»
Il dit, Paulette émue en pleure de tristesse.
Au noble Victorin l'Empereur s'intéresse:
Et déjà le monarque au fermier demandait
Le nom de ses parens, sous quelle aigle il servait,
Quand le cri de qui vive! en la veille guerrière,
Émeut les habitans de l'obscure chaumière.
Berthier sort à l'instant, et près des grenadiers,
Dont l'arme est menaçante, il a vu trois guerriers;
Au second cri; « qui vive! » ils ont répondu: « France! »

A l'ordre de nos camps un jeune garde avance ;
Ce soldat sur ses pas conduit deux officiers
Des bivacs ennemis qu'il a faits prisonniers,
Et Berthier l'introduit dans la simple demeure.
Il entre, et de surprise immobile il demeure ;
Sa main vers son schako se lève par honneur,
On l'entend murmurer : « que vois-je? l'Empereur ! »
A ces mots qui pourrait du père de Paulette
Peindre l'étonnement et l'ame stupéfaite?
Il ouvre de grands yeux sur ce fier potentat
Qui, sous le gros drap gris du modeste soldat,
Venait de son pain noir faire sa nourriture;
Il croit dans son erreur qu'il lui fit une injure ;
Il tombe à ses genoux, lui demandant pardon.
« Digne homme, lève-toi, » lui dit Napoléon.
« Ton erreur à mes yeux ne saurait être un crime;
« Sois sûr que j'aurai soin d'un brave que j'estime.
« Et toi, jeune guerrier, » dit-il au garde ému,
« Avec ces ennemis, réponds-moi, d'où viens tu?
« — Pour revoir mes parens, né dans cette province,
« Sorti du camp français, » répond-il à son prince,
« Ces guerriers égarés se trouvent sur mes pas ;
« Rendez-vous, » leur criai-je, « ou craignez le trépas !
« Ils déposent leur glaive à ma voix menaçante,
« Ma victoire à tes pieds, grand prince, les présente. »
Et l'Empereur, louant son intrépidité,
Accueille ses captifs avec aménité.

Mais à sa voix, semblable à l'accent du village,
Le fermier du soldat a fixé le visage ;
« Est-ce, » murmure-t-il, « un enfant du hameau? »
A l'aigle qui parait le front de son schako,
Son regard reconnaît, contemplant sa cocarde,
Un des jeunes guerriers de l'intrépide garde ;
De ses drapeaux sacrés c'était un voltigeur,
Et l'étoile du brave éclatait sur son cœur.

Le laboureur le fixe avec sollicitude;
Il devenait pensif en son incertitude;
Mais d'un cœur amoureux l'œil est bien plus certain,
Et tombant dans ses bras, criant : « C'est Victorin ! »
Paulette, que transporte une ingénue ivresse,
Embrasse ce guerrier qui sur son sein la presse.
Poussant un cri de joie à ce tableau touchant,
Le fermier champenois vient d'un pas chancelant
A ce groupe amoureux s'unir avec tendresse,
Et dans la vive ardeur du transport qui l'oppresse :
« C'est lui ! c'est Victorin ! » dit-il tout égaré,
« Et du ruban d'honneur son sein est décoré !
« Donnez-moi donc la main pour que je vous unisse;
« Oui, Paulette est à toi; que le ciel vous bénisse ! »
Dès qu'ils ont satisfait l'ivresse de leur cœur,
Tous trois ont demandé pardon à l'Empereur :
« Point d'excuse, » répond le héros comme un père,
« L'effusion des cœurs ne saurait me déplaire.
« Vous, » dit-il, s'adressant aux guerriers étrangers,
« Que le sort de la guerre a faits mes prisonniers,
« Près de moi, je le veux, qu'ici mon rang s'efface,
« Autour de ce foyer venez prendre une place; »
Et les deux officiers, pénétrés de respect,
Veulent rester debout à son auguste aspect.
« Non, » leur dit l'Empereur, « assis en ma présence,
« Dites-moi de vos camps quelle est la contenance?
« Que pensent vos guerriers au milieu de nos champs,
« Des jours de Champ-Aubert, Montmirail et Vauxchamp ?
« — Ils en tremblent, grand prince, en leur incertitude,
« Et devant tes Français leur vaste multitude
« Recule épouvantée en murmurant ton nom ;
« Ce nom glisse en leur ame avec un noir frisson,
« A l'aspect des bonnets de ta garde invincible :
« Il est là! » s'écrient-ils, en leur effroi terrible,
« Il est là, le lion des camps et des combats!

« A-t-il donc avec lui trois cent mille soldats!
« Nous le voyons partout, partout il suit nos traces,
« Il dévore en géant le temps et les espaces;
« Nous le croyons bien loin quand il est devant nous;
« Un de nos camps tremblans succombe sous ses coups,
« Et, tout fumant du sang d'une armée immolée,
« Entraînant sur ses pas la victoire essoufflée,
« Devançant dans son vol la déesse aux cent voix,
« Sur des bords éloignés il prouve ses exploits
« A d'autres camps, frappés d'une affreuse épouvante
« De revoir devant eux sa gloire menaçante.
« Ses aigles de le suivre, en leur vol si puissant,
« Se lasseraient parfois dans son camp haletant,
« Mais c'est pour la patrie, et comme le tonnerre,
« Elles guident les preux de ce démon de guerre,
« Dont le souffle en passant dévore nos soldats.
« Dans sa balance encor le destin des états
« Voit de tout son vieux poids peser son puissant glaive;
« Et l'astre de Lodi sur son front se relève. »
Ainsi les étrangers au vaillant empereur
Apprenaient de leurs camps quelle était la terreur.
Mais déjà vers les monts l'aurore blanchissante
Fait pâlir dans les cieux l'étoile scintillante,
Et l'actif potentat, fixant le cadran d'or,
S'écrie: « Il faut partir, » au général major,
Se lève et près de lui, d'une main bienveillante,
Appelle Victorin et sa naïve amante:
« Je vous dote, » dit-il à ces deux jeunes gens,
« De tout l'or que je porte acceptez les présens,
« Plus tard je veillerai sur votre humble carrière.
« Sois libre, Victorin, du serment militaire
« La voix de l'Empereur te délie en ce jour;
« Passe des camps de Mars dans les bras de l'Amour. »
« Quoi! » répond Victorin, en répandant des larmes,
« Un Français dans ce jour pourrait poser les armes!

« Non, non, à mes enfans je veux léguer l'honneur;
« Je ne quitterai point dans son noble malheur,
« La grande nation en ses revers si fière;
« Et lorsque l'ennemi par-delà sa frontière
« Ira tremblant encor rappeler nos exploits,
« Alors de mon amour je goûterai les droits. »
Il dit, et l'Empereur a loué sa noblesse.
Mais la douce Paulette en gémit de tristesse,
Quand son amant lui dit, la pressant sur son sein :
« Console-toi, Paulette, il veut, ton Victorin
« Qu'en te voyant passer on dise d'un ton grave :
« Amis, saluons-la, c'est l'épouse d'un brave !
« Laisse-moi donc marcher encor sous nos drapeaux. »
D'autres émotions attendent le héros :
Il sort de la chaumière, et rangée à sa porte,
De laboureurs armés il trouve une cohorte,
Qui l'accueillent au cri de la plus noble ardeur;
Leurs rangs mal alignés se pressent par honneur;
Leur haie offre au héros un martial passage.
A la tête des rangs des guerriers du village,
On voit père invalide avec son vieil habit ;
Il s'était échappé du champêtre réduit,
Et, sonnant du beffroi la cloche frémissante,
Il avait rassemblé cette troupe bruyante.
« Guide-nous, » disait-elle à l'Empereur surpris,
« Guide-nous au combat contre les ennemis ;
« Nous sommes les enfans de la brave Champagne,
« Nous saurons de Valmy remontrer la campagne.
« Si nous ne sommes pas exercés aux combats,
« Tu le sais, le cœur seul peut faire des soldats ;
« Comme tes vétérans nous mourrons pour la France !
« C'est bien ! » dit l'Empereur qu'attendrit leur présence,
« J'apprécie en ce jour tout votre dévoûment ;
« Mais je l'ai déjà dit et j'en fais le serment :
« Je ne veux point livrer aux lois des représailles

« Les hameaux des Français qu'au milieu des batailles
« Leurs nobles sentimens guideraient près de moi.
« Amis, restez en paix, je vous en fais la loi;
« Mon vieux camp, c'est assez pour sauver la patrie. »
Il dit, à ces accens la cohorte attendrie
Veut marcher malgré lui dans sa noble fierté;
Mais un geste où du roi règne l'autorité,
Impose aux Champenois le plus morne silence.
« Eh bien! vous le voyez, ce peuple de la France! »
Dit alors le monarque à ses deux prisonniers,
« Retournez dans vos camps dire à vos rois altiers
« Qu'un mot de l'Empereur, dans son ardeur guerrière,
« Pourrait armer contre eux la France tout entière.
« Qu'ils tremblent, des héros ils foulent les vieux champs!
« Si quelques pelotons font reculer leurs camps,
« Que deviendraient-ils donc, si, frappant cette terre,
« Mon pied faisait jaillir cent légions de guerre?
« Retournez, je vous rends à votre liberté. »
Il dit, et saluant sa noble majesté,
Ces officiers captifs, qu'étonne sa clémence,
Partent en admirant et ce prince et la France.
Cependant comme on voit dans de puissans filets
De nombreux étourneaux palpiter stupéfaits,
A l'aspect du chasseur qui vient, ému de joie,
Saisir, en la comptant, sa triste et riche proie,
Ainsi du vieux Blucher les camps enveloppés
Voyaient, dans la terreur dont ils étaient frappés,
Le héros s'avancer pour les charger de chaînes;
En vain ils s'agitaient dans des manœuvres vaines,
De toutes parts cernés par des hauts-faits experts,
Ils allaient tous périr ou tomber dans les fers,
Quand un guerrier français à ces tristes cohortes
Lâchement de Soissons ouvre les vieilles portes.
Ah! que n'étais-tu là, toi, généreux Girard,
Qui plus tard en héros gardas ce boulevard!

Déposant ses drapeaux au pied de cette place,
Blucher eût expié son insolente audace.
Tu tombais dans nos champs, ô coalition!
Mais Blucher, échappant à la destruction,
A Bulow réuni, redevient formidable.
Quand dans les champs de Craonne* en un jour effroyable
Il voit tomber encor ses drapeaux étonnés.
Sur les hauteurs de Laon ils ont fui consternés;
Mais du haut de ces rocs ils bravent l'Aigle altière
Qui voulait d'un essor rapide et téméraire
A travers la mitraille escalader ces monts.
Nos guerriers, plus prudens, reculent dans Soissons;
Et Blucher vient de Reims envahir les murailles.
Il enfle le courroux du démon des batailles
Qui vient reconquérir, rapide en ses exploits,
Les remparts glorieux où l'on sacre nos rois:
Reims, de sang inondée, a revu nos bannières.
A travers les éclats des foudres meurtrières,
Quels sont ces escadrons aux traits adolescens
Qui portent des Hongrois les légers dolimans?
Des schakos d'écarlate ornent leurs nobles têtes,
Et la riche pelisse, au milieu des tempêtes,
Humide de leur sang voltige sur leur dos.
C'est vous, gardes d'honneur, ô valeureux héros!
Qui du sang étranger teignez vos jeunes armes.
Les vieux dragons du tsar, dans d'affreuses alarmes,
S'échappent devant vous de blessures couverts.
Les vétérans qu'ont vus Smolensk et les déserts,
Devant vos étendards qu'ornent de neuves franges,
Inclinent l'aigle usé de leurs vieilles phalanges.

Blucher fuyait encor devant nos légions,
Et nos drapeaux vainqueurs voltigaient dans Châlons;
La France était vengée et l'Europe craintive
Redoutait chaque jour de devenir captive.

(*) On prononce Cranne au lieu de Craonne, comme on prononce Lan au lieu de Laon.

Avec son camp volant l'Empereur tour à tour
Se faisait dans ses rangs un effroyable jour.
Mais l'ennemi vaincu renaissait de sa cendre,
Et de nouveaux exploits attendaient Alexandre;
Ses lieutenans fuyaient privés de son appui,
La victoire en ses camps hésitait loin de lui,
Et l'hydre de l'Europe, au milieu des tempêtes,
De ses fronts abattus voyait jaillir des têtes;
Quand l'Alcide français, dans ses bras plus puissans,
Marche pour étouffer ces monstres renaissans.
Il paraît dans Arcis avec ses chars rapides:
Et Schwartzemberg revoit ces guerriers intrépides,
Ces géans des combats, que rien ne peut lasser,
De nouveau sur ses camps comme l'éclair passer.
Le vaillant empereur, au sein de la bataille,
Comme un simple guerrier affronta la mitraille;
Il fut partout semblable au météore ardent
Qui passe en un clin-d'œil de l'aurore au couchant;
Dans ce combat terrible où sa valeur extrême
En chef comme en soldat soutint son diadême,
Il vit tomber sous lui son coursier foudroyé:
« Sire, retirez-vous ! » dit son camp effrayé;
Sur un autre coursier montant d'un air stoïque:
« Ne craignez rien, » dit-il à sa garde héroïque,
« Le boulet par lequel je dois être abattu,
« Ce boulet, mes amis, n'est pas encor fondu! »
Mais après cent lauriers, cueillis dans la Champagne,
Il va par un miracle achever la campagne,
L'Europe est prisonnière entre Lutèce et lui:
« De mon trône, » a-t-il dit, « infatigable appui,
« Soldats victorieux sur la Marne et la Seine,
« A Craonne, à Montmirail, à Vauxchamps, à Brienne,
« A Champ-Aubert, à Reims, à Soissons, à Nangis,
« Gravez sur vos drapeaux: Vainqueurs un contre dix!
« Gravez: Un peuple seul contre toute l'Europe!

« Nous allons en finir, la France l'enveloppe;
« Cette Europe, captive entre Paris et moi,
« Elle va du grand peuple encor subir la loi:
« Oui, par un coup de foudre achevant cette guerre,
« Recouvrons en un jour l'empire de la terre. »
Il dit, dispose tout. L'Europe allait fléchir,
Un éclair de génie allait l'anéantir;
Mais, sûre de l'appui d'une ligue fatale,
Elle vient d'assiéger la grande capitale.
La Trahison, guidant ses nombreux étendards,
L'introduira bientôt dans nos tristes remparts.
Cependant de Paris la garde vole aux armes,
La reine des cités va braver les alarmes:
Jaloux de repousser les assauts ennemis,
Ses guerriers citoyens aux braves sont unis.
Intéressans soldats, ils défendent leurs lares,
Et leurs nobles efforts étonnent les barbares!
Montmartre voit près d'eux les élèves de Mars
De leur jeune valeur protéger nos remparts.
Mais l'Empereur arrive; une heure, une heure encore,
Et sous ces murs fumans, qu'un noble sang colore,
L'Europe va tomber sous les glaives vengeurs:
Dieu! ces murs sont trahis, de lâches déserteurs
En ont abandonné la défense honorable,
Ils ont livré Paris, trahison détestable!
Quels sont donc ces ingrats, amis de nos affronts?
Qui?... taisons-nous, l'histoire a prononcé leurs noms.
Mais vous, ô légions! sur le marbre héroïque
Son crayon a gravé votre valeur civique;
Au siége de Lutèce on a vu vos drapeaux,
Des drapeaux de l'armée intrépides rivaux,
Se colorer du sang des phalanges urbaines.
O glorieux honneur des lances citoyennes!
Inclinant ses faisceaux devant les Parisiens,
L'Europe respecta les héros citadins,

Saluant vers Clichy ces braves de Lutèce,
L'étranger dans nos murs admira leur sagesse.
Vous de l'art de Turenne, ô jeunes écoliers!
Du compas de Vauban illustres héritiers,
Aux temps, qu'étonnera votre patriotisme,
Montmartre redira votre jeune héroïsme.
Honorés des bravos des alliés surpris,
Vous pûtes, couronnés des lauriers de Paris,
Dire comme le Cid: « Chez les ames bien nées
« La valeur n'attend pas le nombre des années! »
Mais Rome a succombé sous vingt peuples unis,
Les coursiers de l'Europe ont foulé ses parvis,
Elle triomphe, hélas! on a vu ses cohortes
De nos remparts sacrés franchir toutes les portes;
Elle vient, l'admirant dans la guerre et la paix,
Rendre justice aux mœurs du grand peuple français.
Mais du fier empereur que devient la puissance?
L'Europe dans Paris dicte sa déchéance,
A la France souffrante elle rend les Bourbons.
Le grand homme, à l'aspect de ses divisions,
Au bien de la patrie avec gloire s'immole;
L'île d'Elbe pour lui fait place au Capitole;
Plus citoyen que roi, pour la paix de l'État,
Il descend de son trône avec un noble éclat.
En voyant la fortune à ses ordres rebelle,
Il dépose son sceptre aux pieds de l'infidèle,
Sans crainte et sans regret la fixant fièrement:
« Je te rends, » lui dit-il « ton glorieux présent! »
Mais il pleure en quittant ses compagnons de gloire;
Ses adieux à jamais vivront dans notre histoire;
Cour de Fontainebleau, qui les a recueillis,
Redis-les aux Français qu'ils avaient attendris.
L'habit encor brûlé des feux de la mitraille,
La garde en cette cour est rangée en bataille;
Ses drapeaux, inclinés en signe de douleur,

De leur respect encor honorent l'Empereur.
Le héros apparaît à ces bandes guerrières,
Des pleurs silencieux coulaient de ses paupières;
Il s'avance au milieu d'un saint recueillement,
Ses vieux gardes émus le fixent tristement;
Un douloureux hommage entoure sa personne,
Parmi ses vieux amis il est roi sans couronne.
Il les a salués, puis recueillant ses sens,
D'une voix altérée il parle en ces accens :
« Mon ame de douleur, en vous quittant, soupire,
« Je vous fais mes adieux, gardes de mon empire,
« Je vous quitte à regret, magnanimes soldats;
« Vous ne me verrez plus vous guider aux combats,
« Nous ne nous verrons plus dans les champs de la gloire;
« Mais je vais dans l'exil écrire notre histoire;
« Je dirai, publiant votre insigne valeur,
« Que je vous vis vingt ans au poste de l'honneur.
« Servez bien la patrie et les fils d'Henri-Quatre!
« La France encor trois ans nous aurait vus combattre,
« C'était la déchirer, amis, non, non, jamais!
« Je sacrifie un trône au repos des Français :
« Puissent mes sentimens à tous servir de règles.
« Officiers, des drapeaux qu'on m'apporte les aigles. »
Les étendarts sacrés sont portés au héros,
Il dit, en imprimant ses lèvres aux drapeaux :
« Recevez mes baisers, armes nobles et pures,
« Puissent-ils retentir chez les races futures!
« Retournez dans vos rangs. Et vous, mes vieux soldats,
« Que ne vous puis-je tous presser entre mes bras;
« Mais, embrassant Petit, c'est vous tous que j'embrasse.
« Respectant des Bourbons l'antique et noble race,
« Sous le sceptre des lis puissiez-vous être heureux,
« Je le serai moi-même. Acceptez mes adieux! »
Il dit, on vit alors frémir ces vieux courages,
Et les larmes rouler sur ces mâles visages;

Les guerriers, compagnons de tous ses grands travaux,
Pleuraient en recevant les adieux du héros:
« Non, reste parmi nous, père de la victoire, »
Criaient en sanglottant ces bandes de la gloire,
« C'est en toi qu'est la France et non pas dans Paris,
« Mène-nous sur ces murs que l'Europe a conquis;
« Viens, de tes vieux enfans guide encor la vaillance,
« Ils sauront tous mourir pour ton trône et la France!
« Je reconnais bien là votre intrépidité, »
D'un ton grave a repris l'Empereur attristé,
« Je sais bien qu'avec vous et vos frères fidèles,
« Nous aurions pu long-temps défendre nos querelles;
« Mais les discords sanglans menacent nos états,
« En citoyens français terminant nos débats,
« Sachons dans ses malheurs respecter la patrie. »
Il dit, et tend les bras à sa garde attendrie;
De ce lieu de douleur s'arrachant à pas lents:
« Adieu! » dit-il encor à ces fiers régimens,
« Adieu, mes vieux amis, adieu mes frères d'armes! »
Il part en dévorant ses généreuses larmes,
Et de l'abandonner leur faisant un devoir,
Il laisse ces guerriers en proie au désespoir.

CHANT DIXIÈME.

SOMMAIRE.

Retour des Bourbons. — Inquiétude des esprits. — Napoléon sur le rocher de l'île d'Elbe. — Un navire français lui révèle la situation de la France. — Il s'embarque. — Son merveilleux retour. — Campagne des Trois Jours. — Proclamation. — Victoire de Fleurus. — Les Français viennent camper au pied du mont St.-Jean. — Les Anglais, Chant de Richard Cœur-de-Lion. — Les Écossais, hymne d'Oscar. — Chant de gloire des Français. — La France, assise sur les bords de l'Escaut, médite dans l'attente de la grande bataille que livre l'Empereur. — Son pressentiment. — Apparition subite d'un vieux soldat, qui, sauvant l'aigle de la garde, lui raconte la journée de Waterloo et l'héroïsme de ses compagnons commandés par Cambrone. — Mort du vieux grenadier. — Désastres de la France. — Dispersion de l'armée de la Loire. — Hommage aux héros vétérans. Retour du roi. — Hommage à la Charte. — L'Empereur vient réclamer l'hospitalité britannique. — Infame lâcheté exercée envers lui. — Sa solennelle protestation. — Apostrophe aux Anglais. — Derniers adieux de l'empereur à la France. — Voyage du Northumberland vers Sainte-Hélène. — Débarquement dans l'île. — Courageuse résignation de l'illustre proscrit. — Sa maladie. — Ses derniers momens. — Sa mort. — Ses funérailles. — Adieux de Bertrand à l'ombre de son auguste ami. — Hommage au prince Eugène, redemandant en vain la dépouille mortelle de son père adoptif. — Tombeau du grand homme.

CHANT DIXIÈME.

Du vainqueur de Courtras recouvrant la puissance,
Les Bourbons ont paru pour consoler la France;
Respectant ses lauriers, ces princes généreux
Ont adopté la gloire et l'insigne des preux,
Et les lis sont un baume aux blessures de l'aigle.
Le sage et bon Louis sur son siècle se règle;
Il proclame la Charte, et le peuple français
Du roi législateur a béni les bienfaits.
Mais bientôt les esprits, dans leur inquiétude,
Semblent les oublier avec ingratitude:
Le monstre féodal, effrayant les hameaux,
Paraît à leurs regards surgir de ses créneaux;
Les Bourbons, recréant les temps de leurs ancêtres,
Semblent courber nos fronts sous l'étole des prêtres;
Pour de jeunes seigneurs, vétérans oubliés,
Nos guerriers frémissans semblent humiliés;
Et, trahissant dans l'ombre et la France et ses princes,
La sinistre Discorde agitait nos provinces.
Que faisait donc alors le monarque exilé?
Napoléon, assis sur un roc isolé,
Où des flots orageux se brisait la furie,
Venait dans sa douleur pleurer sur la patrie.

Un jour que sur son roc, en proie à ses regrets,
Il rêvait tristement à ses anciens sujets,
Il vit en pleine mer s'avancer un navire;
Ciel! serait-il français? le grand homme soupire:
Il cherche à démêler dans l'humide horizon
Quelle couleur portait son flottant pavillon.
Mais son cœur, qui s'émeut, bat avec violence,
Son œil a reconnu les armes de la France
Alors il tend de loin ses bras aux matelots.
Plus prompte que les vents la nef court sur les flots:
Bientôt Napoléon a, dans sa vive attente,
Vu mugir à ses pieds la vague bouillonnante;
Dèjà sa noble voix hèle les passagers;
Le navire de l'île effleure les rochers.
Mais à son feutre plat, à sa capote grise,
A son œil d'un vif sombre, en proie à la surprise,
La vigie a crié: «Dieu! c'est Napoléon!»
O pouvoir de la gloire! à cet auguste nom,
Sur le pont envahi l'équipage se presse,
Son œil sur l'Empereur se fixe avec ivresse;
Les fronts sont découverts, les bronzes ont tonné.
Mais le héros s'adresse au pilote étonné:
« D'où viens-tu?—De Marseille.—Où vas-tu?—Vers Corcyre.
« —Ah! dis-moi, les enfans de mon antique empire
« Vivent-ils fortunés sous les lois des Bourbons?
« —La Discorde chez nous rallume ses brandons, »
Lui répond le pilote, « et la France inquiète,
« Dans ses sombres terreurs, chaque jour te regrette. »
Il dit, et, saluant l'infortuné héros,
Le navire français s'échappe sur les flots.

L'Empereur, interdit, en demeure immobile:
« France, » murmure-t-il, « quoi! la guerre civile!
Et son génie encore embrasse l'univers;
Ses regards dévorans ont mesuré les mers;
Un projet téméraire en son ame fermente:

« Oui, c'en est fait! » a dit cette ame impatiente,
« O grande nation, je vais donc te revoir! »
Il descend de son roc plein d'un brillant espoir.
Quand sous l'aile des nuits la nature sommeille,
Dans la rade de fer un esquif appareille;
L'Empereur et les siens d'Elbe ont quitté les bords.
« Quel chemin prenons-nous? » dit le pilote alors,
Le héros sur sa carte a montré la Provence;
Le nocher interdit lui répond : « Quoi! la France!
« — Obéis et tais-toi. — Quel est votre dessein?
« — Du monde sur ton bord tu portes le destin. »
Le nautonier se tait, admirant cette audace,
Et son esquif des flots sillonne la surface.
  L'équipage s'endort; mais, pour braver la nuit,
Assis sur le tillac, l'Empereur réfléchit.
Bientôt de la Provence on découvre les côtes;
Pays des troubadours, reçois ces nobles hôtes;
Ils mouillent dans tes ports, c'est le grand Empereur;
Il vient reconquérir son trône sans terreur;
Sans tirer son épée il marche sans alarmes,
Ses six cents grenadiers ont renversé leurs armes.
Sa redingote grise, humble habit du soldat,
Sa vieille aigle, brillant de tout son vieil éclat,
Son chapeau, sa cocarde, où l'on lisait encore
Les affronts de l'Europe et l'effroi de l'Aurore,
Cette voix qui naguère, oracle de ses rois,
Semblait de l'univers être l'unique voix,
Contre un prince puissant c'étaient là ses armées:
Que peut-il craindre? il marche avec ses renommées.
De ces grands talismans ô merveilleux effets!
Il est suivi des flots de ses anciens sujets.
O ciel! auraient-ils pu terminer ton histoire!
Tu venais les séduire avec toute ta gloire.
  Mais vingt jours t'ont suffi; tes aigles dans Paris
Au Louvre ont remplacé les drapeaux de Louis.

Un long cri de terreur en mugit en Europe;
Sur toi de l'Èbre au Don son bras se développe:
« Rois, tremblez! » disait-elle à tous ses potentats,
« Le géant a paru, rassemblez vos soldats!
« Tremblez! » s'écriait-elle, en s'armant de sa lance,
« Sa gloire sans épée a reconquis la France!
« Que tous vos bataillons se lèvent aujourd'hui;
« Si ce n'est pas assez pour marcher contre lui,
« Des traîtres de nouveau je remûrai les fanges. »
Cependant l'Empereur, rassemblant ses phalanges,
S'apprêtait à braver deux millions d'humains;
Son armée est debout comme en ses fiers destins.
Aux hymnes qu'autrefois chantait la république,
Il s'avance avec elle aux champs de la Belgique:
« Français, » avait-il dit à ses nobles guerriers,
« Élevé de nouveau sur vos vieux boucliers,
« Je suis venu venger l'armée et la patrie.
« Du fond de mon exil, cette France chérie,
« Qui vient de me rasseoir au trône de ses rois,
« M'a de tous ses affronts fait entendre la voix,
« Et je suis revenu pour lui rendre sa gloire.
« Des traîtres seuls ont pu nous ravir la victoire;
« Français, qu'il n'en soit plus au milieu de nos rangs:
« Jurez, braves soldats, que, fiers de vos sermens,
« Vous soutiendrez le trône où l'honneur se rattache;
« Alors de nos revers nous laverons la tache,
« Nos destins rajeunis reprendront leur éclat.
« Du jour de Montmirail remontrez le soldat,
« Et nous serons encor cette armée étonnante
« Qui, de l'Europe entière illustre conquérante,
« Sur les tours des palais de tous les potentats,
« Arbora ses drapeaux, teints du sang des combats.
« Guerriers, vous le jurez, fidèles à la France,
« Vous soutiendrez sa gloire en servant ma puissance. »
Il dit, partant du sein de tous les bataillons,

L'armée a retenti des cris : « Nous le jurons ! ».
Sa valeur à Blucher prouve en un jour terrible
Qu'aux plaines de Fleurus la France est invincible.
La fortune semblait lui rendre ses faveurs;
L'Europe avec effroi contemplait les vainqueurs :
« Les Français, » disait-elle, en sa terreur profonde,
« Viennent recommencer la conquête du monde!
« Et leur grand Empereur sur le front de mes rois
« Vient encor imprimer le vieux sceau de ses lois. »
De la fortune, hélas ! c'est le dernier sourire !
Waterloo! Waterloo! tombeau du grand empire,
Termine les destins du grand peuple français
Par un revers plus grand que le triomphe anglais.
Quel est ce mont puissant où la pourpre étincelle?
Notre aigle l'a fixé d'une ardente prunelle.
D'Albion sur ces rocs brillent les léopards;
Wellington, retranché sur ces hauts boulevarts,
Attend dans sa valeur aux combats animée
Des vainqueurs de Fleurus la triomphante armée.
Mais il a vu frémir tout son camp éperdu;
Au pied du mont Saint-Jean nos guerriers ont paru.
C'était l'heure où le jour, quittant notre hémisphère,
Au champ des bananiers va porter sa lumière;
L'heure où les fils de Mars dans leurs camps belliqueux,
Aux lueurs des bivacs, chantent l'hymne des preux.
Sur les rocs éclatans que bordaient les vedettes,
Aux accompagnemens des bruyantes trompettes,
A l'ombre des drapeaux du terrible Édouard,
Les guerriers d'Albion chantaient leur roi Richard :
« Rival des paladins dont la gloire profonde
« S'assit auprès d'Arthur et de la table ronde,
« Salut à ta mémoire, ô roi Cœur-de-Lion !
« Salut, noble Richard, la gloire d'Albion !
« Murs de Ptolémaïs, redites sa vaillance,
« Redites-nous ce jour où sa puissante lance

« Planta les léopards sur vos créneaux détruits.
« O champs de Césarée! entendez-vous ces cris,
« Ces cris de la terreur d'une foule éperdue
« Qui roule en flots sanglans vers la plaine étendue?
« Malheur à tes enfans, famille d'Ismaël!
« Ah! fuis du preux Richard, fuis le glaive cruel;
« De l'ange de la mort c'est la lance terrible.
« Ainsi les Sarrazins, dans leur frayeur horrible,
« Devant le roi Richard fuyaient criant merci,
« Quand ce fier paladin, sous le cèdre endormi,
« Se réveillant au bruit des escadrons du Maure
« Qui venaient enchaîner ce fléau de l'Aurore,
« Seul, avec son courage, aux rives du Jourdain,
« Dispersait les guerriers du Sultan Saladin.
« Mais dans les rets, tendus par la traîtresse Envie,
« La fierté du lion gémit donc asservie!
« Dans une tour obscure, hélas! chargé de fers,
« Tu languis, ô Richard! victime des pervers,
« Et le fidèle Anglais, assis sur le rivage,
« Demande en gémissant ton navire à l'orage.
« Mais, pars en pèlerin, ô généreux Blondel!
« Fais retentir la tour des chants du ménestrel;
« Dis celui que Richard sur sa harpe guerrière
« A l'ombre de Windsor a murmuré naguère,
« Quand il unit, rêvant à la gloire, à l'amour,
« Au glaive de Tristan le luth du troubadour.
« Richard vit, il répond, et la noble Angleterre
« Redemande son prince, et ce foudre de guerre
« Vient encor aux Français montrer le léopard;
« Enfans de la Tamise, honneur au roi Richard! »
C'est ainsi que chantaient ces fameux insulaires
Dont le chevalier noir illustra les bannières;
Chez qui Shakspir chanta les fureurs d'Othello,
Les noirs regrets d'Hamlet, les pleurs de Roméo,
Les terreurs de Macbeth et l'amour d'Ophélie;

Chez qui Newton des cieux dévoila l'harmonie;
Dont Pope fut l'Homère, Alfred fut le Solon,
Adisson l'Euripide, et toi, Lock, le Platon;
Et chez lesquels on vit, dans l'art de la mesure,
Milton chanter Adam, et Thompson la nature.
Mais plus loin quels guerriers à ces Anglais si fiers
Mêlent plus tristement leurs sauvages concerts?
Leurs fronts sont couronnés de plumes éclatantes,
Et leurs muscles, couverts par des bandes flottantes,
D'Alcide offrent les traits aux curieux regards.
Ces robustes guerriers, domptés par les Stuarts,
Viennent des bords du Tay, qu'attriste un noir ombrage.
Aux lugubres accords de la harpe sauvage
Qui frappa les échos des rochers de Dumbar,
Ces neveux d'Ossian chantaient l'hymne d'Oscar:
« Descends, fils de Fingal, descends de tes nuages,
« Apporte parmi nous la lance des carnages
« Qui répandit la mort sur les bords du Loda:
« Viens visiter nos camps, époux de Malvina;
« Les belliqueux guerriers de la Calédonie
« Redemandent aux vents ton martial génie.
« Aux armes, montagnards! sur son char triomphal
« Il traverse les airs, cet enfant de Fingal;
« Aux armes Écossais! Ossian l'accompagne;
« Sa harpe a murmuré: Guerriers de la montagne,
« Entendez-vous ces sons si chéris de Morven?
« Le brave s'est armé, les lueurs du matin
« Font déjà resplendir son éclatante armure;
« Dans l'horreur des combats effaçant son injure,
« Comme la foudre abat les sombres pins des monts
« Sa lance a dispersé les épais bataillons.
« Si le trait de la mort a, sifflant dans la nue,
« Frappé l'ame du brave en son armée émue;
« Au temple de l'orage, aux sons des doux concerts,
« Son ombre vient errer au milieu des éclairs.

« Descends, fils de Fingal, descends de tes nuages,
« Viens des fils de Morven enflammer les courages;
« Que la harpe du barde exalte nos hauts-faits,
« Demain nous combattons le grand peuple Français! »
C'est ainsi que chantaient sur leur lyre chérie
Ces sauvages pasteurs de la Calédonie,
Et les spectres fameux des héros montagnards
Semblaient planer encor sur leurs vieux étendarts.

Mais les Français, couverts de palmes triomphantes,
Au pied du mont Saint-Jean viennent d'asseoir leurs tentes,
Et fixant l'ennemi d'un regard dédaigneux,
Ils confondent ainsi ses chants présompteux:
« Au courage français, siècles, rendez hommage!
« Nous sûmes des Césars conquérir l'héritage,
« Nous sûmes relever les faisceaux des Brutus,
« Quand, effroi des enfans du fier Arminius,
« Dans l'antique Forum notre clameur guerrière,
« Disait aux Scipions: Sortez de la poussière!
« Quand nos drapeaux, flottans sous son ciel toujours pur,
« Se mêlaient aux lilas des bosquets de Tibur,
« Nous avons délivré la captive Ausonie.
« Nous avons fait trembler les fils de l'Arabie,
« Quand nos pas, s'imprimant sur le vieil univers,
« Faisaient voler au loin le sable des déserts,
« Et foulaient, triomphans, les roses d'Idumée.
« L'Autriche à Marengo veut braver notre armée,
« Mais l'Éridan nous voit, vainqueurs de ses Germains,
« Rasseoir notre puissance au pied des Apennins.
« Notre aigle a dévoré l'aigle de l'Allemagne,
« Quand l'humble successeur du puissant Charlemagne
« Aux pieds de notre prince a fléchi les genoux.
« Quand de nos mille exploits insolemment jaloux,
« Les preux de Fréderic osèrent nous combattre,
« Notre foudre en un jour a su tous les abattre;
« Et nos aigles, brillant au temple de la mort,

« Veillèrent au tombeau du Salomon du Nord.
« Vainement de Rourick la famille sauvage
« Vint des fils de l'Oder venger l'illustre outrage,
« Tout tomba dans Fridland sous nos glaives vainqueurs.
« Mais le Pyrène a vu flotter nos trois couleurs,
« Et bravant les stylets des enfans de Pélage,
« Couverts d'un sang impur, aux flots brillans du Tage
« Nos guerriers des combats ont mêlé la sueur.
« Aux remparts des Iwans quelle affreuse lueur
« De trois cent mille preux fait briller les armures?
« Des fantômes des tsars écoutons les murmures;
« Ah! relevant leur front du sein de leur cercueil,
« Ils tremblent, admirant notre indomptable orgueil:
« Il régnait au milieu de la flamme infernale
« Qu'un Scythe, pour sauver la sainte capitale,
« Où notre altier courage entra victorieux,
« Alluma sous nos pas d'un bras mystérieux.
« Quand le froid Aquilon, jaloux de notre gloire,
« Sous son souffle de glace éclipsant la victoire,
« Nous dit: « Je viens venger les hommes impuissans;
« Lutte, race indomptable, avec les élémens! »
« Hélas! peu de guerriers disputèrent la vie!
« Quand on vit s'élever de la grande patrie
« Des camps jeunes encor, mais ils étaient français;
« Et l'Europe frémit au bruit de nos hauts-faits.
« Mais nous fûmes trahis; que pouvait la vaillance?
« Nous vînmes disputer les champs de notre France;
« Nous étions peu nombreux, et quelques pelotons
« Osèrent, tenant tête à mille bataillons,
« Lutter pendant trois mois contre l'Europe entière.
« Notre aigle alors brillait de sa gloire première,
« Et l'arme de Baïonne, en nos camps affaiblis,
« Sur elle avait gravé: « la France un contre dix! »
« Nous allions vaincre encor, régner encor en maîtres;
« O patrie! en nos rangs on a donc vu des traîtres!

« Sans eux nous recouvrions le sceptre universel.
« Sans honte profitant d'un acte criminel,
« L'Europe aux lâches seuls a dû notre naufrage.
« Au courage Français, siècles, rendez hommage! »
C'est ainsi que chantaient ces Français valeureux.
Écoutant en tremblant ces chants victorieux,
L'ennemi frémissait dans un morne silence.
Mais l'aurore a brillé, l'heure de la vengeance
Dans tout le camp français a fait gronder ses sons;
Et l'on vit s'ébranler ces fières légions
Que les lâches encor promirent à la tombe.
Mais sous la trahison si le brave succombe,
La patrie éplorée, assise à son cercueil,
Dépose le tribut de son généreux deuil,
Quand le traître abhorré voit sa main redoutable,
D'un sceau réprobateur flétrir son front coupable.

Le jour allait finir, une douce lueur
Éclairait l'horizon, bruni par la vapeur;
Déjà le bruit lointain des foudres de la France,
Apporté par les vents, ébranlait par distance
L'écho de la montagne où Dumouriez vainquit;
L'œil tourné vers les champs d'où partait ce long bruit,
Sur les bords de l'Escaut, une amazone assise,
Prêtait avec angoisse une oreille surprise
Au fracas du canon qui semblait s'approcher;
Son front, qui dans sa main va bientôt se pencher,
Des lauriers de Fleurus resplendissant encore,
Au souffle des terreurs, morne. se décolore;
Un noir pressentiment s'est glissé dans son cœur:
« Quelques lâches peut-être ont forfait à l'honneur!... »
Entend-on murmurer l'amazone à voix basse,
Et de son cœur flétri l'espérance s'efface.
Tout-à-coup à ses yeux paraît un vieux soldat;
Ses habits sont souillés du sang d'un long combat,
La douleur est empreinte en son regard terrible.

C'était un vétéran de la garde invincible;
Il portait dans ses mains l'aigle des grenadiers;
La foudre avait brûlé ses antiques lauriers,
Et d'un sang généreux elle était tout empreinte.
A cet affreux aspect de l'aigle auguste et sainte:
« Où sont tes compagnons ?.» en ses sombres transports,
Demande l'amazone.—« O France! ils sont tous morts! »
Répond le vieux guerrier, versant une ou deux larmes.
«—Ils se sont laissé vaincre ?—Ah! respecte leurs armes!
« Jamais tant de valeur... infame trahison....
« —Quoi! des Français encore ont méconnu leur nom?
« —Ils ont à l'héroïsme arraché la victoire.
« —Tout est-il donc perdu ?—Tout, hélas! hors la gloire.
« Écoute, et, si ton cœur le peut dans son grand deuil,
« Pleure sur tes enfans, mais pleure avec orgueil! »
« Assaillis près des champs où le bras de Maurice
Des camps de Cumberland fit un grand sacrifice,
Les orgueilleux Bretons croyaient dans leur effroi
Entendre retentir l'écho de Fontenoi:
Nous allions chez le Belge, en un jour de campagne,
Arracher de leurs fronts tous les lauriers d'Espagne;
L'aigle allait foudroyer l'insolent Léopard.
Nous vengions Salamanque; ô barbare hasard!
Les vainqueurs sont trahis, et, mémoire éternelle!
Jamais ils n'ont acquis une gloire aussi belle.
Blucher a secouru le tremblant Wellington:
« Victoire! c'est Grouchi, » criait Napoléon;
Fatale erreur! surpris par une armée immense,
Nos guerriers de la vaincre ont encor l'espérance,
Ils avaient triomphé d'ennemis plus nombreux;
Hélas! la trahison conspire encor contre eux!
Des lâches dans les rangs poussent des cris perfides;
« Sauve! sauve qui peut! » Nos guerriers intrépides
Pour la première fois sont saisis de terreur.
On voit de toutes parts hésiter leur valeur,

Ils reculent bientôt dans un désordre extrême.
Mais la garde s'avance en ce péril suprême;
A travers la mitraille, à travers les boulets,
On voit ces vieux drapeaux, on voit ces vieux bonnets,
Dont l'aspect seul cent fois décida les batailles,
S'avancer fièrement au champ des funérailles;
Et nous, les vieux amis du grand Napoléon,
Osant seuls résister à tout le camp breton,
D'un front calme attaquons des monts d'où le tonnerre,
Dans d'affreux tourbillons s'élançant vers la terre,
Foudroyait nos guerriers, orgueilleux de périr:
Nous ne pouvions plus vaincre, ah! nous devions mourir!
Par l'Anglais épargnée, à des chaînes honteuses
La garde aurait tendu ses mains victorieuses?...
Non, non, de la trahir faisant rougir le sort,
Elle porte sa gloire au temple de la mort!
Je vois mes vieux amis, qu'écrase la mitraille,
Tous tomber à leur poste en ordre de bataille,
Comme ils avaient vécu terminant leurs travaux;
Pour dernière victoire, ils meurent en héros.
Cambrone nous guidait sur ce champ de carnage.
Étonnés, confondus de notre grand courage,
« Premiers soldats du monde! » ont crié les Anglais,
« Rendez-vous! rendez-vous! braves gardes français,
« Vous avez assez fait pour l'honneur de la France! »
Avec un fier mépris rejetant leur clémence,
Nos guerriers, indignés, préfèrent le trépas:
« La garde, » ont-ils crié, « meurt et ne se rend pas!
L'Empereur nous suivait sur ce champ des alarmes;
Méprisant le trépas comme ses frères d'armes,
Il voulait s'élancer pour mourir avec eux;
Mais on retient, hélas! cet élan généreux:
« Vivez, » lui disait-on, « vivez pour la patrie! »
La France parle encore à son ame attendrie;
Croyant que cette voix lui dictait son devoir,

Il s'arrache des champs tombeau de son pouvoir.
« Et nous, nous mourions tous pour l'honneur de la France!
Mais un cri part du sein de ce champ de souffrance;
« Sauvons l'aigle! » entend-on courir dans tous les rangs;
Alors un peloton de quelques vétérans,
Se serrant sous l'enseigne en frémissant de rage,
S'arrache avec regret de ce champ de carnage.
L'ennemi nous poursuit, mais, pleins de désespoir,
Couvrant l'aigle sacrée avec un voile noir,
Et formant autour d'elle un mur de baïonnettes,
Les nobles grenadiers, France, que tu regrettes,
Reculent lentement à travers les Bretons,
Repoussant les assauts de tous leurs escadrons.
Mais les feux meurtriers sans pitié les moissonnent,
Et tous mes compagnons... ah! mes sens en frissonnent;
L'œil tourné vers l'Anglais, à leur dernier soupir,
Autour de ce drapeau je les ai vus mourir;
Et moi seul, réchappé de ce grand sacrifice,
Je dépose à tes pieds, dans ce soir de supplice,
Cette aigle de nos camps, ravie au déshonneur. »
Ainsi dit le guerrier sans reproche et sans peur.
Mais son sang s'écoulait par de larges blessures,
La gloire ouvrait pour lui ses saintes sépultures,
Et le vieux grenadier, descendant au tombeau,
De son regard mourant fixe encor son drapeau.
Mais les preux ne sont plus; ô France! qui les pleures,
Elève tes regards vers les saintes demeures,
Ils sont allés s'asseoir sous les dais éternels
Au céleste banquet des trois cents immortels;
Ces preux, Léonidas, sont tous morts sans se rendre!
Passant, dont le pied foule une héroïque cendre,
A la moderne Sparte, en ce jour de douleur,
Va dire que la garde est morte pour l'honneur!
Hélas! par ses enfans indignement trahie,
Pour la seconde fois la France est envahie,

L'anarchie, ô grand Dieu! reparaît parmi nous:
Ciel, sur notre patrie épanche ton courroux!
J'ai vu les Léopards s'abreuver à la Seine,
J'ai vu de lâches mains qui bénissaient leur chaîne,
Flatter ces Léopards teints du sang des Français;
J'ai vu les souvenirs de trente ans de hauts-faits,
Par des vainqueurs d'un jour, ravis à notre gloire;
Oui, j'ai vu dans nos murs l'insolente victoire,
Des monumens des arts que nous avions conquis.
Entre vingt nations partager les débris.
J'ai vu toute l'Europe accabler notre France,
Peser nos millions dans sa vaste balance,
Piller nos arsenaux, dévaster nos remparts,
Pour cinq ans sur nos bords planter ses étendarts;
Et j'ai vu Régulus, trompé par son courage,
Partir pour expirer dans les fers de Carthage.
Quoi! j'ai vu tous ces maux? Dieu! sont-ils épuisés?
Non, j'ai vu nos drapeaux, par l'Europe brisés,
Couvrir de leurs débris les ondes de la Loire.
Mais, de nos preux encore illustrons la mémoire;
Généreux citoyens, comme braves soldats,
Par leur soumission au sein de nos états,
Ils éteignent les feux de la guerre intestine;
On vit ces vieux enfans de la gloire orpheline,
Pour le bâton noueux du pauvre voyageur
Changeant ce fer, témoin de trente ans de valeur,
Venir, sur les lambeaux de leurs vieilles bannières,
Regretter la victoire au foyer de leurs pères.
France, enorgueillis-toi, chacun de tes hameaux
Parmi ses laboureurs peut compter des héros;
Eux-mêmes s'effaçant; les affronts de la Loire
T'ont couverte en tous lieux des débris de ta gloire.
Que font ces vétérans dans leurs calmes destins?
Rendons, rendons hommage aux soldats citoyens;
La bêche dans leur main a remplacé la lance,

Après l'avoir servie ils nourrissent la France,
Et le soir au foyer, par leurs guerriers récits,
A mourir pour sa gloire ils instruisent leurs fils.
Oui, sous le chaume obscur par la valeur nourrie,
Notre jeunesse apprend à venger la patrie.
Europe, tu verras les enfans des guerriers
Laver dans l'avenir l'affront de nos lauriers.
Quand par la trahison la valeur fut trompée,
« Oui, malheur aux vaincus ! » mettant ta lourde épée
Dans l'indigne balance où tes avares lois
Pesaient l'or de la France, au mépris de ses droits,
Dis-tu comme Brennus au malheureux courage :
Mais tremble qu'un Camille aux guerriers d'un autre âge,
Consolant d'Allia l'aigle des légions,
Ne crie : « Amis, le fer vengera nos affronts ! »
Mais Louis reparaît au jour de la souffrance ;
Comme l'Ange sauveur, fils de la Providence,
Il vient fermer la plaie et relever l'orgueil
De la France sanglante et couverte de deuil;
Oui, pour la consoler des malheurs du courage,
Ce roi lui restitue une liberté sage.
Es-tu la Liberté, dis, fille de Brutus ?
J'admire et n'aime point tes farouches vertus :
Républicaine à Rome, et reine sur la terre,
La liberté romaine, injuste dans la guerre,
Déposant ses faisceaux au pied de ses autels,
A courbé sous ses fers le reste des mortels;
Idole de Caton, tes mains donnaient des chaînes.
Es-tu la Liberté, toi qu'adorait Athènes ?
Encor moins, Aristide est banni par tes lois.
Pologne, la verrai-je au trône de tes rois ?
Infortuné pays! qu'as-tu fait de ta gloire ?
L'exemple de ta chute est l'effroi de l'histoire ;
Chez toi la Liberté régnait le sabre en main :
Tes peuples, asservis aux lois d'un palatin,

Baignaient de leur sueur la glèbe avilissante;
La majesté royale, élective, impuissante,
Courbait un front docile aux pieds de tes seigneurs,
Et ces mille tyrans firent tous tes malheurs.
Quelle est cette guerrière et modeste et hautaine
Qui médite ses lois, assise au pied d'un chêne?
Elle a paré son front, au hameau d'Appenzell,
Des lauriers de Sempach et du bonnet de Tell? [54]
C'est la Liberté Suisse; ah! reste en ces parages,
Tes mœurs pour mon esprit sont encor trop sauvages.
Mais où te trouverai-je, ô sainte Liberté?
« En France, » a répondu l'auguste Déité,
« En France, au pied du trône où le peuple m'appelle;
« On me nomme la Charte, et ma gloire immortelle
« Est fille d'un Bourbon, veux-tu suivre ma loi? »
C'est toi que je cherchais, déesse, embrasse-moi.
O flots! qui blanchissez l'aviron britannique,
Quel navire inhumain guidez-vous vers l'Afrique?
Quel homme sur le pont, gardé par les Anglais,
Tourne encor ses regards vers le sol des Français?
O trahison! c'est lui qu'une implacable haine
Dévoue au ciel brûlant du roc de Sainte-Hélène!
C'est lui qui sacrifie une seconde fois
Au repos des Français le sceptre de leurs rois.
« Albion, » lui dit-on, « d'une main généreuse
« Va sans doute accueillir ta gloire malheureuse;
« Tu vivras libre encor à l'appui de ses lois. »
Le héros généreux se fie à cette voix;
Des oppresseurs des mers il vient d'aborder l'île;
D'une main désarmée il demande un asile:
« Lorsque l'ingrate Athène exila ses destins,
« Thémistocle autrefois, » dit-il à ces marins,
« Fuyant ses ennemis et la guerre intestine,
« Au grand roi qu'il vainquit aux mers de Salamine
« Demanda le refuge à ses nobles douleurs.

« Accablé comme lui sous le poids des malheurs,
« Je viens vivre à l'abri des lois de l'Angleterre;
« Mon règne est à jamais terminé sur la terre,
« Et je viens plein de foi, dans mon sort onéreux,
« M'asseoir sur les foyers d'un peuple généreux. »
Mais un sinistre cri des remparts de Saint-Jame
Du héros confiant vient trahir la grande ame;
La terre avec horreur écoute ces accens:
« Fléau de l'univers, tes vœux sont impuissans,
« L'Europe de son sein à jamais te rejette;
« De l'arrêt de ses rois l'Angleterre sujette
« Te condamne à l'exil et te donne des fers;
« Sainte-Hélène t'attend, va mourir sur ses mers. »
Le héros, indigné de ce lâche parjure,
Répond avec grandeur à cette horrible injure:
« Si je cherche en vos murs un toit hospitalier,
« Je suis votre hôte, Anglais, non votre prisonnier:
« Quand je vins désarmé, trahi par la victoire,
« Vous offrir en ce jour de respecter ma gloire,
« Je crus, trop confiant en vos cœurs généreux,
« Offrir un jour de plus à vos jours glorieux.
« Comment répondez-vous à tant de confiance?
« Vous osez, abusant des droits de la puissance,
« Plonger votre hôte au sein de la captivité!
« Mais que dira l'histoire à la postérité?
« Un soldat, » dira-t-elle, « admiré de la terre,
« Avait pendant vingt ans combattu l'Angleterre,
« Et lorsqu'au champ de Mars abandonnant ses camps
« La fortune eut trahi ses drapeaux chancelans,
« Il vint, du cœur anglais prenant son cœur pour juge,
« De ses vieux ennemis réclamer un refuge;
« A l'ombre de leurs lois il voulait vivre en paix,
« O souvenir honteux du plus noir des forfaits!
« On feignit de lui tendre une main protectrice,
« Dès qu'il eut abordé l'île persécutrice,

« Il crut qu'elle accueillait son infortuné sort ;
« Qu'y trouva-t-il ? grand Dieu ! qu'y trouva-t-il ?... la mort !
Ainsi dit le héros. L'Angleterre insensible
S'apprête à consommer ce sacrifice horrible.
Déjà les vents, ridant la surface des flots,
Secondent les efforts de ses fiers matelots ;
Déjà le gouvernail fend la liquide plaine,
Et le Northumberland cingle vers Sainte-Hélène.
Nef inhospitalière, Anglais, peuple inhumain,
Vous avez, du grand homme enchaînant le destin,
Flétri le pavillon de l'altière Tamise,
Et terni pour jamais sa gloire compromise.
N'exalte plus tes lois, ô peuple trop vanté !
Je t'ai vu sans respect pour l'hospitalité !
Quoi ! le sauvage, enfant du nouvel hémisphère,
Baissant à son saint nom sa masse meurtrière,
Épargne l'ennemi qui réclame ses droits,
Et, chez toi déposant le glaive des exploits,
Quand il vint à tes lois rendre un touchant hommage,
L'hôte de l'Angleterre a trouvé l'esclavage !
Et quel hôte, grand Dieu ! un hôte dont le bras
A fait pendant vingt ans le destin des états ;
Un hôte qui des rois fut l'arbitre et le frère ;
Un hôte qui des cieux vit le digne vicaire
Du baume impérial oindre son front vainqueur.
Vous, Anglais, sans respect pour son noble malheur,
Pour ajouter encor à son cruel supplice,
Votre orgueil lui dénie, en sa vaine injustice,
Les titres qu'on accorde aux monarques déchus :
Albion, oubliant en tes lâches refus,
Qu'il fut oint du saint chrême aux murs du Capitole,
Tu ne vois donc en lui que le soldat d'Arcole ?...
Un soldat, as-tu dit ? ah ! c'est le plus beau nom
Que tu pouvais donner au fier Napoléon :
Oui, ce héros, ceignant, au sein de la tempête,

De lauriers glorieux plus de cent fois sa tête,
En sauvant la patrie, en relevant l'état,
Sut bien se mériter ce grand nom de soldat.
Mais déjà de Plymouth on a fui le rivage,
De la Neustrie au loin on découvre la plage;
Monté sur le tillac, le héros malheureux
Reconnaît des Français l'empire glorieux;
Tendant vers lui ses bras, que souillaient des entraves:
« Adieu, » s'écria-t-il, « adieu, terre des braves;
« J'ai vu sous tes drapeaux marcher la trahison;
« Quelques lâches de moins, ô grande nation!
« Et tu serais encor la maîtresse du monde. »
Il disait, insultant à sa douleur profonde,
Dans sa course rapide, au sein des vastes mers,
Le navire breton fendait les flots amers;
Déjà de l'Armorique il a doublé les rives;
Il voit dans l'horizon les côtes fugitives
Du peuple qui, fidèle à la cause des rois,
Défendit en géant et le trône et la Croix;
Il voit fuir de Henri le phare magnifique;
Volant comme l'éclair sur la mer Atlantique
Il a quitté les flots du golfe des Gascons;
Déjà de l'Ibérie il découvre les monts;
Évitant en passant les rochers de Pélage,
De la Lusitanie il vient doubler la plage;
Olysippe et ses tours s'offrent dans le lointain.
Mais il entend mugir l'océan africain;
Il côtoie en ces mers les îles fortunées
Où les anciens coulaient de si douces années;
Des peuples de Tombut il reconnaît les bords;
Le vaste Sénégal des Francs offre les ports;
Et, des Jolofs rasant les rivages arides,
Il franchit l'archipel des vieilles Hespérides.
Mais quelle île, sortant du milieu de ces mers,
Dans son triste abandon au sein de l'univers,

Semble de la nature une fille exilée?
L'enfer a-t-il vomi cette terre isolée?
La foudre a sillonné ces faîtes orgueilleux,
Et la mer en courroux bat ses pieds rocailleux;
Son front, toujours caché dans le sein des nuages,
Porte dans sa fierté le trône des orages,
Et l'écume des flots, agités par les vents,
Tapisse le contour de ses noirs fondemens.
Est-ce là que des dieux l'éternelle vengeance
Enchaîna l'orgueilleux dont la folle imprudence
Au ciel avait osé dérober ses flambeaux?
C'est Sainte-Hélène, exil du chef de nos héros;
Oui, c'est là le Caucase où, nouveau Prométhée,
Il verra la douleur de sa vie attristée,
Comme le fier vautour, ronger tous les ressorts.
Mais de l'île fatale on aborde les ports.
Des rivages d'Atlas terre inhospitalière,
Où flotte d'Albion la superbe bannière,
Hélène, étonne-toi de tes nouveaux destins;
Tu serviras de tombe au plus grand des humains.
Thémistocle, proscrit des murs flétris d'Athènes,
De l'exil sur ton sol viendra traîner les chaînes;
Offert en holocauste au repos des mortels,
Ta roche finira ses destins solennels.
Le trône de Henri, renversé par l'orage,
Relevé sur le sol des arts et du courage,
Semblait calmer des rois le sénat courroucé;
Mais, «Malheur aux vaincus!» avait-il prononcé.
Ce soldat qui vingt ans sur ces rois dans la poudre
Fit parler sa justice ou fit gronder sa foudre,
Ce soldat dont ces rois briguèrent l'amitié,
O mépris inhumain des cris de la pitié!
Ce vainqueur dont l'Europe, implorant la clémence,
Conjura tant de fois la terrible vengeance,
Siècles, le croirez-vous? sur un affreux rocher

La haine de l'Europe enchaîna ce guerrier.
Oui, le héros, banni dans un coin de l'Afrique,
Contemplait d'un œil fier son cercueil politique;
Tombé comme l'éclair du faîte des grandeurs,
Il devait épuiser la coupe des malheurs,
Au sein de l'infortune il devait voir l'injure
A sa rare énergie insulter sans mesure.
Mais il devait, avant de descendre au tombeau,
A sa célébrité mettre le dernier sceau :
Il avait tout dompté dans les temps de sa gloire,
Il lui restait encore une grande victoire:
Il devait, insensible à son cruel tourment,
Ennoblir les longs jours de son bannissement.
De l'auguste proscrit la fierté naturelle
A cueilli dans l'exil cette palme immortelle;
Jamais il n'avilit dans la captivité
Du rang qu'il occupa l'auguste dignité.
Les nobles compagnons de sa grande infortune
Adoucissaient l'ennui de sa vie importune;
Magnanimes amis du grand Napoléon,
Lascases et Gourgaud, Bertrand et Montholon,
Pilades généreux du malheureux Oreste,
Vous partagiez les fers de son exil funeste;
Pour cacher sous des fleurs leur aspect et leur poids,
Sur le luth de l'exil vous chantiez ses exploits.
Votre rare amitié, toujours ingénieuse,
Effaçait de son front la teinte ténébreuse;
Oui, flattant son espoir de momens plus heureux
Vous chassiez les chagrins de ce front sourcilleux.
De jours moins nébuleux l'aurore consolante
Se montrait à ses yeux dans le ciel de l'attente :
Les destins ennemis, apaisant leur courroux,
Devaient guider ses pas dans des climats plus doux;
Mais le sort, qui se rit de l'espérance humaine,
Avait dit : « Il mourra sur le rocher d'Hélène! »

Malgré sa fermeté, dans le bannissement
La lime du chagrin le rongeait sourdement;
D'un climat dévorant l'ardente intempérie
Tarissait dans son sein les sources de la vie,
Et l'Ange de la mort, entr'ouvrant son tombeau,
Éteignait de ses jours le pâlissant flambeau.
Déjà l'astre éclatant, dans sa vaste carrière,
Un lustre avait au monde accordé sa lumière,
Depuis que les Anglais, ces barbares geôliers,
Outrageaient dans les fers le plus grand des guerriers,
Quand le proscrit, atteint de la langueur mortelle
Qui le précipita dans la nuit éternelle,
Offrit à l'univers, insensible au malheur,
Un mortel impassible au sein de la douleur.
Oui, sous la main de fer du destin qui l'opprime,
De l'illustre proscrit le courage sublime
Oblige la fortune à rougir de ses torts.
Mais de cette énergie épuisant les ressorts,
Les chagrins qui pesaient à plomb sur sa grande ame
Du flambeau de ses jours ont consumé la flamme.
Ciel! Albion de crêpe ornant ses léopards,
Dans la poudre en pleurant traîne ses étendards;
Les bronzes font gronder les monts de Sainte-Hélène;
Des guerriers à pas lents descendent vers la plaine;
De sinistres cyprès parent leurs tristes fronts,
Le spectre de la mort guide leurs bataillons;
Les tambours font mugir leurs roulemens funèbres;
Le ciel de l'île anglaise est couvert de ténèbres,
Et douze grenadiers portent sur leurs faisceaux
Le corps inanimé du plus fier des héros.
On entend soupirer ces généreux courages;
Des pleurs silencieux coulent sur leurs visages.
Le front pâle et couvert des crêpes du trépas,
Bertrand et Montholon s'avancent sur leurs pas:
Le désespoir habite en leurs ames flétries;

Ils ne peuvent pleurer, leurs larmes sont taries.
Et le cerceuil, couvert de ce fameux manteau
Que le prince portait au jour de Marengo,
Entouré des amis de la gloire exilée,
Du saule de la mort a gagné la vallée.
C'est là que le héros avait un certain jour
Mesuré dans trois pas son funèbre séjour,
Et là, selon ses vœux, sa dépouille mortelle
Va goûter le repos de la nuit éternelle.
Déjà les grenadiers, déposant leur fardeau,
Descendent tristement le grand homme au tombeau.
On allait à jamais recouvrir sa poussière;
Déjà l'ange des morts chantait l'hymne dernière,
Et les cœurs attristés des spectateurs tremblans
Dans une morne horreur entendaient ces accens;
Le fidèle Bertrand sur la tombe s'avance;
Au milieu des Anglais règne un profond silence;
Son visage, couvert d'une noble pâleur,
De son cœur oppressé révèle la douleur:
Il approche, et d'un œil que la tristesse mouille
Contemplant du guerrier l'insensible dépouille,
Il lui dit en pleurant cet éternel adieu:
« Hélas! tu n'es donc plus? et dans ce triste lieu
« Ta voix à ton ami ne se fait plus entendre?
« Dans la tombe avec toi j'aurais voulu descendre,
« Mais le ciel me prescrit par ses ordres sacrés
« De respecter des jours que je t'ai consacrés.
« J'abandonne à regret ce roc de Sainte-Hélène
« Où tu vas reposer sous le poids de ta chaîne.
« Hélas! pourquoi faut-il qu'arrosant nos lauriers
« Des flots du noble sang de tant de nos guerriers
« Le destin de la mort t'ait refusé la gloire
« De mourir en soldat aux champs de la victoire?
« Mais sa faux t'a frappé dans des fers odieux!
« Mânes de mon ami, recevez mes adieux,

« Pour la dernière fois je vous baigne de larmes;
« Dans ce sombre vallon et loin du bruit des armes,
« Bertrand vous laisse, hélas! dans la captivité;
« Reposez dans le sein de l'immortalité. »

Ainsi dit le héros, à son prince fidèle;
Le quittant pour toujours sa bouche encor l'appèle;
Et, fixant son cercueil pour la dernière fois,
« Adieu, grand homme, adieu! » murmure encor sa voix.
Il part, et des Anglais la cohorte guerrière
Veille sur le tombeau de l'ombre prisonnière,
Et cette ombre, exilée au pays des palmiers,
Dort encor dans les fers de ses tristes geôliers.

O fils de Joséphine! ô vertüeux Eugène!
Enfant d'adoption du fier proscrit d'Hélène,
Qui, sous lui de la guerre apprenant le grand art,
As porté dans nos camps l'écharpe de Bayard,
Magnanime héros, que l'honneur pur inspire,
Qu'adopta la Bavière et que l'Europe admire,
En proie à la douleur de ton cœur généreux,
Tu voudras sa dépouille; ô vœux infructueux!
Pour pleurer le guerrier que tu nommais ton père,
Demande, mais en vain son urne cinéraire;
La Politique, assise au pied de son cercueil,
Dans sa vaine terreur la refuse à ton deuil.

Sur les bords étrangers d'une mer frémissante,
Où l'on entend mourir la vague gémissante,
Où l'Ange de l'orage étale ses horreurs,
Près d'une onde où l'on voit le noir saule des pleurs
Offrir de ses rameaux l'ombre mélancolique,
Dans le sein d'un vallon sauvage et romantique,
On voit simple et sans art une tombe sans nom:
Là repose à jamais le grand Napoléon;
Là repose, au milieu d'un lugubre silence
Que la tempête seule interrompt par distance,
Cet homme dont le nom, effroi de l'univers,

Murmuré par l'écho du rocher des déserts,
Fut ensuite gravé, resplendissant de gloires,
Sur les murs de Moscou par l'Ange des Victoires.
Puissances de la terre, abaissant votre orgueil,
Accourez contempler dans cet humble cercueil,
Qui de l'homme du siècle a recueilli la cendre,
Le débris des grandeurs du moderne Alexandre;
Vous lirez sur le front du modeste tombeau :
« Là le cèdre est tombé comme un faible roseau! »
Oui, sur le marbre brut du tombeau solitaire
Le néant des grandeurs, traçant son caractère,
Fait entendre aux humains ces accens solennels :
« Qu'êtes-vous, répondez, ô superbes mortels!
« Vous dont le fol orgueil sur la terre se fonde?
« Des atomes errans sur le néant du monde.
« Cet homme que les rois adoraient à genoux,
« Que la vierge de Vienne appela son époux,
« Qui fit pendant vingt ans trembler toute la terre,
« Voyez, cet homme est là, là, sous cette humble pierre. »
Ombre auguste et sacrée, au pied de cet écueil
Où la fière Albion a revêtu ton deuil,
Où la haine des rois a jeté ton courage,
Grande ombre, entends encor, entends mugir l'orage.
Tes jours comme ta tombe ont les mêmes destins;
Tout dans toi de terreur vient frapper les humains :
Soldat toujours armé du glaive des conquêtes,
Ne consacrant tes jours qu'à l'horreur des tempêtes,
Le tonnerre sans cesse a brûlé ton drapeau;
Et l'orage en ce jour grondant sur ton tombeau,
L'Océan en courroux, débordant sa barrière,
Vient couvrir de ses flots son marbre solitaire.
L'impie avait souillé les trônes et l'autel,
Ministre audacieux du courroux éternel,
A la voix du Très-Haut, les flancs de son tonnerre
Comme un ange vengeur t'ont vomi sur la terre;

Les destins accomplis, les décrets consommés,
Sur un rocher battu par les flots animés,
L'ordre de Jéhova vint te réduire en poudre.
Tu vécus, tu *mourus sous* l'aile de la foudre,
Et, *ta vie et ta mort étonnant* l'univers,
Tu semblas le Phénix, habitant des déserts.

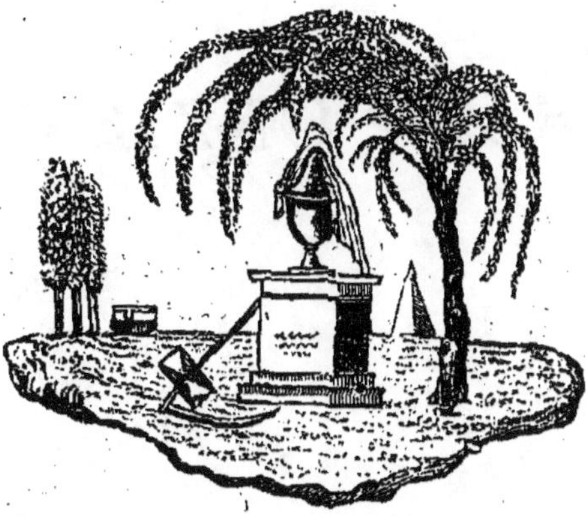

CHANT ONZIÈME.

SOMMAIRE.

Voyage du Génie des batailles. — Son enthousiasme en découvrant la France. — Il s'abat sur la colonne de la grande armée. — Il annonce la mort du héros. — Adieux du grand homme à son épouse, à son fils, à ses compagnons d'armes, à la France. — Regrets du peuple français. — Douleur d'un vieux grenadier de la garde. — Le Génie des armées prend le drapeau blanc sous sa protection.

CHANT ONZIEME.

Le Génie imposant des camps et des batailles
Avec lui des Français avait fui les murailles,
Des destins du héros fidèle compagnon,
Quand, trahi par le sort, on vit Napoléon
Descendre de son char, que traînait la victoire,
Il avait dans l'exil accompagné sa gloire.
Pour dernier ministère il viendra dans Paris
Apprendre son trépas à l'univers surpris,
Redire les adieux que sa voix défaillante
Prononça sur la roche et déserte et brûlante.
A peine a-t-on fermé son cercueil éternel,
Que de ses derniers vœux ce ministre immortel
Dans les plaines d'azur en soupirant s'élance.
Le crêpe de la mort flotte au fer de sa lance;
Le cyprès sur son casque a fait place au laurier;
L'Aigle ne paraît plus dans son noir bouclier;
Sa cuirasse brunie imprime les alarmes;
Tout respire le deuil sur ses lugubres armes.
Foulant d'un pas léger le vaste champ des airs,
Bientôt il a franchi l'immensité des mers.
Dans sa course rapide au milieu de la nue,
La terre des palmiers se déroule à sa vue;
Benin et Dahomé découvrent leurs remparts;

Les peuples du Niger s'offrent à ses regards ;
Il promène ses yeux sur les sables arides
D'où sortirent jadis les fiers Almoravides ;
La sainte Thébaïde, aux sauvages déserts,
Où l'humble Pénitence oubliait l'univers,
Où les enfans d'Antoine adoraient les mystères,
Découvre à ses regards ses retraites austères ;
Memphis s'évanouit dans l'horizon lointain ;
Les ruines d'Ammon disparaissent soudain ;
Derrière lui d'Anté la sépulture reste ;
Il fuit de Trafalgar le rivage funeste,
Rivage où le héros des flottes d'Albion
Le força de fléchir sous son fier pavillon ;
Il s'élance au-delà des colonnes d'Hercule ;
Le superbe Bétis sous ses ailes recule ;
Il voit blanchir au loin le tombeau d'Almanzor ;
Le Tage à ses regards fait rouler ses flots d'or ;
L'altière Saragosse à ses yeux se retire ;
De la grave Ibérie il traverse l'empire.
Mais, ô gloire ! ô patrie ! ô jour trois fois heureux !
La terre des héros s'offre enfin à ses yeux,
Et, de grands souvenirs frappant son ame émue :
« France, » s'écria-t-il, « France, je te salue !
« Je vous revois encor, ô belliqueux états !
« Des braves et des arts, salut, nobles climats !
« Tu dors sur tes lauriers, illustre et noble France ;
« Hélas ! ils ne sont plus, les temps où ta vaillance,
« D'Archangel à Cadix inscrivant tes exploits,
« Jusque dans leurs palais épouvantait les rois ;
« Cette époque où, lassant l'aile de la victoire,
« A chanter tes hauts-faits tu fatiguais l'histoire.
« Mais si jamais Windsor, de ta gloire jaloux,
« Par sa témérité réveillait ton courroux,
« Les fils de Saint-Louis, vengeurs de ton injure,
« Unissant sur leur front et sur leur noble armure

« Les lauriers d'Austerlitz aux lauriers de Rocroi,
« Rappeleraient encor le jour de Fontenoi. »
Ainsi dit le Génie, et l'ange de la France
Accueille avec transport son auguste présence.
Cependant l'envoyé dépasse les remparts
Où Soult a fait trembler les trop fiers Léopards,
Et d'un vol franchissant le glorieux empire,
En découvrant Paris, cet ange altier soupire.
De la ville des Rois dès qu'il voit la splendeur,
Son cœur est oppressé d'une vive douleur;
Il aperçoit les tours d'où nos aigles puissantes
Couvraient tout l'univers de leurs ailes sanglantes:
« C'est sur ces bords, » dit-il, « qu'aux potentats vaincus
« Le fier guerrier dictait ses décrets absolus.
« Du sein de ces remparts, celui que je regrette
« Dirigeait les destins de l'Europe sujette.
« Là, suspendant le cours de ses travaux guerriers
« Il venait recevoir le prix de ses lauriers.
« Ils ne sont plus ces temps, fameux par cent conquêtes,
« Où les rois devant lui courbaient leurs nobles têtes;
« Sur son front pâlissant j'ai vu l'Éternité
« Placer le saint bandeau de l'immortalité. »
Ces regrets exprimés, la colonne guerrière
A l'ange martial offre sa cime altière;
L'auguste ambassadeur, à son superbe aspect,
Courbe son mâle front avec un saint respect:
« Grand monument, » dit-il, « dont la France s'honore,
« Colonne des héros que le Don craint encore,
« Souffre qu'en ombrageant ton front majestueux,
« D'un grand homme aux Français j'adresse les adieux. »
A ces mots, il s'abat sur l'auguste colonne;
La France à son aspect et frémit et s'étonne.
Mais bientôt dans son sein va régner la douleur;
Du haut du monument qu'éleva la valeur,
Le superbe Génie, appuyé sur sa lance,

De sa tonnante voix épouvante la France :
« Je te revois, » ont dit ses accens attristés ;
« Paris, je te revois, ô reine des cités !
« Mais, hélas ! en ce jour l'ange altier des batailles
« N'apporte que le deuil au sein de tes murailles.
« Pleurez, Muses, pleurez sur les décrets du sort ;
« Un grand homme n'est plus, Napoléon est mort ! . . . »

Il dit, comme aux accens de la foudre qui gronde,
La Seine a tressailli sur son urne profonde.
« Oui, » reprend le Génie, « au ciel il est allé :
« Organe des accens que le prince exilé
« Proféra quand son ame allait briser sa chaîne,
« J'apporte ses adieux aux peuples de la Seine.

« Héritier des vertus du héros béarnais,
« Permets que dans ce jour j'adresse à tes Français
« Les adieux d'un soldat que la reconnaissance
« Et les brillans exploits de sa haute vaillance
« Avaient ceint du bandeau du roi vainqueur d'Ivri,
« Bandeau qu'il devait rendre aux fils du grand Henri,
« Si moins ambitieux, mais plus grand, mais plus juste,
« Il eût de l'Anglais Monck suivi l'exemple auguste[55].
« De si grands souvenirs à son nom sont unis
« Qu'on peut de l'Empereur parler auprès des Lis ;
« Sa vaste ambition, dans la tombe endormie,
« N'est plus de nos Bourbons la puissante ennemie.
« Oui, devant ses lauriers abaissant leur orgueil,
« Et couvrant leurs drapeaux des crêpes de son deuil,
« De ses geôliers émus les armes étrangères
« Ont fait de ce héros les obsèques guerrières.
« Mais, avant de fouler les éternels parvis,
« L'Empereur proféra des accens attendris. »

O toi ! dont les malheurs et la veuve souffrance
Rappellent Andromaque aux peuples de la France,
Le vengeur de Pergame a fui dans les tombeaux ;
Reçois, veuve d'Hector, les adieux du héros.

« Noble fille des rois, épouse aimable et chère,
« Toi que j'avais unie à mon destin prospère,
« Qui, du haut de ce trône éclatant de splendeur
« Où je t'avais assise, as regné sur mon cœur ;
« Malheureuse princesse, ô toi que j'ai chérie
« Presqu'autant que ma gloire et bien plus que ma vie,
« Que des rochers d'Hélène aux rives du Taro,
« La voix de ton époux, qui descend au tombeau,
« A ton sensible cœur se fasse encore entendre;
« Écoute les accens, épouse auguste et tendre,
« Du soldat parvenu qui te donna sa foi:
« Le glaive de la mort plane déjà sur moi;
« Console-toi, Louise; en une autre patrie
« Tu viendras me rejoindre aux bornes de la vie;
« Et, jouissant en paix des éternelles lois,
« Là, nous ne craindrons plus la vengeance des rois.
« Mais il te reste un fils, princesse auguste et chère,
« Louise, vis encor pour lui servir de mère;
« Sur mes derniers souhaits se plaisant à songer,
« Il vivra pour me plaindre et non pour me venger.
« Étouffant dans son cœur l'orgueil de sa naissance,
« Il passera ses jours dans un humble silence;
« Mais, en sage fuyant les marches du pouvoir,
« Qu'à l'ombre de la pourpre il puisse au moins s'asseoir.
« Toi, que j'avais nommé prince du Capitole,
« O toi! qui de mon cœur fus la plus chère idole,
« Les rênes du pouvoir échappant à mes mains,
« Je n'ai pu te laisser le sceptre des Romains:
« Mais que dis-je? de toi séparé par l'orage,
« Jamais de mon amour tu n'eus le témoignage,
« Et, du sein de ton père arraché sans pitié,
« Sous d'étrangères lois tu grandis oublié.
« Troublant de mes soupirs mon exil solitaire,
« Je demandais au ciel ta présence si chère;
« Mais, sourd à mes accens, ce ciel trop rigoureux

« Te refusa toujours à mes plus tendres vœux.
« De ses liens mortels s'enfuit mon ame libre;
« Toi, qui devais régner sur les rives du Tibre,
« Et toi que l'hyménée unit à mes destins,
« Adieu, fille des Rois, adieu, Roi des Romains.
« A vos tendres regrets on refuse ma cendre;
« Loin de vous dans les cieux je vole vous attendre. ».

Grand homme, tu n'es plus, de voiles ténébreux
Le trône des Césars va s'orner à nos yeux;
Une puissante Cour, une cité fameuse,
Vont donner quelques pleurs à ta mort douloureuse.
Oui, dans Vienne bientôt abaissant son orgueil,
La maison de Lorraine aura vêtu ton deuil.
Et toi, fleuve puissant, toi, dont l'onde royale
Vient baigner de Schœnbrunn l'enceinte impériale,
Le crêpe des regrets va couvrir tes roseaux;
La fille de l'Empire est veuve d'un héros;
Sur les bords du Taro la noble archiduchesse
Va pleurer son époux au sein de la tristesse.

Malvina! Malvina! pleure le grand Oscar,
La mort a renversé le héros de son char;
Les vents, qui font mugir son nom dans les nuages,
Ont ravi son génie au temple des orages;
Et ses mânes, errans sur les bords du Loda,
T'adressent leurs adieux, sensible Malvina.
Accusant de la mort l'inflexible génie,
Le pâtre et le guerrier de la Calédonie,
Le cyprès sur le front et l'ame dans le deuil,
Au sein de la vallée ont creusé son cercueil,
Et toi, veuve d'Oscar, dont le Barde sauvage
A chanté la naissance au milieu de l'orage;
Dont les harpes d'Écosse ont célébré l'hymen
Avec le fier guerrier défenseur de Morven,
Viens, fille d'Ossian, vois-tu cette grande ombre?
Le ciel à son aspect est devenu plus sombre;

Assise sur les vents, au milieu des éclairs,
Dans un char de nuage elle parcourt les airs;
Le bras encore armé d'une effroyable lance,
Regarde, Malvina, vers nous elle s'avance;
Dieu! c'est lui, c'est Oscar! et, la lance à la main,
Il épouvante encor l'ennemi de Morven.
Il n'est plus, mais son spectre, au milieu de la nue,
Semble encor enflammer sa patrie éperdue;
Et l'adversaire altier de ce fils de Fingal
Tremble encor à l'aspect de cet astre fatal.
Tu pleures, Malvina, sèche, sèche tes larmes,
Oscar ne peut mourir, il vivra par ses armes;
Son fantôme, évoqué de l'empire des morts,
Anime d'Ossian les barbares accords,
Et le barde dira l'indomptable courage
Du héros de Morven sur sa lyre sauvage.

Mais des vieux murs de Vienne en ces funèbres lieux
Reportant en tremblant nos regards douloureux,
Des rives du Danube à celles de la Seine,
Stupéfaite à la mort du prisonnier d'Hélène,
Interdite au récit de ses derniers accens,
L'Europe en a tremblé jusqu'en ses fondemens.

O vous qui combattiez jadis sous ses auspices!
Intrépides guerriers, couverts de cicatrices;
Vous, surtout de sa garde illustres vétérans,
Qui suivîtes partout ses victorieux camps;
Vieux débris des héros qu'aux champs de la victoire
La mort a fait tomber sous le poids de leur gloire,
Entendez-le mourant, ô Français valeureux!
A ses frères guerriers adresser ses adieux.

« Braves soldats français, ô mes compagnons d'armes!
« Guerriers dont la valeur, calme au sein des alarmes,
« A, des glaces du Nord aux sables des déserts,
« Fait trembler sous mes pas le timide univers;
« Loin de vos étendards, loin des champs de la guerre,

« Je meurs, ainsi le veut le maître de la terre,
« Votre chef a vécu. Mais vous, braves guerriers,
« Vous avez à garder l'honneur de vos lauriers;
« Consacrant à leurs droits votre haute vaillance,
« Servez bien les Bourbons, servez-la bien, la France.
« Oui, braves vétérans, si les fils de Henri
« Pour de nouveaux combats réclament votre appui,
« Défenseurs de ce trône où l'honneur se rattache,
« Mourez tous pour les lois de l'étendard sans tache!
« Et vous, flottans témoins de nos nombreux hauts-faits,
« Adieu, drapeaux chéris des bataillons français,
« Vous dont les plis sanglans, enflés par la tempête,
« Des ailes de la gloire ombragèrent ma tête;
« A l'immortalité, terribles attributs,
« Mon bras victorieux ne vous guidera plus. »
Ainsi dit le héros aux fils de la victoire.
Et toi, noble pays, si cher à sa mémoire,
France, qui l'élevas sur le royal pavois,
Écoute aussi les sons de sa mourante voix:
Hélas! ce sont les vœux qu'adressait au grand Être
Le proscrit expirant qui vingt ans fut ton maître.
« France, qui sur le front du soldat du Thabor
« Naguère avais placé ton diadême d'or,
« Sur le bord de la tombe où je me vois descendre
« A mes sens attendris ton nom se fait entendre;
« O regrets! de tes preux dirigeant la valeur,
« Que n'ai-je pu mourir dans les champs de l'honneur?
« Mais d'un trépas obscur je finis ma carrière.
« Je te fais mes adieux, ô France toujours chère!
« Sous les lois des Bourbons effaçant tes malheurs,
« Puisses-tu de ton nom recouvrer les splendeurs!
« Aux yeux des nations, de ta gloire étonnées,
« Puisses-tu relever tes nobles destinées!
« Qu'évoquant du tombeau les mânes de Forbin,
« Et réclamant aux mers l'ombre de Duguai-Trouin,

« Tes pavillons vainqueurs dans l'un et l'autre monde
« Sur l'Océan vengé d'Albion purgent l'onde;
« Que renaissant aux temps des Suffren, des Jean Bart,
« Ils puissent effacer l'affront de Trafalgar.
« Mais surtout dans ton sein qu'une liberté sage
« Des révolutions calme l'affreux orage;
« Que la Charte immortelle, auguste don d'un roi,
« Des promesses du trône éternise la foi.
« Je parus oublier ce grand vœu de la France;
« Mais bientôt, sur son sol invoquant la vengeance,
« Un fantôme cria : « Français, brisez vos fers !
« Méprisant la terreur de ces accens si fiers,
« Je voulus resserrer les anneaux de sa chaîne;
« Mais ce spectre éternel, que dévorait la haine,
« Me bravait, et bientôt, à mes regards surpris,
« Sous ses pieds de mon sceptre il foulait les débris;
« Et quand je descendis de mon auguste place,
« Lui demandant son nom surpris de son audace :
« Qui je suis ?... » me dit-il avec sévérité,
« César, reconnais-moi, je suis la Liberté ! »
« Oui, généreuse France, oui, je te le confesse,
« Mes imposans desseins crurent dans leur sagesse
« Qu'il fallait asservir cet esprit turbulent
« Qui montrait tous les rois d'un geste menaçant.
« Je le vis, je voulus lui servir de barrière;
« Tu devais des humains être l'astre polaire,
« Tu devais les instruire, et non les égarer.
« La victoire à ma voix allait les éclairer;
« Un pouvoir absolu m'était indispensable,
« Je courbai sous le sabre un Génie implacable,
« L'ardente Liberté, qui me nommait son fils.
« Mais, ô France! pardonne à mes mâles esprits,
« Lorsque je t'opprimais, sur mon char de victoire
« Ne t'ai-je pas assise à côté de ma gloire ?
« A ce char de triomphe enchaînant tes guerriers,

« Tes fers furent toujours des chaînes de lauriers;
« Ah! désormais, ô France! et libre et glorieuse,
« Sous l'empire des Lis sois à jamais heureuse;
« Tes bras ne sont plus faits pour la glèbe et les fers;
« Après l'avoir soumis éclaire l'univers.
« Adieu, bords enchantés où la Seine serpente.
« Que les derniers accens de ma voix défaillante
« Retentissent encor dans le cœur des héros;
« Hélas! je vais jouir de l'éternel repos;
« Mon ame va briser ses terrestres entraves,
« Adieu donc à jamais, terre auguste des braves! »
Quelle douleur saisit les esprits éperdus?
O remparts de Cécrops! Thémistocle n'est plus!
Un long deuil a couvert les rives de l'Attique,
Les harpes de la mort entonnent leur cantique;
J'ai vu ses ennemis, honorant son trépas,
Pleurer sur le cercueil du plus grand des soldats.
Mais les murs de Minerve, invoquant sa mémoire,
Aux flots de Salamine ont réclamé sa gloire.
Le grand homme n'est plus, mais son nom immortel
Décore ces remparts d'un éclat éternel;
Et, le front ombragé des voiles les plus sombres,
Évoquant le héros de l'empire des ombres,
La fille de Pallas, dans ce funèbre lieu,
Adresse à son fantôme un éternel adieu.
Le génie a parlé; dans les murs de Lutèce,
Il voit un peuple entier plongé dans la tristesse.
Ce grand peuple, à genoux au pied du monument,
Fait retentir les airs d'un douloureux accent:
« Quoi! la mort t'a frappé, toi, dont la voix auguste,
« Apaisant contre nous la république injuste,
« Nous a rendu la France et notre antique rang,
De l'Émigration disait un noble enfant; »
« Noblesse, sous ses lois tu revis tes pénates,
« Votre sauveur n'est plus, ô castes trop ingrates!

« Il n'est plus, le héros qui finit vos malheurs ;
« Donnez à son trépas, donnez donc quelques pleurs!
« Le hameau de son saint a revu la bannière,
« Vers les cieux de nouveau s'exhala la prière;
« Nos lévites captifs virent briser leurs fers,
« Inondant les parvis de nos temples rouverts,
« Ton nom retentissait sous leurs voûtes sacrées;
« Dieu descendit encor dans nos mains consacrées,
« Lorsque ton bras de Rome eut relevé l'autel, »
S'écriait tristement un ministre du ciel,
« Mais Dieu t'a rappelé, vengeur du culte en France,
« Goûte de tes bienfaits la sainte récompense ;
« Ma voix reconnaissante, ô grand Napoléon!
« Au pied du sanctuaire ose bénir ton nom. »
« C'est toi qui les dictas ces immortelles pages,
« La gloire de Thémis et le respect des âges, »
Les cinq codes en main, disait un magistrat,
« Héros, dont le génie, en relevant l'État,
« Éclaira de ses lois le ténébreux dédale,
« Tu fuis donc loin de nous dans la tombe fatale!
« Le crime épouvanté pâlit à tes arrêts,
« La veuve et l'orphelin bénirent tes décrets,
« Et les hommes ingrats, sur un affreux rivage,
« T'ont laissé lâchement mourir dans l'esclavage!
« Tu n'es plus, ô patron des enfans des neuf sœurs ?»
D'un jeune ami des arts murmuraient les douleurs,
« O toi! qui, comme Auguste, aux muses de la France
« Prodiguas les faveurs de ta munificence,
« La Parque a donc tranché la trame de tes jours!
« De Minerve, à sa mort, pleurez, pleurez, amours! »
Il disait, et son luth, qu'il baignait de ses larmes,
Attendrissait les cœurs par ses funèbres charmes.
Mais que voit-on, hélas ! auprès du monument ?
Un guerrier vénérable avance d'un pas lent,
On voit des pleurs muets, qu'en vain sa fierté cache,

Couler sur le duvet de sa blanche moustache,
La cendre du Kremlin, la poudre du désert
Parent le vieux bonnet dont son front est couvert,
L'orgueil de mille exploits en ses yeux étincelle,
C'est un vieux grenadier de la garde immortelle.
Au pied de la colonne on entend le héros
S'écrier à travers les plus amers sanglots:
« Eh quoi! c'est dans l'exil que le trépas t'immole,
« Toi qui l'avais bravé sur le vieux pont d'Arcole!
« J'étais à tes côtés dans ce jour meurtrier,
« Où ta valeur conquit le nom de grenadier,
« Lorsque sous la mitraille, ô héros italique!
« Tu plantais l'étendard de notre République.
« J'ai bravé près de toi, dans des climats lointains,
« Les feux des Mameloucs, la lance des Bédouins.
« Quand ton front fut orné d'une double couronne,
« Dans les palais des rois j'ai gardé ta personne.
« La tente d'Austerlitz m'a vu d'un œil vaiqueur
« Contempler à tes pieds un puissant empereur.
« Quand l'Europe à Tilsitt passait sous ta tutelle,
« Sur le radeau fameux j'étais en sentinelle.
« Je porte sur mon sein l'empreinte du stylet
« Qu'un soldat de Mina, ce rebelle sujet,
« Destinait à finir ta glorieuse vie.
« Du Danube avec toi j'ai bravé la furie.
« Quand Louise reçut le nuptial anneau,
« A l'autel de l'hymen je portais ton drapeau.
« De garde à l'antichambre, au fils de la princesse
« Je te vis le premier prodiguer ta tendresse.
« Au bivac, sans me plaindre, et transi par l'hiver,
« Je te cédai ma place, aux bords du Niéper.
« Quand jaloux des exploits de notre jeune garde,
« Nous te dîmes: « César, mets-nous à l'avant-garde!
« Je t'ai vu dans Lutzen, consolant nos vieux rangs,
« Effacer l'incarnat de nos fronts rougissans.

« Je t'entendis à Dresde, au sein de la mitraille,
« Crier : « Toute l'Europe ?... ô dieu! quelle bataille! »
« Quand il tomba sous toi par le boulet atteint,
« Du sang de ton coursier dans Leipsic je fus teint.
« Je te suivis partout aux jours de la Champagne,
« Quand nos faibles débris ont, dans cette campagne,
« De l'Europe écrasant les bataillons tremblans,
« Fait croire à ses dix rois que nous avions vingt camps.
« L'île d'Elbe avec toi m'a vu sur son rivage,
« Et quand dans Waterloo, tombeau de son courage,
« La garde s'écriait: « Meurt et ne se rend pas! »
« Je pleurais près de toi la gloire du trépas.
« On m'aurait vu te suivre au roc de Sainte-Hélène;
« Avec un noble orgueil j'aurais porté ta chaîne;
« Mais la haine, ô mon chef! de toi m'a séparé.
« Tu n'es plus en ce jour, la France t'a pleuré!..
« O mon vieil Empereur! Quoi ! loin de nos murailles
« Des soldats étrangers ont fait tes funérailles,
« Et de tes grenadiers l'inconsolable deuil
« N'a pu dans sa douleur te descendre au cercueil!..
« Que dis-je?.. la terreur nous prive de ta cendre!
« Hélas! dans le tombeau sous peu je vais descendre,
« Je pleure moins, songeant que je te rejoindrai :
« Adieu jusqu'à ce jour! bientôt je te verrai. »
Ainsi du vétéran la voix attendrissante
Exhalait la douleur de son ame souffrante,
Et le peuple, aux accens du guerrier généreux,
Élevant ses regards vers la voûte des cieux,
En proie à ses regrets et répandant des larmes,
S'écriait: « Il n'est plus, le héros de nos armes! »
« France, » dit le Génie, « ah! calme tes regrets,
« France, console-toi, fière de tes succès;
« Si le héros n'est plus, à l'ombre de sa gloire,
« Nourrissant dans ton sein l'orgueil de la victoire,
« Du pacte de Louis goûtant les douces lois,

« Tu seras grande encore en respectant tes rois;
« Si ta juste tristesse a vu la grande armée
« Se disperser aux cris de l'Europe alarmée,
« De jeunes bataillons, fiers de ses grands travaux,
« Sont encor commandés par ses vieux généraux ;
« Et si la paix retient leur bravoure bouillante,
« Dévorant l'avenir, leur ame impatiente
« Brûle de signaler aux peuples étonnés
« Que tes jeunes soldats valent bien leurs aînés. »
C'est ainsi qu'à la France a dit l'ange de gloire;
Du haut de l'obélisque, enfant de la victoire,
Sur l'Europe il répand ses rapides regards,
Et sa main, ébranlant ce monument des arts
Dont les fiers souvenirs ont bravé la tempête,
Il prend le drapeau blanc qui décorait sa tête,
D'un bras il fait flotter cet étendard du roi,
Ce drapeau que Condé déploya dans Rocroi;
De l'autre brandissant sa lance redoutable,
A l'Europe il cria d'une voix formidable :
« Peuples, respectez tous la grande nation,
« Je prends cet étendard sous ma protection;
« D'ici je veillerai sur cet empire immense;
« Et si dans les combats vous revoyez la France,
« Dictant encor ses lois au timide univers,
« Son bras sous ce drapeau vengera ses revers:
« Oui, si sous les efforts des nations voisines
« Rome, hélas! a passé sous les fourches caudines,
« Ses guerriers d'un autre âge, effroi du Latium,
« Effaceront un jour l'affront de Caudium. »
Ainsi dit le génie, et l'Europe tremblante
Regarde avec terreur sa lance menaçante;
Mais, saluant de loin ce demi-dieu guerrier,
Qui couvrait de nouveau de son grand bouclier
L'empire glorieux des arts et du courage,
Au destin de la France elle rendait hommage.

Et l'Ange des combats, cet ange de terreur,
Reposant sur l'airain conquis par la valeur,
Sans cesse à ses regard offre, dans sa vengeance,
Le drapeau de Laufelt et sa terrible lance.

CHANT DOUZIÈME.

SOMMAIRE.

Résumé des titres de gloire du grand homme. — L'Europe entière sous sa domination. — Contrastes extraordinaires de sa vie, de ses prospérités, de ses malheurs. — Son caractère. —Ses penserssur le point de livrer bataille.—Ses grandeurs dans la paix. — Caractère de sa politique. — Sublimité de ses projets. — Providence interpellée sur ses secrets sur lui. —Mystères impénétrables de cette puissance. — Contradictions. — Souvenirs que le héros laisse à la terre. — État de l'empire des Lis sous les Bourbons. —Sacre de Charles X. — Le duc de Bordeaux. — Victoire navale de Navarin. — Aux flottes françaises contre les barbares tyrans de l'empire grec.

CHANT DOUZIÈME.

Règne du grand empire, ô règne fabuleux!
Tu seras une énigme à nos derniers neveux.
Génie inconcevable, homme roi de l'histoire,
Oui, les siècles futurs douteront de ta gloire:
A peine es-tu dans l'âge où, brûlant de désirs,
Le commun des mortels ne songe qu'aux plaisirs,
Que les hommes en toi reconnaissent un maître;
Des bas rangs de l'armée on te voit apparaître,
La pesanteur du fer fatigue encor ton bras,
Et les vieux généraux, blanchis dans les combats,
A ta jeune valeur soumis dans l'Ausonie,
Suivent avec respect les leçons du génie.
Ainsi le jeune aiglon, sorti de ses déserts,
Paraît au premier vol le souverain des airs,
Le duvet couvre encor sa tête adolescente;
Mais brûlant d'exercer son aile impatiente,
Il sort de l'aire et règne à son premier réveil
Dès que son œil ardent a fixé le soleil.

Géant réformateur, sur une nouvelle ère
Tu naquis pour briller comme l'astre polaire.
Empereur ou soldat, en ses projets divers,
Ta rapide pensée envahit l'univers:

Lorsque je vois ta tête, en ta main inclinée,
De ce vaste univers rêver la destinée,
Je crois apercevoir ce géant orgueilleux
Dont le dos se courbait sous le fardeau des cieux.
Toi seul étais alors l'Europe tout entière;
Tu parlais, et son front, courbé dans la poussière,
En silence écoutait les arrêts des destins;
Tu n'étais plus qu'un dieu, le reste des humains,
Dans une sainte horreur admirant ton audace,
Parmi les immortels allaient fixer ta place,
Quand ton astre pâlit sur la Bérésina.
Des murs de Samarie aux remparts de Wilna,
Et des neiges de l'Ourse aux sables de l'Aurore,
Tu fis régner ton nom chez le Scythe et le Maure.
Quand tes armes des tsars abaissaient la fierté,
Mazeppa dans sa hutte admit ta majesté; 56
Et quand tu fus du Nil visiter les portiques,
Ismaël te reçut sous ses tentes antiques.
Thèbes, où tu plantas tes étendards surpris,
Vit ton œil scrutateur explorer ses débris;
Et le Kremlin, conquis sur le noble Alexandre,
A vu ton front rêveur méditer sur sa cendre.
Si du temple où dormaient les mânes de ses rois
La voûte sépulcrale a murmuré ta voix,
La ténébreuse horreur des vieilles pyramides,
Ne glaça point d'effroi tes esprits intrépides,
Et ta gloire entretint dans ces sombres remparts
L'ombre des Pharaons et les spectres des tsars.
De même que l'éclair dans l'orage qui gronde,
Ton génie embrassa les deux pôles du monde.
Quand du puits de Jacob il eut troublé les eaux
Et foulé d'Israël les modestes tombeaux,
La Dwina vit, bravant les feux de la mitraille,
Bondir sur ses glaçons ton coursier de bataille;
Semblable à Bucéphale, il portait sur son dos

Un homme en qui la terre admirait son héros.
Quand au pied du Cédar tu bravas la tempête,
Les palmiers de Syrie ombragèrent ta tête ;
Et, la carte à la main sous ses sapins altiers,
Minski t'a vu tracer la route à tes guerriers.
Le jour, pour éviter l'ardente canicule,
L'ermite du Carmel te prêta sa cellule ;
Et le soir près du feu le pêcheur de l'Oder
T'admit dans sa chaumière engourdi par l'hiver.
Quand ta gloire ombragea le trône des califes,
De ces rois à la fois et soldats et pontifes
Tu t'ouvris en vainqueur les somptueux palais ;
Teint du sang d'Ismaël, le sultan des Français,
Foulant dans sa fierté la pompe musulmane,
Au sérail d'Ibrahim dormit sur l'ottomane.
Aux murs de Sans-Souci, qui reconnut ta loi,
L'ombre de Fréderic s'entretint avec toi.
Des Césars dans Schœnbrunn tu brisas la couronne.
Quand tu vins de Pavie abattre la colonne,
L'Escurial tremblant vit ton auguste main
Effacer de ses murs le nom de Saint-Quentin ;
Et quand les derniers pas de tes armes puissantes
Bravaient de Pultawa les ombres menaçantes,
Péterskoë t'a vu, sous les lambris des tsars,
Gouverner tes états du milieu des hasards :
Aux tours de Saint-Iwan, aux minarets du Caire,
Ton ame à l'Éternel adressa sa prière,
Quand la France, écoutant tes ordres vénérés,
Déploya ses drapeaux sur leurs dômes dorés.
Quand l'ombre d'Abraham vit ta nomade armée
Asseoir ses pavillons aux champs de l'Idumée,
Les chameaux du désert, domptés par tes héros,
Dans les plages de Sur t'ont porté sur leur dos ;
Et les rennes du Don, sous tes mains empressées,
Ont roulé ton traîneau sur ses rives glacées,

Lorsque tu méditais, sur les débris du tsar,
De porter tes drapeaux aux champs de Malabar.

L'univers entraîné te suivit en silence,
Et l'on vit s'élever, témoins de ta puissance,
Parmi les vieux bonnets de tes gardes français,
Les turbans sarrasins, les chapskas polonais.
Les Saxons, compagnons des soldats de la France,
Sur le Tage à ta voix ont prouvé leur vaillance,
Et des fiers Castillans les bataillons surpris
De Moscou sous tes lois ont foulé les débris.

Des dépouilles des arts tu dotas la patrie,
Et, pour mettre le comble à ta gloire inouie,
On vit ta main suspendre au parois de ton char
L'Aigle de Fréderic et le Croissant d'Omar.

Le pontife, de Rome abandonnant l'enceinte,
Sur ta tête royale épancha l'huile sainte;
Et l'orgueil de l'Iman, que tu sus adoucir,
Pria le grand Allah pour le sultan Kébir.

L'envoyé du sophi vint du pays des mages [57]
De l'Aurore à tes pieds apporter les hommages;
Ces fiers républicains qui gardent tous les rois,
Tremblant devant un seul pour la première fois,
Par leur ambassadeur adorent ta puissance;
Des Alpes il descend t'apporter l'alliance:
Et le bonnet de Tell et le turban d'Ali
Ont au pied de ton trône également fléchi.

Chassant de ton pays la discorde et la haine,
Ta main a marié sur les bords de la Seine
Les faisceaux des licteurs au sceptre impérial,
Et la chaire curule au pavois féodal:
Et César et Brutus au trône de la France,
On vit du despotisme et de l'indépendance
Les chars rouler de front sous ta puissante main;
N'étais-tu donc pétri que du limon humain?...

Mais que l'on songe ensuite à ta fin déplorable,

Alors la vérité ne paraît qu'une fable ;
De tout ce qu'a de grand ou d'humble l'univers
Ta vie a rassemblé les contrastes divers.
Tes jours sont à jamais un roman pour l'histoire....
Soldat sorti des rangs qu'anoblit la victoire,
L'altier sang des Césars à ton sang plébéien
S'allie avec orgueil à l'autel de l'hymen.
Après avoir vécu de l'as de la patrie
A qui tu consacrais tes jours et ton génie,
Et mangé sous la tente avec les grenadiers,
Quand ton front se couvrit de ses premiers lauriers,
Tous les rois furent fiers de s'asseoir à ta table,
Et, semblable à ce Dieu que nous a peint la fable,
Présidant dans l'Olympe aux immortels festins,
Dresde ou Tilsitt te voit aux banquets souverains.
Mais pour finir de peindre un destin si bizarre,
Aux revers effrayans que le ciel te prépare,
Comme une ombre on voit fuir le rêve des grandeurs ;
Épuisant à longs traits la coupe des malheurs,
Mais toujours grand et fier au sein de la misère,
Tu semblas ce vieillard, privé de la lumière,
Qui du grand Gélimer brisant les étendards,
Après avoir sauvé l'Empire des Césars,
Exilé de leur cour par l'intrigue infernale,
Dans ce casque autrefois la terreur du Vandale
De la pitié romaine implora le denier.
Précipité du trône, infortuné guerrier,
Sans respect pour ta gloire, en sa terreur profonde,
L'Europe t'exila sur les confins du monde ;
Et, pour offrir encor tes contrastes frappans,
Tu fus le prisonnier de ces marins tremblans
A qui ton cœur voua, dans sa haine immortelle,
Comme Rome à Carthage, une guerre éternelle.
Quand ton bras eut du monde ébranlé les appuis,
Tu consumas tes jours dans les fers des proscrits.

Ta gloire avait lassé le vol de la fortune;
Et, sous les lourds anneaux de ta chaîne importune,
Dévorant les affronts et bravant la douleur,
Ton courage inoui fatigua le malheur.
L'Europe ne pouvait contenir ta grande ame,
Le monde semblait seul alimenter sa flamme,
Et cette ame de feu, repliée en son sein,
Semblable au fier coursier qui sans fruit mort son frein,
Captive sur les mers, ne vit plus pour carrière
Que l'aride sommet d'un rocher solitaire.
Lorsqu'elle te plongea dans la captivité,
L'Europe dégrada des rois la majesté;
Dans un cachot, bâti sur la roche sauvage,
Ta tête fut à peine à l'abri de l'orage,
Et le Louvre t'admit sous ses lambris dorés!
Mais où sont de ton cœur les objets adorés?
Naguère sur ce cœur avec un doux sourire
Tu pressais l'héritier de ton immense empire,
Et ton front reposait, sous ses lauriers vainqueurs,
Sur le sein de la Vierge enfant des empereurs :
Craignant que ton exil n'eût encor quelques charmes,
Les rois t'ont refusé jusqu'à leurs douces larmes,
Et ton cœur solitaire, en ses amers plaisirs,
A leur muette image adresse ses soupirs.
Sept trônes s'élevaient à l'ombre de ta gloire,
Leurs princes te traînaient sur ton char de victoire;
Mais bientôt dans l'exil, touchés de tes malheurs,
Et de ton dur geôlier réprouvant les rigueurs,
Les grenadiers anglais déplorent la misère
Du soldat que les rois avaient nommé leur frère.
Prince, qui commandas à mille régimens,
Qui vis à tes genoux des flots de courtisans
Faire fumer l'encens si fatal aux monarques,
Quand le fil de tes jours fut tranché par les parques,
O captif d'Hélèna, qui vit-on sur ses bords

Accompagner ta cendre au noir séjour des morts?
Trois Français, compagnons de ta longue souffrance,
Te portaient en pleurant au temple du silence,
Et, l'arme renversée en signe de leur deuil,
Tes geôliers attendris escortaient ton cercueil :
Oui, de trois seuls amis la présence fidèle
Suit au champ du repos ta dépouille mortelle,
Et les tambours anglais, que le crêpe a couverts,
Mêlent leur roulement à leurs sanglots amers.

Funèbre Saint-Denis, demeure sépulcrale,
Tu verras donc errer son ombre impériale?
Sa main a réparé tes lugubres caveaux;
Non, mortel singulier, loin de ces vieux tombeaux,
Un sépulcre sans art te cache à la lumière,
Et quand le voyageur, assis sur ta poussière,
Lui demande ton nom, si célèbre autrefois,
Le silence répond pour son marbre sans voix.

Le soir, au pied d'un saule, au funèbre feuillage,
Ton ombre vient rêver sur un lointain rivage;
Naguère accoutumée au fracas des guerriers,
La brise, frémissante à travers les palmiers,
Ou les mugissemens de la mer en colère,
Troublent seuls en ce jour ton ame solitaire.

O contraste nouveau! si dans le monument
L'uniforme français forme ton vêtement,
On voit le bengali, voltigeant sur ta tête,
Mêler son chant plaintif au bruit de la tempête,
Et la douce gazelle, ornement du désert,
Paître sur ton tombeau, que la mousse a couvert.

Mais, détournant nos yeux de ces plages lointaines
Où ton spectre médite, encor chargé de chaînes,
Dans le sein des grandeurs et de l'adversité
Achevons de te peindre à la postérité.
Sur le trône des rois, sur le char des alarmes,
Tu ne rêvas jamais que la gloire et ses charmes;

Gémissant de n'avoir qu'un monde à conquérir,
Ton cœur ambitieux ne vit avec plaisir
Que tes drapeaux sanglans, déchirés par la foudre,
Ou les rois tes vassaux prosternés dans la poudre;
Et ce cœur, peu sensible aux attraits des amours,
Ne palpita qu'au bruit de tes nombreux tambours.
D'un jour de tes exploits je vois briller l'aurore,
Sous les tentes de Mars ta garde dort encore;
Et toi seul dans les champs, après un court sommeil,
Accusant de lenteur les chevaux du soleil,
Viens des camps ennemis observer la puissance.
Ton œil a disposé la victoire en silence;
Il vient d'étudier ces plaines où la mort
De tant de combattans doit terminer le sort.
Tout sommeille, on n'entend dans ces plaines muettes
Que le soupir des vents ou les cris des vedettes;
Et ton ame, insensible aux charmes du repos,
Calcule ce théâtre où vaincront tes héros.
Là vont se décider les destins d'un empire.
Mais ton œil devient morne, et ton grand cœur soupire,
Du sceptre universel le rêve ambitieux
Est venu s'imprimer sur ton front soucieux;
Ton coursier sent flotter sur sa blanche crinière
Les rênes que ta main lâche sur la poussière;
Il semble partager ton silence rêveur,
On dirait qu'il oublie, apaisant son ardeur,
Que des rois sur son dos il porte l'épouvante.
Distraits par les projets que ton esprit enfante,
Tes bras victorieux se croisent sur ton sein;
Ton ame s'est assise au trône du destin.
Sur les feux d'un bivac ta tête est abaissée,
Les plus vastes desseins occupent ta pensée,
Tout un monde remplit ta méditation;
Mais l'écho répond-il au signal du canon,
L'éperon fait bondir ton coursier si rapide,

Ta tête se relève, et ton cœur intrépide
Vole braver la mort pour l'immortalité.
La France te salue en sa noble fierté;
Ton nom comme la foudre ébranle le nuage;
Et la victoire encore escorte ton courage.
Brave comme Alexandre, actif comme César,
Tu presses l'univers sous ton rapide char.
Sourde au bruit du canon qui vomit la mitraille,
Ton ame réunit dans un jour de bataille
Le sang-froid de Turenne au coup-d'œil de Condé;
Et du sang des héros l'univers inondé
Le redit aux regards du laboureur en larmes
Dont le soc a heurté les débris de tes armes.
Mais si la paix jalouse, arrêtant tes drapeaux,
Dérobe ton génie au grand art des héros,
Le front ceint d'oliviers prodiguant les miracles,
Au temple de Thémis tu dictes tes oracles:
Dans l'étude des lois les sénateurs blanchis
Pensent que la sagesse anime tes esprits;
Et ta raison, mûrie aux camps de la vaillance,
Quoique jeune, asservit leur vieille expérience.
Ton génie à ses lois soumet les élémens,
La nature vaincue offre ses monumens;
Il dompte les rochers, il commande aux abîmes;
Les Alpes à sa voix courbent leurs blanches cimes,
L'Océan vient mugir sous les remparts d'Anvers,
Et Cherbourg étonné semble surgir des mers.
Mais des gouvernemens la science profonde
Vient de fixer ton front sur la carte du monde:
Tu médites, songeant à lui donner des lois,
Sur les besoins de l'homme et sur l'ame des rois,
Sur l'astuce des cours, sur l'état des couronnes,
Sur l'esprit de ton siècle et la force des trônes.
Mais que voit ton génie en son recueillement?
Un volcan à ses yeux murmure sourdement:

Sapés par la révolte, environnés du crime,
Les trônes avilis vont crouler dans l'abîme ;
Réprouvant tous les rois, les peuples, égarés,
Ont dit dans leur erreur : « Sauvons nos droits sacrés ! »
On lève le drapeau de la guerre intestine,
Et l'Europe à grands pas avance à sa ruine.
Comme on voit dans les airs un aigle audacieux
Mesurer d'un regard l'immensité des cieux,
Ce pénétrant génie a calculé le monde :
Il prétend conjurer la tempête qui gronde,
Tirer tous les états de leurs convulsions,
Vaincre l'esprit ardent des révolutions,
Sauver la liberté de ses propres ravages,
Les peuples du malheur et les rois des outrages.
Il sort de ses palais, appelle ses guerriers;
De son char de bataille ont henni les coursiers ;
Les mains de la victoire en saisissent les rênes
Et le génie ardent le suit chargé de chaînes.
En vain il s'écriait : « Je suis la Liberté ! »
Tu le désavoûras, juste postérité ;
Tu diras que long-temps à la guerre invincible
S'il parut tout courber sous son glaive terrible,
Un soldat prétendit par ses exploits puissans
Des peuples et des rois régler les différens.
Oui, tu proclameras, postérité sévère,
Que son puissant génie en sa vaste carrière
Du monde avait rêvé la restauration.
Il allait accomplir sa noble ambition....
Pouvoir mystérieux ! occulte providence !
L'homme en vain chercherait à sonder ta prudence ;
Aux regards des mortels tu caches tes secrets,
Humilions nos fronts, adorons tes décrets !
Mais, que dis-je ? réponds, autorité suprême,
J'ose t'interroger dans mon audace extrême :
Inexplicable loi, réponds, pour quel dessein

Laissas-tu le grand homme échapper de ton sein ?
Dis-moi, l'envoyas-tu dans un jour de vengeance ?
Ou, du monde en pitié contemplant la souffrance,
De ta paix avec lui fut-il le messager ?
L'ordre renaît d'abord sous les lois du guerrier ;
Le trône se rassied, et l'autel se relève;
Mais bientôt en tous lieux la tempête s'élève,
Les guerriers de nouveau revolent aux combats.
Le grand homme, empereur d'un peuple de soldats,
A dit à la victoire : « Escorte mes enseignes. »
Immortels souvenirs du plus puissant des règnes!
La grande nation se lève à ces accens;
L'Europe veut la vaincre, ô projets impuissans !
Tandis que ses guerriers aux climats de Pélage
Du sang des fils du Cid teignaient les flots du Tage,
Ses tambours, effrayant le Mongol incertain,
Battaient la générale au palais du Kremlin.
Oui, malgré les efforts des fils de la Tamise,
Encore une victoire, et l'Europe est soumise,
L'Empereur sur le monde en maître étend ses mains.
Providence, il va donc accomplir tes desseins?
L'Europe sous ses lois va donc changer de face?
Non, d'un œil de courroux réprouvant son audace,
Je te vois contre lui, dans tes ressentimens,
De l'Ourse déchaîner les âpres élémens.

Qu'avais-tu donc conçu, dans ta haute prudence,
Mortel prédestiné, qui régnas sur la France ?
Voulais-tu voir, assis au trône universel,
Fumer l'encens du monde au pied de ton autel,
Et, maître de donner ou la paix ou la guerre,
Fronçant tes noirs sourcils faire trembler la terre ?
Non, tu crus, sous tes lois enchaînant les destins,
Faire servir ta gloire au bonheur des humains,
Et, dirigeant le char de son vague génie,
Faire régner le siècle au sein de l'harmonie.

Ce Génie, ennemi de toute autorité,
Te crie : « Oses-tu bien trahir la liberté ! »
Mais ton esprit, habile à ménager sa haine,
D'une main le caresse et de l'autre l'enchaîne.
Il suit en murmurant tes glorieux drapeaux;
Et l'on verra ton bras après tes grands travaux
Relever les autels de cette indépendance
Qu'avait osé souiller sa funeste imprudence.
Mais avant qu'aux humains tu proclames ses lois,
Que vont réaliser tes superbes exploits?
Quel monde fonderont tes armes formidables?
Providence, tes fins me sont impénétrables :
Eh quoi! parce qu'il veut que les marins bretons
Respectent sur les mers l'honneur des pavillons;
Qu'il veut que les échos des roches alpulxarres
Ne répondent jamais aux hourras des Tartares;
Qu'il veut, lavant l'affront des preux déshonorés,
Remontrer de Choczim les drapeaux déchirés;
Qu'il veut, pour préserver les trônes de l'orage,
Rendre le roi plus juste et le sujet plus sage;
Providence, je vois, je vois ton bras puissant
Renverser le guerrier de son trône éclatant,
Et, le brûlant des feux de son propre tonnerre,
Faire de ses desseins une énigme à la terre.
Mystère inconcevable où se perd la raison,
Les desseins avortés du fier Napoléon
Sont les plus grands témoins de tes profonds abîmes;
Tu semblas nous donner ses vertus pour des crimes.
Si le succès, constant à suivre ses autels,
Eût enfin couronné ses travaux immortels,
Ce soldat, eût-on dit, est un dieu secourable :
Sa puissance, semblable à ce fleuve admirable
Qui, pour justifier l'avarice des cieux,
Portant loin de ses bords ses flots mystérieux,
Féconde du Delta les campagnes arides,

Sa puissance eût de l'Ourse aux plaines Hespérides
Répandu les bienfaits sur les faibles humains;
O contradiction de l'homme et de ses fins!
Comparable au torrent, enfant des noirs orages,
Qui répand dans les champs ses terribles ravages,
Le conquérant vaincu semble à tous les esprits
Etre né pour peupler la terre de débris:
Et l'Europe et la France, en leur ame incertaine,
Ignorent s'il fut digne ou d'amour ou de haine.
Son souvenir, proscrit par le monde irrité,
N'appartient désormais qu'à la postérité.
Ainsi l'avait-on dit; mais, ô voix impuissante!
L'univers est rempli de sa gloire vivante:
Le cheik arabe, assis sur les bords du Cédron,
Aux tribus d'Ismaël redit encor son nom;
Et ces guerriers pasteurs frémissent sous leur tente
Au récit des exploits de sa valeur brillante.
Colonnes du désert, sépulcres imposans,
O vous! qu'a respectés le vieil ange des ans,
D'un héros qu'à vos pieds couronna la victoire
Vos antiques échos publient encor la gloire.
Et toi, jeune Kremlin, bâti sur des débris,
Interroge ces murs que la flamme a noircis,
Ils te diront le jour, le jour rempli d'alarmes,
Où le trône des tsars trembla devant ses armes.
Le Sarmate à son nom pleure la liberté;
Du fier Kosciuzko le fantôme attristé,
Aux remparts de Praga poussant un cri funèbre,
A revêtu le deuil de cet homme célèbre.
Songe-t-il qu'il voulut asservir Appenzell,
Le Suisse montre encor sous les drapeaux de Tell
Morat, où fut vaincu Charles-le-Téméraire 58,
Et Sempach, où tomba des Césars l'aigle altière.
Errante sur les murs par sa foudre abattus,
Au nom de ce vainqueur, aux terribles vertus,

Qui brûla Saragosse et sapa Tarragone,
L'ombre de Palafox, la grande ombre frisonne.
Des rois les plus puissans, vaincus par ses hauts-faits,
Le laboureur germain, au sein de ses guérets,
De la terre d'Hermann entr'ouvrant les entrailles,
Reconnaît les drapeaux, brisés dans les batailles.
Comme une jeune reine, en longs voiles de deuil,
Pleure un royal époux, plongé dans le cercueil,
La plaintive Ausonie, en habits de veuvage,
Gémit sur le héros dans son triste esclavage.
« Il voulut me ravir aux yeux de l'univers
« La couronne du Gange et le trident des mers;
« Carthage allait tomber sous les aigles de Rome! »
Ainsi dit Albion en songeant au grand homme.
Pavillons, qui flottez dans le bassin d'Anvers,
Publiez son grand nom aux nautoniers divers.
Flots soumis, dont sa main enchaîna le rivage,
Sous Flessingue et Cherbourg venez lui rendre hommage:
Venez, venez mourir au pied de ces remparts
Qu'à votre affreux courroux opposèrent les arts.
Superbe mont Cenis, la sublime pensée,
Au pèlerin assis sur ta cime abaissée,
Offre toujours errant sur ton roc éternel
De ce dompteur des monts le Génie immortel;
Dieu des Alpes, tu vois, tu vois la même audace
Régner vers le Simplon sur ton trône de glace.
Habile antiquité, sous les lois du héros,
La grande capitale efface tes travaux;
Rome ne vante plus tes temples magnifiques,
Corinthe tes palais, Palmyre tes portiques!
Colonne d'Austerlitz, monument de fierté,
Qu'éleva la victoire et qu'elle a respecté,
Tes aigles, à l'aspect de ses foudres éteintes,
Frappent encor les cœurs de respect et de craintes.
Ce gage de l'honneur, cet insigne chéri,

Où ses traits sont gravés sous ceux du bon Henri,
Protégé par un prince ami de la victoire,
A la gloire des preux allie encor sa gloire.
Et vous, codes, tirés d'un chaos ténébreux,
Dictés par le héros, vos réglemens fameux,
Au temple de nos lois offrent à la patrie
Le plus beau monument de son vaste génie.
Tu n'es plus sur ce globe, incomparable humain,
Mais ton nom pour long-temps s'attache à son destin.
Oui, ce grand nom, qu'en vain l'on frappa d'anathême,
Exercera long-temps son ascendant suprême;
Ne l'as-tu pas inscrit sous plus de vingt climats ?
Quand la terre en sa marche obéit à ton bras,
L'Ange, chargé par Dieu de diriger sa sphère,
Sembla te confier son divin ministère :
Tu roulais ses destins vers un siècle inconnu,
Ils croissaient en géans sous ton sceptre absolu ;
Indignés de ne voir qu'un mortel en leur maître,
Au rang des demi-dieux ils appelaient ton être,
Et, lorsque par le Ciel tu fus abandonné.
La terre s'arrêta dans son orbe étonné.
Oui, quand ton bras guidait le grand peuple aux batailles
L'Europe, remuée au sein de ses murailles,
Du Tage jusqu'au Don promenant ses drapeaux,
Avait juré la guerre à la paix, au repos;
Et lorsque l'univers de ta gloire fut vide,
L'olivier succédant à l'épée homicide,
Veuve des étendards d'un énorme géant,
La société crut rentrer dans le néant.
Mais que dis-je! la paix séchant ses longues larmes,
Fit taire tes clairons qui sonnaient les alarmes,
Et parmi les débris de tes fiers régimens
Rétablit l'univers sur ses vieux fondemens;
Oui, lorsque tu tombas sur l'Europe alarmée,
Le vieux monde reprit sa marche accoutumée.

Si la France, paisible au sein de ses États,
Ne dicte plus ses lois au milieu des combats,
La paix comme la guerre a sa gloire et ses palmes;
Et, jouissant de jours moins fameux, mais plus calmes,
L'empire des Bourbons aux couronnes de Mars
Unira sur son front le laurier des beaux-arts.
Mais si l'Europe osait lui faire encor la guerre,
D'Austerlitz, d'Iéna, reprenant le tonnerre,
Il saurait remontrer, sous une autre couleur,
Les drapeaux du grand peuple au jour de la valeur.
Vous, princes qui régnez sur ses tribus augustes,
L'empire des héros, libre sous vos loix justes,
A de ses longs malheurs perdu le souvenir.
Sous vous tout lui présage un heureux avenir :
Son sol était en proie aux armes étrangères,
Vos mains, du Béarnais relevant les bannières,
Au glorieux aspect des étendards d'Ivri,
L'Europe respecta le trône de Henri ;
Les braves n'étaient plus, à Louis infidèles,
Ils avaient vu briser leurs enseignes rebelles ;
De nouveaux bataillons, dans leur jeune fierté,
Jurent au pied du trône : « amour, fidélité ! »
La guerre avait tari la publique richesse,
L'austère économie, habile en sa sagesse,
Sans appauvrir la France, enrichit le trésor ;
Les arts encouragés reprennent leur essor ;
Et, malgré ses revers, la France fortunée
Offre encor le grand peuple à l'Europe étonnée.
Mais la mort sur le trône étend son crêpe noir ;
Un nouveau prince siége au souverain pouvoir.
Reims, antique cité, revoit ses jours de gloire ;
La main sur l'évangile, en ces jours de mémoire,
Charles jure la Charte, œuvre du grand Louis,
Et le roi bien-aimé monte au trône des Lis.
Eh ! quel est cet enfant, cet enfant du miracle,

Qui nous fut annoncé par un mourant oracle?
La France encore en deuil veille sur son berceau,
Par un lâche assassin plongé dans le tombeau,
Son père au lit de mort nous prédit sa naissance,
Et son dernier soupir, pour consoler la France,
Lègue un Bourbon de plus à l'empire des Lis.
Précieux rejeton du sang de Saint-Louis,
Grandis, ô fils des Rois! au palais de tes pères;
De toi la France attend, attend des jours prospères:
Bon comme Henri quatre, aussi brave que lui,
Tu seras des Français et l'amour et l'appui;
Instruit par la sagesse aux leçons de notre âge,
Tu sauras, de Louis respectant l'héritage,
Faire régner les lois de ce pacte sacré
Qu'aux autels de Remy ton aïeul a juré.
Mais qu'aperçois-je encore? ô prophétique ivresse!
Quels sont ces pavillons, alliés de la Grèce,
Triomphant dans Pylos des flottes d'Ismaël?
Ils ont frappé d'effroi le divan trop cruel.
L'ombre de Botzaris, du milieu des nuages,
M'a dit: « Ce sont des Francs les nautiques courages:
« Oui, la Grèce, expirante aux mers de l'Orient,
« Frappait en vain les cours d'un douloureux accent;
« On la laissait mourir, sourd aux cris de ses villes,
« Comme Léonidas au pas des Thermopyles;
« Mais la France a parlé dans le conseil des rois,
« La sainte humanité s'est émue à sa voix,
« Des pavillons vengeurs les mers se sont couvertes;
« Et bientôt, s'élançant sur nos plages désertes,
« On vit ces pavillons, vainqueurs des Musulmans,
« Couvrir de leurs débris nos rivages sanglans,
« Et, de Missolonghi vengeant l'ombre plaintive,
« Lui montrer le turban déchiré sur sa rive. »
Mais, joignant vos lauriers, effroi de l'Osmanlis,
Aux palmes du Français chef de l'Acropolis,

Poursuivez vos succès, intrépides pilotes;
Cinglez vers le Bosphore, ô généreuses flottes;
Portant dans ses fossés l'échelle des assauts,
Volez donc vers Byzance, habiles matelots,
Et, vomissant la mort au sein de ses murailles,
De Chio, de Parga, vengez les funérailles;
Détruisez ce portique où l'on voit des héros
La tête encor sanglante amuser leurs bourreaux;
Détruisez ce harem où les vierges chrétiennes,
Pour d'infames amours, portent d'indignes chaînes;
Et replantez la croix dans ce temple divin
Où Sophie implorait le dieu de Constantin.
Ou, du moins, délivrez une noble héroïne
Du cimeterre affreux des hordes de Médine.
Les échos du Parnasse et du mont Cithéron
Retentissent de cris de désolation;
L'étendard du trépas flotte au cap de Ténare;
L'aviron d'Ismaël, au rivage d'Icare,
Plonge à travers les morts qui roulent dans les flots,
Et le Péloponèse est peuplé de bourreaux.
O Français! regardez cette vierge guerrière,
Dont le sang généreux a baigné la bannière,
Dans son sein épuisé, ciel! il va se tarir!
O pavillons sauveurs! hâtez-vous d'accourir.
A travers les turbans dont les profanes ombres
Obscurcissent son front, surgissant des décombres;
Voyez, voyez d'Hella les efforts expirans,
De l'éclat du triomphe enflammer les croissans.
Voyez-vous de sa main, oui, de sa main débile,
S'échapper le tronçon de la lance d'Achille?
La voix de Démosthène est éteinte en son sein;
Aux mers de Salamine, en proie au noir chagrin,
L'ombre de Thémistocle, ombre de l'Élysée,
Voit errer les débris de sa rame brisée;
La croix de Constantin, qui brille en ses drapeaux,

De ses guerriers martyrs ombrage les tombeaux;
Ses pieds, qui de Sophocle ont chaussé le cothurne,
Comme ceux d'un fantôme effleurent sa grande urne;
Et du luth de Sapho par un dernier accord
Ses doigts ne tirent plus que les sons de la mort.
Hélas! périrais-tu, jeune vierge chrétienne?
Non, pavillon français, sauvez la noble Hélène.
Délivrant du Coran ses destins rajeunis,
Rendez à sa beauté la pomme de Cypris;
Rendez à ses vieux ports les flottes du Pyrée,
Oui, rendez à sa gloire, à sa gloire sacrée
Les drapeaux de Platée et ceux de Marathon,
Les leçons de Socrate et les lois de Solon,
La flûte du Ménale et la lyre d'Alcée,
Les murs du Parthénon, les ombres du Lycée,
Le pinceau de Zeuxis et l'art de Phidias,
Les troupeaux de Tempé, les cygnes d'Eurotas,
La tribune d'Eschine et l'Aigle d'Ionie,
La scène d'Euripide et les jeux d'Olympie.
Oui, dans les murs d'Athène abattant le turban,
Délivrez Helléna des fers de l'Ottoman.
Ceignez encor son front, où la fierté respire,
Des rameaux arrachés aux chênes de l'Épire;
Qu'à l'ombre des lauriers qui peuplent l'Hélicon
Elle chante sans peur la chute d'Ilion;
Que ses jeunes bergers, reprenant leur houlette,
Puissent cueillir en paix le miel du mont Hymette;
Que son ame sensible, en de plus heureux jours,
De Léandre et d'Héro rêve encor les amours;
Qu'aux bords de l'Illyssus en leurs destins plus calmes
Ses sages de Minerve aillent cueillir les palmes;
Et que dans l'hippodrome on trouve ses guerriers
Des forêts de la Thrace exerçant les coursiers.
Et toi, brave guerrier, dont la valeur habile,
Dans la nuit des revers sous les remparts de Lille,

Brilla comme l'étoile abandonnant les cieux,
Illustre et fier Maison, à ces Grecs généreux
Va rendre une patrie en proie à des barbares;
Ton drapeau flottera parmi les Palikares,
Semblable à ce fanal qui luit sur le rocher,
Au sein de la tempête, au regard du nocher.

NOTES.

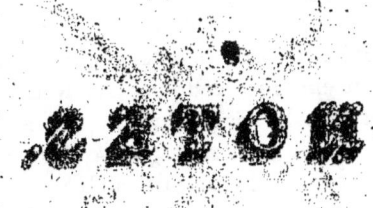

NOTES.

(1) L'Italie est indifféremment appelée Ausonie et Hespérie dans le cours de cet ouvrage. L'Ausonie était un royaume qui prit son nom d'Auson un de ses anciens monarques. Il comprenait les Arunces et les Ausones dans le Latium aujourd'hui la terre de Labour. C'était, comme on le voit, un petit état de la Péninsule Italienne. Mais la poésie dans sa liberté a donné par extension ce nom à toute l'Italie. Les Grecs donnaient encore à cette contrée le titre d'Hespérie voisine, par différence avec l'Espagne qu'ils appelaient l'Hespérie éloignée. Ce nom leur venait d'un mot grec qui signifiait l'Occident, parce que ces pays étaient à l'Ouest de la Grèce.

(2) Le fameux tableau de la transfiguration, ce chef-d'œuvre du pinceau de Raphaël.

(3) Le Corrège contemplait un tableau du peintre d'Urbin; on dit qu'une étincelle du génie de Raphaël passant dans son ame il s'écria, dans cet enthousiasme qui révèle les grands hommes : « *Anch'io son pittore*, et moi aussi je suis peintre. »

(4) Le monde s'étonnait à l'aspect du Panthéon de Rome, ce vaste monument qu'Agrippa avait consacré à toutes les divinités du paganisme ; mais Michel-Ange naquit ; un jour que son génie médite devant ce chef-d'œuvre de l'architecture des anciens, une audacieuse conception en émane comme un éclair, et les hommes étonnés lui entendent dire : « Vous êtes surpris que la terre porte la masse du Panthéon ; eh bien ! je l'éleverai dans les airs. » Gloire à toi, Michel-Ange ! tu suspendis dans les cieux le dôme de l'église de Saint-Pierre !

(5) Les beaux-arts, chassés d'Italie par les barbares qui avaient renversé l'empire d'Occident, se réfugièrent à Constantinople, cette illustre succursale de Rome. Mais leur destinée, qui est de fuir la tyrannie, et de fleurir à l'ombre d'une sage liberté, leur fit abandonner la ville de Constantin au moment où l'empire grec succomba

sous les coups de Mahomet II. Ils repassèrent les mers et trouvèrent un asile à la cour de ces marchands que leurs richesses et leurs vertus élevèrent à la souveraineté dans Florence, et préparèrent le beau siècle de Léon X, qui fut l'aurore de leur régénération dans l'Occident.

(6) La Numidie, grande partie de l'antique Libye, aujourd'hui la régence d'Alger, et le Bilédulgérid, était une contrée assez éloignée de l'Egypte; mais comme toute la côte septentrionale de l'Afrique fut la conquête des Arabes, et que ces vastes contrées, connues pendant long-temps sous le nom de peuples maures, eurent les mêmes mœurs, les mêmes usages et la même religion, je me suis permis d'appeler les Egyptiens d'aujourd'hui des anciens Numides.

(7) Les Mameloucks étaient d'anciens Circassiens. Cette milice guerrière qui gouverna l'Egypte vint du pied du Caucase, montagne de l'Asie, entre la Mer-Caspienne et la Mer-Noire.

(8) El Caïro, nom que le calife Moetz Fatim donna au Caire, veut dire en Arabe ville de la Victoire.

(9) Le nom de Roi des Rois était le titre que prenaient les califes de Bagdad, et depuis les soudans d'Égypte quand le fameux Saladin eut usurpé l'autorité de son maître.

(10) Épouvantés de la destruction des Mamelouks, cette cavalerie si redoutable et si respectée dans tout l'Orient, les Arabes donnèrent au vainqueur des Pyramides le titre de Sultan Kébir, qui signifie père du feu en langue maure.

(11) En 1790, le fameux Souwarow s'empara d'Ismaïlow, ville forte de la Bessarabie sur le Danube, après un des plus terribles assauts dont l'histoire fasse mention. La défense des Turcs fut héroïque, et le courage des Russes extraordinaire. L'assaut coûta la vie à cinquante mille hommes de part et d'autre; et le farouche général Moscovite après sa sanglante victoire écrivit à sa souveraine ces seuls mots : Impératrice, la superbe Ismaël est aux pieds de V. M.

(12) Le calife Almanzor, le second de la famille des Abassides, bâtit, l'an 763 de l'ère chrétienne, cette fameuse Bagdad qui fut pendant long-temps le siége de l'empire des Arabes.

(13) Philippeau, officier d'artillerie, avait servi avec Bonaparte dans le régiment de La Fère; émigré à la révolution, le commodore Sidney Smith dont il avait favorisé l'évasion du Temple, où il avait été renfermé à Paris, lui obtint du gouvernement anglais le brevet de colonel de son arme, et s'en fit accompagner dans ses expéditions maritimes. Chargé de croiser la Méditerranée et de surveiller les mouvemens des Français dans l'Orient, ce marin présenta au pacha Diéjar Phélippeau comme un officier qui pouvait lui rendre de grands services dans sa défense de Saint-Jean d'Acre. En effet, le

Musulman ayant agréé ses offres, Philippeau par des morceaux de fortifications à l'européenne, ajoutés aux vieux remparts de Ptolémaïs, et par la direction qu'il imprima à l'artillerie turque, parvint à conserver à Diéjar ce boulevart de son pachalik contre tous les efforts de son ancien rival. Ce Sidney Smith dont il est parlé ici est celui qui eut l'insanité d'envoyer un cartel à Bonaparte parce que ce général avait dit à ses soldats que, *lui Sidney Smith, était fou* : Le vainqueur d'Arcole et des Pyramides lui répondit de devant Acre : « Commodore, je consens à me battre contre un officier anglais, mais ce sera lorsque vous aurez ressuscité le grand Marlborough. » Et tout le monde connaît les exploits de ce fameux Churcil, de ce frère d'armes du prince Eugène de Savoie, avec lequel il ébranla la puissance de Louis XIV à Blangis et à Bleinheim, noms que les Anglais donnent aux batailles de Malplaquet et d'Hochstedt, et à Ramillies avec Auverkerque.

(14) Annibal n'ayant laissé aucune trace physique de son fameux passage des Alpes, les auteurs ne s'accordent pas sur le point où il franchit ces hautes montagnes. Cependant l'opinion la mieux accréditée chez les savans est qu'il traversa le pays des Cathuriges et des Voconces, aujourd'hui le département des Hautes-Alpes, et dépassa les boulevarts qui séparaient ces contrées de la république romaine vers le mont Genèvre.

(15) On a accusé l'Empereur Napoléon d'avoir inhumainement ordonné de canonner les glaces des étangs d'Austerlitz, où les Russes s'étaient retirés. S'il l'a fait, je ne pense pas, quand aura jeté un coup-d'œil impartial sur sa position critique, qu'on puisse lui en faire un grand reproche. Qu'on envisage qu'il avait affaire, au milieu d'un pays ennemi, à des adversaires dont les forces étaient plus que du double supérieures aux siennes, et qu'il ne devait frapper que des coups décisifs. Une générosité intempestive eût peut-être perdu l'armée et renversé l'empire; vainqueur à Austerlitz, l'Empereur pouvait être le lendemain vaincu, s'il n'avait, comme il le dit lui-même, terminé cette guerre par un coup de tonnerre. Loin de moi la pensée de faire l'apothéose de l'inhumanité, la générosité est la plus belle vertu des gens de guerre. Mais s'il est vrai que Napoléon ait dirigé le feu de son artillerie sur les lacs, comme on lui en a fait l'imputation, il aurait à Austerlitz, comme à *Saint-Roch* et à *Jaffa*, fait taire les sentimens généreux devant la plus impérieuse des lois, celle de la nécessité. Pour être juste ne séparons jamais les hommes des circonstances au milieu desquelles ils se trouvent; souvent elles commandent et doivent être obéies; d'ailleurs c'est un axiome capital en politique, dont la science est dans la tête et non dans le cœur, axiome peut-être trop suivi, que l'homme d'état ne voyant les résultats qu'en grand, ne doit envisager que les masses.

(16) Rosbach est la plus célèbre et la moins sanglante bataille de

la fameuse guerre de sept ans. L'Europe entière s'étant déclarée en faveur de la reine de Hongrie, Marie-Thérèse, contre ce Fréderic dont l'ambition et la puissance militaire l'épouvantaient, ce héros, à jamais la gloire de la Prusse, que la forfanterie de l'Autriche venait d'effacer du ban de l'empire, en le déclarant déchu de ses droits dans la diète germanique, sembla désespérer de la fortune et ne songea plus qu'à terminer glorieusement une carrière illustrée par tant d'exploits. Il vint à la rencontre de l'armée française et autrichienne commandée par le prince de Soubise et le général des cercles Hilburgausen. Ayant pris position à Rosbach, il y gagna la bataille de ce nom par un stratagème jusqu'alors inconnu dans l'histoire des armes de tous les peuples. Les troupes françaises et allemandes s'avançaient dans une pleine sécurité contre les troupes de Fréderic, qui paraissaient se reposer dans leur camp, tout-à-coup par un effet théâtral et presque magique les tentes tombent, le camp s'évanouit; l'armée prussienne, rangée en ordre de bataille derrière les tentes abattues et entre deux collines hérissées d'artillerie, semblable à une apparition fantastique, s'ébranle soudain avec une effrayante vélocité, l'armée française, saisie d'une terreur panique à cet aspect aussi terrible qu'inattendu, ne peut soutenir le choc de la charge générale que le héros allemand fait exécuter contre elle par sa faible armée, et se débande.

(17) En 1745, Fréderic remporta une grande victoire sur les Autrichiens à Fridberg dans sa conquête de la Silésie.

(18) Torgau dans la Misnie, vit la grande bataille que ce même prince gagna en 1760 sur le fameux général autrichien Laudon.

(19) Le duc de Brunswick avait battu les Français à Crévelt dans la guerre de sept ans; dans les premières campagnes de la révolution, Kellermann vengea la France de cet affront à Valmy.

(20) Zorndorf est une ville de la marche de Brandebourg où les Russes furent défaits par le grand Fréderic en 1768.

(21) Ce prince, qui briguait aussi les lauriers du Parnasse, apprit de Voltaire à faire des vers français. Ce grand roi composa dans notre langue un poème sur la guerre.

(22) Le fameux major Prussien Kleist, à l'exemple de Cervantes et du Camoëns, unit sur son front les lauriers d'Apollon à ceux du Dieu de la guerre. Ce poète guerrier fut tué en 1760 à Kunesdorf, près Francfort-sur-l'Oder, une des plus sanglantes batailles de la guerre de sept ans, gagnée par les Russes et les Autrichiens sur le grand Fréderic par suite d'une savante manœuvre du général Laudon. Le major y fit des prodiges de valeur: chargé de l'attaque d'une redoute autrichienne, il s'avança sur elle au milieu d'un feu terrible; blessé à la main droite, il prit son épée de la main gauche; cette main ayant été fracassée, il reprit son arme avec les deux doigts

qui lui restaient de la main droite en criant: «En avant!» Bientôt il tomba criblé de coups. Expirant sur le champ de bataille de Kunesdorf, il fut reconnu par ses ennemis qui le traitèrent avec tous les soins que méritaient et son génie et sa valeur, mais les secours qui lui furent prodigués ne purent le rappeler à la vie. Le jour de ses funérailles, un officier russe ayant remarqué qu'il n'y avait point d'épée sur son cercueil: «Comment,» s'écria-t-il «un brave tel que Kleist serait enterré sans cette marque d'honneur!» Il détacha la sienne et la jeta sur le poêle qui couvrait le grand homme.

(23) On sait que, depuis Alexandre-le-Grand, aucun monarque n'avait réuni des connaissances aussi universelles que Frédéric II.

(24) Dans la guerre sanglante causée par la mort de l'empereur Charles VI, l'Europe s'étant déclarée contre la reine de Hongrie, Marie-Thérèse, cette ame altière, se raidissant contre la fortune, fit assembler les états de la Hongrie à Presbourg. S'y étant présentée portant dans ses bras son fils encore enfant: «Poursuivie par mes ennemis,» dit-elle aux descendans d'Attila, «trahie par des sujets ingrats et rebelles, je n'ai de ressource que dans votre fidélité et dans votre courage, je place sous votre protection le fils et la fille de vos rois.» Les Hongrois, attendris aux accens de cette reine infortunée, tirèrent leurs sabres en jurant de la venger de l'Europe entière. Ils tinrent parole.

(25). Oczakou, grande et forte ville de la Bessarabie, à l'embouchure du Borysthène dans le Pont-Euxin, fut prise en 1788 sur les Turcs par le prince Potemkin, l'un des premiers favoris de l'immorale Catherine.

(26). Le 14 juin 1807, lorsque les premières salves d'artillerie annoncèrent la bataille de Fridland: «C'est un jour de bonheur,» s'écria Napoléon avec son accent prophétique accoutumé, «c'est l'anniversaire de la bataille de Marengo!»

(27). Édouard, prince de Galles, vainqueur des Français à Poitiers, avait été surnommé le prince noir, de la couleur lugubre de ses armes.

(28). Philippe II, roi d'Espagne, sur le point de livrer bataille aux Français à Saint-Quentin, le jour de la fête de Saint-Laurent, fit vœu d'élever en l'honneur de ce martyr le plus beau monument de l'Europe, s'il remportait la victoire. Vainqueur, il fit bâtir ce fameux Escurial à la fois un monastère et une maison royale, de la plus grande magnificence et de la plus grande étendue. «Il fallait qu'il eût bien peur votre Philippe II, quand il fit un si grand vœu, «dit un ambassadeur français, à qui l'orgueil espagnol rappelait la cause de la fondation de ce monument.

(29). Spinola, quel qu'ait été Gonzalve, doit être considéré comme le plus grand homme de guerre qu'ait produit l'Espagne.

(30). Ferdinand Alvarez, duc d'Albe, un des plus grands capitaines de la Castille, ternit toutes ses grandes qualités par une sévérité barbare, qui révolta contre l'Espagne les Pays-Bas, dont il était gouverneur. De là l'émancipation de la Hollande.

(31). Rodrigue de Bivar, plus connu sous le grand nom du Cid, ce héros de la chevalerie espagnole si redoutable à l'Islamisme, fut considéré comme l'homme le plus magnanime de son temps, et le chevalier le plus brave de son siècle.

(32). Pélage, dernier rejeton de ces princes goths qui conquirent l'Espagne sur les Romains, et qui en furent chassés par les Maures, par la trahison du comte Julien, qui voulait venger l'attentat fait à la pudicité de sa fille par le roi Rodrigue, recommença par sa valeur la monarchie espagnole, battit les Musulmans dans les rochers des Asturies et dans les plaines de Léon, releva le courage abattu des Castillans, et leur apprit à reconquérir leur empire sur les enfans d'Ismaël.

(33). Alhamar, roi de Grenade, vint faire hommage de ses états à ce prince exécrable que sa barbarie fit surnommer le Cruel; et Pierre, toujours digne de son abominable réputation, fit trancher la tête à l'infortuné monarque grenadin.

(34). Personne n'ignore qu'on faisait voir à Madrid les bottes de François Ier, fait prisonnier à la malheureuse journée de Pavie.

(35). C'est à Lépante, dans la Livadie, que Don Juan, fils naturel de Charles-Quint, gagna une grande bataille navale sur la flotte Ottomane.

(36). Les Maures d'Afrique et d'Espagne, ayant réuni une des plus formidables armées qui aient marché sous les drapeaux d'Ismaël, qu'ils dirigeaient contre l'indépendance de l'Europe et la sainteté de la croix, furent taillés en pièces à la bataille de Toloza, par les rois d'Espagne et les croisés chrétiens.

(37). On connaît le fameux duel du comte de Gormas, père de Chimène, avec le Cid, qui vengea par la mort du père de son amante l'affront du sien, qui en avait reçu un soufflet.

(38). Alahor est ce prince maure à qui Pélage apprit qu'il restait encore des Espagnols dans les retraites de l'Asturie.

(39). Quoique les Goths et les Vandales qui firent la conquête de l'Espagne sur les Romains eussent adopté les erreurs d'Arius, je les peins encore avec les traits primitifs de ces hommes du Nord qui suivaient le culte farouche et sanglant d'Odin, auxquels il est plus facile de les reconnaître.

(40). C'est dans un des jardins qui environnent Burgos qu'on voit encore le tombeau de Rodrigue de Bivar et de son amante.

(41). Aboutaher d'Alep, chef des assassins, mieux connu sous le nom du vieillard ou du vieux de la montagne, avait à ses ordres une troupe de jeunes fanatiques qui lui étaient aveuglement dévoués. Les élevant dans une retraite des rochers de la Syrie, au milieu de tous les délices des sens, et enflammant l'imagination déjà si ardente de ces jeunes Orientaux par la promesse et la peinture des plus grandes voluptés après leur vie, s'ils la perdaient à son service; il était parvenu à se rendre l'arbitre des jours de tous les souverains, dont l'existence dépendait des poignards de ses séïdes, que sa haine ou sa cupidité députaient dans les différentes cours du monde, pour en immoler les monarques ennemis de sa religion, ou les princes de l'Islamisme qui ne lui payaient pas un tribut.

(42). Lorsque les troubles de la Pologne eurent élevé au trône de Casimir le faible Koributh, les Cosaques et les Tartares, profitant des divisions qui déchiraient ce pays, dont l'anarchie semblait être la destinée perpétuelle, envahirent ses frontières. Les Ottomans, que favorisait la faiblesse du monarque polonais et ces invasions des barbares, firent sonner bien haut leurs prétentions sur la Pologne; déjà Koributh avait signé un traité qui leur assurait la possession de l'Ukraine, de la Podolie, et de la place forte de Kaminiek, clé de la république contre la Porte. Les Polonais, indignés, tournèrent leurs yeux vers ce Jean Sobieski, déjà connu par ses exploits; ce héros, ayant réuni tous les esprits, rejeta le traité honteux de Koributh, et déclara la guerre à la Porte. Il marcha contre les Turcs, et remporta en 1673 la victoire complète de Choczim, qui lui valut le trône dont il avait défendu la majesté avec tant de valeur. Choczim était déjà célèbre par la valeur de Zolkiewiski, qui, sous le règne de Sigismond III, y avait déjà battu les Turcs en 1621.

(43). Au sujet de cette ambassade guerrière, je me suis permis quelques altérations à la vérité historique; j'ai réuni en une seule action les deux députations que la Pologne, cette intéressante et malheureuse nation, envoya à l'Empereur, la première, lorsqu'il bivaquait aux champs d'Iéna sur les débris de la monarchie prussienne; la seconde, lorsqu'ayant passé le Niémen à la tête de cinq cent mille hommes, pour fixer les destins de l'Europe civilisée, il semblait à Wilna l'ange envoyé par une providence vengeresse pour rendre aux Polonais une patrie, forte des leçons de l'expérience, et mûrie à l'école du malheur. Embrassant dans le cours de cet ouvrage l'esprit des masses avec lesquelles la France a eu pendant vingt cinq ans des démêlés terribles de guerre à terminer et de graves questions de politique à résoudre, ce n'a été que par quelques traits rapides, par quelques tableaux esquissés, que j'ai pu le faire comme l'exige le génie de la poésie. De même que j'ai conservé aux Orientaux leur fanatisme religieux, leur apathique ignorance, leurs vertus belliqueuses et hospitalières, leurs passions véhémentes et leur style figuré; de même que j'ai peint les Italiens avec les mœurs des Vêpres-Siciliennes, les guerriers de Fréderic avec leur enthousiasme de la gloire, les Espagnols avec la fierté de l'hidalgo castillan, les mœurs chevaleresques de Rodrigue, le fanatisme de Valverde et la courageuse persévérance des vainqueurs des Maures; de même que j'ai parlé des Russes d'après leur demi-civilisation, pour ne pas dire leur barbarie; des Allemands d'après la fierté de leur noblesse, leur esprit mystique et leur propension aux sectes occultes; des Anglais d'après leur machiavélique politique; des Français d'après leur bravoure éclatante et leur générosité célèbre; j'ai donné à l'ambassade guerrière de la Pologne ce caractère chevaleresque dont ce pays avait conservé les traditions dans ses institutions féodales, sous la tente de ses camps, dans les châteaux de ses Palatins, et surtout dans ses imposantes et magnifiques diètes à cheval. Mais ce n'était pas assez pour donner une idée de ce peuple polonais qui préférait les agitations d'une liberté orageuse au repos d'un esclavage léthargique, il fallait encore le peindre avec cet esprit, peut-être généreux, mais mal conçu, d'indépendance qui, le précipitant dans les désordres de l'anarchie, fit de la Pologne une arène sanglante de passions tumultueuses, où les hideuses baïonnettes de ses lâches et cruels voisins vinrent mettre le holà de la tyrannie et du démembrement. Puissé-je avoir donné, dans l'épisode de Faneska et de Soulinski, un léger aperçu de l'amour que professait pour une turbulente liberté cette héroïque nation, aux malheurs de laquelle toute ame généreuse doit une larme d'admiration et de pitié.

(44). Les Turcs, au nombre de deux cent mille hommes, ayant assiégé Vienne en 1683, le fameux Sobieski, étant venu à son secours, défit complètement cette armée formidable. O petitesse de l'esprit humain! Après qu'il eut délivré l'Allemagne des barbares Ottomans, on disputait encore dans le conseil Aulique de quelle manière un empereur devait recevoir un roi électif: « A bras ouverts, s'il a sauvé l'empire! » répondit Charles V de Lorraine, dont la grande ame s'indignait de ces misérables formalités.

(45). Kosciuzko naquit d'une famille noble de cette empire dont la constitution et l'esprit turbulent de ses peuples causèrent tous les malheurs. La plus funeste des passions, un amour sans espoir, le força d'abandonner les bords de la Vistule pour chercher la gloire sur les rives de la Délavarre. Officier du génie sous les drapeaux de Lafayette et de Vashington, il fit avec distinction cette guerre de l'indépendance du nord de l'Amérique, qui ne fit qu'accroître en lui l'amour de la liberté, cette passion des grandes ames, et ce premier besoin des cœurs nobles polonais. Lorsque le plus infame des forfaits contre le droit des peuples eut, par le troisième démembrement de la Pologne, effacé cet infortuné pays du nombre des nations et privé seize millions d'hommes de leur existence politique; les Polonais choisirent Kosciuzko pour les venger. Cette ame généreuse qu'embrasait l'amour de la patrie, leva l'étendard de la guerre de la liberté et la Pologne tout entière vola aux armes. Cette nation, aussi impétueuse dans ses désirs que la nation française, n'est pas aussi réfléchie qu'elle sur ses moyens d'exécution; malgré son élan simultané il ne régnait aucune harmonie dans sa fougueuse levée de boucliers et tout le génie et le zèle de Kosciuzko ne purent donner à sa nation cet ensemble qui lui était si nécessaire pour résister aux trois grandes puissances spoliatrices qui l'avaient déchirée. Cependant quelques premiers succès justifièrent le choix des Polonais, et Kosciuzko battit les Russes et les Prussiens en plusieurs rencontres. Mais Souwarow et Fersen s'avançaient à la tête de soixante mille hommes; ils manœuvraient pour opérer leur jonction, étant entrés en campagne sur divers points, et le héros polonais marcha sur Fersen pour le prévenir. Malgré sa grande infériorité numérique, il livra bataille aux champs de Macéjowice; mais la fortune trahit sa généreuse détermination; les Polonais furent défaits, et lui-même, criblé de blessures, tomba expirant prononçant d'une voix défaillante : *finis Poloniæ*. Les Cosaques, étonnés de la chute de ce soldat de la liberté polonaise, lui prodiguèrent tous les soins et tous les respects dus à la grandeur d'ame et à la bravoure malheureuse. Philosophe par vanité, ambitieuse par caractère, si Catherine écrivait à Voltaire avec la plume de Socrate et de Platon, elle traçait aussi ses despotiques volontés à la malheureuse Pologne avec celle de Machiavel; philanthrope par théorie, inhumaine en pratique, elle fit charger de chaînes cet homme généreux qui rappelait les héros des Thermopyles et de Marathon, et que des Tartares plus magnanimes qu'elle avaient respecté mourant sur le champ de bataille de Macéjowice. Paul Ier, dont l'esprit était moins vaste, mais dont le cœur était plus grand que celui de sa mère, rendit à la liberté le héros de l'indépendance de la Pologne. Lorsque les aigles françaises eurent triomphé des vieux drapeaux de Fréderic à la bataille d'Iéna, Kosciuzko conçut l'espoir du rétablissement du trône de Sobieski, et la Pologne entière partagea son erreur. Napoléon, qui connaissait l'esprit de feu des Polonais et leur caractère léger, ajourna la restauration de leur empire; et le traité de Tilsit, par l'érection du grand-duché de Varsovie, commença à jeter les fondemens de cet édifice qui demandait encore des victoires pour son accomplissement. L'abaissement de la puissance Russe allait recréer l'existence politique de la Pologne; mais la nature se déclara contre nous; le destin de la Moscovie l'emporta, et le tsar a placé sur son front la couronne de Casimir, si long-temps objet de l'ambition de ses prédécesseurs. Serait-il bien vrai que les compatriotes de Poniatowski, que les frères de Kosciuzko et de Dombrouski, que les vieux compagnons de notre gloire, que les braves Polonais, enfin, n'auraient plus de patrie?

Serait-ce par eux qu'aurait commencé l'asservissement de l'Europe? grande question à méditer par des gouvernemens qui ne calculèrent pas au congrès d'Aix-la-Chapelle les fatales conséquences de l'occupation du trône de Sigismond par l'autocrate des Russies.

(46). Le palatin de Posnanie, père de ce Leczinski que les victoires de Clissow et de Fraustadt, remportées par Charles XII sur Fréderic-Auguste, élevèrent un instant sur le trône de Pologne, s'écriait un jour dans la turbulence d'une diète: « *Malo periculosam libertatem quàm quietum servitium*; » et l'on peut dire de ce palatin comparativement à ses compatriotes : *Ab uno disce omnes*.

47. Le *liberum veto*, cette absurde loi de l'unanimité absolue qui constituait l'anarchie en permanence est sans contredit le malheureux principe de l'anéantissement de la Pologne. Quel élément de trouble, quel obstacle au repos, au bonheur d'une nation que cette loi qui érigeait chaque nonce en pouvoir indépendant au milieu d'une diète, qui en faisait une puissance contre les délibérations les plus sages. Sur de fausses idées de droit et de perfection, a dit l'abbé Raynal, on a supposé qu'une loi n'était juste qu'autant qu'elle était adoptée d'un consentement unanime, parce qu'on a cru sans doute que tous verraient le bien et que tous le voudraient: deux choses impossibles dans une assemblée nationale. Là, tout le monde a de la force pour empêcher et personne pour agir; là, le vœu de chacun peut s'opposer au vœu général, et là seulement, un sot, un méchant, un insensé, est sûr de prévaloir sur une nation entière. O Pologne! c'est toi que l'on doit accuser la première de tes malheurs!

(48). Poniatowski, oncle de ce fameux Joseph Poniatowski qui mourut maréchal d'empire à Leipsick, dut plus à ses agrémens physiques qu'à son génie, à la faiblesse de son caractère qu'à l'énergie de son ame la couronne de Pologne dont il fut le dernier roi. Le second des favoris de la voluptueuse Catherine, cette princesse, avec laquelle il entretint des intelligences coupables même du vivant de l'infortuné et pusillanime Pierre III, avait connu le peu d'étoffe de son ame, et le rétrécissement de son esprit. Lorsque sa machiavélique politique proposa l'asservissement de la Pologne, elle employa toute la funeste influence qu'elle avait déjà sur ce malheureux empire pour en faire élire roi ce Poniatowski dont elle connaissait la faiblesse, afin qu'un prince d'un caractère ferme et élevé ne fût pas un obstacle à l'accomplissement de ses sinistres desseins. En effet la pusillanimité du dernier des Stanislas, élu par la terreur des baïonnettes russes et les manœuvres des Czartoriski, famille dévouée aux intérêts de la Russie, servit merveilleusement les projets de l'ambitieuse autocratrice.

(49). La croix du grand Iwan était à Moscou ce que la statue de Pallas était à Troie, l'oriflamme en France, et ce qu'est encore à Constantinople l'étendard du Prophète, ces gages sacrés auxquels la superstitieuse vénération des peuples attachait la durée et la gloire de leur empire.

(50). Winfeld est le nom que les Allemands donnent à la victoire qu'Hermann, l'Arminius des Romains, remporta sur Varus; et Mana, souvent chanté par les poètes de la Germanie, fut un des héros fondateurs des castes militaires de cette vaste contrée.

(51). Ce fut dans la plaine de Lutzen en 1632 et dans la fameuse guerre de trente ans que le grand Gustave, venu de la Suède au secours de la ligue luthérienne du nord de l'Allemagne, qu'un cardinal, le politique Richelieu, avait opposé à la supériorité de la maison d'Autriche, trouva la mort en remportant une victoire complète sur le célèbre Walstein, général de Ferdinand. Il fut tué à coups de pistolets par des cuirassiers allemands au moment où il dirigeait une grande charge en personne.

(52). L'Empereur, qui avait vaincu la révolution, craignit le réveil des passions populaires en rendant à la France une liberté qu'il n'avait enchaînée que pour accomplir les vastes projets d'un génie qui médita le triomphe de la civilisation européenne; et cette opiniâtreté à suivre des idées devenues fixes dans son esprit doit être considérée comme une des principales causes de sa chute. Ses officiers-généraux, dans un conseil de guerre, lui soumirent, à l'ouverture de la campagne de France, un plan qui devait lui conserver le trône et à la patrie son indépendance nationale, s'il eût voulu le suivre. Sa ligne d'opérations tant positives que négatives dans sa grande lutte de 1814 s'étendait depuis l'embouchure de l'Elbe jusqu'au golfe de Venise; il lui fut proposé de porter toutes les forces qu'il avait à sa disposition aux deux extrémités de cette ligne, occupées dans le Nord par l'armée de Hambourg, les garnisons des places du Véser et de la Hollande, et dans le Midi par l'armée d'Italie aux ordres du prince Eugène, et de donner pour centre à ces deux ailes la France à laquelle il aurait rendu franchement la liberté. Par sa présence dans l'une ou l'autre de ces extrémités, il aurait prévenu ou la défection de la Hollande ou celle de Murat, et se serait trouvé à même de se porter sur les flancs des alliés, ou de les déborder sur leurs derrières s'ils avaient eu la témérité d'entrer en France par le centre de son armée, composée de la masse de la nation, armée pour défendre ses droits. Ce plan, digne du grand peuple et de son chef, aurait sauvé la patrie; les alliés en redoutèrent l'exécution, ils convinrent à Francfort-sur-le-Mein, qu'il leur était impossible de pénétrer en France si l'Empereur adoptait ce système défensif de campagne. Mais ce génie impérieux, qui ne savait pas rétrograder devant les événemens, en vint aux prises avec le malheur avec les principes inébranlables d'un capitaine habitué à l'initiative et d'un monarque qui avait comprimé les esprits républicains pour réaliser son beau rêve de la régénération de l'Europe.

(53). A la bataille de Fleurus, le prince de Cobourg, pressant avec ses cent mille Autrichiens les soixante mille Français que commandait Jourdan, on entendit murmurer dans nos rangs le mot de retraite. Le général Lefebvre, qui, toute la journée, avait défendu le village de Fleurus avec le plus grand courage, entendant ce mot qui aurait pu entraîner l'armée, s'élança au milieu des rangs en s'écriant: «Soldats français, point de retraite aujourd'hui!» et ces paroles répétées simultanément sur toute la ligne de bataille furent pour nos soldats républicains le cri de guerre qui les conduisit à la victoire.

(54). Avant que la Suisse eût mis le sceau à sa liberté il existait encore dans son sein beaucoup de vassaux de l'Autriche. Les paysans des cantons de Lucerne, Zug et Glaris, indignés des vexations de ces nobles à la solde des empereurs, prirent les armes contre le despotisme allemand. Léopold d'Autriche vint soutenir la puissance expirante de la Germanie dans les sauvages montagnes de Sursée, mais il trouva son tombeau à Sempach, et son armée sa défaite.

(55). Ceux qui connaissent l'histoire de la monarchie anglaise n'ignorent pas qu'à la mort du farouche Cromwel, qui s'était assis avec orgueil sur le trône de la Grande-Bretagne qu'il avait teint du sang de son roi Charles, le général Monck se servit de son autorité et de son influence pour rappeler le fils du malheureux Stuart et lui rendre la couronne de son père. Bonaparte aurait mis le sceau à sa gloire si, plus généreux qu'avide de pouvoir, il eût, après avoir conquis la paix civile par sa sagesse et la paix des empires à Marengo par ses armes, il eût songé à s'élever en s'abaissant, il eût songé, comme on l'a très bien dit dans le temps, qu'il y avait pour lui une place plus belle que la première: la seconde; et que, se contentant enfin de l'épée qu'avaient portée les Guesclin, les Clisson et les Lesdiguières, il eût déposé la pourpre consulaire pour rendre le trône de Saint-Louis à ses héritiers légitimes. «Voulez-vous être le premier homme de France,» lui dit un jour Joséphine, «soyez-en le second.» Une autrefois que, revêtu de ses ornemens consulaires, il demandait à un autre membre de sa famille: «Ne suis-je pas bien dans ces vêtemens? — Non, consul, lui répondit-on, il vous manque encore quelque chose. —Et quoi? — L'épée de connétable.»

(56). Mazeppa représente ici ces tribus nomades, connues sous le nom de Cosaques, où la Russie recrute cette cavalerie irrégulière, devenue si nécessaire dans la tactique de nos jours pour couvrir les flancs des masses du système concentrique. Mazeppa est ce fameux chef des Cosaques de l'Ukraine qui s'était déclaré contre le tsar Pierre en faveur de l'imprudent Charles XII.

(57). Feley Ali Schah, ébloui de la gloire de Napoléon et des armes françaises, dont la renommée avait publié les prodiges dans l'Orient, envoya des ambassadeurs à ce grand homme, qui, à son tour, députa le général Gardanne à la cour de Téhéran dont il voulait gagner l'amitié, méditant depuis long-temps la conquête des Indes dont la Perse est voisine.

(58). Charles, duc de Bourgogne, surnommé le Téméraire, après avoir chassé René, duc de Lorraine de ses états, tourna son ambition vers les âpres rochers des Alpes où il avait trouvé un refuge dans la vieille hospitalité helvétique; ayant assiégé Morat, les guerriers des cantons, sous les ordres de Hallvil, lui livrèrent une bataille sanglante qui délivra la Suisse du despote bourguignon.

www.ingramcontent.com/pod-product-compliance
Lightning Source LLC
Chambersburg PA
CBHW050736030726
47505CB00002B/281

* 9 7 8 2 0 1 3 5 1 7 3 1 7 *